MINGUO TONGSU XIAOSHUO
DIANCANG WENKU

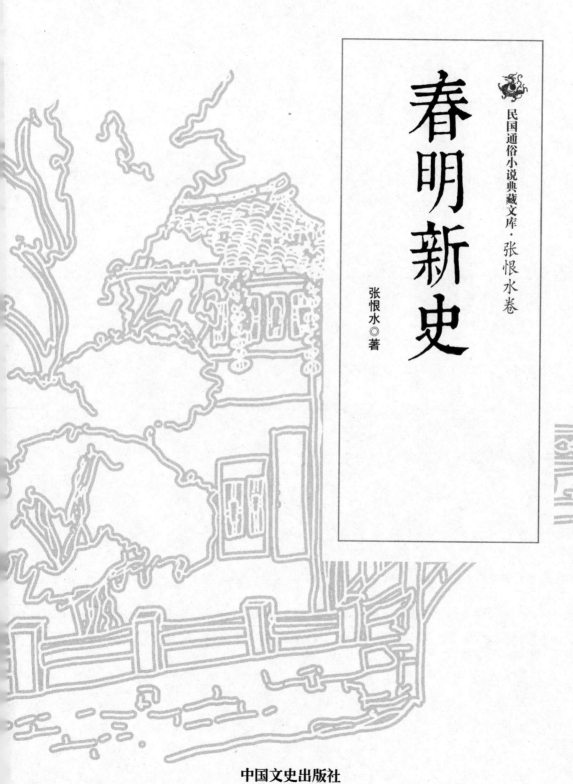

民国通俗小说典藏文库·张恨水卷

春明新史

张恨水◎著

中国文史出版社

小说大家张恨水（代序）

张赣生

民国通俗小说家中最享盛名者就是张恨水。在抗日战争前后的二十多年间，他的名字真是家喻户晓、妇孺皆知，即使不识字、没读过他的作品的人，也大都知道有位张恨水，就像从来不看戏的人也知道有位梅兰芳一样。

张恨水（1895—1967），本名心远，安徽潜山人。他的祖、父两辈均为清代武官。其父光绪年间供职江西，张恨水便是诞生于江西广信。他七岁入塾读书，十一岁时随父由南昌赴新城，在船上发现了一本《残唐演义》，感到很有趣，由此开始读小说，同时又对《千家诗》十分喜爱，读得"莫名其妙的有味"。十三岁时在江西新淦，恰逢塾师赴省城考拔贡，临行给学生们出了十个论文题，张氏后来回忆起这件事时说："我用小铜炉焚好一炉香，就做起斗方小名士来。这个毒是《聊斋》和《红楼梦》给我的。《野叟曝言》也给了我一些影响。那时，我桌上就有一本残本《聊斋》，是套色木版精印的，批注很多。我在这批注上懂了许多典故，又懂了许多形容笔法。例如形容一个很健美的女子，我知道'荷粉露垂，杏花烟润'是绝好的笔法。我那书桌上，除了这部残木《聊斋》外，还有《唐诗别裁》《袁王纲鉴》《东莱博议》。上两部是我自选的，下两部是父亲要我看的。这几部书，看起来很简单，现在我仔细一想，简直就代表了我所取的文学路径。"

宣统年间，张恨水转入学堂，接受新式教育，并从上海出版的报纸上获得了一些新知识，开阔了眼界。随后又转入甲种农业学校，除了学习英文、数、理、化之外，他在假期又读了许多林琴南译的小说，懂得了不少描写手法，特别是西方小说的那种心理描写。民国元年，张氏的

1

父亲患急症去世，家庭经济状况随之陷入困境，转年他在亲友资助下考入陈其美主持的蒙藏垦殖学校，到苏州就读。民国二年，讨袁失败，垦殖学校解散，张恨水又返回原籍。当时一般乡间人功利心重，对这样一个无所成就的青年很看不起，甚至当面嘲讽，这对他的自尊心是很大的刺激。因之，张氏在二十岁时又离家外出投奔亲友，先到南昌，不久又到汉口投奔一位搞文明戏的族兄，并开始为一个本家办的小报义务写些小稿，就在此时他取了"恨水"为笔名。过了几个月，经他的族兄介绍加入文明进化团。初始不会演戏，帮着写写说明书之类，后随剧团到各处巡回演出，日久自通，居然也能演小生，还演过《卖油郎独占花魁》的主角。剧团的工作不足以维持生活，脱离剧团后又经几度坎坷，经朋友介绍去芜湖担任《皖江报》总编辑。那年他二十四岁，正是雄心勃勃的年纪，一面自撰长篇《南国相思谱》在《皖江报》连载，一面又为上海的《民国日报》撰中篇章回小说《小说迷魂游地府记》，后为姚民哀收入《小说之霸王》。

1919 年，五四运动吸引了张恨水。他按捺不住"野马尘埃的心"，终于辞去《皖江报》的职务，变卖了行李，又借了十元钱，动身赴京。初到北京，帮一位驻京记者处理新闻稿，赚些钱维持生活，后又到《益世报》当助理编辑。待到 1923 年，局面渐渐打开，除担任"世界通讯社"总编辑外，还为上海的《申报》和《新闻报》写北京通讯。1924 年，张氏应成舍我之邀加入《世界晚报》，并撰写长篇连载小说《春明外史》。这部小说博得了读者的欢迎，张氏也由此成名。1926 年，张氏又发表了他的另一部更重要的作品《金粉世家》，从而进一步扩大了他的影响。但真正把张氏声望推至高峰的是《啼笑因缘》。1929 年，上海的新闻记者团到北京访问，经钱芥尘介绍，张恨水得与严独鹤相识，严即约张撰写长篇小说。后来张氏回忆这件事的过程时说："友人钱芥尘先生，介绍我认识《新闻报》的严独鹤先生，他并在独鹤先生面前极力推许我的小说。那时，《上海画报》（三日刊）曾转载了我的《天上人间》，独鹤先生若对我有认识，也就是这篇小说而已。他倒是没有什么考虑，就约我写一篇，而且愿意带一部分稿子走。……在那几年间，上海洋场章回小说走着两条路子，一条是肉感的，一条是武侠而神怪的。《啼笑因缘》完全和这两种不同。又除了新文艺外，那些长篇运用的对话并不是纯粹白话。而《啼笑因缘》是以国语姿态出现的，这也不同。在这小说发表起初的几天，有人看了很觉眼生，也有人觉得描写过于琐碎，但并没有人主张不向下看。载过两回之后，所有读《新闻报》的人都感到了兴趣。独鹤先生特意写信告诉我，请我加油。不过报社方面根据一贯的作风，怕我这里面没有豪侠人物，会对读者减少吸引力，再三请我写两位侠客。我对于技击这类事本来也有祖传的家话（我祖父和父亲，都有极高的技击能力），但我自己不懂，而且也觉得是当时的一种滥调，我只是勉强地将关寿峰、关秀姑两人写了一些近乎传说的武侠行动……对于该书的批评，有的认为还是章回旧套，还是加以否定。有的认为章回小说到这里有些变了，还可以注意。大致地说，主张文艺革新的人，对此还认为不值一笑。温和一点的人，对该书只是就文论文，褒贬都有。至于爱好章回小说的人，自是予以同情的多。但不管怎么样，这书惹起了文坛上很大的注意，那却是事实。并有人说，如果《啼笑因缘》可以存在，那是被扬弃了的章回小说又要返魂。我真没有料到这书会引起这样大的反应……不过这些批评无论好坏，全给该书做了义务广告。《啼笑因缘》的销数，直到现在，还超过我其他作品的销数。除了国内、南洋各处私人盗印翻版的不算，我所能估计的，该书前后已超过二十版。第一版是一万部，第二版是一万五千部。以后各版有四五千部的，也有两三千部的。因为书销得这样多，所以人家说起张恨水，就联想到《啼笑因缘》。"

不论张氏本人怎样看，《啼笑因缘》是他最有影响的作品，这一点毫无疑问，可以随便举出几件事来证明。《啼笑因缘》发表后，被上海明星公司拍成六集影片，由当时最著名的电影明星胡蝶主演，同时还被改编为戏剧和曲艺，在各地广泛流传；再有《啼笑因缘》被许多人续写，迫使张氏不得不改变初衷，于1933年又续写了十回，张氏在《我的写作生涯》中说："在我结束该书的时候，主角虽都没有大团圆，也没有完全告诉戏已终场，但在文字上是看得出来的。我写着每个人都让读者有点儿有余不尽之意，这正是一个处理适当的办法，我绝没有续写下去的意思。可是上海方面，出版商人讲生意经，已经有好几种《啼笑因缘》的尾巴出现，尤其是一种《反啼笑因缘》，自始至终，将我那故事整个地翻案。执笔的又全是南方人，根本没过过黄河。写出的北平社会真是也让人又啼又笑。许多朋友看不下去，而原来出版的书社，见大批后半截买卖被别人抢了去，也分外眼红。无论如何，非让我写一篇续集不可。"这种由别人代庖的续作，出书者至少有四种：惜红馆主《续啼笑因缘》、青萍室主《啼笑因缘三集》、康尊容《新啼笑因缘》和徐哲身《反啼笑因缘》。虽然远不如《红楼梦》续作之多，但在民国通俗小说中已经是首屈一指了。张氏在《我的小说过程》一文中还说："我这次南来，上至党国名流，下至风尘少女，一见着面便问《啼笑因缘》。这不能不使我受宠若惊了。"

《啼笑因缘》使张氏名声大振，约他写稿的报刊和出版家蜂拥而至，有的小报甚至谣传张氏在十几分钟内收到几万元稿费，并用这笔钱在北平买下了一所王府，自备一部汽车。这自然不是事实，但张氏当时收到的稿酬也有六七千元，的确不能算少。这样，他就可以去搜集一些古旧木版小说，想要作一部《中国小说史》。就在此时，日寇侵华的"九一八事变"爆发，张氏的希望随之化为泡影。作为一位爱国的作家，在国难当头的状况下自不会沉默，张恨水在1931至1937的几年间，先后写了《热血之花》《弯弓集》《水浒别传》《东北四连长》《啼笑因缘续集》《风之夜》等涉及抗敌御侮内容的作品。

1934年，张恨水到陕西和甘肃走了一遭，此行使他的思想发生了很大的变化。张氏在《我的写作生涯》中说："陕甘人的苦不是华南人所能想象，也不是华北、东北人所能想象。更切实一点地说，我所经过的那条路，可说大部分的同胞还不够人类起码的生活。……人总是有人性的，这一些事实，引着我的思想起了极大的变迁。文字是生活和思想的反映，所以在西北之行以后，我不违言我的思想完全变了，文字自然也变了。"此后，他写了《燕归来》，以描写西北人民生活的惨状。

抗日战争全面爆发后，张恨水取道汉口，转赴重庆，于1938年初抵达，即应邀在《新民报》任职。抗战八年间，他除去写了一些战争题材的小说外，还有两种较重要的作品，即《八十一梦》和《魍魉世界》（原名《牛马走》），均先于《新民报》连载，后出单行本。抗战胜利，张氏重返北平，担任《新民报》经理，此后几年他写了《五子登科》等十来部小说，但均未产生重大影响。1948年底，张氏辞去《新民报》职务。1949年夏，他患脑溢血，经过几年调治，病情好转，张氏便又到江南和西北去旅行。1959年，张氏病情转重，至1967年初于北京去世，终年七十三岁。

张恨水一生写了九十多部小说，印成单行本的也在五十种左右。说到张氏作品的总特色，一般常感到不易把握，因为他总在不断地变。其实，这"变"就正是张恨水作品最鲜明的总特色。

张恨水是一个不甘心墨守成规的人，他好动不好静，敢于否定自己，这正是作为开创者必须具备的素质。读一读张氏的《我的写作生涯》，就会发现他总是在讲自己的变，那变的频繁、动因的多样，在民国通俗小说作家中实属仅见。……待到《金粉世家》《啼笑因缘》相继问世，张恨水的名声已如日中天，他在思想上的求新仍未稍解，他说："我又不能光写而不加油，因之，登床以后，我又必拥被看一两点钟书。看的书很拉杂，文艺的、哲学的、社会科学的，我都翻翻。还有几本长期订的杂志，也都看看。我所以不被时代抛得太远，就是这点儿加油的工作不错。"

追求入时，可说是张恨水的一贯作风，不仅小说的内容、思想随时而变，在文字风格上也不断应时变化。仅就内容、思想方面的变化而言，在民国通俗小说作家中也很常见，说不上是张氏独具的特色，但在文字风格上也不断变化，就不同于一般了。张氏在《我的写作生涯》中经常提到这方面的事例，譬如他曾提及回目格式的变化，他说："《春明外史》除了材料为人所注意而外，另有一件事为人所喜于讨论的，就是小说回目的构制。因为我自小就是个弄辞章的人，对中国许多旧小说回目的随便安顿向来就不同意。即到了我自己写小说，我一定要把它写得美善工整些。所以每回的回目都很经一番研究。我自己削足适履地定了好几个原则。一、两个回目，要能包括本回小说的最高潮。二、尽量地求其辞藻华丽。三、取的字句和典故一定要是浑成的，如以'夕阳无限好'，对'高处不胜寒'之类。四、每回的回目，字数一样多，求其一律。五、下联必定以平声落韵。这样，每个回目的写出，倒是能博得读者推敲的。可是我自己就太苦了……这完全是'包三寸金莲求好看'的念头，后来很不愿意向下做。不过创格在前，一时又收不回来。……在我放弃回目制以后，很多朋友反对，我解释我吃力不讨好的缘故，朋友也就笑而释之，谓不讨好云者，这种藻丽的回目，成为礼拜

5

六派的口实。其实礼拜六派多是散体文言小说，堆砌的辞藻见于文内而不在回目内。礼拜六派也有作章回小说的，但他们的回目也很随便。"再譬如他在谈及《金粉世家》时说："以我的生活环境不同和我思想的变迁，加上笔路的修检，以后大概不会再写这样一部书。"诸如此类的变化不胜列举。

张氏的多变还体现在题材的多样化。他说："当年我写小说写得高兴的时候，哪一类的题材我都愿意试试。类似伶人反串的行为，我写过几篇侦探小说，在《世界日报》的旬刊上发表，我是一时兴到之作，现在是连题目都忘记了。其次是我写过两篇武侠小说，最先一篇叫《剑胆琴心》，在北平的《新晨报》上发表的，后来《南京晚报》转载，改名《世外群龙传》。最后上海《金刚钻小报》拿去出版，又叫《剑胆琴心》了。"第二篇叫《中原豪侠传》，是张氏自办《南京人报》时所作。此外，张氏还写过仿古的《水浒别传》和《水浒新传》，他说："《水浒别传》这书是我研究《水浒》后一时高兴之作，写的是打渔杀家那段故事。文字也学《水浒》口气。这原是试试的性质，终于这篇《水浒别传》有点儿成就，引着我在抗战期间写了一篇六七十万字的《水浒新传》。""《水浒新传》当时在上海很叫座。……书里写着水浒人物受了招安，跟随张叔夜和金人打仗。汴梁的陷落，他们一百零八人大多数是战死了。尤其是时迁这路小兄弟，我着力地去写。我的意思，是以愧士大夫阶级。汪精卫和日本人对此书都非常地不满，但说的是宋代故事，他们也无可奈何。这书里的官职地名，我都有相当的考据。文字我也极力模仿老《水浒》，以免看过《水浒》的人说是不像。"再有就是张氏还仿照《斩鬼传》写过一篇讽刺小说《新斩鬼传》。张恨水的一生都在不停地尝试，探寻着各色各样的内容及表达方式，他甚至也写过完全以实事为根据、类似报告文学的《虎贲万岁》，也写过全属虚幻的、抽象的或象征性的小说《秘密谷》，他的作风颇有些像那位既不愿重复前人也不愿重复自己的现代大画家毕加索。

张恨水写过一篇《我的小说过程》，的确，我们也只有称他的小说为"过程"才最名副其实。从一般意义上讲，任何人由始至终做的事都是一个过程，但有些始终一个模子印出来的过程是乏味的过程，而张氏的小说过程却是千变万化、丰富多彩的过程。有的评论者说张氏"鄙视自己的创作"，我认为这是误解了张氏的所为。张恨水对这一问题的态度，又和白羽、郑证因等人有所不同。张氏说："一面工作，一面也就是学习。世间什么事都是这样。"他对自己作品的批评，是为了写得越来越完善，而不是为了表示鄙视自己的创作道路。张氏对自己所从事的通俗小说创作是颇引以自豪的，并不认为自己低人一等。他说："众所周知，我一贯主张，写章回小说，向通俗路上走，绝不写人家看不懂的文字。"又说："中国的小说，还很难脱掉消闲的作用。对于此，作小说的人，如能有所领悟，他就利用这个机会，以尽他应尽的天职。"这段话不仅是对通俗小说而言，实际也是对新文艺作家们说的。读者看小说，本来就有一层消遣的意思，用一个更适当的说法，是或者要寻求审美愉悦，看通俗小说和看新文艺小说都一样。张氏的意思不是很明显吗？这便是他的态度！张氏是很清醒、很明智的，他一方面承认自己的作品有消闲作用，并不因此灰心，另一方面又不满足于仅供人消遣，而力求把消遣和更重大的社会使命统一起来，以尽其应尽的天职。他能以面对现实、实事求是的态度对待自己的工作，在局限中努力求施展，在必然中努力争自由，这正是他见识高人一筹之处，也正是最明智的选择。当然，我不是说除张氏之外别人都没有做到这一步，事实上民国最杰出的几位通俗小说名家大都能收到这样的效果，但他们往往不像张氏这样表现出鲜明的理论上的自觉。

张恨水在民国通俗小说史上是一位名副其实的大作家，他不仅留下了许多优秀的作品，他一生的探索也为后人留下了许多可贵的经验。

目　录

1

自　序

予作《春明外史》将毕，钱芥尘先生适创《新民晚报》于沈阳，遂以逐日发表之小说相嘱，且代为定题曰《春明新史》。予笑曰：先生之命固不敢违，而《新史》则仆又无可着笔。可奈何？盖《外史》主人杨杏园，将行了结其浮生之梦，世无续命汤，仆不能作返魂记也。芥尘先生曰：子毋然，既曰新，自非续。既非续，又何妨另起炉灶乎？子且思之。予细味芥尘先生之言，恍然有得，遂如填曲家之谱尾声，而果以《新史》刊《新民晚报》。尾声者，词家曰：辞以媚之也。《外史》如春日，此则如天末斜阳；《外史》如歌曲，此则如弦外余音；《外史》如全本故事，此则一幕喜剧。《新史》原不必与《外史》有关，然实如诗家之斗韵，前意未尽，更作一首，又不尽与前无关也。书刊《新晚》荏苒二年，芥尘先生南旋，赵雨时先生继而主持是报，更发挥而光大之，予亦借附骥尾，更多与读者结文字之缘。文实不佳，其遭逢时会，则可喜也。今夏书刊毕，雨时先生以发单行本函商。予欣与读者能做较久之默契也，亦自妄其陋，遂穷三日夜之力，检点全篇，删润而后付梓。此生文债之一，算又告一段矣。

张恨水序于旧都

1

楔子

深巷卖花来村人入幕
高轩驰马到羽士登龙

却说北京地方，历代在这里建都，是整千年来的政治中心点。凡是要做官的人，要想发展，总得到北京来活动活动。至于原住在北京的人，更不用提，十家倒有九家和官字儿发生关系。做官的人，是挣钱不卖力的，办事以外，寻乐儿的时候有的是。所以北京人说：人生在世，吃一点儿，喝一点儿，乐一点儿，老三点儿。因为北京人的人生观是老三点儿，由需要有了供给，花天酒地、声色歌舞之场甲于华北。而且寻乐儿的，多一半是做政治生活的，往往多社会趣谈、风流佳话，都做了政治背景。所以北京的繁华世界，和别处城市不同，望大说一点儿，和内政外交、国家安危都有密切的关系。

要证明这一件事却也不难，只问一问卖花的快嘴刘便能知道。

这快嘴刘是北京广安门外丰台镇的人。说起丰台镇，这是到华北的人首先要知道的一个好地方。在前清时候，铁路未通，交通不便，那里就成了很有名的市镇。因为它那地方，周围有十几里地的面积全是花圃，专种春夏秋冬四季的花草盆景，送到北京城里去卖。最出名的是芍药，一种就是几顷田。在前清时候，三四月里，芍药烂开，北京城里的人坐着骡车，带着酒食，特意到丰台去赏花。春风陌上，鞭丝帽影，却也不减现在中央公园、北海公园这一番热闹。到了后来铁路成功，京汉京绥京津三条路把丰台当作联络点，就越发地热闹起来。种花的人借着铁路便利，把花还运到天津去卖，所以丰台花业也就格外振兴。吃这项饭的人，由前清到现在，并不见得减少。快嘴刘他就祖孙三代以此为

1

业，不过他自己的园地很小，不能种整顷的花，只是随时凑些零碎盆景，自己挑到北京去卖。

有一年夏天，正是时局变化之后，北京关了几天的城门。快嘴刘不能进城，预备着几盆很好的千叶石榴和早开的珊瑚晚香玉，打算送到一家大宅门儿去卖的，现在都开得有八成光景了，真是可惜。好容易开城的消息传到了丰台，次日一早，趁着东方刚发亮，便把花来收拾好了，满满地挑着一担，趁着太阳没有出土，天气凉快，就赶快进城来。

他这半年以来都是向西四大街铁宅送花，那家家主是个将军，住的房子是旧贝勒府，里面地方很大，一年三百六十日都收买鲜花。管园子的花儿匠老李和快嘴刘是老朋友，价钱给得挺多，所以快嘴刘进了城，一直就奔西四牌楼。

走到铁宅门口，不觉大吃一惊，原来那两扇朱漆大红门紧紧地闭住，门外一道绿漆铁栅栏也完全关起来了。这栅栏里，原来站着五个卫兵，四个人拿着步枪，一个人挂着盒子炮，今天也忽然不见了。

快嘴刘几天没有进钱，打算一进城，就捞个一块两块。现在一看这种情形，这铁将军许是搬了家了。把担子歇在大门口，发了一会儿呆，因为这里斜对门有一家小理发馆，便一掀帘子进去，笑道："掌柜的，辛苦。我这儿和您打听一件事。"这理发馆里只有一个掌柜的、一个伙计，正闲着没事，伙计手上捧着一张一尺来见方的《群强报》在那里看哑巴老妈的京话小说。伙计念一句，掌柜的听一句。当时看见有人进门以为主顾到了，脸上一转笑容，"您来啦"三个字刚要出口，见人家先道上了"辛苦"，这不是买卖，就向快嘴刘白瞪四只眼。伙计问道："什么事？"快嘴刘道："这对门铁家约了我送花来的，现在忽然关上门了，怎么回事？"伙计道："他还在北京待着吗？那就别想要脑袋了。你不知道吗？他的军队打败了，他逃走了。"快嘴刘道："不是说他有十几万兵吗？里面还有鬼子兵呢！怎么着？全打败了。"伙计道："鬼子兵怎么着？咱们……"

正说到这里，理发的进来了。伙计上前张罗生意，快嘴刘只得道了一声"劳驾"退了出去。他问不到个究竟，也没法子去找老李，就只好挑着花担子，满街吆唤着卖。

这个时候，北京城里秩序刚刚恢复，住家的人家当先买油盐柴米，谁会来买花？因是快嘴刘在西北城转了半天，还没有开张，看看太阳，已经升到头顶上。自己还是天亮的时候在家里吃了半斤冷锅饼进城的，现在肚子里大闹饥荒，又没有钱买吃的，心里是非常焦急。走来走去，走到一大家宅门儿门口，那门口有一条一丈多宽的台阶，一列长着五棵大槐树，槐树荫底下，歇着一挑卖豆汁的担子。快嘴刘在身上一掏，还有一个大子儿，就把担子歇下，买了一个大子儿豆汁儿，坐在台阶上喝。豆汁儿喝到一半，忽然有一个人说道："这一担花都很新鲜，是谁的？"

　　快嘴刘看时，一个穿绸长衫的人绕着花担子，观了又看。快嘴刘放下豆汁碗，连说道："先生，您买花？是我的。你瞧这四盆千叶石榴，真好，留下吧！"那人便问道："要多少钱哩？"快嘴刘一听他是南方口音，便道："先生您要留下这四盆，好办，您就给三块六毛钱。一盆花，合不到一块钱，贱不贱？"

　　那人听说，正要还价，门里头又走出一个人，连忙说道："李先生，李先生，你别听他说，北京卖花的，谎顶大。"快嘴刘看时却是一个听差的模样。他道："大哥，这是我讲的价钱，你看值多少钱，您就给多少钱。"那听差道："这四盆花你要多少钱？"快嘴刘用手轻轻地托着花朵，说道："你瞧，这花起多大的蕾子！这上头骨朵儿有的是，包管能开两个月。我说四盆在一处算，只要三块六毛钱，这不算多吧？"那听差道："三块六毛钱？三毛六分钱差不多。"快嘴刘道："你就还三毛六分钱，我亦不能嫌少，可是我们也不能说十倍的谎。"那听差道："你要卖的话，干脆给你一毛钱一盆。"

　　那李先生是个初到北京来的人，哪里知道北京的事，觉得听差这价还得太少了，未免有些不好意思，转身就要进去。快嘴刘嚷道："先生，先生，我还让您一个价钱，您给两块五毛钱怎么样？"那听差说道："别废话了，你以为我们这买花是买古董呢。"快嘴刘道："好，我再让您一个价钱，您给五毛钱一盆，怎么样？"

　　李先生复转回身来，笑道："你这人做生意，是不大老实。不过五分钟的工夫，你自己就快落下一半的价钱。你们说的价钱谁还敢相信？"快嘴刘笑道："先生，卖花的人就这么一回事。您这儿老买花，还有什么不知道？我现在干干脆脆，只要一块二毛钱，贪您下回一个主顾，您瞧怎么着？"

李先生原不知道花的价钱，因为他落价落得太厉害了，无论如何也不敢相信他的话，便笑着只摇了一摇头。快嘴刘道："我再凑乎您一点儿，您给两毛钱一盆吧。"听差道："你说了半天，四盆花，给你五毛钱得了。"快嘴刘道："大哥，我越凑乎你越要便宜，我不卖了。"说毕，挑起担子就跑了。

约莫走有几家门首，脚步慢下来，又走了几步，索性停止了，好像想着什么似的，于是赶快回头，挑了过来说道："我还没吃饭，凑乎几个钱，买一顿窝窝头吃。好，我卖给你了。"于是将担子歇下，将花一阵风似的拿了下来，说道："先生，放那儿搬了去吧。"说时俯着身躯，就捧着花盆要向大门里送。李先生笑道："我向来听见人说，北京人做生意，又和气，又老实，据卖花的看起来，情形大不相同。"

快嘴刘听了这句话，忍不住不来申辩。于是放下花盆，站起来，伸着两手就像托了什么东西似的，向上一托，又向下一放，笑道："先生，你别怪我说谎，北京卖花的，向来就是蒙市。可是会买花的主顾，知道是这么一回事，谎也是白谎。有些买花的，早上不要，到了下午，老远听见卖花的一吆唤，就向大门口儿一站。卖花的来了，因话答话地问着价钱，一块钱的花，五毛钱准可买下来。"

李先生道："那是什么道理？"快嘴刘道："这话我一说，您就明白了。我们都是丰台人，老远地挑了来，不能老远地又挑了回去。到了下午，我们要出城回家，给钱就卖，反正花是不要多大本钱的，就卖的是人工。到了下午，捞一个是一个，不比白来一趟强吗？先生明天您试一试，您瞧我这话准灵。"李先生笑道："你这人说话倒也老实。"快嘴刘道："嘿！我就叫快嘴刘嘛。"李先生一面说话，一面引他把花搬进来。

快嘴刘转进重门，只见一个太湖石大假山迎面而起，上面挂着许多爬壁虎牵牛花。转过假山，一片大院子，中间隔着卍字走廊。院子里的草长着有一尺来深，草里摆着许多盆景，只有大半截花秆儿在外面，花盆子都被草掩着看不见了。草里的小蚂蚱儿，映着日光，在草头上飞起飞落。东犄角上一个葡萄架也就东倒西歪，不成个样子。葡萄藤儿拖着整堆的叶子，大半截躺在草里。葡萄架过去，有一个月亮门。老远地望去，门里头绿荫荫的，大概里面院子也是栽满了树木。

快嘴刘一面搬花，一面说道："嗬！好大个院子。这要拾落好了，什么花都好栽着。先生，你们这儿，好大宅门儿，也不要一个人拾落院子吗？"李先生笑道："听你的口音，你很想在我们这里当这个差事吗？"快嘴刘笑道："可不是？您这儿的大院子，没有一个人收拾收拾，怪可惜的。"李先生笑道："我们这里是书局，不是大宅门儿，你不用看错了。不过我们的经理倒很想找一个花儿匠。据他说，花儿匠是最会弄钱的。看你卖花这样说谎，你这人做事靠得住吗？"快嘴刘把花已搬完，这时他屈了一条腿，伸起光胳膊，给李先生请了一个安，笑道："我就伺候您这儿吧。我不能说不弄钱，不弄钱，出来干什么的来了？不过我弄钱，决不能比别人多。您要是肯用我，您就望后瞧。"

　　李先生还没有答他的话，他们这书局子里的王经理正好从月亮门里出来，笑道："你这个卖花的，说话倒也老实，你找得到铺保吗？"快嘴刘见这人是一个白胖子，穿了一件灰色的绸长衫，鼻子上架上黑色的大框圆眼镜，嘴上略略有些短胡子。他嘴里衔着一截黄色烟卷，比大拇指还粗，背着两只手，顺着走廊缓缓踱了过来。

　　快嘴刘一想，这大概是这里的阔人，走上前又请了一个安，笑道："老爷，那是一定，凡事都讲一个规矩，没有铺保那还成吗？"王经理道："好，就是这样说，你明天来，先在这里试工三天。你若还是这样老实，我就用你。"快嘴刘听说，喜之不胜，接了花钱，很高兴地回家去了。

　　那王经理笑着对李先生道："我搬到这里来就是喜欢花木和大院子，正要找个花儿匠，恰好就碰着一个。大概是卖花的人，在大公馆里当了花儿匠，犹之乎你们当编辑先生的人，盼到自己当了书局的经理一样，你想，他这不是很高兴的吗？"李先生也笑道："我要当了经理，一定首先用一个花儿匠，这叫推己及人哩。"王经理道："这一所院子收拾好了，草里还有个喷水池，也给它放出水来。下一次我们的聚餐会就可以在院子里举行了。我倒有一件事忘记告诉你，这次聚餐会要新加入一个朋友，从前是渔阳道尹，现在是牛督办驻京办公处处长。"李先生笑道："我们会里，官僚日多，反失以文会友的原旨了。"王经理道："不，他虽是一个官僚，倒不失书生本色，他就预备在我们书局里投资一万元，将来也许是我们一个同志呢。这位道尹姓周，明天就要来拜会我，我可以先介绍介绍。"

李先生道："我就没有听见王先生说认识过这样一个周道尹，大概也是新交吧?"王经理道："也是在一个宴会上会到他的，明天他是初次来拜会我。"李先生笑道："多认识几个官僚也好，将来不干笔墨生涯的时候，还可以做官去，依然是可以有饭吃。"王经理笑道："认识官的目的就是这样吗?"李先生觉得自己言重些，也就一笑而罢，心里想着，拒绝不见倒不好，明天借个原因，先躲开一下吧。

到了次日，李先生吃了早点儿，正想借事出门，便踱到院子里来，心里不住打主意。只见那快嘴刘已经上工，拿了一把小弯刀，在院子里割草。李先生还未开言，他先说道："李先生，我早来了。这儿王经理很不错，许下了十块钱一月的工钱，再加上零钱，一个月也就捞个十五六元。这事要干个三年五载下去，下半辈子，也就不愁什么了。"李先生笑道："你这人做事倒实心，头一天上工，就想干个三年五载，你想，你准能干这些年月吗?"快嘴刘道："少挣钱多卖力，我想总差不多。"

李先生点点头，因为自己要出去，且不和他说话，找了帽子戴上。刚要出大门，只见一辆敞篷马车，驾着一匹高大的紫骝马，飞也似的奔上前来。马车前面，另外有四个穿灰色军衣的人，两个人背着大砍刀，两个人挂着盒子炮，作两列排着跑来开道。到了大门口便都停住，马车前面，早跳下一个车夫，一跃上前，扣住了马缰绳，把车停住。车上坐着一个五十来岁的老头子，一把长胡子拖到胸脯面前。头上戴的巴拿马草帽子，恭恭正正，罩得前后一样。身上穿一件团龙起花蓝纱长袍，套着玄色团花马褂。手上拿了一把团扇，似摇不摇的，将胡子扇着一闪一动。李先生想不出这是谁，且向后退了回去，站在走廊上，看他是什么人。不大一会儿工夫，门房早拿着名片进来，连说："周处长来了。"李先生这才明白，这就是王经理所说的那个周道尹了。名片一送进去，王经理就跟着出来，表示欢迎。这时，三四个武装护从簇拥着周道尹进门。周道尹捧着手上那柄团扇，遥遥地便向王经理作揖。王经理迎上前来，也是捧拳作揖。

周道尹笑道："不然我就早来了，我刚要来拜访，府里来了电话，只得进府去。其实也并没有什么大不了得的事，因为府里每日是由郑州带几条黄河鲤鱼来的。有时候总统忘了吩咐上厨房做鱼，他们也就不敢动手。只积了一个礼拜下来，多上许多条鱼。总统忽然大发仁慈，念起我们这些老僚属起来，今天大开鱼宴，约了许多僚属在府里吃鱼，我也是被请者之一。因为我有几根胡子，所以把我请在总统一桌上吃。我是把鱼吃完了，立刻就来，怕让你老兄老等。总统还笑着说：'周老头儿精神不错，你看多么忙！'"王经理笑道："这叫能者多劳。"周道尹笑道："能者我是不敢说，不过牛督办全权派我在京办事，府里出，院里进，尤其是财交两部，为着车辆和军饷的事，几乎每日要去一趟，劳可也能说是劳了。"

周道尹正说得有劲儿，那在院子里割草的快嘴刘忽然走上前，对周道尹笑道："周师父，您好哇。"大家一见快嘴刘这样称呼，都为之一怔。周道尹对快嘴刘脸上看了一看。王经理道："你不要认错了人，这是周处长周道尹，你还不走开！"快嘴刘道："王先生，我怎么会认错啦！我们村子东头有个清风观，周师父从前就在那里待着。我们有时候到庙里玩儿，就常和他见面啦！不信，您问问周师父，我们那儿前前后后，谁不知周老道呢？"

周道尹听了这话，一张老脸由黄变红，由红变紫，手上拿那把团扇，直扇着胡子，一句话也说不出来。周道尹身后有一个武护从，见这个样，走上前来，给快嘴刘大腿上就是一皮靴尖。快嘴刘哎哟一声就向地下一蹲。周道尹借了这一个缘故，也发起怒来，说道："我是好意来拜访，怎么当面把我羞辱起来？走，我们走！"说毕，抽身便走，那鼻子里还呼呼地出气。王经理也觉不大好意思，只得一路跟着，送出大门口。那周道尹头也不回，坐上马车，依然是风驰电掣地走了。

王经理一想，这周处长是牛督办的亲信，无缘无故，把他得罪了，总怕他报复，而且人家拂袖而去，自己也觉难堪。这一腔怨气不由得全发在快嘴刘身上，便将他痛骂了一顿，把他辞去。快嘴刘道："不干就不干，那没关系。您要说我不该和他认朋友，这事我有些不服。他当老道的时候就有朋友，做了官的时候就没有朋友吗？我今天上了大半天的工，饭也没捞到一餐，我不能走。"王经理实在气极了，愤愤地进办事房去了。这位李先生怕他又要生事，便给了他一天的工钱，让他走去。快嘴刘不能一定要在这里做工，只得走了。

过了两天，李先生在街上遇见他，只见他形容憔悴，低着头在路边上走。李先生一见，叫了他一声。快嘴刘一抬头，苦笑道："李先生，你还认识我，我很后悔了。我在家里出来的时候，对家里说明，有了好事。现在回去，我把什么脸见人呢？我倒是想到天津去找一个朋友，无奈一个盘缠也没有。"说话时，两只眼睛只望着李先生的脸。

李先生道："你要多少钱呢？"快嘴刘道："我还搭火车吗？我就是走道去了，有个块儿八毛的也就对付着能到。"李先生听说，便在身上掏了两块钱给他，说道："我也有过这种日子，知道找不到事走不动的苦。我们认识一场，我觉你这人爽快，帮你一个忙吧，不过自此以后，你要谨慎才好。"那快嘴刘接了钱，竟趴在地下磕了一个头，千恩万谢而去。

光阴易过，不觉又是五年。这李先生因为受一家书局里的托付，要撰一部近代诗集，便搬到西直门外十里桥边一家味冰寺里来住，意思要静心撰述。这里有两个和尚，一个已经上五台山朝佛去了，只剩一个粗和尚看守庙宇。李先生住在庙里，对这个粗和尚好像很认识，只是想不起来在哪里见过面。那粗和尚却含着笑容，老叫李先生。

这里另外住的有几个避暑的，据他们说这粗和尚是一个有根基的人。他丢了军官不做，突然到这小庙里出家来，这也算是放下屠刀立地成佛了。李先生听了这话，更是疑惑，便问道："大师父，我们好像在什么地方会过，你记得起来吗？"和尚笑道："我怎样记不起来？还多谢给我两块钱呢。"

李先生陡然想起来了，他便是快嘴刘，便问他何以出了家。和尚笑道："我不但出了家，还做过官，带过兵，发过财呢。你要问我这话，我一时也说不清。现在有人新作了一部小说，记着北京城许许多多事情。我的一段小历史也载上面，你一看就明白了。这作书的人也就住在小庙里，作完了以后，就摆脱了红尘，把这一部书交与老和尚，请他卖到书局里去，得来的钱就送给老和尚。老和尚说要钱无用，没有卖去，因为这书里有我的事，他朝山之前，又交给我了。我上万家私都丢了，哪要卖书的钱。当年蒙先生送我两块钱，我要报答总找不着你，现在就送给你吧？您是书局子里的人，正用得着它。也不算谢你，请你和作书的人结一层缘吧。"说毕，当时就在佛龛下把书稿寻出来，交给李先生。李先生拿去一看，哦！原来如此，便在书前题了四句诗道：

眼前富贵原如梦，戏里干戈莫当真。

说与旁人浑不信，老僧便是过来人。

大家要知道这书上说些什么，书的正文里说得清清楚楚，请看正
文吧。

第一回

儿女英雄多情甘做妾
美人名士得意共参军

民国十几年以来，差不多都是军事时期，所以谋生无路的，投身到军界去，立脚就较为容易。在这种情形中，有多少人为了几块钱的月饷，枉送了性命，又有多少人靠着一根枪，把一个穷光蛋变成富贵双全的阔人。

提到这里，有位王全海师长就是侥幸成功者的一个榜样。王全海是山东郓城县人，自幼务农为业，不过那地方接近最出强盗的曹州，民情剽悍，差不多的人都懂一点儿技击，并且会放步枪和手枪。人民练习这种武术，也并不是居心去做强盗，因为强盗多了，时时刻刻可以来犯，乡人为自卫起见，每一个村庄都筑有土圩子，像一座小城一般，把村庄围上。而且乡人同时学些武术，会弄刀矛，也收买些步枪手枪练习射击，预备打土匪。王全海从小练习这些本事，后来能同时放两支手枪。他们放手枪和军营里的放法不同，不是瞄准射击，乃是举着枪口对天，向前面摔了去。王全海摔枪的功夫，能在黑夜里打三十步外的佛香头，因此乡人和他起了一个绰号叫作猫儿眼。他十八岁的时候就很出名，远近村庄没有不知道猫儿眼的了。过了一年，因为赌钱赌输了，不敢回家，就加入土匪里，当了三年土匪。

他当土匪的成绩很是不错，有一次他和十七个同党被一连官兵包围了，开火两三个钟头，人死了一半，大家都有缴械的意思，唯有他不肯。战到晚上，他一个人手里拿着两支手枪，就在地下滚球也似的滚着杀出重围，这样一来，杆头就把他升为了小杆头，手下也有三五十同党了。他一直当了十年的小杆头，因为杆头受了招抚，做了旅长，他也跟着投降，当了一个小连长。这旅长扶摇直上，做了督军。王全海因为替督军打过几回恶仗，劳苦功高，升为易州镇守使，兼第二师长。

这易州地方，到北京很近，王全海是常到北京来玩。这个时候，他有钱有势，坐汽车，住洋楼，抽大烟，吃喝嫖赌都可以随心如意，也和其他的阔人差不多。但有一件事，他和别人不同。别人有钱，首先要办的是讨许多姨太太。他以为娶了许多美人住在一处，一来不知道爱哪一个好，二来也容易起风潮，因此他想了一个法子，自己所常到的地方，一处娶一个姨太太。除了家乡不算，北京天津易州济南，都应该娶一个太太。现在已经娶了的，只有易州天津两处，急于要进行的就是北京这一房家眷了。王镇守使在易州娶的太太是一个绅士的妹妹，在天津娶的，是北班子里一个妓女，都不认得字。

他出身草野，戎马半生，没有机会读书，所以除了王全海三个字而外，认识的字，可以说不上十个。从前不认识字，倒也不觉怎样，现在做了大官，发了大财，就处处感到不认识字的痛苦。因此他决定了主意，在北京讨的这个太太非要认识字的不可，也好做个亲信秘书。前后两个月，也曾托人去物色相当的人才。无如他已娶了两位太太在先，读书读得很好的，自然有些身份，都不肯就。只稍微认识几个字的，他又不要。而且他最反对平等自由这些名词，所以太新了的女学生，他也不对劲儿。因此高不成，低不就，总是说不妥。

有一次，王镇守使请客，谈到了妇女身上，他就发起牢骚来了。他说："我常听到鼓儿词上，说那些个小姐人才好，德行也好，怎么到了这年头儿，一个也遇不着？"就有人说："现在女学生很发达，女学生到处都有才德兼备的，很是不少，怎么说没有？"他道："说的是女学生吗？我是反对她们，她们动不动说男女平权，自由维新，这样一来，小媳妇也要和丈夫平权了。常言道，夫为妻纲，男女平权，就是不顾三纲。再说这些女学生除了新出的新书，中国的书全不念，什么叫三从四德全不知道，这种人还谈什么德行。"

在座有个绅士是个实业家，因为他有些官瘾，借着地方公益的事，专和官场来往，如此奔走若干年，倒也弄了许多挂名差事，官场中只要有点儿芝麻大的红白喜事，他知道也要送一份礼去，久而久之，他就靠送礼这事出了名。他姓赵号观梅，人家把字音叫错了，叫赵官迷，又绰号叫他赵送礼。

赵观梅早就听得王镇守使有这番心愿，要在北京娶一房认识字的太太，自己心意中倒有一个人，可以介绍，但不知道他同意与否。现在把他所发的牢骚话听来，他所要娶的人，也许和自己要介绍的人，正相吻合，因欠一欠身子，脸上先对他笑了一笑，然后说道："要像镇守使所提的这种女子，在内地大概不容易找，若说到北京城里，有许多大户人家的小姐读书认字，又懂得三从四德的，倒不是没有。"王镇守使道："我也是这样想，北京城里，做官的后代多着呢，他们家里的小姐，总应该守着旧规矩。可是这年头儿，人心大变，做官的后代，他们也不讲究这个了，赵先生说倒不是没有，听见说过吗？"赵观梅道："舍亲家里，就有这样一个姑娘，现在还不过十八岁呢！"王镇守使听说，哦了一声，也就没有向下再提。

这一场宴会散了，当听差给赵观梅送手巾把的时候，因轻轻地对他说道："我们镇守使有话要和赵先生说，请您晚半晌这儿来一趟。"赵观梅会意点一点头。

到了晚上，赵观梅果然照着约定的时间到王宅里来相会。王镇守使正在内客厅里一张紫檀木湘妃榻上抽大烟，一想赵观梅也是熟人，就不用回避了，便吩咐马弁："请赵先生进来相见。"赵观梅走进屋内，取下帽子在手，就向他鞠躬。他口里正抽着一口烟，可说不出话，把头略微昂了一点，瞪着一双大眼，手上拿了烟签子，指着赵观梅，口里不住哼哼有声。赵观梅连连点头道："镇守使请便，镇守使请便。"于是斜着身子在侧面一张椅子上坐下。

王镇守使这时穿了一件古铜色花缎驼绒袍，卷着两只衫袖，头上戴一顶青缎套皮小帽，正面嵌了一小方翡翠，又是一粒东珠。可是为躺着抽烟，帽子歪在一边，那种样子，倒有点儿滑稽。他烧足了一口饱烟，抿住了嘴，一翻身坐起来，拿起烟盘子里的壶，嘴对着嘴，仰起着脖子，咕嘟咕嘟喝了一阵，然后才放下茶壶，雾气腾腾的，吐出一阵烟来，一面又在桌上三炮台烟筒子里，取了一根烟卷，衔在嘴里。站在一旁的马弁，抢上前一步，擦了一根火柴，给他将烟点上。

王镇守使抽着烟对赵观梅笑道："我找你来，不是别事，就是今天上午你对我说的那一句话，是真的吗？"赵观梅道："自然是真，观梅哪里敢在使座面前撒谎？"王镇守使笑道："我打算在北京讨一房认得字的太太，可又不愿要女学生，所以这事倒显着难办。赵先生刚提的话若是真的，我倒愿意，就是不知道……我想长得一定好的。"赵观梅道："人是好的，不过可不敢高攀。镇守使若是不嫌弃的话，让观梅先到舍亲那边去谈一谈，两天之内，再来给镇守使回信。"王镇守使笑道："倒是不忙，可是我有一句话得先说明，我是已经讨了两位太太的。不过我的办法和别人不同，我讨两个，是两头大，讨三个就是三头大。而且我的太太，一个地方住一个，不会见面，也打不起吵子，我并不是讨姨太太，那么，要说坐花轿穿大红裙子，全不在乎。"

赵观梅道："是，是，这一层观梅知道，不过镇守使还没有见着人才，观梅恐怕不合意，必得先把女孩子的相片和她作的窗稿全拿来让镇守使看一看，然后再往下说。"王镇守使道："什么叫'长糕'，她会弄吃的吗？"赵观梅道："不是。就是她平日在书房写的字、做的文章。"王镇守使笑道："你骂苦了我啦！斗大的字我认不了一担，还瞧文章吗？"赵观梅道："镇守使纵然不看，还有秘书呢。"他点点头道："你这人真算能办事，我要提的话，你先说了，烟炕上不分上下，来玩两口，咱们烧着烟慢慢说。"

赵观梅虽在应酬场中走走，倒是不大会这东西，但是镇守使的钧命，又不敢违抗，因站起身拱一拱手道："观梅不敢。"王镇守使道："嘿！瞎扯什么臊，在外面我是镇守使，关起门来，说得上的，就是朋友，再说你说的这个姑娘是你的亲戚。只要事一成，咱们也是亲戚了，那要什么紧？在外面应酬场上，是没法子，咱们自己的人在一块儿，就不应该这样文绉绉的。"

赵观梅见他如此说，只好慢吞吞地将半边屁股挨着床沿坐下。王镇守使指着烟缸子笑道："人家说这东西能害人，那也不见得，我打二十岁抽烟起，抽到现在，也没有坏我的什么事。要说抽了精神不好，他妈的，上起火线来，我也没有一次比别人后到。"赵观梅连答应是是。王镇守使身子望后一仰，躺在高高叠起的被条上，脚一伸，伸到一张放了软垫的方凳上搁着，说道："躺下躺下，也玩两口吧。"

赵观梅见他一味地相催，不得不躺下，只好半侧着半曲着身子向着他躺下。自己向来也没有和大人物这样对榻抽过烟，所以虽然躺下，反而浑身不受用。

当天晚上，陪着镇守使抽了几个钟头烟，高高兴兴回家。走进房，只见桌上堆了一桌面零碎绸布片，赵太太正在电灯下面清理。赵观梅道："嗐！这些零零碎碎，还清理它做什么？清理出来又值几个钱？我告诉你，我们有发财的机会了。下午我不是说王镇守使请我去吗？你猜怎么着？他原来是请我吃晚饭。我去得晚了，饭已吃过，就让我在他自己睡觉的铜床上躺下，对抽大烟。"赵太太一撇嘴道："不要信口开河了。人家整个来镇守使，和你对躺着抽烟？"

赵观梅见他太太不信，不由得叫起撞天屈来。因道："这一回话，我要是吹的，我就是你的儿子。"赵太太笑道："既然是真的，何以我从前没有听见你说过，你和这镇守使很好。"赵观梅道："本来我就和他没有什么交情，他为什么这样和我要好，我也是不知道，等到在鸦片床上一抽一谈，我才明白了，原来他是要我做媒。"赵太太道："大概是续弦吧。不然像他这么大年纪，还没有讨过亲？"

赵观梅听说，就把王镇守使为人特别，一处讨一个太太的话，从头至尾一说，赵太太道："你打听得这样清楚，你心上有人打算做媒吗？"赵观梅眯着眼睛对太太一笑道："怎么没有，我想你妹妹……"一句话未了，赵太太道："呸，你别糟蹋人了。你家妹妹才不给人家做姨太太呢。"赵观梅道："凡是一桩新鲜事儿，总有个理由，不能凭空落下来，你听我说，王镇守使现在带着一万多人，管二三十县的地盘，本来就是个小督军，现在也很得政府的信用，快要升为军务帮办，这就算副字号的督军了。再过个一年二年的，何怕他不就是督军。督军够多么大，大概你也知道，你不愿意你妹子做督军夫人吗？"

赵太太道："那怎样不愿意？可是他还娶了两位在头里呢！"赵观梅道："虽然娶了两位在头里，又不在北京，永久不见面，去分谁大谁小？况且王镇守使说了，全是明媒正娶，谁也不当着姨太太讨了去。再说，娶的那两位，一个是乡下人，一个又是窑姐儿，懂得什么，若是你妹妹嫁过去了，她会写会算，人样儿又挺不错，不用提，一定能够掌着大权的。不说别的，这王镇守使来往的银钱就非交给她管不可，至于重要文件，那更不必提，全得让你妹子管。王镇守使是不认识字的，还不是你妹子爱怎样办，就怎样办好。干脆说这个镇守使就让你妹子干了。这样的好事，你还觉得不愿意吗？"

赵太太听到说要妹子去做姨太太，是一肚子不高兴，现在让赵观梅把理由解释清楚，倒是真正的一个好机会。因笑道："向来做媒的人，是两头说谎的，你这些话全靠得住吗？"赵观梅笑道："你这是呆话了，媒人说谎，也要看什么人、什么事。你就算我也说谎，难道人家这易州镇守使是假的吗？他带着有一万人，也是假的吗？"赵太太道："那自然都是真的。"赵观梅道："那还说什么？你若赞成这个事，明天你就去一趟，和岳母把这事提一提，若是事情成功了，你妹子一掌了大权，咱们都可以阔起来，你瞧岂不是好？"

赵太太被他一顿话把意思说动了，因道："让我明天回去和老太太提一提看，也许她愿意。"赵观梅见他太太都赞同了，这事就有五成的把握，因为岳母老太太向来就爱听大姑奶奶的话。而且办起事来，大姑奶奶也要做一半主。大姑奶奶十分乐意，岳老太太也就会有五分乐意了。因此赵观梅索性锦上添花，给王镇守使大吹一顿。到了次日，赵观梅又在果局里买了两篓水果，让太太带去，而且自己的包车也特别通融一天，让太太坐着，总使太太心里没有一点儿不痛快。

这赵太太娘家姓罗，没有丈夫，只有一个儿子、两个女儿，大小姐就是赵太太，他的少爷名叫罗士杰，在中学读两年书，如今不读书了，买了辆脚踏车，终日骑着在外面和朋友闲逛。回得家来，也没有别事，养了一缸金鱼、四五十只鸽子，就是办这两样事。最小的是二小姐，名叫静英，今年才十八岁，她没有进过学校，因为家里请了专馆先生教她哥哥的书，她也随着哥哥附读。哥哥的书是一窍不通，倒是静英读得很好，能作三四百字论说，她学一手卫夫人的小楷，尤其是写得秀媚入骨。罗老太太也不知道她女儿的本领如何，因为人家都说好，她也相信好，很不愿意埋没二小姐的才学，满心要攀一个阔亲戚。北方人结婚是最早的，十五六岁出嫁乃是常事。静英长到十八岁，还没有将婚事说好，罗老太太倒是一件心事。她也曾嘱托赵观梅留心，给姨妹找一个婆家，说了四五家，都不妥当。

这一天赵太太回来，先和老太太说了一些闲话，后来就说道："他现在场面倒是阔了，又认识一个王镇守使。这王镇守使带着好几万兵，有二三十县的县知事都归他管，一年工夫要挣上百来万。"罗老太太笑道："姑爷认识这样一个朋友，那倒不错，要在他那里找个差事，一定是很容易了。"赵太太道："据他说，现时还不向他要差事，让他高升了再说，反正他两人交情很好，事情跑不了，他是天天到他家里去。"罗老太太道："这王大人在北京有住宅吗？"赵太太道："有，房子好极了！据他说，屋子里就像天宫一样。可是有一样，还没有太太。"罗老太太道："是吗？做到这样大的官怎样还没有太太呢？"赵太太一想，这是机会了，就把赵观梅告诉他的话说了一遍，唯有和妹子做媒这一节，按下不提。

罗老太太捧着一管水烟袋噗噜噗噜抽烟，半晌说道："可惜他京外有两房家眷，若不然，倒是你妹子一头好亲事。"赵太太道："有两房家眷倒不要紧，只要明媒正娶就是了。听说这王镇守使一个大字也不认识。现在要讨一个认识字的姑娘，不但百万家财都归她掌管，就是他的公事也要让她去办，譬方说吧，要是我们妹子做了太太，若是士杰求个县知事做，不问王镇守使答应不答应，妹子自己就可以做主给他做。"罗老太太道："不能那样容易吧！"赵太太道："怎样不能？权柄都在手上，放个县知事，算什么呢？真有那个日子，士杰做了县知事，你老人家也是一个老太太了。"

她母女二人在屋子里说话，罗士杰一手拿住一只鸽子，和翅膀一把捉住。两个街坊的孩子和他一块儿站在院子中间。半空中一群鸽子，带着响铃，绕着圈圈，在日光里飞。日光在鸽子背上，一闪一闪。罗士杰右手的鸽子向空中一抛，鸽子啪的一声，伸开两翅，在半空中如射箭一般，绕了半个圈圈，加入鸽群。两个小孩伸开右手巴掌，比着眉毛，挡住阳光，向天空看那鸽子笑道："真不错。"罗士杰很得意，说道："谁也不能找着我这样好的。"说毕，把那一只鸽子也抛入空中，用手拍着两个小孩儿的肩膀道："小四儿、小七儿，咱们到街上看看去。"

赵太太在屋子里，向着窗外叫道："士杰，你这么大人了，老是贪玩，将来要在衙门里给你弄一份差使，你也到衙门里去喂鸽子吗？"罗士杰对屋子里一鼓嘴，说道："废话！谁给我找差使，姐夫不分白日个黑日个运动，也没见差使在哪里，倒要给我弄差事吗？"说毕，拉了两个小孩子就跑上门外去了。

赵太太在屋里,一红脸,对罗太太道:"妈,您瞧瞧这孩子说话,可有个轻重?"罗太太道:"我早就说了,这孩子没出息,我将来都靠着姑爷哩。"一语未了,罗士杰跑了进来,笑道:"妈,姐夫真阔呀。刚才门口开来一辆大汽车,旁边还站着四个挂手枪的护兵,开汽车的也是一个兵。小七儿小四儿都吓跑了,我也觉得怪,车子怎么会停在咱们门口。你猜是谁?开了车门,敢情是姐夫一头钻了出来。大姐,他得了什么好差事了咧?"

窗户外面早是一阵笑声,接上说道:"这倒成了一个乡下孩子了。坐了一辆汽车来,这也不算什么,值得这样大惊小怪的?"话说毕,是赵观梅进来了。罗太太连忙让座,他随便敷衍着,脸却对着赵太太道:"你出来不多大一会儿,王镇守使就打电话来了,要我去。我说没车,他马上就把汽车来接我。这样的汽车,他有三四辆,分一辆接人,那是不算什么,所以我也不客气,就坐上他的车子来了。他的车子照例是有四个护兵护车,我坐了车,所以这四个护兵也一路跟了下来。"罗太太道:"这王镇守使这样阔吗?一个人有三四辆汽车。听说一辆好汽车,顶少也值两千块钱,他有几辆车,家私至少也有一万上下了。"

赵观梅见岳母大人羡慕起来,落得鼓吹一顿。说是:"王镇守使在北京各银行里存的款,至少也有五十万。天津银行里的还不算呢。他不认识字,又不会打算盘,结起账来,也不知道银行里抹了他多少钱利息。说起来真是可惜,我不想别的什么事,只要他那笔私账交给我管,我也就发财了。"

哈哈!罗太太听了,心里越是羡慕,慢慢地就谈到婚姻上去。罗太太说:"若是坐花轿,办喜事,鸣锣响道地接了去,那总为正不为小,不过就是一层,怕亲戚朋友说闲话,就是你姨妹肯不肯也难说。终身大事,虽然是父母做主,可是这件事和平常结亲不同,总得问她自个儿一声。这镇守使模样儿怎么样?上了年岁的人,恐怕你妹子也有些不大愿意。"赵观梅在身上一掏,掏出一张相片来,双手交给罗太太说道:"这真巧了,今天他送了我一张相片,我还揣在身上,您瞧瞧,这相片多么威武。"

罗太太接过来一看,果然是一身军服的人,那年纪也不过三十来岁,戴的军帽,上面撑着一丛须儿,和家里老爷子在日,挂的那张大总统袁世凯相片的衣帽正是差不多。凭这个样子，官就不会小。仔细端详了一会儿，说道："总还不算错。"因顺手交给赵太太，微笑道："回头你拿着这相片，对你妹子说一说，看她怎样？只要她点个头儿，这件事就算妥了。"赵观梅大喜，在一边又添上许多言语，见大概没有什么问题了，才告辞而去。

当罗太太和大姑奶奶讨论这件事的时候，二小姐静英正拿着一本小说坐在隔壁屋子里看。听得说到自己婚姻头上，就不由怔怔地听了一听。先也觉得姐姐提到此事有些冒昧，后来说到种种好处，倒听得入港。心想，小说书上，提到什么先锋，什么元帅啦，一个人讨两三位夫人倒是有的，都是一样大，也没谁正谁副。若是明媒正娶的，这也不要紧，可是一层，不知道这人的模样儿好坏，若是一个老头子，那也就算了。后来又听到说带了一张相片来，心里倒急于要看一看。知道大姐一定要来找她的，自己悄悄地先就回到屋子里去。

过了一会儿，赵太太果然来了，先说了一些闲话，后就把王镇守使的那张相片送给静英看，笑道："二妹，你瞧这人的模样儿，威武不威武？"静英右手捏住看的书，左手随便接了相片过去，望了一望，微笑道："哪里来的这一张相片，倒好像军乐队里的吹鼓手。"赵太太脸一沉道："嘿！你说这话真是罪过，人家是个镇守使呢。"静英随手将相片一摺，放在茶几上，很不经心的样子，问道："是哪个镇守使？姐姐怎样把他的相片拿来玩。"赵太太微笑了一笑，然后说道："这话说起来可就长了。"于是王镇守使长，王镇守使短，说得王镇守使如五路财神、四海龙王一般，静英小姐本来就听了一遍，心里不免有些冲动。现在当面一说，说得她面红耳赤，只是低了头，翻弄那书页。赵太太道："你是什么书也看过的人，古往今来的事，你知道很多，用不着我多说。我记得那年夏天晚上，在院子里乘凉，你还给我说过孙巧姣宋玉姣同嫁一个秀才的话，我想只要明媒正娶，别的那都不算什么。"

静英沉默了半晌，一句话也说不出来，后来放下书，站起来倒茶喝，才靠住桌子说道："咱们怎么样能比古人？"赵太太道："古人也是人，咱们也是人，为什么不能比古人？"静英道："外面的事，我是一概不知，我是凭媒做主。"说了"凭媒做主"四个字，脸已是涨得通红，赵太太听了她这种口音，知道她已经愿意，喜欢得什么似的，便笑着说道："到底你是聪明人，想得开，要说凭咱们这样的门第，要结这样大的亲戚，哪里能够呢？"

坐了一会子，实在也按捺不住了，笑嘻嘻地就去告诉罗太太，说是："妹子已经愿意了。明天就叫他去对王镇守使说，商量下定礼。可是有一层，人家总得看看姑娘才会放心。凭我妹子这样人才，还怕瞧吗？妈，您说是不是？"罗太太道："相亲呢，可也是有的，就怕你妹子不愿意。"赵太太道："要不把妹子的相片送人家一张也好。若是怕放在人家那里不便当，瞧了，就让他拿回来得了。"罗太太想了一想道："这倒使得。"于是瞒着静英，将她照的一张四寸相片交给了赵太太，赵太太又说了许多将来的好处，吃过晚饭，才回家去。

赵观梅见这事办得有几分头绪，好不痛快，拿了相片，连夜到公寓去报告。一下包车，一个守卫的兵士将扶着的枪向前一伸，刺刀朝着人望下倒，那是拦住人的意思。赵观梅满脸是笑，拱了一拱手道："我见镇守使有要紧的事报告。"卫兵道："镇守使不在家。"赵观梅道："他上哪里去了，你知道吗？"赵观梅来过多次，卫兵知道他是商界中人，和上司没关系，就不把他放在心上。他道："谁知道？"那黄黑的脸色一板，眼睛一瞪，却不大好看。赵观梅正自为难，在门外呆立着，忽然走出来一个马弁，便先说道："赵先生刚来吗？镇守使留下话了。他在黎秘书公馆里，你若有什么事，可以和他通一个电话。"赵观梅道："这外面有电话吗？"卫兵就抢着道："有有，赵先生，这传达处也有电话。"赵观梅不作声，板着脸也瞪了他一眼。

进去一打电话，王镇守使听说他做媒做得很有成绩，倒是欢喜，就叫他马上到黎秘书家里来，有话就可以到黎秘书家里说。赵观梅知道这黎秘书仁凤，是孙督军手下的一个亲信，能认识他倒是一件好事，便又连连答应就来。也不肯稍微耽搁，坐了包车，马上就到黎秘书家里来。

这黎仁凤秘书，自己的太太还在故乡，在北京天津两处各娶了一位姨太太，北京这位姨太太是北里人物出身，长得非常美丽，而且交际手腕很是灵活。所以对于黎秘书的职务上，却也很多帮助。这位黎秘书以为反正不是自己的结发夫人，管她怎样，况且那个时候，在孙督军部下做事，要想走红，必得合上以下四个条件：第一，能赌钱，第二，会逛窑子，第三，会抽鸦片烟，第四，有一两个极好看的姨太太。若是这四个条件有一样欠缺，官职就不能稳当。黎仁凤不过二十多岁，新从大学毕业，本也用不着讨两位姨太太。他讨两位姨太太的意思就是专门在应酬朋友。小公馆备得有酒食点心，朋友来了，可以随便取乐。

这个时候，赵观梅到了黎宅门口，一双朱漆红门，门上的电灯正大光明，如白昼一般。靠门左右两辆大贝克牌汽车，一望而知这里面有阔人在内，大门洞里，两条大长凳，正有几个武装兵士坐在那里谈笑喝茶。赵观梅一下包车，他们全站立起来，雄赳赳地对人望着，有一个挂盒子炮的，便抢上前一步，问是找谁。赵观梅便说："王镇守使打了电话叫我来的。我姓赵……"那挂盒子炮的连忙赔笑道："您是赵顾问吧，镇守使在里面等着呢。"于是在前引导，引着赵观梅穿过好几重屋子，到了最后一重，人在走廊上，就闻到一阵很浓厚的鸦片烟味。那卫兵又抢上前一步，给赵观梅打了帘子，让他进去，又说了一声"赵顾问来了"。早听见王镇守使答应了一声，说道："那就请进来吧。"

这话是从旁边一间屋子里说出来的。却有一个年轻女仆将内门帘子掀开，笑着一点头。赵观梅一进去，倒弄得无所措手足。原来正面床上，王镇守使和一个艳装女子面对面地躺下，在那儿抽大烟。那女子也不过二十岁上下，穿着一件葱绿印度绸的短衣，紧紧地蒙了一件青呢小坎肩和青呢大脚裤，沿着边都镶着滚水波纹的白辫。她伸腿睡着，米色丝袜和绿缎鞋都完全地陈列在一张紫檀小圆凳上。脸上浓浓地抹了一层香粉，在两腮上略淡印了一晕胭脂。床里边斜插着一盏绿罩电灯，正对着一叠枕头上，照着这女子正含着一脸的笑容，一只手捧了烟枪，伸到王镇守使嘴里；一只手捧着烟纤，在烟斗上拨烟。王镇守使两只手捉住烟枪，嘴对着烟枪，刚才吸得吃劲儿。

对着这房门，有一个穿银灰缎袍的，卷了半边衫袖，头上戴了一顶瓜皮小帽，两个指头夹了一根雪茄，斜靠着一张沙发上坐了。赵观梅认得，这就是那位黎仁凤秘书。他见赵观梅，起来让坐，床上两位抽烟的也同时坐将起来。那女子用手理着鬓发，对赵观梅笑了一笑。王镇守使看他踌躇的样子，不好称呼，便老实地给他介绍道："这是黎太太，我们都是极熟的朋友。"赵观梅笑着弯了一弯腰。

黎太太让笑道："听说赵先生给王镇守使做媒，这话是真吗？那边姑娘答应了没有？"王镇守使笑道："瞧你这样子，你简直比我还着急，观梅，你说吧，这里没有外人，说出来不要紧的。"赵观梅看那样子也是不要紧，就把话照直说了。那张四寸相片也双手递给他。他站起来，走上前一步，拍着赵观梅的肩膀道："你总算会办事，我可不是新人进了房，媒人丢过墙的，以后我得提拔你。"他左手拿了相片，一面定睛细看，点了点头，对黎太太笑道："哎！不坏，你瞧瞧，准比得上你。"黎太太一撇嘴道："我算什么呀？比得上我吗？不能那样寒碜。"说时，站到他身边，并肩看那相片，笑道："这模样儿是不错，是一个太太的样子，你瞧她眉毛这样长，将来一定是多子多孙。"王镇守使回头对黎太太脸上一望，笑道："你这眉毛也不短，也是多子多孙的。大概这就要添小少爷了。"黎太太呸了一声，正要往下说。听差进来说："天津来了电话，请太太说话。"黎太太一听，就知道是孙督军来的电话，就出去到别屋子接电话去了。

出去好久，黎太太才进来，便对王镇守使道："少陪了，我这就上天津去，赶十一点的火车动身。"王镇守使道："仁凤，昨天我请你开的那份预算，就请你太太带去得了。"说毕，又给黎太太拱了一拱手，笑道："嘿！多帮一点儿忙，见了老总，就说我天天在外面借债，穷得不得了。若是得个十万八万的饷，我大大地送你一笔礼，你看怎么样？"黎太太笑道："大大地送一笔礼，是送我什么呢？"王镇守使道："要什么都成。你反正是个太太，把我新娶的媳妇儿让给你也不要紧。你若是这人情讲不成，那怎样办？你得照样赔我一个。"黎太太一红脸道："这里还有生客呢，镇守使倒占我们的便宜。"说着一抽身出房门去了。

赵观梅坐在旁边，一语不发，心里看了，不住地纳闷。黎仁凤当着面，怎么让他太太和别人开心？这还罢了，三更半夜，让太太上天津督军公署，这不怕外面人笑话吗？王镇守使看到赵观梅发愣，也猜了个四五分，便笑道："我们这黎秘书是贤者多劳，一个人分不开身来，督署里一部分的事就由太太代办。太太现在可是督署里一个参议。我以为父子做官，兄弟做官，都不算什么。倒是这夫妻做官，我们少见少闻。仁凤你遇到孙石帅这样的上司，真不错啊。"黎仁凤道："其实我真不懂什么军事，蒙石帅看得起，总把军事来问我，我又不能不贡献一点儿意见。现在每天总有几遍电话打到北京来。因为我有时候不在家，所以差不多的事都由内人接洽，石帅以为她很行，索性给了她一个名义。这样一来，她倒比我忙，一个礼拜，总得上天津去两三次。"说这话时，黎太太复身又进来了，穿了一件五彩织花缎子的宝蓝色旗袍，脖子上银光灿灿的，挂了一副珠项圈，左胳膊上搭着青呢斗篷，对着大家点了点头，笑道："再会。"径自去了。

她去了好久，屋子里兀自留下一阵脂粉香味。赵观梅笑道："黎秘书有这样的贤内助，在政治上将来一定是事半功倍。"黎仁凤笑道："在现在男女平权的时代，这原不算什么，但是有些人不识潮流，不要说我太放浪吗？好在我倒不管这些，我就办我的。有些人说我有点儿名士派。赵先生你看对不对？"说这话时，左大腿架在右大腿上，拖着一片拖鞋只是抖。赵观梅道："这名士派本来分好几等，风流潇洒是名士派，游嬉三昧也是名士派，寄情泉石也是名士派。"黎仁凤笑道："那么，赵先生看我是哪一等的名士呢？我虽然懂得一些琴棋书画，但是都不高明，只好算是门客材料而已，谈不上名士。"说着，扭着身躯摆着脑袋，口里哼着诗道："放浪形骸容我辈，评章风月亦神仙。"赵观梅看那样子，知道他的意思，便笑道："黎秘书自然是风流潇洒的名士。况且黎太太又是出色的人才，算得一位美人，有美人的名士，自然是风流潇洒的名士了。"

王镇守使躺在床上，烧小烟泡子消遣，听到这里突然向上一爬，说道："你们说了这半天的话这才明白了一句，话说黎太太是个美人，这话倒不错，黎太太真是一个美人胎子，仁凤算有福气，讨了这样一个好太太，又漂亮，又会说话，又会办事，我明天有了大些的地盘，我一定请黎太太当女军师。"说着，拍了大腿哈哈一笑。站起身来对赵观梅道："你回去不回去？宋总长家里还有一个应酬，我得去绕一个弯儿。"黎仁凤道："赵先生在这里谈谈，烧两口玩玩吧，镇守使有应酬，就请便。"

黎家的听差老妈都是经过训练的，早有一个年轻老妈，打了一个干净手巾把上来。赵观梅见她雪白的圆脸，一头短覆发，短短地窄窄地穿一件浅灰棉袄，露出圆藕似的胳膊，戴着一对细条银镯子。他不去接手巾，笑着问道："你是三河县的人吗？"老妈低着头答应是。王镇守使道："多大年纪了？"老妈说是二十二岁。他道："冤哪！真冤哪！二十二岁怎么叫老妈啦？"老妈红着脸道："您擦脸。"把手巾塞在他手上就走了。王镇守使笑道："三河县的老妈实在不错。仁凤，这个人让给我吧，我就喜欢她。"一面说，一面笑着走了。惹得那老妈子都不好意思来收手巾。

赵观梅看得有趣，黎仁凤却毫不为意，一定拉着他躺下烧烟。三袋大烟一抽，黎仁凤就对赵观梅道："不瞒您老哥说，孙石帅军机大事，我夫妻二人没有不知道的，不大重要的，我们也常常替他做主去办，我们年轻，对他当父辈一样看待，他二夫人极喜欢贱内，贱内就拜她名下为干姑娘。所以我们在外面是僚属，内幕里，倒是子侄一般。话又说回来了，不是这样的关系，怎能参与军事呢？"赵观梅枕在软枕上连连摩擦着脑袋，算是点头的意思。黎仁凤道："赵先生和梨园行中认识熟人多吗？"赵观梅以为他是要玩坤伶，便道："熟是熟，不过这班人，是贱骨头，要去请他，不如传他，我保荐一个人介绍你，你要谁来谁就得来。"黎仁凤忙问是谁。赵观梅一笑，伸出一个小指头来。要知道这小指头代表哪一个，且听下回分解。

第二回

一幕血花曲中人不见
半窗日影客散鸟还来

却说黎仁凤谈起梨园行，赵观梅就伸出一个小指来，保荐一个人。黎仁凤问道："这一个小指头是谁？"赵观梅笑道："逛胡同也好，玩戏子也好，有这个人在场，事情就好办。他是北京城内三峰之一，你不能不知道。"黎仁凤道："哦。你说的是林小峰吗？可是这件事托了我亲自调查，我就再找上你，若是一到他们手上去办，就怕事情闹开来了，守不住秘密。"赵观梅一听，倒为之愕然！本来是说些玩笑的话，怎么谈到秘密不秘密起来？黎仁凤见他踌躇不定的样子，知道他不解其中之意，便道："这是可大可小的一件事，你老兄愿意办，我就说出来，你老兄不愿意，我就不说。"赵观梅见他说得如此郑重，便道："我为人向来就怕说半句话，只要黎先生吩咐是守秘密的，无论如何，我都守秘密到底，究竟是一件什么事呢？"

黎仁凤笑道："其实也不过是件风流小案。我们老总现在共有四房太太，倒都是上等人才，这四太太是北京人，自小就要听个戏儿。这一做了四太太，有的是工夫，有的是钱，更可以敞开来听，所以天津这些戏院子，她是没有哪一家不熟，就是前三个月，从上海来了个唱小生的鲁俊仙，在月宫戏院唱压轴子，戏虽不怎样好，可是行头漂亮极了，一进场，一上场，总得换一套。四太太听戏，先是家家都到，后来变了样子了，天天在月宫包一个厢，就是自己不到，这个厢也包定了。一个月下来，外边就不少的闲言闲语。老总事情忙，原管不了许多。可是几位太太都是没事的，就常说，大帅怎不到月宫去听一回戏，那个唱小生的

24

鲁俊仙，据人说很是不错。老总先是不留意，后来大家都这样说起来，他心里可就有了数儿。他也不言语，派了一个亲信的马弁，换着便衣，也天天到月宫去听戏，侦察他们的行动。这马弁第一天听戏之后，就觉得形迹可疑。一个女茶房两次三番走到包厢，和四太太交头接耳地谈话，马弁不等戏完，就到门口去远远地站着，看四太太坐车上哪里去。等了一会儿，四太太出来了，坐上汽车向对面开去，却不是回衙门的一条路。自己是两条脚走路，当然赶不上，就再站一会儿，等鲁俊仙出来。不到三十分钟，他果然出来了，坐了一辆油漆光亮的包月车，飞跑而去。这马弁预先就雇了一辆车在路旁等着，跳上车就叫车夫跟着追，不要让那辆车跑开了，说了只要跟得上就多多给钱。自古道重赏之下，必有勇夫，当然跟得那辆车前后不离。到后来，鲁俊仙的车就停在群乐饭店门口，他笑嘻嘻地进去了。马弁也跳下车，紧紧地跟了进去。一直见他进了房间，乃是四十八号，自己也就立刻在对门开了一间房，半掩着门，对四十八号望着，约有两个钟头工夫，在中间茶房进去了一次，不一会儿，鲁俊仙低头走了，茶房接上就把四十八号的房门锁上。马弁心想，一定是自己错了，不然，何以鲁俊仙一个人走出去呢？大概他是等人，等不着就走了。若是四太太来了，她的汽车应该停在门口，现在门口没有汽车，也许是约好了鲁俊仙在四十八号会面，因为自己到这儿来，让四太太知道了，所以四太太不会来。还是自己做事不谨慎，把一场很好的事情弄糟了，他无精打采地出去，回家和一个伙伴商量，伙伴埋怨他把煮熟的鸭子给飞了。因为鲁俊仙一直到群乐饭店来，必然是四太太先在那里等着。后来茶房进去说，有人跟着来了，所以鲁俊仙待一会儿就走，茶房把门锁上，让你死心塌地，以为屋子没人，不必守了，其实四太太在屋子里哩。你一出门，她也出门，绝不再去的。你说门口没有汽车，她有那样傻，在旅馆里开房间，还要在门口挂幌子吗？她一定是让汽车停在不注意的地方，另雇胶皮车上旅馆的，要是我，茶房一锁房门，我就走到门口来等着，一会儿工夫，她就自己会出来了。这马弁前后一想，情形对极了，不但是贪功，还恨鲁俊仙玩手段，非把他们捉住出口气不可。接上跟了一个礼拜，不料从第二天起，四太太听戏是听戏，听了戏一直到公署，捉不到她一点儿错处。这鲁俊仙也机灵不过，只演这一个礼拜就不再演，全班挪到北京来了。这一场风流案子

25

总也算揭过去了。"

赵观梅道："既然揭过去了，现在为什么又重新注意起来呢？"黎仁凤道："这也是合了一句俗语，他们色胆包天。老总一面在天津调查这件事，她一面还有书信来往。那一方面听说是一个梳头老妈子接洽，这一方面鲁俊仙请了一个唱小丑的当代表，看那意思，是要预备逃走呢。"赵观梅伸了舌头道："这家伙好大的胆，在太岁头上动土。"黎仁凤道："老总也是因为这样恨极，现在一点儿不动声色，打算拿住他们的真凭实据，然后下一个绝招。他不把这事告诉我，我倒省让人瞎说去。他一告诉了我，外面有个风吹草动，都要疑心是我的嘴不稳，传了出去的，我倒担一份责任。"

赵观梅道："这一件事，还是让林小峰去办的好，他们耳目灵通，在北京城圈里的事，他不调查则已，若要调查，没有一个不水落石出的。至于保守秘密一层，老兄用不着吩咐他，他自然会知道，他们对于百姓是二十四分厉害，对于上司可又是二十四分恭维。说句良心话，他们是无恶不作。可是他们的地位很低微，所以能轰轰烈烈地在北京城里干，无非狐假虎威，狗仗人势，世界上的狗，无论怎样凶恶，他能不听主人翁的指挥吗？"黎仁凤笑道："哎啊啊，了不得，赵先生这一顿痛骂，真也骂得他们够受的了。"

赵观梅皱眉道："北京城里的人，听到三峰有一个不头痛的吗？这三峰里面只有个孙大个儿是个回回，知道所做的事要不得，不敢老往前干，近来倒很守本分。这个林小峰近来又很走运，就不同了，他越走运，他就越要巴结上司。黎秘书若说是孙石帅的命令，叫他办一桩事，莫说是守秘密，就是要他爬到天津去，他也不能不办。这事我看就吩咐他去办，不会错的。"黎仁凤见他说得如此有理，说道："那也可以，你老哥一定和他是熟人，就请你约一约他，明后天再来见我。"赵观梅道："不用。只要他在家，我马上打一个电话，他就来了。"

于是就在隔壁屋亲自打电话。黎仁凤听他说道："你是林处长吗？我是观梅。我现在黎仁凤黎秘书家里。黎秘书就是孙石帅那边的，就和孙石帅本人在北京一样。我是因为王镇守使有一点儿事要我办，我在黎秘书这里。"黎仁凤听到，心里真是纳闷，为鲁俊仙的事打电话，何以说这一段不相干的帽子，又听赵观梅道："现在孙石帅来了一封密函给黎秘书，要办一件机密事，黎秘书要我找相当的人去办。我想处长是能够办的，应当趁这个机会，向孙石帅报效报效，咱们自己人说话，原不要什么功劳，只要孙石帅说一句办得不错，那就得了，所以我不愿这件事落到别人手里去。在黎秘书面前，一力保荐您可以干，黎秘书也赞成，就请您过来谈谈吧。"听到这里，好像电话那边有人道谢的样子，赵观梅连说："没有什么，没有什么，好好，你就来吧。"

赵观梅挂上电话，也不过二十分钟的工夫，就有一个传号兵进来报告，说有位林处长请见。黎仁凤想了一想便道："请到大客厅坐吧。"于是自己加上一件马褂，和赵观梅一路走出来，那林小峰早已在客厅相候了。黎仁凤看他四十以上的年纪，脸子胖胖的，带着三分横肉。鼻子下蓄着一丛寸来长的八字胡，一笑将胡茬子站了起来，露出两颗金牙，倒带有一点儿煞气。他戴了一顶瓜皮小帽，按上一个大红小帽子，身穿灰哔叽长袍，外套青呢马褂。黎仁凤看见就不由一笑，原来他们侦查处的人，无论大小，一律是这样的打扮，黑布小帽，青布马褂，灰布长袍。现在林小峰虽然把布改为哔叽和青呢，颜色倒是一样，可见他们也自然自成为一派，所以忍不住就笑出来了。

林小峰知道黎仁凤是孙督军面前唯一的红人，不敢怠慢，老远地就是一鞠躬。转过身来见了赵观梅却只是微微一笑点头而已。宾主坐定，先是由赵观梅敷衍了两句，什么近来天气很好，时局很安稳，大家随声附和谈了几句。后来黎仁凤将口里衔着的雪茄取出来弹了一弹灰，笑着对林小峰道："今天请林处长过来，也不是为别的事。前两天兄弟到天津去的时候，孙石帅曾对兄弟说起，那个上海来的戏子鲁俊仙品行不端，在天津的时候，和乱七八糟的人来往，现在到了北京，依然不改前非，孙石帅对他们很气。"说到这里，林小峰就挺起身子来，离开座椅来像是要行礼的样子，说道："是是！这班东西，在上海租界上可以让他胡为，到了咱们北京城里来，小峰一定去派人监视着他们，若是他形迹可疑，马上把他抓起来。"

黎仁凤抽着烟，想了一想，放出很沉静的样子，说道："不过这是件小事，不要闹得满城风雨才好。"林小峰又欠了一欠身子道："那是一定。若是秘密一点儿，就把他抓了关起来三年，外面也不会有人知道的。"黎仁凤道："好吧，请林处长便宜行事，一天二天，可以先给我一点儿消息。"林小峰事情是很忙的人，这晚晌正要去办一件很大的赌案，不肯多坐，马上告辞回他的侦查处。

到了办公室里，就把那个最精明的探长任如虎叫了进来。因问道："你知道首善舞台那个海派班子，他们有人胡闹吗？"任如虎道："倒是许多南班子的人天天晚晌去看戏，戏散了，他们戏班子里，也有人到胡同里去。"林小峰道："他们逛他们的窑子，我们管得着吗？这一班东西，听说又在外面拆白，孙石帅都知道这件事了。刚才黎秘书当面对我说，要我办一办他。你去查查，看他们现在干些什么？别尽挑挣钱的事办，贴本的差事也得卖卖力，这件事情关系很重大的，你知道没有？"他们侦查队里的人，都是眉毛眼睛空的，林小峰如此一说，任如虎就明白十分之八九，连说是是。林小峰道："好吧，你去办吧。事情办得好，虽然不给你什么奖赏，但是也许孙石帅一高兴，把你的名字记在心里，将来有找他的时候，你就算先存记了。"任如虎又答应了几个是，才退出来。

到了自己的休息室里，找了一份小报儿看看，上面载着鲁俊仙今晚演十一二本《狸猫换太子》。他的名字登在海报中间，粗笔大画的木戳字，分外令人注意。心里想道，这小子登着这大的名字，真出风头，若是事情不大，我倒要弄这小子几文。主意想定，把挂在壁上的藤条儿手杖拿在手里，就一直到首善舞台来。侦查队里的人，无论到什么地方，脸上都装着一副毫不在乎的样子，加上他的灰布袍黑布马褂、小瓜皮帽、藤手杖，都是侦查队的符号，因此他一直闯进戏场门，也没有人敢问他。

他看了半点钟的戏，认识了扮狄青的就是鲁俊仙，复又折转身走到后台去，只见他站在一架衣箱边，有两个跟包的围着给他换行头。人家牵好衣服，他一伸手穿上袖子，侧着身躯，抬起一只胳膊，人家钻到胁下，来给他系衣带，系好了，又来给他提着圆领，缓缓整理。他对跟包的说了两个字："烟哩？"这就有人取了一根烟卷来，他并不用手去接，一伸脖子，将嘴抿着。另外一个跟包的就擦了一根火柴，给他点上。任如虎想道："这小子真享福，抽烟卷都懒得用手。"

正在这里打量他，有一个扮小丑的走了过去，对着鲁俊仙的耳朵唧唧哝哝说了一遍。任如虎怕他们是说自己，就东瞧西望地走了出来。恰好有个弹压的警察也走到这夹道里来，便将胸前的徽章掏给他看了一看，然后问鲁俊仙住在什么地方。警察告诉他，就住在斜对过的燕台别墅。任如虎对于各大旅馆，差不多都有线索可寻，听说鲁俊仙在燕台别墅，这又是一个可寻的路径，于是就到旅馆的柜台上照应了一声，说是鲁俊仙若要有人找他，或者他去找人，都留一点儿意。原来北京各大饭店，多半是加大的混混做股东，大混混下面，少不了用小混混。做小混混的人，在前清的时候，就和内外衙门的人通声气。到了现在，也短不了和军警机关的人做朋友。这燕台别墅的账房韩学仁，早两年也是干密探的，在任如虎手下就当过差，现在任如虎要他注意鲁俊仙的行动，他自然是遵命办理，自这晚晌起，韩学仁对于鲁俊仙的行动就非常注意。

到了次日晚上，忽然由天津来了一封快信，是寄给鲁俊仙的。信封上的发信人地址，写的是法租界晏安饭店林楚香寄。韩学仁一看这人的名字不像是个唱戏的，就记在心下。鲁俊仙由戏馆子回来之后一进门，韩学仁就把信递给他。鲁俊仙接到信赶快地拆开来，一面抽出信纸用两手来捧着看，一面就向里走。看信的时候，嘴角略略一动，放出一点儿微笑，一抬头看见一个茶房，便问道："天津来的车，什么时候到？"茶房道："一天来好几趟车呢，不知道问的是哪一趟？"鲁俊仙道："譬方说，天津当天赶到这里，当天又赶回去，应该乘哪一趟车来呢？"茶房道："那应该是八点钟的来车，到这儿是十一点钟。"鲁俊仙点了一点头，也没有向下说，自回屋子里去了。韩学仁遥遥在身后看着，都记在心里。到了下午，就在隔壁南货铺子里借了电话，私下通知任如虎请他注意。

到了这日晚上，鲁俊仙就对茶房说要雇一辆汽车，茶房问："是到车站去接人吗？"鲁俊仙道："不光是接人，我还要坐着到别处哩。"茶房道："我们这儿，有的是熟汽车行，鲁老板要车，那好办。这就给您去一个电话，叫他们留辆好些的就是了。明天大概是十点半上车站，对不对？"鲁俊仙道："对，车要干净一点儿才好，价钱我倒是不计较。"茶房含着微笑，自向账房去报告。到了次日十点果然有一极好的汽车停在燕台别墅的门外。那个小汽车夫却年岁不小，跳下车来，走到账房和他们要了一杯茶喝，大众都相视微笑。

一会儿工夫，鲁俊仙和那个唱丑的乔二楞一路自里面出来。小汽车夫给他开了车门，让他们坐上车去，这就嗅到身上一阵浓厚的香气。他是穿着宝蓝丝哔叽的袍面，柳花似的羊毛出着风，分外漂亮。脖子上绕着一块白条绿格绉纱围巾，香粉扑上的那张白脸，头上戴一顶海绒小帽，亮得发光，帽子前面，组了一块四方小翡翠片儿，蓝袍外面套着印花黑色海绒坎肩，周围滚白金边，手上夹着一件青细呢红里大衣，且不穿上，扔在汽车犄角上。那乔二楞却穿上大衣，戴上獭皮帽，缩着一团。他斜躺在汽车里，笑道："我就是这个样儿，她见了我不会怪我吗？"鲁俊仙将嘴向前一努，又对他望了一望，也没有说什么。

这汽车开了，一直到车站。鲁俊仙下了车，和乔二楞买了月台票进站。两人站到月台上前边点儿，以为来人必是坐头等车来，车一停就接着了。果然算得很准，头等车就停在这儿。车窗子里，伸出一只紫色的衫袖，露着水葱根儿似的一只胳膊，尽管向人招手。鲁俊仙笑着连连点头，口里说道："在这儿，在这儿。"于是车子上一个三十来岁的漂亮老妈子，就扶着一位艳妆的妇人下来。那妇人披着藏青灰鼠出风斗篷，梳着漆黑光亮的如意横髻，斗篷下微微露出一片紫缎旗袍，旗袍上的花瓣白亮光灿灿的。她穿着高底鞋，在铁板的车梯上走似乎不大便利，因此在月台上的鲁俊仙就抢上前一步，挽着她的手，让她到站下来。这妇人就是黎仁风所说的四太太，后面一个妇人，乃是高妈。乔二楞也上前一步，对高妈笑道："您啦，要不要我挽一把？"高妈正要下车，笑着身子向后一缩笑道："别闹，我这个大脚板丫子，摔不着的。"四太太回转头对她瞪了一眼道："车站上这么些个人少说笑话吧。"高妈下了车，和乔二楞在后面走，鲁俊仙和四太太就离着两三丈路，各不说话，缓缓地走出车站。

那小汽车夫早站在门口人丛中东张西望，看见鲁俊仙出来，赶紧地开了汽车门，四太太先上车，坐在犄角上，鲁俊仙跟着上去，坐在右手，乔二楞很知趣，就坐一个倒座儿。鲁俊仙起了一起身，敲着玻璃板道："开到未央饭店。"复身坐下来，四太太就在他腿上拧了一把，接上眼睛对他斜视着，微微一笑。鲁俊仙偏过脸来问道："什么事？"四太太道："我下午就要赶着走的。你找一个小馆子。咱们一路吃饭去就是了，为什么还要上饭店？"鲁俊仙道："在小馆子吃了饭，就要走，不能从从容容地说话。若是在饭店里愿意谈到什么时候，就谈到什么时候，不是便当得多吗？"四太太道："什么便当不便当，你决定就是了。这我也不问你，你可记住今天下去天津的车，别误了钟点。若是一天晚晌赶不到天津，那可不好。"鲁俊仙道："怎么赶不到？四点钟有一趟车，八点钟又有一趟车。有这两趟车，还赶不到天津吗？我问你，你来的时候，你对他们怎样说的？"四太太道："哪要对他们说什么？我在天津的时候，他还没有起来呢。对谁说去？别人也管不着。我回头见了他，就说白天打牌了，晚上在戏院子里听戏。随便他怎样说也不会猜我到北京来了。"鲁俊仙道："就是这样办，法子最好，谁也不会猜着的。"乔二楞将腿对他的腿敲一敲，向旁边一努嘴。鲁俊仙轻轻地说道："不要紧的。"

但是虽然这样说了，他们也就寂然。车子开到未央饭店门口，乔二楞和高妈先下车，然后鲁俊仙下来，挽着四太太下车一同进饭店去。乔二楞先抢上前门，和账房说好了，开了一个优等的房间，四个人笑嘻嘻地进了房。鲁俊仙对四太太道："这里的澡盆子很好，你要不要洗一个澡。"四太太道："麻烦，我不洗。"她说话时，解了斗篷的扣带。鲁俊仙早伸手上前轻轻将斗篷一提，给她提了起来，挂在衣架上，然后自己才来脱大衣。乔二楞两手插在大衣袋里，笑道："我不脱大衣了。这儿到东安市场很近，我要去买些东西。"高妈笑道："我就听说北京的东安市场很是热闹，乔老板，你要去，也带我去一趟吧？"四太太笑了一笑，对着高妈轻轻地说道："别走。"说这话时，回转身去，对了壁上悬着的镜子去理头发。高妈道："难得的机会，你就让我去一趟吧，我一会儿就回来的。"乔二楞在这说话之际，已经走到了房门口，对高妈一歪脖子，笑着说道："走哇！"高妈斜着眼睛，对鲁俊仙一笑道："鲁老板，少陪了，再会吧。"于是走出房门，顺手将房门向外一带。当那门快要关拢的时候，四太太还在照镜子，鲁俊仙却躺在沙发上抽烟卷，眼睛瞧着四太太的俊影。高妈由门缝里探进脑袋来，对鲁俊仙嫣然一笑。鲁俊仙见她如此，一翻身坐了起来。高妈笑着将脑袋一缩，砰的一声把门关上了，乔二楞因为不耐在旁门口久等，早已走到扶梯边下。见高妈来了，将脖子也是一缩，眯着眼睛笑道："你真机灵啊，我怕你不懂得意思，老坐在屋子里守着，那可糟了。"高妈道："哼，不是吹的话，你那个样子的机灵我也有，还要你提醒我吗？"乔二楞笑道："你瞧，他们现在该多么有趣，多么快活，我们也找个事情乐一乐吧。"高妈唾了他一口，在他胳膊上捏了一把，两人说说笑笑，就一路出门去了。

汽车夫当他出门的时候，曾走上前来问乔二楞，要不要等着。乔二楞道："没有叫你走，自然要等着啊，你问什么呢？"汽车夫碰了一个钉子，也不便再说什么，就默然地退到一边。在门口约等了四个钟头，乔二楞和高妈一路回来了，待了一会儿，四个人复一同坐了汽车到了大栅栏厚德福吃晚饭。进到里面，拣了一个僻静些的房间坐了，四太太瞭了鲁俊仙一眼笑道："依我说，最好是赶四点钟的车走，你是死乞白赖地一定要留着我。若是晚上没有这趟车，那怎么办？"鲁俊仙道："回不去要什么紧，那就不用回去了。"四太太道："那可不是吗？别说挨骂挨揍吧，只要他把脸一黑，黄胡子一翘，就让人吓得魂不附体。"鲁俊仙道："你那样怕他，那还是事吗？"四太太嘴一撇道："哼！这种当强……"

鲁俊仙只和她隔了一个桌子犄角，连忙一伸手将她的嘴掩住，轻轻地说道："说话小心一点儿吧，惹了事，我吃不了兜着走哩。"四太太笑道："你又不做他的官，不受他的管，你也怕他吗？"鲁俊仙道："不做他的官，就不受他的管吗？做他的百姓，也要受他的管呢。"四太太道："你现在北京，也不是他的地面，也不是他的百姓啊。"鲁俊仙笑道："因为这样，我才敢请你到北京来逛，请你吃饭。若是他的地面，我哪敢这样放肆呢？"乔二楞道："就是这样，我以为还当小心一点儿。我看那开汽车小子，贼头贼脑，老是望着四太太，真不是好东西。"鲁俊仙笑道："你也太多心了，开汽车的还是什么好人？他见人长得美，哪有不看之理？"四太太捏了一个拳头，在他手背上敲了一下，笑道："谁长得美？少灌米汤吧，吃了饭，我还要出去买些东西。别说话，说得多了，赶不上钟点，那是笑话呢。"鲁俊仙听说，开单子要了酒菜，四人带吃着带说笑，好不快乐。

饭毕，也不过六点钟，于是四太太提议，要到瑞蚨祥去买衣料。鲁俊仙道："我的太太，你这是外行话了。放着天津的东西，什么也比北京的强。人家都在天津买了东西向北京带，怎么你倒要在北京买了东西望天津带？你不知这些绸缎洋货都是经过天津再到北京来的吗？"四太太道："我怎么不知道。你别管那些，你和我一块儿去就是了。"鲁俊仙道："你就是要买，那也随你，千万别把瑞蚨祥的招牌纸带到天津去。若是让别人看见了，那可是个麻烦。"四太太道："咳！你就别啰唆了，你想我那一点儿小心眼儿还没有吗？"

说话时，会了酒饭账，走出大门。这儿到瑞蚨祥路不远，未曾坐车就走了去。鲁俊仙却告诉了汽车夫，到瑞蚨祥去接。四太太到了楼上绸缎柜上，就坐旁边一张方凳上，对鲁俊仙道："你爱什么料子，你自己就随意挑，别管我的事。"回头又对乔二楞道："你给我挑几样都是爷们儿穿的。"鲁俊仙不知道她葫芦里卖的什么药，就挑了七八样。他们挑过了后，柜上一算钱共是二百多块钱。四太太在手提包里取出钞票如数地付了账，由两个小伙计将料捆束好了，一齐到汽车上。

四太太看看手表，是七点半了，应该上车站。于是四人坐上车，向车站而来。鲁俊仙道："你给谁买许多衣料带上天津去？"四太太笑道："难道到现在你还不明白我是给谁买的吗？给旁人买的，我何必要你们挑呢。"乔二楞一拍大腿道："哎呀！我这才明白，原来四太太送我们的，我早晓得谁挑了谁要，我就该多挑几样，我真傻呀！"鲁俊仙道："原来是送给我们的东西，谢谢。"四太太道："俗极了，我们还要谈这一套吗？"鲁俊仙还要说时，汽车已到了车站，四太太见车站里人多，就扶着高妈向候车室里等候，乔二楞挤在人丛中给她主仆买了两张车票送到候车室，四太太脸上红一阵白一阵轻轻地说道："你和他快快走吧，不要送上车了，刚才我一进站门，看见一个副官，还好我认得他，他不认得我，你叫他快快去吧。"乔二楞见她那种为难的情形，心里也有些惊慌，不敢多说话就走出去了，对鲁俊仙丢了一个眼色，马上走出站，坐了汽车回客寓。

所幸这件事很秘密，除男女四人，竟没有第五个人知道，到了客寓，也就把汽车费付了，让汽车开回去。谁知道汽车夫并不接钱就走，他却到账房里对账房先生韩学仁一眨眼，韩学仁向外望了一望，低声笑道："任大爷这一趟差事办得很顺手啊！"汽车夫笑道："瞎了他的狗眼，他把任如虎任大爷当作汽车夫。"韩学仁笑道："您这样下功夫，这一趟差事，应该有一份重赏。"任如虎一拍大腿，冷笑一声道："只把差事办好了，就算没白跑，连我们头儿，这回都是白干，我们还想挣钱吗？请你留一点儿神，千万别走漏一点儿消息，若是让他知道跑了，咱们兄弟分儿上，这话都有些不好说。"说到这里，脸色一板。韩学仁道："绝不能，绝不能，你放心吧，要是那样不谨慎，我还能把他要赁汽车接人的话，昨天就打电话告诉您吗？"

任如虎叮嘱了一番，将借来的汽车送回了林小峰家里，然后到侦查处，见了林小峰，把自己接着韩学仁电话，即刻冒充汽车夫，开了车子到燕台别墅去，以及鲁俊仙上车站接四太太勾留半日经过的情形说了一个痛快。林小峰勾着右手的食指，将那上嘴唇的小胡子抹了一抹，笑道："这小子实在占尽了便宜，应该让他吃一点儿苦才好！你去休息休息，只派两个人在首善舞台门口等着就行了，我这就去报告黎秘书。"

当时任如虎退下去，林小峰坐了汽车就向黎仁凤家里来。这个时候正是晚上九点钟，黎宅的客正开始拥挤着来。听差一进来报告，说是林处长来了，黎仁凤心里就有数了，就在自己烧鸦片的屋里将林小峰请来，黎仁凤一见，拉了他一下衣服，就请在一张沙发短榻上坐下，问道："怎么样？查得有点儿头绪了？"林小峰道："这是我手下几个密探，他们实在卖力，特为派四个人到天津去打听，这一打听也是无巧不成书，恰好那四太太要到北京来，他们四个人就留两个在天津，两个跟了北京来，到了北京，他们一个老跟着，一个打电话报告，敝处又派十个人去帮着他们侦探，总算我们的耳目周到，那鲁俊仙干的事我们一件也不曾漏了。"于是将任如虎所报告的，对黎仁凤详详细细地一说，接上又道："这种东西，败坏风俗，罪该万死，一定要重办一下，以儆效尤。"

黎仁凤手里正拿着半截雪茄，两个指头夹了，放在嘴里，只是使劲地抽，听林小峰的报告，一直等他说完了，将那半截烟头使劲向脚边痰盂子里一摔，冷笑一声道："一个唱戏的，是给我们开心的人，他倒这样占尽便宜，那还有王法吗？这种东西，是要重办，我亲自到天津去报告。"说时，站将起来，背了两只手，只在屋子里踱来踱去。林小峰一想，你这人真是吃飞醋，别人的姨太太做坏事，与你什么相干？要这样不服。因道："黎秘书去报告一下也好。在电话里报告，总怕走漏消息。逃走人倒不要紧，就怕孙石帅要格外生气。"黎仁凤气得话也说不出来，只是点了点头。

因为当日没有事，暂且按捺一宿，告诉林小峰，多多派人将鲁俊仙监视了。次日一早，就到天津去了。他去得快，回来得也快，下午就回到了北京。回寓之后，打电话把林小峰请来。林小峰道："黎秘书回来得这样快，有什么急事吗？"黎秘书将舌头一伸，肩膀一缩，摆了一摆头道："厉害！真厉害！老头儿叫我赶快回来告诉你，别让鲁俊仙跑了。我一出他的私宅门，就遇到人抬着一口棺材来，你想这还用说吗？你好好地办吧，别跑了人。你想老头子心里这样不痛快，把事不弄妥，我们是吃不住的。"正说到这里，陆军警备司令部来了电话，问侦察处处长在这里没有。林小峰一听司令部打来电话找，脸上便加上一层沉着的气色。黎仁凤道："大概就为的是这件事，林处长自己去接电话吧。"林小峰接了电话，匆匆地回来，对黎仁凤一点头道："自然是那件事，我就去见邱司令。恐怕今天晚上就要办。"

说毕，他告辞出门，坐汽车一直到警备司令部。这邱司令正是林小峰顶头上司，而且林小峰是邱一手提拔的，有什么收入的案件，向例是合作，四六分账，所以邱司令叫林小峰非常灵便，随传随到，而随到也就随见。林小峰一直走到邱司令的办公室外面，两个挂盒子炮的卫兵，一个给他打帘子，一个给他通禀。林小峰走进去，只见邱司令对着屋子的犄角，牵了一根纵线，背着两手一步一步走去，他正穿了武装，脚下那双大马靴走得地板扑咚扑咚响。一回头看见林小峰，将手向桌上一指道："你瞧这一封电报。"林小峰将桌上一张电报底还没有誊清，拿起一看，上面是：

　　万急，北京邱警备司令鉴：

　　　津密，据探报，伶人鲁俊仙乔二楞，假借戏曲，宣传赤化，首善之区，岂许鲁乔如此猖獗？该逆罪大恶极，万难原宥。着即迅派军警，立刻密拿，就地正法，以儆效尤，切要切要。

　　　　　　　　　　　　　　　　　　　　石

邱司令道："你瞧见没有。办两个戏子，那很不算什么，可是要说他们宣传赤化，这话未免说不过去。"林小峰道："那倒没有什么，说

35

他们宣传赤化，就算他们宣传赤化，反正他们也不能承认，就是不承认就不能办他们吗？"邱司令道："不是那样说，我们若把两个戏子这样办了，外面知道，一定说我们没有眼睛。"林小峰笑道："其实，这是没有关系的，因为办两个戏子，人家总会疑这里有什么缘故，不过我们这样说，好遮遮面子罢了。"邱司令道："事至于今，也顾不得许多了，你去办吧，不是他唱《飞龙传》，鲁俊仙取赵匡胤，赵匡胤不是红脸吗？我们就说鲁俊仙煽惑人心，唱这种并没有根据的红脸戏，决计容留不得，这样一来，就可以宣布罪状，把他毙了。"邱司令点了头说道："你去吧，把他带到我这里来我来办他。"

林小峰拿人是个绝顶内行，得了邱司令这样的命令，退出司令部，马上回侦察处调齐四五十名便衣侦探，分布首善舞台前后，同时警备司令部也调了二百名全部武装的兵士，把守舞台前后，门里外消息一点儿不漏。戏快完了，林小峰带着四名便衣队，由旁边夹道里闯到后台，后台门外原先站有两名警察，林小峰一来，早有一警察向里一指道："那就是鲁俊仙。"林小峰一看有个三十来岁的男子，脸上通红的胭脂还未曾洗掉，两道眉毛，刷胶似的深着黑墨直插入额角，上身穿了一件短小褂，下面却是大红绸裤，戏装只卸了一半，他口里衔着烟卷，坐在戏箱盖上，抬起一只脚来，一个跟包的就蹲在地下给他脱脚上的高底靴子。他见警察喊着他的名字，向面前一指，接上闯进四五个人来，以为看戏的人挤到后台来看戏子，这也是常事，虽然那样子很不恭敬，无奈他是一个警察，不便和他计较什么，且自由他。望了一望，又抬起那一只脚让跟包的再去脱，两只靴子齐脱了，换了鞋子。

正要换衣服时，警察带领侦探向前一拥说道："林处长来了，带你到司令部有话说。"鲁俊仙恍然大悟，一颗心都吓碎了，便道："啊啊啊！啊啊啊！"早有一个侦探照着捉人的老规矩，实行见人面的那两掌，伸出右手，向鲁俊仙左腮打了一嘴巴。鲁俊仙不曾防备，打得火星乱进，头向右一偏，侦探更不放松，伸开左手，又给他一个嘴巴，将他的头打得偏过来。据侦探们说，这并不是和罪犯有什么仇，不过一个师傅传下来，必得有这两下的，打得犯人昏天地黑，消除他的火气，然后可以随意指挥。

鲁俊仙吃了这两下，半晌说不出话来，及至清醒过来时，只见一群警察和灰衣人，在布景堆里，横拖倒拽将乔二楞扯出，乔二楞苦笑着只对许多人作揖说道："各位老爷，我没做什么事，请别带我去，若真是有话问我，我是随传随到，因为我还有个八十岁的老娘。"宪兵走上前，向他大腿上不分轻重就踢了两脚，口里骂道："废话！还不跟我走。"说毕，几个人拖了乔二楞就走。鲁俊仙心里就像开水煮了一样，非常的难过。后面两个便衣侦查队，在他脊梁上扑咚扑咚又敲了几下。鲁俊仙不知道什么是痛苦，糊里糊涂，就被许多人簇拥出了首善舞台。

舞台门口停了一辆敞篷的装货汽车，鲁俊仙被人拥上车，呜的一声，开向警备司令部去。首善舞台的后台经理魏忠常先是在前台账房里说话，听到后台一阵乱，还以为是同事的起哄，后来听到人说，军警在后台捉人，心里不由得一慌，浑身抖将起来。手上拿了一只茶杯，就嘴唇喝茶，牙齿碰了茶杯，叮当叮当直响。前台经理韩玉冰道："魏先生，究竟闹的什么事，你到后台瞧瞧去吧。"魏忠常望着他道："没有我的事嘛！我……我……我不去吧！"韩玉冰道："你也太怕事了，只要你没有犯法，有谁拿你呢？"魏忠常道："劳驾，你陪我同去走一趟，怎么样？"韩玉冰道："这是后台的事，和我没有什么相干，我不去。"两个人你望着我，我望着你，互相推诿了一阵。

后来军警全走了，后台派人倒去找经理。魏忠常道："没有事了吗？你们早不来告诉我，让我知道，也好有个办法。现在倒是无可为力了，你再来找我，我有什么法子呢？"气得只是跳脚。带说带骂，走到后台，许多戏子都在这里，只是不见了鲁俊仙和乔二楞。后台同事议论纷纷，都说他这两人一去，至少也要送到教养局去关周年半载，大家都替他叹一口气。

这魏忠常也在燕台别墅开了一间房间，当天晚上，无精打采地回去睡了。还没有到九点钟，茶房扑咚扑咚捶得直响，说道："魏先生起来吧！听说鲁老板、乔老板都押上天桥去了，您还不跟着去瞧瞧。"魏忠常听说，一翻身，由床上滚到床下，趴在地下满地板找鞋子。茶房道："魏先生醒了没有？鲁老板这儿也没有亲戚，你得去替他办后事呀！"魏忠常踏了一只鞋，光着一只脚，披了长衣，将房门打开，说道："这件事，真出乎我意料之外，怎样办得这重？我一只鞋在床底下丢了找不着，你给我找找。"茶房笑道："您手上不是拿着一只。"魏忠常正拿着鞋向床底下指，被他一提，醒了过来，把鞋子顺手交给茶房道："你听见谁说的？"茶房接了鞋道："您不要这鞋了吗？"魏忠常越闹越愣，说道："我吓迷糊了，你给我打听打听吧。"这才接过鞋子来穿上。自己一个人坐在旁边沙发上软瘫了。后来还是大家劝他，上天桥刑场去看看究竟怎样。魏忠常一个人不敢去，有七八个同事的陪着他，这才一道前去。

到了天桥刑场，已经十二点多钟了。先农坛墙上贴了一张新布告，有四五个人在那里看，平地上两摊血迹流在地上，变作紫黑色，旁边滴滴点点还有许多，正是在人身上落下的血花。那地方被正午的阳光蒸晒，兀自有一股腥味。周围一望，可是并不见尸首。后来走上前去看布告，才发现土洼里放着两条一尺来宽白木小棺材。恰好旁边有一个巡警过来，看见他们的来人，有的在脑门顶上短头发，剃成半边月亮形，料得他们是戏子，将脚上的皮鞋踢了棺材两下说道："这里面就是你们同行鲁俊仙，你们是来收尸的吗？"魏忠常才真正相信鲁俊仙死了，同事一场，少不得心里也有一阵难过。于是回到燕台别墅去，凑了一些钱，托了人重新将鲁乔二人收殓。

他们这个班子，出了这样的事，所有的戏子都也不敢露面唱戏，班子就无形散了。这魏忠常是个北京人，和上海来的这班戏子不同，不能走开的，若是有了嫌疑，这一辈子，就不用吃饭了。因此想起他一个朋友，这个朋友姓杨名叫朗轩，常常和各报馆送些戏剧消息，凡是戏馆子里的名角儿和前后台要人，他都认识，有时钱不方便，少不得借个三块五块的。前几天魏忠常遇到他，他请了一个安，伸手向他借两块钱，那时正忙，点一个头说再说吧。当时就没有借钱给他。

第二日好几家报上登出一段新闻来，说首善舞台的海派班子生意不好，每天不过上座一二百人。魏忠常就知道是杨朗轩干的，当时想着，生意好不好，靠着戏码子软硬，你在报上说这些谣言，那是不相干的，也没有理他。可是出了这件事之后，报上戏剧栏里接连登了两次本人的事。报上登着说，魏忠常是个拆白党头儿，和鲁俊仙来往密切。魏忠常看了，不由叫糟糕。这个日子，连鲁俊仙是朋友都不敢承认，现在他三番二次暗造谣言，这可不是玩儿的。

他知道杨朗轩每日下午总在天乐园池子后排待着的，就假装着到天乐园去听戏。一走进池子，就看见那没有生意的椅子上，杨朗轩捧着一壶茶，用手撑住茶壶盖，呆看着池子里听戏的人。魏忠常走过去故意把椅子碰一碰。杨朗轩一抬头，见是他，便站起来，喊道："魏六爷，这儿坐，喝一碗吧！新沏酌顶好的香片，八百一包的。"魏忠常笑道："哦！杨爷，咱们久不见啦。"一面说着，一面就在椅子上坐下，偏了头轻轻地对他笑着说道："怎么一档子事？杨爷，你和我干上了。我是事情太忙，有对不住您的地方，您得原谅点儿。大家都是干这个的，彼此总有帮忙的日子。"杨朗轩将他的手一捏，笑道："你这话我明白了，您不是瞧见报了吗？我早就跳脚，这事怎么办，朋友们一定会说是我成心开玩笑。其实那不是我去的稿子，您若不信，请您向报馆去一个电话，您就明白了。"魏忠常道："我没有什么不信。不过论到报馆里，还是你的人眼熟，诸事都要请杨爷帮忙。"说时，就在身上一掏，掏出一只皮页来，在里面取出一张五元的钞票，轻轻向杨朗轩手里一塞，笑道："不成敬意，请你买一包茶叶喝。"

　　杨朗轩拿着钞票，就要向魏忠常皮页里塞。但是魏忠常手快，早把皮页揣上身去了。杨朗轩笑道："魏六爷，你这是怎么了？我们还来这一套。"魏忠常道："上次对我提到挪两块钱，刚好是身上不大方便。回头我在账房里拿了钱，就找不着你的人。今天我遇见你了，我不能失那个信用。话我可说明，咱们自己人，帮忙的时候帮忙，请客的时候请客。我这还是上次的事，可与刚才问你的话不相干，你别多心。"杨朗轩道："这样说，我倒只好收下了。"于是将钱向身上一揣，然后腾出手来，将手绢取出来，揩了一揩茶杯，斟了一杯热茶，放在魏忠常面前。

　　恰好卖烟卷的从这儿过来，杨朗轩招了招手，将卖烟卷的叫来。卖烟卷的伸了烟托盘过来，魏忠常先就挑了一盒炮台。杨朗轩知道在戏园子里这要三毛，便伸手在袋里去掏钱，笑道："没有口袋很不方便，口袋多了也是不方便。我这些零钱，我放在这口袋里，一刻儿就找不着。"说时手伸到衣服里面，满处乱掏。魏忠常在这时，早掏了三毛票扔在烟卷托盘里了，接上拆开烟卷给杨朗轩。他不掏腰了，接了烟，笑着说了一声你瞧。魏忠常笑道："咱们自己好兄弟，就不必客气了。我的事就拜托您，以后有要兄弟为力的时候，我决不推辞。"杨朗轩连连点头道：

"是是是！今天晚上我就给您的回信，您听着吧。"魏忠常知道钱花过去了，杨朗轩是一定会办的，说了几句话，放心而去。

这里杨朗轩真不敢怠慢，马上到投稿的那家民众报馆去运动。这家报馆是一家大书局改造的，规模倒算粗备。在下午四点钟的时候，正是一切事完毕之际，杨朗轩走进民众报社，因为是常来的人，不用先到门房通知，一直就向里走，走到编辑部，只见空荡荡的，并没有什么人，自己也觉自己性子太急，故意来扑这个空，于是缩转身躯就要走。

回头只见那大院里假山石下，有一个西装少年，两只手插在裤袋衩兜里，在太阳地里面蹑来蹑去，好像是取暖。杨朗轩认得，那是这里的主任柳春波，因站在走廊上，笑着叫了一声柳先生。那柳春波一回头，笑道："今天的稿子送得这样早，有什么特别新鲜消息吗？"

杨朗轩走下台阶，也到院子里站着，说道："不是送稿子，我想和您这儿胡先生漫谈几句话。柳先生，您不是要我给您介绍两位女戏子吗？您哪天有空我可以陪您去。"柳春波笑道："她要到我们报馆里来或者可以。我若跟着你去，唱戏的还以为我是去敲小竹竿的，那不大好。"杨朗轩笑道："你骂苦了我了，您这话，岂不是我到她们家里去，都是要子儿去了？"柳春波笑道："你和她们是熟人，随便去谈谈，不要紧。我们这干报馆的，无缘无故，往女戏子家里跑，人家绝不能说是安着好心眼儿，你说是不是？"杨朗轩对着柳春波浑身上下一望，笑道："像你这个样儿，他们欢迎得了不得，还能说不安着好心眼儿吗？去不去？我今天就可以带你去。"柳春波道："过一天再说吧。"

杨朗轩笑着嘿嘿了两声，然后说道："柳先生，你没有事找我，我倒有一件事要请您，有一家自由通信社，您认识不认识？"柳春波道："那马社长是我的老朋友，我怎么不认识，你问他做什么？"杨朗轩道："我有一条稿子，想托他那里给登一登。不知行不行？"柳春波笑道："你真把人家通信社看小了，何至于给你去发通信稿。"杨朗轩道："我的话，您没有明白。我是说这回枪毙鲁俊仙的这件事，人家真冤。这里面有许多玩意儿，外面不知道的。"

说到这里，一伸手将柳春波的胳膊按一按，笑道："这话可又说回来了，咱们知道内容说不得的，咱们可不说那个，只说首善舞台这班唱戏的都是好人，并不是拆白，他们现在没有闹儿了，穷得如何如何，把这事发一发稿，一来给人家洗洗冤枉，二来可也是一条新鲜消息，瞧报的都愿意瞧。您不是很赞成那个王玉铃吗？只要您把这件事办到，我准保她到报馆里来瞧您，望后，您爱怎么样和她交朋友都成。"

柳春波明知他这话是瞎说，不过自己听了几回王玉铃的戏，着实有点儿中魔，现在杨朗轩说是她能到报馆来回拜，这倒是一件很合意的事。笑道："你准能办到吗？"杨朗轩道："准可以办到。要是办不到，您以后见着我，别说我姓杨。你看成不成？"柳春波见他话说得这样硬，料得不差什么，便笑道："果然如此，我可以给你去运动运动。不过能成功不能成功，我可不能保那个险。"杨朗轩笑道："这就成，我还能说非办不可吗？就是这样说，您事忙，我别这儿打搅您，请您先和那边通信社的编辑先生提一声儿，我明天就直接送稿子去。"说毕，告辞而去。

这自由通信社社长马尚廉乃是柳春波多年的老友，也几乎成了通家之好，出来进去，家人是不避嫌疑的。这时柳春波戴了帽子，一直就到自由通信社去拜访马尚廉。这儿是东西两院，东院子靠了大门，那里是通信社的社址，西院子就是马社长的家眷。这份家眷，是在北京娶的。可是一件极大的秘密，不是极好的朋友，马先生不让人看到他的太太。柳春波自然是例外，可以随便见着。其实也没有什么缺陷，不过年龄不齐罢了。柳春波到了他家之后，站在西院的月亮门下，先停了一旁，只听到上房里面莺莺燕燕一片笑语之声。有两扇玻璃窗尚未放下窗纱，在外面可以看到几件鲜艳的衣服，闪了过来，又闪了过去。柳春波怕是他家的女客，不便进去，便咳嗽两声问道："尚廉在家吗？"

那马尚廉在屋子里听见熟人说话的声音，隔着窗户，掀起一面窗纱，向外一看，便连连答应道："请进来吧，没有外人。"柳春波听他这样说，便走进屋来，对里面看看。只见一个穿紫色丝绒袄子的女郎坐在沙发椅上，先站起来点点头微笑。柳春波先是一愣，说不出是谁。她笑道："你不认得了吗？我是老五。"柳春波恍然大悟，这是莲花院的桃枝。便笑道："哦！是你在这儿，久违了。"用眼看去，见和她同在一处的，大大小小，还有一二个女郎，大概都是妓女了。她们见有生人来，并不害臊，反把眼光死命将柳春波盯住。

那马尚廉穿了一件蓝缎驼绒袍子，倒有几个纽扣没扣，拖出来大半边，踏着一双软皮便鞋，一跛一拐地走过来，拍着柳春波的肩膀道：

"不得了，我这几天胃病大发，二十多岁的人成了一个老头了。你怎样有工夫来？"柳春波道："无聊得很，找你来谈谈。"马尚廉道："我也是无聊，找了她们打扑克，你也加入，好不好？"说时将手横着，对四个女郎一挥，好像很不在乎似的。柳春波还未曾说话，马尚廉夫人却一掀门帘出来。尖尖的脸儿，敷着一层厚粉，额上虽然横列着七八条皱纹，都给粉遮掩得模糊了。耳朵上垂着长长的两片翡翠的秋叶片儿，走起路来那秋叶儿只在肩膀上拖来拖去。她一出来，那几个女郎立刻站起来，放轻声音，齐齐地叫一声妈。为什么四个姑娘都叫她作妈哩？都有关系吗？再看那马太太时，真个有些像母亲大模大样地点了一下头，说道："你们不是要打扑克吗？"桃枝先笑着向马尚廉道："爷来了客。"

柳春波听了这话，不由得身上肉麻了一阵，心里想着，只听见女戏子拜老斗做干爷，没有听见说姑娘拜嫖客做干爷的，老马真是胡闹，怎么夫妻双双地认姑娘做干女呢？马尚廉倒不觉得怎样，便笑道："老度你也来一个。"马太太露齿一笑，嘴角上皱出几条极深的粉痕笑道："我不来，反正输赢都是我的钱。"马尚廉道："今天有客在这里，规规矩矩。"马太太道："我还出去有事，你和阿囡她们来吧。"说时和柳春波点了点头，径自走了。

柳春波一想，听这种口音，简直又不是干女儿了。那马太太去后，四位姑娘便围住了一张小桌子，爷长爷短，拖了马尚廉在一块儿打扑克，柳春波被桃枝拖住，也在其中凑数。这是四方的小桌子，六个人分坐，有两方是一个人，有两方是两个人，和柳春波一同坐的却是一个十六七岁的清倌人，她也不过是中等人材，倒是穿了一套极华丽的衣服，因为相处得近，被她的衣香一阵一阵熏着，不由得偷着看她两眼。她伏在桌上，头一向前，就看见她耳朵背后脖子上，有一块未曾敷到香粉的地方黑黄的一块，而且耳鬓短发里，有一粒红痣。这时忽然大悟起来，前二年的时候，马尚廉带着他夫人的丫头，医院里去诊耳朵，自己在那里碰着，才见那丫头耳后有一粒红痣，当时没有注意那丫头的脸子，往后也就不见了。原来黄莺出谷，干了这个事。因偏过头笑道："你的芳名呢？"她笑道："叫雪妃，不认识我吗？"柳春波道："认是认识，想不起在哪里见过了。"马尚廉一伸手，揪着雪妃腮上一块肉笑道："还是谈话，还是打扑克？"雪妃将脸一板，将马尚廉的手一揪，说道：

"不要闹，要是这样，我们回头就要对妈说了，陪着你养病，你却揩我们的油。"柳春波道："这样规规矩矩吗？"雪妃笑道："我们到这儿来是客，主人自然是要客气一点儿的。"马尚廉道："客气，客气，有点儿邪气，我得了一手大牌，要累斯起来了。"

于是将身边的毛钱洋钱向桌子中间一推，笑道："你们来呀。"桃枝将手上的扑克牌放了，抱着两手，眼睛瞟了他笑道："又要偷鸡吗？"马尚廉笑道："不要这个样子望着我，我看了就要揩油的。"桃枝将嘴一撇说道："由你去偷鸡……"桃枝隔座一个姑娘，将手捶了她脊梁一下，笑道："老五快别望下说那个字了。"桃枝一想对了，都笑起来。马尚廉道："别闹别闹！你们都不来吗？贺钱贺钱！"摊出牌来一看，却是一副同花顺子。桃枝将牌放桌子中间，笑道："不来了，不来了。"起身便走。那雪妃见牌已散场，就一伸手将桌上的钱向怀里一扫，笑道："这些钱我代收了，拿去买蟹壳黄烧饼吃。"马尚廉道："那不能，你们赌输了放抢吗？"放了桃枝，转身就要来追雪妃。因为转身转得忙一点儿，哗啦一声，把桌上两只茶杯带过，摔在地下。马尚廉道："闹得真不成样子，你们还不把钱拿回来吗？"于是大家一阵嘻嘻哈哈地笑，就避到别屋子里去。

柳春波笑着对马尚廉道："你真快乐啊！一个人坐在众香国里，这样的日子，我过一下，都是心满意足的了。"马尚廉笑道："你不要笑我，我实在是没有法子，我愿这样闹吗？"柳春波道："这些名花都和你以父女相称吗？"马尚廉红了脸，笑道："你信她胡闹呢。她们都是老度的人，要这样乱七八糟叫我，我也只好由她们去。"柳春波和马尚廉谈着话，有一个老妈子进来，拾落屋子，那边屋子里，已是声音寂然。马尚廉道："怎么样，她们都走了吗？"老妈子道："都走了。"马尚廉道："春波，你是很忙的人啦。今天到了这里来，必有所谓。"柳春波道："自然有求，一个不相干的熟人，有一篇稿子，要托我请贵通信社发表，不知道可以不可以？"马尚廉道："你介绍来的稿子，不至于太难，可以发表。"柳春波道："就是为鲁俊仙案子里一个人申冤，倒没有什么关系。"马尚廉躺在椅子上摆着他的大衫袖，笑道："这样的作用也有限，不要紧，不要紧，你拿来就是了。"

柳春波因所说的话已妥，就告辞出来。走到大门洞子里，只见通信

43

社里两个听差并排站着，将手一伸开，脸朝外背朝里，挡住了路口。前面有个十四五岁的女孩子，皱了眉站着。她是一张瓜子脸，两道细细的眉毛，配着一双黑白分明的眼睛。眼角上略有一点儿深痕，稍微像画眉眼，越觉得俊俏。她梳了一条黑辫子，前面披着一层薄薄的覆发，正好把脸子的白色托出来。她身上穿了一件半新半旧的小棉袄，下面撒着花布大脚裤，刚好齐平膝盖，露出一大截丝袜子，活显出她那个娇小玲珑的身躯。她见人不让走，抬起脚来，做要踢的样子。那紫色绒的鱼头便鞋，扁正得可爱。听差笑道："这样好的鞋脚，踢我两下，我也愿意的，你们都来啊，捉了小鸟儿。"那女孩子身子一扭，辫梢一甩，顿着脚道："别闹别闹！你们闹我就嚷了。"听差说道："要放你过去也成。拿出两吊钱来，让我们买烧酒喝，小鸟儿你答应吗？你不答应，就不让你走。"另一个听差比着手势，脚是一跳，说道："丢下镖车，放你过去。"那女孩子一鼓嘴，在身上掏出了一张铜子票，向地下一扔道："你们拿去，以后我不来了。"听差放下来让她走进去，却又拉了她的手，那女孩子抽着手道："嘿面子面子。"

她跑进院子来，顶头碰见了柳春波。柳春波笑道："我说是谁？原来是你，你不是小鸭子吗？两年不见，长得这样漂亮，为什么改名叫了小鸟。"小鸭子望了柳春波笑道："我认得你，你不是姓柳吗？"柳春波道："不错，我姓柳，你的记性很好，隔了这久居然记得我姓柳。刚才这里很热闹，你怎么不来？"小鸭子道："我知道，刚才是我四阿姐五阿姐在这儿打扑克。"柳春波道："谁是你四阿姐？"小鸭子道："桃枝，你不认识吗？"柳春波点了点头道："认识。"小鸭子抢上前一步拖住了他的手，笑道："你要走吗？坐一会儿去。"柳春波道："我坐了大半天，这就该走了。"小鸭子道："面子面子。"柳春波笑道："你是鞋庄上的小掌柜，怎么老说胡同里的行话呢？"一面说着，一面引了她重新到上面屋子里来。

柳春波一看这里，马尚廉不见了，屋子里是空的。小鸭子道："怎么回事，我舅舅不在家吗？"柳春波笑道："可不是不在家？你能不能陪一陪客？"小鸭子笑道："可以陪客，你说什么吧，我都可以陪你谈谈。"这个时候，天气不早了，太阳正偏了下去，晒在玻璃窗上。太阳由玻璃透进，射进屋子里，一直射到柳春波的脸上，柳春波低了头说话，小鸭子看见，就去放窗子里的绿帏幔，恰好顶上穿铜圈的地方，互相纠缠住了，有些扯不动，她便由沙发椅子背上爬上了小茶几，将帏幔牵得好好的。

柳春波看了她裹着白丝袜子的腿，踏了紫绒的鞋，不由微笑，小鸭子一回头，看见柳春波，便问道："你为什么望了我的脚笑？"柳春波道："因为你的脚长得好看。"小鸭子道："你这个人真不老实。我怕太阳晒着你，你倒和我开玩笑。"柳春波道："这是实话，为什么说我是开玩笑？你将来……"说到这里望着她又微笑。小鸭子向下一跳，跳得伏在沙发椅子上，笑道："将来怎么样？你说你说。"柳春波道："有一回，我走大森里过，有一个女孩子在后面喊了我一声，好像是你，是你吗？"小鸭子坐了起来，将头一偏，笑道："是我啊，怎么样？"柳春波道："我能怎么样呢？不过你这样一个女孩子……"小鸭子一低头，叹了一口气，说道："没有法子啊，不是上一次警察厅驳回了，我早就上了捐了。"柳春波笑道："你是一个在山泉水的小掌柜，为什么说没有法子？无病而呻。"小鸭子将头又偏着点了一点，笑道："什么？你说的话我不懂。"柳春波道："不懂就算了，我说你将来上了捐，一定是一位红姑娘。"小鸭子将小腮帮子鼓着，鼻子一耸，说道："哼！我若是做生意决计坏不了，不信你往后看着。"

柳春波笑笑再要说时，昂头向窗子外一看，见马太太慢慢地由外面走回来，便预先站起来。马太太走进来，说道："哟，我以为尚廉在这里陪客呢，原来是小鸭子。"柳春波看时，见她手上提了一个手绢包，她打开来放在桌上，不少的瓶儿罐儿都是香精、雪花粉之类。她身上另外搭了一条粉红的绸围巾。小鸭子道："舅母，这围巾很好看，哪里买的？"马太太操着娇滴滴的苏白道："我是年纪度一眼眼，不然，倒蛮喜欢格。"说话时，她把那额上的皱纹笑得像龟板一般，扭得耳朵上那片秋叶子，尽管摇摆起来，这个时候，她脸上的粉已落去了一大半，虽然看不出六十岁，也有五十好几。柳春波想起老十三旦六十多岁的时候，在戏台上唱小放牛，擦了满脸的胭脂粉，还踩着跷，要和这位马夫人一比，真是个对儿，一个人想着，不由得哈哈大笑起来。小鸭子便问道："咦！你一个人怎样笑起来了？"这一问，又问出笑话来了，要知道什么笑话，下回分解。

45

第三回

门有贵人车花登上第
市成君子国纸做洪灾

却说小鸭子追问柳春波，为何一个人笑将起来？柳春波瞧了一瞧马夫人的老脸，未免心里怀着鬼胎，便道："因为你一问，我想起一件事来。你是一个小妹妹，这话不便告诉你，你不要问吧。"小鸭子道："啊！你怎样知道我叫小妹妹？"马夫人也笑道："柳先生，你的消息是真快，不愧在报馆里办事。"柳春波原是一句无心的话，倒不知道这"小妹妹"三个字却另有什么文章。便道："我只知道一点子，不大详细，马太太能不能告诉我？"马太太指着小鸭子道："她总是喜欢到班子里去玩，不知道的，以为她也是要做生意的，我们老五那里，有一个乐总裁，三两天总来一趟的，他来了，十转倒有八九转和小鸭子碰见。小鸭子不肯告诉她的小名，乐总裁又不能叫她老五老六。所以乐总裁一来了就叫她小妹妹。这孩子胆子也大，不叫他总裁，也就叫他阿哥。我先是心里不大安稳，怕这孩子会闹出事来，后来我听见人说，这乐总裁是专门和姑娘拜把子的，那倒不算什么。提起红牌子嫦娥老七，你总该知道，这老七就是乐总裁的妹妹。不但口里这样，连面孔也长得有点儿像。"柳春波笑道："乐逸荪是个世家子弟，他的手足绝不会沦落到青楼中去，这是政界上恨他的人造谣言骂他的，这话哪里可以相信？"

马太太笑道："不是那样说，是说他两个人要好呢。乐总裁原是很喜欢老七，招呼她也很久了。近来高督军到京来了，乐总裁就介绍老七和他见面。不料这高督军在玩笑场中，是产妇鬼不论亲疏的。他见了老七，极力说好，意思就要自己招呼，老七这就为难了。原来老七是喜欢

46

白相的人，不好好做生意，手头又阔，牌子又大，照说是维持不过来的。但是乐总裁帮她的忙，到了三节，无论在天津在北京，至少送老七两千块钱开销私账。老七所以不塌台，都是乐总裁的好处，而今叫她丢了乐总裁去和高督军一块儿混，良心上固然是说不过去，就是别人知道，也会说她下三烂，因之她就暗下里对乐总裁说，高督军要招呼，万办不到。乐总裁说我和高督军是好兄弟，高督军招呼你，和我招呼你是一样的。你好好侍候高督军，比和我要好还强几倍呢。老七说：'这件事你们官场上办得到，我实在办不到，我要答应了，人家会瞧我不起的。'乐总裁见她不肯，就对她拱了一拱手，连叫几声好妹妹。说是老实对你说，你要答应，不但我不怪你，我还要感激你。你要知道，这是帮我一个大忙。你不要把我当一个客人，你把我当一个哥哥就是了。以后高督军虽然招呼了你，我们还是要好的，我把你当一个妹妹看待就是了。老七先是不肯，后来乐总裁说得十二分的切实，老七过意不去，只得笑着说道：'你一定要这样，我有什么办法？高督军是掌大权的人，将来我在他面前，多多帮你一点儿忙，报答你的恩典吧。'乐总裁连说彼此交情好，谈不到什么恩典不恩典，就是这样，老七就让高督军招呼了。这高督军一招呼之后，见了乐总裁连说：'令妹妙极了，令妹妙极了，我非讨她不可。'"

柳春波听到这里，不由得笑了起来，说道："这高督军是专门说趣话的人，这话说得也是有趣，但是不怕乐总裁难堪吗？"马太太将她那瘪嘴一抿，皱出嘴唇边两道皱纹，然后笑道："比这有趣的还多着呢，但是说出来太不雅了。"柳春波笑道："何妨说呢？我就爱听这些趣闻。"马太太道："我知道，你听去了，又可以做你们报上的好材料。"小鸭子道："柳先生，你是哪一家报，你是吹报吗？给我登一张小照，好不好？"柳春波道："我不是吹报。但是吹报是专门和姑娘登小照的。你又不是姑娘，登什么小照呢？"小鸭子听了这话，却望着马太太微笑。马太太便道："柳先生，你也不是外人，我话不妨对你说，这孩子原是好人家的孩子，不应该去吃这碗堂子饭，无奈她父母想发财，一定要叫她上捐，我要拦也拦不住。"柳春波便和小鸭子点了点头道："恭喜！恭喜！但不知道什么时候？"小鸭子道："这是没法子的事啊，还恭喜吗？"柳春波道："将来就可以借这个机会做太太或者少奶奶，怎么不

47

可喜？到了那个日子，我一定要去看你的，你欢迎不欢迎？"小鸭子道："我是初做生意的，当然欢迎啊。"

柳春波还要说话，马尚廉可就由内室一拐一拐地出来了。先扶了椅子站定，然后伸了一个懒腰，笑道："我都睡了一觉了。"柳春波连忙接住道："你这样子，大概是说我还没走呢，对不对？我就走。"说时，便站起身来，马尚廉笑道："岂有此理，这样说，我倒是对你下逐客令了。"柳春波心里却不然，以为小鸭子虽不是他什么亲戚，究竟叫他一声舅舅。现在她要上捐吃条子饭去了，这话当着马尚廉的面，未免不好意思，所以就借了这个缘故说走。因道："并不是说你下逐客令，但是你说这一句话就把我提醒了，我耽搁的时候不少，这就该走了，哪一天有工夫，我们一块儿吃小馆子去，你哪一天得闲，请你定个日子。"马尚廉道："我是天天都有工夫，就是一层，这毛病老是钉住了，一点子吃不得苦，所以我不大敢出去。"柳春波道："是的，这种病不能受累，而且也不宜吃带有刺激性的东西。"马太太道："他就是这样。只要毛病好一点点，就出去乱跑，一天跑下来，又要病个十天半月，要不是我再三叮嘱，咳！这病不知道要闹到什么样子了。"说时，把那徐娘已老丰韵犹存的身子扭了两扭。柳春波看见这种样子，实在是要笑，但是为着大家面子关系，又不便笑出来，只得说道："我事情很忙，等着要回去，不瞎聊天了。"马尚廉要送他时，他已走到院子里了，马尚廉夫妇只说了一声不送，也就算了。

柳春波回到民众报社，那个杨朗轩又来了。他见着柳春波，连拱了两下手，说道："柳先生我请托你的事怎样了？"春波道："当然不成问题，你有稿子尽管送去，我要求你的事呢？"说着，望了杨朗轩一笑。杨朗轩道："成成成，随便哪一天都可以去。不过她明后天就要上天津，要去看她，可得今天就去呢。"柳春波虽然很为王玉铃所颠倒，但是知道捧角是一件极耗费时间和金钱的事，所以要见一见王玉铃，也不过偶然一时高兴。现在说马上就去，那样抢着会她，倒也可以不必。便道："她既然要到天津去，我就不必去会她，等她回来再说吧。"杨朗轩道："这样说，柳先生是和我们白帮忙，那我可是心里过不去。"柳春波笑道："你要怕心里过不去，也有法子报酬我，等我到戏院子里听戏的时候，常常给我要几个好座儿，那就成了。"杨朗轩笑道："这个好办，但不知您要听谁的戏？"柳春波道："谁的戏也爱听。"杨朗轩道："您要听戏以后请您早一天给我一个电话，每天下午，我总在天乐园的。您说到哪儿去，我都可以给您去找座儿，无论是不是对号入座的地方，我准给您在前三排找着座儿，您瞧这个报酬好不好？"柳春波道："别的戏院子熟人能找座，还有可说，因为看座儿的把好位子留住了。对号入座的戏院子，买票买得早的，早买去了，临时去要，哪里有呢？"

杨朗轩笼住衫袖，连连上下挪了几挪，昂头叹了一声道："这年头儿，没有什么事不是讲表面的。你瞧他们不是对号入座吗？可是他们戏院子里面的人早就留下许多票，通知票房里一声，把座位图用红铅笔杠上，我们事外人哪里会知道没有卖出去呢？我们到了戏院子里，看座儿一见是熟人，就说可以给您想法子。他那个时候，一块二毛钱的座儿，您非给一块五毛以上不成，大方一点儿的，给两块钱，就不能要他找钱了，您平常到不对号入座的戏院里一瞧前三排的座位，用麻绳子拦住，茶碗一对儿一对儿反扣上，您要是生人，不必问，那就是卖出去了。其实哪个座位应该卖给哪个熟主顾，看座儿的他自己都没有准儿呢。这都是谁呢？全是平常听戏多花两个小费的权利。除了这个就是捧角儿的了。捧角儿的他是第一天坐在那儿，永久坐在那儿的。他那个位子是电线柱子，不能挪的，一挪电报就不通了。所以他无论如何，那个位子不能让看座儿的给卖去。来也好，不来也好，总是给钱的。您就是和看座儿的认识，他也不卖给您的，卖给您仔细传电呢。"

柳春波笑道："你左一句电，右一句电，这是什么意思？"杨朗轩笑道："得了，您做报馆的人，还有什么不明白。所以听戏不是今天有钱今天就花，明天有钱明天就花可以办到的，总要熬个资格。"柳春波笑道："花了钱，到戏院子里熬资格去，那未免太傻。"杨朗轩道："您多给我维持维持，这找座儿的事交给我了。"柳春波道："到时候再说吧，等王玉铃从天津回来，你再来约我听戏去吧。"杨朗轩见事情有了结果，自是欢喜而去。

柳春波虽然和他白帮了一阵子忙，倒也不放在心上。可是那马尚廉给杨朗轩登了一条稿子，心里觉得非常有功，打了好几次电话给柳春波，问他能不能弄上一个包厢听戏，柳春波被催不过，只得亲自到马尚廉家里去告诉他，说是魏忠常现在不做后台经理，这包厢办不到，不过要找散座儿听戏，那是不成问题。你哪一天要听戏，先给我一个电话，我就可以和你办。

说到这里，那位马太太从里面屋子里出来了。看见柳春波，笑道："柳先生，我正要打电话找你呢。"柳春波道："有什么事找我吗？"马太太道："我们老七很惦记你，请你去和她谈一谈。"柳春波道："哪个老七，是我认识的吗？"马太太道："怎样不认识？您真是善忘啊，上次到这儿来，您不是和她谈了半天吗？"如此一说，柳春波明白了，原来是小鸭子开始做生意了。便道："哦！她上了捐，在哪一家？叫什么名字呢？"马太太道："叫美珠，在梅花院。她说，愿意见你一见呢。"柳春波当了马尚廉的面不便答应这一句话，却笑道："我有工夫再去看她吧，看她换了一个什么样子，我倒是愿意的。"说了几句话，就把这话扯开了。

但是他嘴里这样说，心里就起了一个念头，她居然当妓女了，我得去看看她。因之当天晚上，他就和朋友胡六平一块儿到梅花院去看小鸭子。这个时候，也不过七点多钟，一走到大门口，就见一辆蓝色大汽车，漆得光滑油亮，在大门口横着。这个胡六平是新闻界的外勤记者，他对于各要人的汽车号码倒是记得烂熟，他一看这汽车的号码是九一四，便摇了一摇头道："啊！这里有阔人啊。"柳春波道："是谁的车子？"胡六平道："这车子我认得，是乐逸荪自用的车子，他是花钱大手笔，花钱可不怕多的。有他在这里，不但是招呼的姑娘要发财，满院子的姑娘都要沾一个小光的。"柳春波道："既然如此，我们就不要进去吧。"胡六平道："那要什么紧，我们各逛各的，他管得着吗？"柳春波道："我们一直就进去找老七，省得瞎撞。"

于是二人走了进去，就告诉龟奴是找美珠的。那龟奴将胡柳二人浑身上下打量了一番，便向北屋子里昂头嚷了一声七小姐。在这一个声中，上面一掀帘子，美珠出来了。柳春波一看，只见她身上穿了一件绛色苏绣的旗袍，耳朵上坠着一对钻石环子，走起来，一晃一动晶光闪闪的。底下穿了一双白缎绣花高跟鞋，一点儿斑迹也没有。真是士别三日，刮目相看。不料就是这几日的工夫，小鸭子穿得这样华贵。本来这孩子长得还清秀，现在将绸缎一包裹起来，越发好看。

她当时走了出来，一见是柳春波，就微微一笑道："是柳老爷。想不到的。"那院子里站的龟奴一见是姑娘的熟人，连忙就打起一间屋子的帘子，让柳春波和胡六平一块儿进去，一进门，胡六平先哈哈笑起来。早有一个姑娘迎上前来说话，她拉了胡六平的手道："有两个礼拜不见了，忙啊？进门来，还不肯作声，若是不让到这屋子里来，我还不知道你来了呢。"胡六平道："你只怪你们这门口的人不好，我进来了，为什么还不认得？"说到这里，美珠已经跟了进来，便问那姑娘道："四阿姐，是熟客人吗？"那姑娘答应是。她于是回转头来对柳春波道："那么好极了，在这里坐吧。"柳春波笑道："我是有一个人带信给我，我特意来看你的。"美珠道："谢谢！我那屋子里，乐总裁在那里躺着，待一会子，请你到我那边去坐。"说着点了点头，径自去了。

这胡六平倒和这位四姑娘谈得入港，一问起来，原来他们是老朋友。最近胡六平事情忙，踪迹就疏了，这姑娘名叫花意，倒也是上中等的人物。她因为胡六平心情淡了，不能不殷勤些，以便坠欢重拾，所以坐在一处，谈得很好。可是美珠一去之后，永不见来，也不见人送瓜子烟卷来。柳春波心里很奇怪，姑娘做生意有这么不在乎的吗？一来今日的美珠还是前几天的小鸭子。二来是你请我来捧场的，又不是我自己要来。三来你是刚挂牌子的姑娘，不能搭这样的大架子。心里这样想着，未免生气。

这花意似乎看出柳春波不耐烦的情形来了，便问道："柳老爷你是新招呼老七的吗？"柳春波道："我没有招呼她。她没有上捐的时候，我就认识，今天是特意来看看她的。"花意微笑道："她很红啊。这几天连客也不见，除非是熟人。指明了招呼她，她才见一见。"柳春波对胡六平笑道："我原来打算花两块钱看一看她的新屋子，这样子，这两块钱可以省了。我就先走，你在这里多坐会儿吧。"胡六平道："不好意思，不好意思！"柳春波道："她以为我是陪你来的呢，绝不会怪老四不留住我的。"说毕，一掀门帘子，径自走了。

约莫过了十五分钟，美珠却来了。因不见柳春波，便问花意道："那位柳老爷呢？"胡六平插嘴道："他有事先走了。"美珠一看桌上，只有一副瓜果碟、一个烟卷筒子，料是自己那边没有送来。便道："我真该打，一进屋子，乐总裁就把我缠住，我忘记对他们说，他们就不理会。这位柳老爷我早就认识的，得罪了人家，真是难为情。明天胡老爷见着了他，请你替我说一声。"胡六平见她一赔笑脸，也不禁为之软化，便道："不要紧的，我明天对他说一声吧。"美珠点了点头笑道："谢谢，再会吧。"说毕，她又走了。她走进自己屋子，那位乐总裁正和一个五十附近的鸨母有一句没一句地说着笑话。

美珠进来，乐总裁笑道："来了小白脸子的客吗？怎么去了这样久？"美珠见乐总裁伸开了两腿躺在沙发椅上，便一扭身子，来坐在他大腿上，一鼓嘴道："是一个朋友，你冤枉人。"鸨母道："实在是个朋友。老七，他走了没有？"美珠道："他在花意屋子里坐了一会儿，他就走了。我本想去敷衍他几句的，他倒不等我。走了活该！"鸨母道："报馆里的人敷衍敷衍他吧。"乐总裁笑道："你们也怕报馆里的人吗？这个人是办大报的，是办小报的？"鸨母道："我们哪里知道？"乐总裁笑道："你怎么不知道？你的叉杆不也是个办报的吗？"鸨母一扭头笑道："没有的。"乐总裁道："你们是让小报馆骂苦了，我是让大报馆骂苦了。总而言之，办报的没有一个好人。将来他们有一天犯在我的手上，我非揍他们一两个不可。"美珠将一个手指头扒着乐总裁的脸道："亏你好意思说，吃这样的飞醋。今天我不出这个房门子，你看好不好？"乐总裁道："那自然是好。我今天也不出房门一步，你看好不好呢？"美珠听说脸先红了，用手将乐总裁的背膀一推，笑道："不要瞎说。不怕嫦娥知道了，要和你算账吗？"乐总裁笑道："她不是我的人，我管她不着，她也管我不着。"美珠笑道："这就是你没有理。为什么自己的人扔了不要，彼此都不管呢？"乐总裁两只手握住美珠的手，向怀里一拉，连忙搂住，笑道："因为我有了你，所以就不要她了。"

那老鸨在一边笑眯眯的，眯着一双老眼，对乐总裁道："乐总裁您以为这话是米汤吗？那才冤不到人哩，现在您把嫦娥扔了，和我们老七要好，将来您有了别人，不是一样把老七扔下来吗？"乐总裁笑道："一个姑娘不止就一个客人，一个客人不止招呼一个姑娘。我就是这样，大大方方的，要怎样办，就怎样办。老七，你怕不怕上我的当？你要怕上我的当，你就先和我丢开，免得我来扔开你。"老鸨在一旁插嘴道："那是什么意思？宁可让乐总裁将来扔开老七，老七现在也不能扔开总裁。老七是小孩子，现在还有个局面，都是总裁捧的，没有了总裁，老七那还行吗？"乐总裁笑道："我是说的一句玩话，哪里真能把她扔下哩。我是实心实意地要招呼老七，不知道老七是不是实心眼儿待我？"美珠扭着身躯，只管在乐总裁怀里搓挪，将嘴一噘道："我不来的，我不来的，你说这话，简直是看我不起。"乐总裁笑道："我是看得起你，我要讨你做姨太太，你肯不肯呢？"美珠道："那是好事，可是怕没有那好福气。"乐总裁道："你这句话，我不爱听。你们说话，向来都是这样。客人说要讨姑娘做姨太太，无论这话是假是真，姑娘一定回答一句说是没有这种福气，这分明是一句不相干的假话。"老鸨又插嘴道："实在不是假话。跟了别人去做姨太太，那事不难，跟了乐总裁去做姨太太，一步登天，那确实不是容易的。"

乐总裁将手摸了一摸脸，又微笑了一笑。老鸨笑道："乐总裁您笑什么？以为我这是假话吗？"乐总裁笑道："话倒是不假，不过第一步还没有办到，哪里就能办第二步呢？"老鸨明知他的用意，笑道："这还有第一步第二步吗？我们打开窗子说亮话，只要乐总裁捧一捧场，什么都够了，乐总裁要怎样办就怎样办。除了乐总裁，我们到哪里找第二位财神爷去呢？"

乐总裁哈哈大笑道："你到底是老手，米汤很浓。花两个钱不要紧，只要你答应了我的要求就好了。"老鸨道："总裁，要求两个字就不敢当。老七没有上捐以前，您就很爱她的，我还有什么不知道。上捐了以后，您又很捧她，一个小先生有您这样地待她，我还敢说什么？不过她不是我的人，您是知道的。我只是受她父母所托，照管照管罢了。她的父母都是不识抬举、不知高低的，以为要怎样就怎样，我虽说他们不懂事，究竟我也不敢勉强做主。"乐总裁躺在沙发上，静静地听老鸨笑话，美珠却抓了一把瓜子，坐在他大腿上嗑。嗑出仁来，就用两个纤细手指送到乐总裁嘴里去。那瓜子仁兀带着一种口脂香，咀嚼着觉得别有风味。乐总裁平常是很不愿妇人家向他念穷经，这时因为美珠坐在大腿上，就不肯阻着老鸨说完了，因笑道："你这话也有理，我今天晚上有事，明天你送老七进城，到我家里去，事情明天再说吧。"于是就吩咐开汽车，起身走了。

老鸨因对美珠道："明天他一定叫你出城里条子的，我在首善舞台包个厢，你去看《狸猫换太子》去。"美珠道："他要是知道了，不会和我们为难吗？"老鸨在桌上烟筒里取了一根三炮台烟卷，衔在嘴角，将火柴擦着，将烟卷点了，人向椅子上一躺，鼻子里喷出两道烟来。取下烟卷，然后微微一笑道："阿囡，不是舅母吹一句牛皮，大事情我见过多少，大人物我见过多少，一个姓乐的我对付不了吗？况且我看他那样子，分明是着了你的迷，趁这个时候，不和他要几个钱，还等什么时候？你不必管，由我和你去办就是了。他的汽车天天在班子门口一摆，哪里还有别人来捧场，人家比不上他的势，比不上他的钱，早走了。可是也要有他这样一个人才红得起来，不然一个新上捐的小先生，花报上就肯选你做花界总理吗？所以我们要钱只管要钱，也不可以得罪他。这班子里因为你太红，就全指望在你身上发一笔小财，把你捧得高高的。若是把姓乐的弄走了，我们这场面也是维持不下来的。他若是紧一点儿，我们自然松一点儿。他现在对我们是百依百顺的样子，我们何必将就他。"老鸨一面躺着说话，一面抽烟，不一刻，抽完了一根烟卷，又起身取了一根抽，却不说话了，抽着烟望了楼板喷将出来。

半天的工夫，嘴角上微微一动，眉毛一扬，一翻身坐起来道："我料他逃不出我的手掌心。"美珠笑道："舅母你若是和乐总裁要钱，必定给我买个钻石戒指。我手上戴的这个太小，拿出来，比不过别人。"老鸨道："只要你听我的话，那有什么难处？这种小事，我们暂且不要求他。要大大胡要一笔，这种小款子要了有什么用呢？"美珠道："我是要我的，你们的不管。"老鸨道："你自己要也很容易的，就是你在乐总裁面前要装出百依百顺的样子，可是知道他要来，又要设法躲开他，那样才好要他的东西。"美珠道："这样说，他要我出城里的条子，我是一定要躲开他的了，明天我准去听戏。"这一少一小商量了一阵，自去分头办事。乐总裁哪里知道，到了次日晚上，家里随便留了几个朋友吃饭，吃饭之时，照例是要叫条子的，除了几个随便的姑娘而外，另外派了自己的汽车去接美珠。不料汽车开去之后，不曾回来，先就打了一个电话来报告，说是美珠姑娘已经出去了。乐总裁听说也就只好吩咐听差传话，让汽车开回来。

嫖赌的事，原是不正当的消遣，不必介意。可是嫖赌越久的人，越为因了嫖赌生气，乐总裁这天晚上没有把美珠接来，心是十分不高兴，憋住了这一肚皮气，到了次日坐了汽车，特意到美珠班子来质问。美珠在玻璃窗子里，一看到是乐总裁来了，就满面春风地掀开帘子，一阵风似的迎将出来。她携了乐总裁的手，引进屋子里去了，只等乐总裁一坐下，就向他怀里一滚，两只手抱住了乐总裁的脖子，不住地问长问短。乐总裁纵然一肚皮都是气，这时也就打入乌有之乡。美珠见他已经没有气了，就再三地说："昨晚因出附近饭馆里的条子，因此喝醉了酒，不能到公馆里去，千万不要见怪。"乐总裁虽然知道这不是实情，无奈她说得很委婉，就没有法子抹下脸来说破，只得笑了一笑，就算了事。

过了一天，乐总裁又在家里叫美珠的条子，她来是来了，头发是蓬蓬的，脸上也不曾带一点儿脂粉，清秀的面庞，在电灯下看着，好像有些儿黄，倒添了两三分憔悴。乐总裁一见，便问道："你这是怎么了？"美珠皱了眉，将手扶额角道："昨晚晌就病得大烧大冷，今天一天，也没有起床。我本想不来的，可是上次已经失信了，再要不来，我怕您见怪，所以爬起来喝了一口稀饭，我就来了。"说着，两道眉尖越发是皱到一处，就在乐总裁身边坐下，弄着手绢儿默默无语。乐总裁问她什么，她就说什么，不问她就不说，乐总裁越看她，越觉得可怜，不到一点钟，伸手摸了一摸美珠的额角说道："是还有点儿余烧不曾退清，你回去吧，不要为了敷衍我，加上了你的病。"美珠微露着白牙，笑了一笑道："不要紧。"说时，捏着小拳头在额角上连连捶了几下。乐总裁握着她的手道："唉，你真是病了，回去吧，洋车坐不得，会受风的，我还叫汽车送你回去。"于是告诉听差，立刻开自己坐的汽车，将美珠送了回班子去。美珠见他如此说，就慢慢地站起来，拉着乐总裁的手，低低地说道："我真是对不住。"乐总裁拍着她的肩膀道："去吧，我看你的脸色都变了，回家好好睡觉去。不要在这儿苦挣面子了。"乐总裁这内客厅里本还坐有许多客，见美珠如此地讲交情，都觉她这种情形难得，纷纷劝她回去，说是要好也不在这一时。美珠再三地向乐总裁道了歉，这才告辞而去。

出门之后，一坐上汽车，眉毛就不皱了，及至回到班子里，掀开门帘，就向屋子里一跳，笑道："我回来了。"老鸨笑道："他们怎样说？"美珠道："都说我病了，催我回来呢。"于是大家同笑了一阵。又过了一天，乐总裁还是在晚晌派汽车来接美珠进城。老鸨道："这人倒会装模糊。说不得了，我自己去一趟，和他敞开来说，看他怎样？"乐总裁接的汽车来了，她就和美珠同坐汽车而去，到了乐总裁家，他正在自己一间小客室里闲坐。旁边只有一个客人等着。这人老鸨认得，乃是乐总裁家里的帮闲，专门跑跑小腿儿，做些吃喝嫖赌的传论差事。他在衙门里也当过高等顾问，和参事上行走之类的事，所以到了外面交际场上，还不失为二等人物，而大家也就同叫他一声老爷。可是窑子里这些妓女，暗地里叫跑腿刘四，当时刘四正斜插着身子，陪了乐总裁谈话，老鸨一见心里自慰道：好险啦，今天幸而是我自己跟了来，若是美珠一个人来，在这种地方，又有个刘四，没有不上他们的当的。现在这一下子，总算是稳当得好。现在是身陷重围，不能不好好地对付，便对乐总裁道："总裁现在是不大出门了，总是在家里叫条子。"乐总裁道："你看这是多么清闲，又不吃酒，又不要钱，大家安安静静坐着谈一会子，至于要花的钱，我是照花，一个也不少。"刘四笑道："不但不少，就是加个一倍两倍，总裁也决计不在乎的。"乐总裁笑道："你别给我胡吹牛，我不出钱，你能给我垫上吗？"他们说笑时，美珠已是早滚到他的怀里去了。老鸨却只含着微笑坐在一边。凡是好逛的人，都有些讨厌老鸨的，而且越喜欢姑娘，就会越讨厌老鸨。乐总裁叫美珠的条子，万不料老鸨会一路跟了来。让她在这儿吧？实在大煞风景。叫她回去吧？倒是启她的疑心，只得且自由她。

说笑了一会儿，因站起来，将里边的门一推，另外一只手拉着美珠的手道："来来来！我们到里面屋子里烧两口烟去。"老鸨一见，早抢着上前，笑道："总裁要叫她烧烟，恐怕烧完了一两膏子，也抽不着一口，让我来给总裁烧两口吧。"老鸨说这话时，可就不辞劳，一只脚向前一踏，就挤进这屋子来了。乐总裁老大不高兴，只得让她进去，刘四在一边看见却只是好笑。过了一会儿，他走进屋来，对老鸨招了招手，让她出来。老鸨会意，就出来了，笑问道："刘四爷叫我出来做什么，有话说吗？"刘四道："这个地方，是乐总裁自己家里，伺候的人有的是，何必要你做客的人在这里做事。"老鸨笑道："我们是什么人，敢说做客两个字？"刘四将手拍了拍沙发椅子，笑道："你坐下来，我有话对你说。"老鸨笑道："这样子，话还很长吗？我就坐下来，听您说些什么。"于是一挨身，坐在刘四下边。

刘四先笑了一笑，然后一伸脑袋，对着老鸨的耳朵边唧唧哝哝说了一阵。老鸨先是静静地听，听完了，然后将头微微摆了几摆，接上说道："她究竟年纪太小一点儿。"刘四笑道："瞎扯什么？上了捐的姑娘，就没有大小可分，反正都是做生意。"老鸨道："虽然是这样说，不过这孩子并不是我的人，我怎敢做这事的主？"刘四道："她纵然有父母，也无非多要几个钱罢了。你说，要多少钱？"老鸨笑道："我们老七虽不是十分红的姑娘，也不怎样下三烂。这也算是件大事，应该给她做点儿面子，哪里能怎样模模糊糊？"刘四道："乐总裁做事，就是这样干脆，不讲究那些虚套。至于花钱他倒是不在乎。老七今天大概是不回去的。你自己斟酌着办。"

老鸨虽然预料到今日有问题，以为今日这乐宅不定还是宾客满堂，酒绿灯红，大闹特闹，发生了事端，碍着面子，总可以把人带了回去。现在他们是单刀直入地杀将来，自己身陷重围，孤军深入，若要力争，必是一败涂地。事到如今，只好改用智取了。因笑了一笑道："这样也可以的，以后日子长，只要四爷给我们多照应照应，补做一点儿花头就行了。"刘四点头道："这倒像话，我一定包办得到。"老鸨道："但不知乐总裁意思怎样？"刘四道："给你三千块钱还算少吗？"老鸨听了这话，脸色变了，半晌没有说话。然后皱了眉头道："我的刘四爷，这不是要我为难吗？"

刘四昂了头哈哈大笑，拍着老鸨的肩膀道："这句话你说得上当了，留住她，你为的什么难？"鸨母道："我是说正经话，你不要拿我开玩笑。您想她的父母拿她出来做生意，也不定指望挣多少钱，偏是她的牌子又让各位大人捧红了，她的父母越发的希望大了。现在要由小先生变成大先生了，在这一个关节，若是旁的客人不一定要她做个周年半载，然后才能答应。你想一想，这周年半载之内，是要多少开销。您刚才说的数目，初一听好像也不十分少，但是这样一比较起来，那就差得远了。老七是初出来的人，她的场面就是这样大。四爷您是明白人，我们的事，什么也瞒不过你，请您替我们想，应该拉多少钱亏空。这种亏空，是绝不能够在一千两千上说的。这些账，当然都在老七身上。遇到了这一个关节，还不能凑几个钱还债，不但没有面子，放债的人也大大地失望了。这些话我是没有半个字是假的，因为四爷是老白相，我们的苦处，没有一点儿不知道，才肯这样说。不然，人家不要疑我是故意放刁吗？四爷我没有什么可说的，总请您多帮一点儿忙，劳您驾，费您心，请您给总裁说一说情。"

这一番话，刘四明知有些靠不住，无奈她是一派求情和诉苦的话，决计不能硬驳她的不是。便道："你自然有你的难处，让我和总裁去商量商量看。你别进去，就在这儿坐一会儿。"老鸨道："那就谢谢您，我在这里等您的信吧。"刘四走进里屋，和乐总裁商量了一阵，然后出来对老鸨道："加你一倍了，你看怎么样？要现款，还是要支票呢？"老鸨道："乐总裁是有面子的人，今天何以这样小气起来呢？花个两万三万，也不过总裁推一场小牌九的钱，还在乎吗？这是体面的事，总望总裁好看一点儿，要不然，我自去和他说吧。"说毕，自己又要向里面屋里走。刘四一手拉住她，一手按了她坐下，因道："你别去，你一去，这话就越说越僵的，我再和你去说说吧。"于是他又进去了。老鸨不管三七二十一，她总是坐在那里诉苦，说了一阵，又是要去见总裁。到了后来，索性垂下泪来了。

那里面屋子里，乐总裁的烟早烧足了。美珠又滚在他怀里，抚弄他大襟上的纽扣，乐总裁纵然要生气，也生不出来。便道："她们也太不知足了，我给了这么多钱，她还是在这儿麻烦。"美珠笑道："不是我说你，你是存心这样呢。要是我，早就给她钱让她滚蛋了。难道多出个三千五千，你还在乎？你不让她走，我都腻死了，那么，我走吧。"乐总裁连忙扯住，笑道："你怎么能走？我给她钱就是了。"于是找出支票簿开了一张一万元的支票，叫了刘四进来，交给他道："这个钱，你叫她拿去，总算不少了，她再要闹，我就叫人来把她轰了出去，看她又有什么办法？"说到此地，嗓子故意提高一点儿，好让外面的老鸨听见。老鸨一看这种形势，知道钱已加到了额，再要向上加，是不能够的了，因之接了那钱，就告辞而去。

到了次日下午两点钟，乐总裁才将自己的汽车把美珠送了回去。老鸨见屋子里没人，便拉着她的手，在一边问了许多话。因道："你要的钻石戒指呢？"美珠道："你要了他那么多钱，我不好意思再要了。"老鸨笑道："傻瓜，我们和他要东西，要到一样是一样，有什么好意思不好意思呢？今天晚上他必然还是要你去的，你就趁在那个时候，开着口和他要。决计不会少你的，你不要，是自己错过了机会。"美珠虽然年岁小，是胡同里面混大的，什么门槛不曾知道，老鸨现在说可以要，自

58

己便壮起自己的胆子，决定了意旨和乐总裁去要。乐总裁在政治上肯得罪人，在风月场中恰好是个反比例，无论如何，不肯得罪人的，美珠一和他开口，他就答应了买给她。

也是美珠的运气好，恰在这个时机有一位薛又蟠巡阅使由任上到北京来。这位大帅到处打仗，却也到处要钱，到处嫖娼。他拥有上万里的地盘，带有名义上的一百几十旅军队，那都不算奇。最妙的，他所经过的妇女，据人大概地估量一下，足够编一个混成旅。就是他身边的姨太太，要照金钗十二算起来，也可以加起倍来。因为如此，所以他无论是私是公，花的钱却像流水一般。需要是和供给成正比例的，他花得多，自然他和百姓去要的也多，在他所管的地盘之下，人民买一把夜壶，也得贴一张奢侈品印花税票。因为小便大可以溺在地下的，何必多买此一把夜壶呢？自然是奢侈品了。由此类推，可以知道他挣的钱是多少了。

钱来去如此之多，计算实在也不容易。因此这位大帅仿着三民主义，也有一个三不知道主义。哪三不知道呢？兵有多少不知道，钱有多少不知道，姨太太有多少不知道。在旁人看来，以为兵和钱不知道有多少还在情理之中，何以自己同衾枕的姨太太，也不知道有多少呢？这却另有一层说法。因为他讨姨太太是随时高兴便讨的。一个不高兴，也许三年两载，丢了姨太太不问。甚至于姨太太跑了两个月，他才知道。所以姨太太随时添，也就随时减，前前后后，要叫他报个总数目，一时当然不容易开口，所以他这个三不知道主义却也是事实，他既然如此多情，当然对于青楼中的妙人儿不肯拒绝的。而且他知己的朋友和他的部下，虽然做不到实现三不知道主义，却也拟了那个目标，唯力是视地做下去。

这时听到大帅来了，谁不愿意在大帅面前表示他们遵行大帅主义的态度呢？所以这一晚晌，就由乐总裁在家中设宴和薛又蟠洗尘，一共叫了三打条子，陪了大帅饮酒取乐。那请的客，有军长高尚德、司令邱镇守使王全海陆军总长马厚抱，和一些志同道合的阁员。每个人后面，都是两三个姑娘簇拥着，薛又蟠身后更多上一倍。薛又蟠是总头儿，当然是要上座的。乐总裁坐在主席上。恰好是和他对面，这些日子，美珠在乐总裁那里几乎是无日不到，当然紧靠了乐总裁坐下。薛又蟠坐在上面，正看到美珠和他那样相倚相傍的情形，不禁将桌子一拍道："老乐，你几时又找到这样一个好的，我要揩一下子油，成不成？"乐总裁笑道："这是什么话？大帅若是喜欢她，叫她伺候大帅就是了。"薛又蟠手上捧了一大杯酒，一仰脖子喝了，笑道："你这话是真的吗？"乐总裁就推着美珠道："去去，到大帅那里去。"凡是在窑子里的姑娘，原不去关心国事，唯有这"薛又蟠"三个字，却是例外，姑娘们对他认识之精确，不但是知道他的姓名籍贯，而且他的言语性情，也都耳熟能详。大家不但愿意攀上交情，就是和他多见一面，也可以回去和姊妹班里夸一夸嘴，所以只要薛又蟠叫过哪个一回条子，哪一个就像秀才中了状元一般。

这时乐总裁叫美珠过去伺候大帅，她心里早就喜欢得了不得，不过碍着面子，不好意思过去，只低了头含着微笑，薛又蟠斜着眼睛，望了美珠道："怎么样，不肯赏这个面子吗？"乐总裁道："笑话笑话，哪里能够抹大帅的面子？"便牵着美珠的手道："去去！为什么难为情？"美珠一只手被他牵着，一只手拿着手绢握着嘴，半推半就地跟了他走，走到薛又蟠身边，乐总裁向薛又蟠身上一推，再又将手按住道："不许动，要动我就恼了。"乐总裁这时回席去喝酒，美珠果然坐在薛又蟠身上，未曾走开，大家看见，都哈哈大笑。马厚抱端着酒杯子站立起来，笑道："大帅新得了一个美人儿，我们大家恭贺大帅一杯。"大家看见，都端着杯子相贺。薛又蟠一手搂美珠，也不起来，一手端了酒杯，向桌子中间举了一举，也就拿回来喝了一口。那些站在客人身后的姑娘，看见美珠一举登天，眼光都像闪电一般向她身上看去。美珠心里好像射了麻药，心里都麻醉了，大家越看她，她心里越快活，薛又蟠酒杯干了，美珠就提了酒壶，给他斟上一满杯，他把酒喝完了，马上就拿起筷子夹起来一筷子菜，送到他嘴里去。把一个疯魔元帅弄得乐不可支。

高尚德军长笑道："大帅今天高兴极了，美珠要唱一段，我们大家也享点儿耳福。"薛又蟠道："这话有理。"便问美珠的师傅来了没有。美珠道："都来了。"薛又蟠道："叫他进来，先拉上一段，我给你们唱一段开锣戏，好不好？"那些站在四周的马弁早就走出去把乌师叫了进来。那门边摆下两个小方凳子，两个穿黑布长衫的人，一个提了一把胡琴，一个抱了一把琵琶，挨着门走进来，一蹲身就在方凳子上坐下。薛又蟠连连招手道："坐过来，坐过来，坐得那远做什么？"歪头就对马

60

弁道："就摆在我身边。"马弁知道大帅的脾气，果然又搬了两张方凳子放在离座位二三尺远。这两个乌师吃了豹子的胆也不敢坐过来，只是靠了门站住，直了眼光，望望这个，又望望那一个。薛又蟠道："傻瓜，过来！"那两个乌师见薛又蟠如此说，觉得一味推却，反是不好，两眼睛望了众人，就缓缓地挨着方凳子坐下。薛又蟠道："给我拉一段，我先唱《李逵大闹忠义堂》。"于是提着嗓子喊道："俺李逵做事太莽撞。"那两个乌师没有调弦子，也没有拉过门，薛又蟠走来就唱，他们如何赶得上，就是那样糊里糊涂手忙脚乱，一阵胡拉。这种情形，除了薛又蟠高兴，昂着头狂唱而外，不曾注意，其余的人都忍不住大笑。薛又蟠唱完，自己一鼓掌道："你瞧怎么样？只要我一唱，大家都乐了，我唱得实在不错吧！"因问美珠道："你说好不好？"美珠点点头。薛又蟠道："我都唱了开锣戏了，名角儿都上场啊。"

这两个乌师就是美珠的师傅，美珠身子动了一动，这就要站起来。薛又蟠一手搂住她的腰，笑道："我这人肉架子都不怕累，你还怕什么？就坐着唱，不许动！"美珠虽然觉着不舒服，但是也不敢不遵从薛又蟠的办法，只得带着笑意，断断续续地唱。当她唱的时候，在薛又蟠怀里躲躲闪闪，只管眼睛瞟住他。美珠模模糊糊地唱完了，薛又蟠是昂头哈哈大乐。马厚抱道："我看这样子，蟠帅是很喜欢美珠的，乐总裁，我看你讲个与朋友共，让她陪蟠帅乐一乐吧。"乐总裁看薛又蟠的神气，大概是很喜欢美珠的，若是不让他，固然办不到。就是让给他，说美珠是自己的人，也显着大煞风景，所以笑着答道："这用不着说什么让渡，美珠根本上就不是我的人。大帅要她伺候，让她伺候就是了，和我什么相干？"马厚抱笑道："这话说得很冠冕啦。可是大帅真要割你的靴鞠子，你又未免痛心吧？"乐总裁望着美珠道："老七，你照实说，我们有什么关系没有？"说这话时，两道眼光直射到美珠的面上。

美珠从小是由窑子里陶熔出来的，这些眉目传关节的事，学得油而又透，哪里有不明白之理？当时向着乐总裁含着微笑。乐总裁向满桌子的人道："大家看看，我和她究竟有什么关系没有？若果然有关系，她还不说出来吗？"薛又蟠笑道："管他有关系没关系，我们糊里糊涂就是这样接取过来。事情弄错了，也别怪我，谁叫他们俩都不说真话呢？"在座的人都附和着道："蟠帅这话有理。不是假话，自然没关系，若是假话，这种对朋友说假话的人，先不够朋友，应该惩罚他们一下。"薛又蟠就用右手一个指头，在美珠脸上扒了一扒笑道："小东西。这样一来，我可要了你，你就是我的人了。"美珠道："你的人……"说到这个人字，眼珠在她那很深的睫毛里向乐总裁看了来。乐总裁当着大家的面，不便有很明白的表示，只将下巴颏微微向里点了几下。美珠这才继续着向下说道："就是你的人吧，不过伺候不到，您可别见怪。"薛又蟠道："你伺候你的，别管我怪不怪。我吃得腻了，你陪我烧两口大烟去。"美珠道："怎样吃饭吃到半中间，抽起烟来呢?"薛又蟠道："你就不必管了。这样抽烟，才是有味呢。"

说毕，拉了美珠就跑。薛又蟠把烟瘾过足了出来，这里饭也吃完了。不过叫来的这些姑娘，没有得着大帅的命令，都不敢走，团团转转地在屋子里胡混。薛又蟠一拍手道："我把事情全忘了，还没有开销，老叫人在这里等着，什么意思?"一回头，见跟自己的马弁挂了盒子炮站在客厅门口，一招手，将他叫进来便道："你打电话回去，叫送……"说这话时，转过身，用手点着屋子里的姑娘道："一五，一十，一十五，共是三十二个。"又对马弁道："一共拿一万块钱来。快! 越快越好!"马弁答应几个是，马弁就去打电话。那边公馆里听说大帅要开销条子钱，这是比军饷还要紧的，不敢怠慢，马上取了一万块现洋钞票，坐了汽车，送到乐总裁公馆来。

马弁取了钞票，一直送到客厅，呈给薛又蟠，他将钞票取过来，一齐堆在茶几上，对姑娘道："你们一个一个地过来，大帅开赏。"那些姑娘见搬了这些钞票，黑眼珠子都对了薛又蟠，他道："你们都站在左边，不许乱跑，谁乱跑，就取消谁拿钱的资格。"大家一听，果然都站到左边去。于是笑道："从头至尾，一个一个地过来，拿了钱的，就站在右边。"于是点了二百元钞票拿在手里，过来一个，就递给她二百元。姑娘拿了钞票，就站到右边。美珠是坐在他身边，除外不算。其余的那些姑娘，每人走过来拿二百元。薛又蟠亲自发了一笔娘子军的饷，这个乐子不小，张着嘴，不住地笑。三十一人都发完了，还剩着三千多块钱的钞票，于是一把抓起，向美珠怀里一塞，笑道："小意思，给了你吧。"美珠不料薛又蟠是这样大的手笔，一下就给三千多块。当时笑着对薛又蟠道："我谢谢你了。"薛又蟠道："你别谢我，我也得谢谢你。

咱们两个人，就这样两免了吧。"说毕，一阵哈哈大笑，那些姑娘出了一个条子就得二百块，自然也很满意，便兴高采烈地各人含笑而去。

这个时候，已到晚上一点钟了。王镇守使看看许多客都散了，只有几个自己人在这里，而且薛又蟠又是很高兴的样子，便趁了机会，站了起来对他道："我有几句话和大帅商量商量。"薛又蟠道："你别说，我知道了，你无非是要我给一笔军饷对不对？"王镇守使道："是的，实在也是困难。"说这话时，只把眉毛尖来锁起。薛又蟠道："无论困难不困难，我到北京来了一百趟，就得给你一百趟的钱。我也知道，无论到什么地方，总有两样人绑我的票，一是窑子，一是我的军队。你要多少钱？"王镇守使看这样子，钱是可以给的，想着多说一点儿也不妨事，便道："全海的意思，想大帅赏二十万。"薛又蟠道："你妈的胡说，你瞧我在哪里新刮得了地皮？"

王镇守使碰了这样一个大钉子，心里非常懊悔，但是在薛又蟠面前，是不许做出那种苦恼样子的，他依旧带着笑容道："大帅明鉴，弟兄好久没有发饷了，天天望大帅来，以为大帅来了，就有饭吃了。现在大帅望是望到了，可是一个子儿没有拿着，他们一定疑惑全海把款子吞下去了。"薛又蟠道："怎么着？这些当大兵的，都惦记着我吗？"王镇守使道："可不是？他们都是这样说，只有大帅是疼爱弟兄们的，所以大帅来了，他们喜欢得什么似的。"薛又蟠笑道："真的吗？你们这儿弟兄有几个月没发饷了？"王镇守使道："整半年了。"薛又蟠道："那倒是欠得多一点儿。你明天到我这儿来，给你二十万，你看够不够？"王镇守使道："那全凭大帅的主张，全海哪敢说够不够的话。"说这话时，脸上可显出一点儿为难的样子。薛又蟠道："你为难什么？钱还不够吗？你不管那些，开一个预算给我瞧瞧。"说时，一拍胸道："我有的是钱，要你们往前干那才能给。人家说，薛又蟠打仗，前头是铁甲车装大炮，后头是货车装印刷机器，打到哪儿，军用要印到哪儿使，这话是不假，反正给我打下地盘来的，我总有钱给你们的。"王镇守使道："只要大帅肯用全海，全海一定带着弟兄们打前敌。打死了之后，赶着投胎，二十年之后，还能给大帅办事。"薛又蟠道："那个时候我还在吗？我在干什么？"王镇守使道："一定是干大总统。"薛又蟠道："小子，你真行，这马屁算你拍上了，你明天来拿三十万军用票，少一个子

63

儿，你就给我倒戈。"这句话说出，在座的人都乐了。

王镇守使今天要饷，本来就不敢认为怎样有把握。因为三十天以前，就在巡阅使军需处请了十万款子，哪里敢有什么大希望？不过想薛又蟠还找点儿零头而已。不料他一开口就给二十万军用票。自己跟着逢迎了几句，他更乐了，又加了十万，真是奇遇。当时喜欢得眉开眼笑。回到家去，次日毫不费力地就在薛又蟠家里取了三十万军用票来。在这一天，恰好和他做媒的那个赵观梅前来问候。他抽足了大烟，口里衔了一支烟卷，躺在软榻上想心事，两只脚高高架起，放在软榻边一张圆几上。赵观梅现在是熟得很了，一直进房来，走进屋手上捧了帽子，对着他鞠躬带作揖，口里可就说道："镇守使没有出去？"王镇守使道："我发了小财了，薛大帅今天发了三十万饷，我怎样花呢。"赵观梅笑道："镇守使这也用不着为难，发给弟兄们，弟兄们还不会花吗？"王镇守使道："三十万块钱我全给他们吗？我在大帅那里挨揍挨骂，谁管？给他们个七万八万的，就便宜了他们。有钱我倒是会花，我就为难，这军用票，北京城里，不大很好花，想个什么法子，存到银行里去。你在银行界也有熟人，能不能想个法子，咱们吃点儿亏，倒不在乎。"

赵观梅是在商界里混得很熟的人，市面上对于新出的军用票是持着何项的态度，早已了然于胸，现在要把二三十万军用票存到银行里去，老实一句话，就是要把几捆纸条儿换人家几十万现大洋，天下岂有那样的傻瓜肯做这样上当的事？不过自己一向捧王镇守使的，绝不愿在当面拂逆他的意思，便道："银行里做的是买进卖出的生意，只要有利可图，他们有什么不干？不过观梅听说这一程子，银行里都借钱借给政府，没一个不借空了的，把款子存到银行里去，那是给他们加资本，弄得不好，就会倒闭。我们的款子白让他卷了去，他谢也不会谢一声呢。"王镇守使听赵观梅说得有理，倒愣住了，便问道："难道北京城里，一家靠得住的银行都没有吗？"赵观梅道："靠得住的银行是有，不过都是外国人办的，或者外国人有股份的，这种银行他是不收军用票的。"王镇守使骂道："他妈的，中国人办事，一辈子也不成。就是开银行，连军用票都不敢收。老实说，我们这军用票，无论买什么东西，人家都得收，若是不收，就要他的脑袋，别家银行的钞票，能这样过硬吗？"赵观梅道："我们的票子这样硬，不存到银行里去也不要紧，放在家里慢慢地使得了。"王镇守使笑道："老赵，你傻呀！谁拿几十万块钱放在家里睡觉呢？再说这军用票，零使两块三块的，好花。可是你要拿整千整万地做什么，可是别扭，简直是花不动，这不向银行里一放，那还有什么法子呢？"赵观梅道："镇守使的意思，既是一定要存到银行里去，让观梅去跑两家银行试试，也许一卖力，找着可靠的银行也未可知。"王镇守使道："好极了，你就给我去找吧，找着了，给你一点儿好处。"赵观梅道："那是笑话了，我给镇守使做事，还敢说从中要好处吗？"王镇守使道："你上次给我做媒，我还没有谢媒，这回你又给我捞钱，我再要不谢你，我这人不够朋友了。我的老大哥，你快点儿给我去想法子吧，你不知道，我家里存着三十万元钞票，真有点儿着急。"赵观梅听他这样说，笑着去了。

王镇守使刚才尽管和赵观梅商谈发了财，谈得高兴，他就忘了身边还站着一个卫兵、一个马弁。自己说了，钱要自己搂起来，不能发饷，现在让他们听到，到外面一传说出去，这事可不好办。因对那马弁柴得有笑道："你听见没有？我得了许多钱了，你们常伺候的，我得多多给你们一点儿。我还是说给就给，马上给你们发三个月饷。"说毕，一起身走进内室，打开大箱子，在那整捆的军用票里面，抽了两大沓子出来。一看，都是十元一张的，自己原说是给他们三个月的饷，这时又一想，那一大箱子钞票，就多给他们十张八张的也很不算什么。于是又对柴得有道："便宜了你这小子，给你一沓子钞票吧。"说着，将钞票向他身上一扔，复又扔给那卫兵娄民才一卷子，娄民才因为站得远一点儿，没有接住，将钞票撒了满地，娄民才一见，弯了腰一阵乱捡。王镇守使笑道："小子，别忙，在这儿谁还抢得了吗？我告诉你们，有了这钱，可是买一点儿好吃好喝的，到澡堂子去洗洗澡也可以。就是千万别上莲花河去逛三等下处，人家当窑姐儿，挣钱是皮肉换来的，给她军用票，叫她没法儿花，你心里过得去吗？"这两个人听了，都鼓着脸站定，可是不由得又要发笑，王镇守使将手一挥道："得！你们都有钱了，给你们一天假，让你们花去。"

柴得有娄民才万不料镇守使今天这样好，既给了钱，又放假。两人心里一阵喜欢，马上对他一立正，行了个举手礼。王镇守使道："去吧！可别对弟兄们胡说，你要说了，我要你们的小脑袋。"娄、柴二人答应

65

几个是，走出王镇守使私宅来。柴得有先笑着对娄民才道："老娄，没有钱，是愁着没钱花，有了钱，现在又愁着不知道怎样花好了，我们这上哪儿呢？"娄民才道："有了钱，咱们还走道吗？换钱雇车去。"一回头，路边就是一个钱铺。娄民才掏了一张十元的军用票，向柜上一放，说道："来一盒红粉包。"铺子里的人也不敢望那军用票，在架子上拿了一盒红粉包的烟卷，放在娄民才面前笑道："老总，烟在这里。"对柜上放的那张十元的军用票却未曾注意。娄民才用手将钞票推了一推道："你怎样不收钱？找我九块钞票吧，放在身上好带一点儿。"那店伙笑道："老总，你带着吧，抽一盒烟卷还要钱吗？"娄民才道："我又不认识你，干吗白抽你的烟卷哩？"店伙赔笑道："这钞票，我们实在找不开，老总要抽烟卷，也不能因钞票找不开就不买。好在是很小小的事，一盒烟卷，还要老总给钱吗？你带着吧。"娄民才见人家送了一盒烟，并不要钱，而且还说了许多客气话，人心都是肉做的，绝没有再给票子要人找现洋之理。只得将钞票收起来道："我没零钱，下次再带给你吧。"店伙赔笑道："不要紧的，老总带去抽吧。"娄民才揣了烟在身上，和柴得有一路走上大街。因道："这小子真鬼，他愣送咱们一盒儿烟抽，不找钱，这可没有法子。"柴得有道："买他一盒烟反正钱不多，他就算白扔了也不值什么。若是咱们买上个五块六块的，我看他怎么办，他也照样不要钱吗？"娄民才道："好！就是那样办，我鞋子破了，早就要买一双穿，咱们买鞋去。"于是走在大街上找鞋店买鞋。

不料这事又透着新鲜，鞋子店里一问，都说鞋子卖完了。你若不信，在他玻璃格子里一看，花花绿绿的，全是坤鞋，一双男子的鞋子也没有。走一家是如此，走两家是如此，走十家二十家，还是如此。娄民才道："别找了，找完了北京城，也不会找出一双鞋来的。"柴得有道："他妈的真是别扭。坤鞋我也买一双逛逛下处，当盘子钱开也是好的。这分明是这两天街上使上了军用票，鞋子铺里掌柜的把鞋收起来不卖，你看看对不对？"娄民才道："一定是这样，我们还是先找一家大铺子花去。"柴得有道："我想到一个法子了。洋药房那儿他有货总会卖的，咱们先买好两块钱药，然后再给他十块票，非要他找大块现洋不可。就说咱们家里有病人，不卖药给我，就是见死不救，可以在他铺子里乱揍一气。"娄民才道："这个法子很不错。去！"

抬头一看，路边就是一家大药房，于是二人走了进去，把癞疾丸、五淋白浊丸、疥疮一扫光，糊里糊涂买了几样。一算账，共是六块多钱。柴得有毫不踌躇就在身上掏出一张十块的军用票，向玻璃柜上一扔。店伙看也不曾看一下，连忙笑道："这点儿东西，不值什么，你带着吧。"柴得有道："那是什么话，我买了你五六块钱东西，怎样不给钱？"店伙道："老总你买点儿药品，我们还一定要算钱吗？不敢瞒老总你，我们卖洋药的，有一句话，是药无十倍不出门。您虽买了我们五六块钱的东西，我们的药本不过五六毛。您老总们为国家出力，买一点儿药治病，照理我们就应该奉送，刚才算账，就是不对。"柴得有道："你别以为这军用票不肯找钱，当就把药送给我们。"店伙笑道："不不！这票子外面一样好使。我们这里实因这几天生意不大好，没有什么存钱，真是找不开，老总别疑心。"柴得有道："哪有白吃药的理呢？这样吃下去，病也不容易好啊。"店伙笑道："老总有的是钱，何至于白吃呢。你真要客气，这几毛钱的药本，您什么时候有空，什么时候送来就得了。"娄民才也觉得这药房里的店伙实在太客气了，买人家这些东西，人家一文钱不要，怎样还能和人家生气。只得对柴有得道："走吧！掌柜的说赊给我们，我们就请他写上账，哪一天走这里过，再给他带来就是了。"说毕，二人提了一大包药，扬长而去。

走上大街，柴得有道："他妈的，这小子愣把东西送人，也不找钱，你有什么法？"娄民才笑道："我有一个好法子了。咱们找一家馆子，先去吃一顿，吃饱了，把票子给他，他找也好，不找也好，东西吃到肚子里去了，他不能拿回去。要钱呢？咱们给他票子好了，看他有什么话说。"柴得有笑道："好！你这法子比我还想得绝。"于是二人沿路去找小馆子。不料这些小馆子比什么还鬼。原来他们从薛大帅到京的那一天起，炉灶都突然坏了。家家都关上了大门，门口贴着红条，不是写着修理炉灶，就是写了清理账目，都是暂停营业。柴得有道："老娄，这样子不成啦，咱们拿了这票子，是什么买不着的。前好几年，我在茶馆里听书，听了一段《镜花缘》，说是海外有个君子国，这君子国的人，卖的是直让价，买的是直说东西好，要加钱。你瞧！今天我们这一种情形，就有些差不多。他们卖东西的老是不要钱，我们倒非给钱不可。要说给乡下人听了，真透着新鲜，天下到哪儿找这种地方去？"娄民才道：

"咱们跑了大半天，你就是买了几瓶药，我就是买了一盒儿烟卷，这样子身上揣着钱有什么用处？咱们不管三七二十一，现在找着大铺子就去买东西，只要能花钱的就成。"

二人走着路。正走到大栅栏，柴得有道："有了，咱们到庆和祥去买衣料。他那儿是个大铺子，本钱好几百万，绝不能说不做生意，也不能说找不开钱来。"娄民才道："去不得，到那里去买东西的，多是阔人，他要向司令部一报告，咱们是吃不了兜着走。"柴得有道："只管去，不要紧！咱们是来买东西，又不是来抢东西，他怎样向司令部报告呢？那铺子里，我也进去买过东西。倒不是不招待大兵，你别露怯，咱们一块儿进去，反正他也不敢得罪咱们。"娄民才道："只要能进去，我就去。"柴得有道："我不认得那招牌，我倒认得那门面，跟我去准没有错。"

走不多路，柴得有果然找到庆和祥的门面，二人挺着胸，一直就向里走，那招待客人的老店伙早是站起身来，笑着一点头道："老总买点儿衣料？"娄民才原怕人家不睬，现在看人家殷勤招待，也和小店里差不多，这胆就大了。对于那老店伙只是点了点头，鼻子哼上一声。走进柜后，上面是走马通楼，下面也是一个大敞厅，四围列着布架。娄民才本想上楼，只见那梯子上，一层层地铺着花毯，两梯相连之处，都是嵌的玻璃砖。柴得有一想，曾和镇守使到总统府去过两次，那梯子就是这样的。如此看来，这楼上是多么隆重的地方，可是真不能乱跑。因此他先就不敢乱走，他不走，娄民才更不敢走，两人站在敞厅中间，一看四面八方都是花花绿绿的东西，不知道要哪样好，只是发愣。倒是那店伙看出了他的行动，便问道："老总，要买一点儿布料吗？"柴得有点了点头，那店伙于是搬了几匹柳条布放在玻璃柜上，笑道："这布好，做小衣在制服里托着穿，又省钱，又结实。老总，你来多少？"柴得有一看，那几匹布竟是样样都好，最好是全把它买下了。但是心里总有些胆怯，只一样剪了几尺。娄民才看见他已剪了，也搭讪着说："给我也来一点儿。"店伙道："不挑别的样子吗？"娄民才一想，你肯卖给我，我就很乐意了，还挑拣些什么？便道："行！这个就好。"店伙拿起剪子，一下又给他剪了。

他们两人的目的原是在买东西找现洋，东西买多少倒不在乎。因此各拿出一张十元的军用票，让店里找钱。在他们心里想着，少不得这又是一阵子麻烦。不料那店伙毫不犹豫，将两张军用票，自拿到柜上去找钱。柴得有应该找回六块钱，娄民才应该找回五块钱，两个人心里快活得什么似的，以为这一下子又得了布，又得了钱，总算找着财神爷了。但是那店伙找了钱来，并不是现洋，也是军用票。给柴得有应找的七毛钱，他不找七毛，也找了一元军用票。柴得有心里明白，他也算是不抵制的抵制。心里一转念，你不给我钱，布总要卖给我，便道："布很合我的意，我再来一点儿。"店伙听说，脸上就有一点儿不情愿的样子，很随便地点了点头，轻轻地道："还是要同样的吗？"柴得有道："好！就给我来上一点儿。"店伙无精打采地就给他又剪了一些料子。

在这个时候，有一个十八九岁的姑娘和一个十五六岁的男孩子也在那里买布，那男孩子见娄柴二人用军用票买布，早就远远地望着发呆。这时他又要买，那男孩子微微一笑，却道："嘿！他又买上了。"那姑娘瞪了他一眼，意思叫他不要说。男孩子道："怕什么，他买得，我还说不得吗？这真是不讲理的年头儿，拿一张纸买人家的东西，还要人家找钱。"他们所站的地方，只和柴得有隔两个玻璃柜，声音虽低，却也听得很清楚。于是柴得有向前一奔，直走到那孩子面前，横了眼睛问道："你在这儿说谁？"那男孩子道："你别唬人，你以为穿了一身制服，我就怕你吗？别人怕你，少爷不怕你。"柴得有从来不曾遇到这样不怕兵的人，哪里忍耐得住，伸出手，左右开弓，就打了那孩子两个耳光。那孩子两腮发热，双泪交流，但是他并不哭出来。向旁边一闪，指着柴得有道："小子，你打得好，你别走，我叫你认得我是谁。"那姑娘先见他两人要打架，却吓得退到一边，扶住一只玻璃柜的犄角，只是发呆。这时见兄弟挨了打，也指着店伙道："这一人好野蛮，你给我把他抓住，别让他走了。"说时，那男孩子已经飞奔出店门请救兵去了。要知救兵是谁，下回交代。

第四回

巨博掷千金为人做嫁
豪歌收八美与客同欢

却说那男孩子让柴得有打了两下，一头向铺子外面一钻就去请援兵去了。不多大一会儿工夫，他又回转来，身后就跟着两个武装警察。柴得有的原意以为那男孩来头很大，搬来的援兵一定就了不得。现在一看，也不过是两个警察，这算什么，胆子就大了。便横了眼睛向那警察道："你来干什么，你想管我的事吗？"一个警察道："你们都是军界的人，你们打吵子，不来找我，我又何必管？"因指着那孩子道："这位先生，他就是王镇守使的亲戚，他说让你打了，要我们来看住你，他要打电话找人。"柴得有听说是王镇守使的亲戚，倒吓了一跳，便问道："哪个王镇守使？"那男孩子道："你管是哪个王镇守使？小子！我要不叫我姐夫拿你去枪毙，我不姓这个罗。"他提出这个罗字，娄民才先明白了。自己镇守使在北京新订了一门亲，那门亲就姓罗，他既然说和王镇守使是亲戚，又说姓罗，他说的姐夫莫不就是我们镇守使？若是镇守使，那可糟了。便满脸堆下笑来对那孩子道："小先生，你既然也是军界人，咱们都是一家，这话就好说了。"那孩子道："好说？他揍了我，我倒和他好说？"便指着警察道："这个人我交给你了，你要放了他，我就和你要人。"

警察听他说是王镇守使的小舅，又见两个兵都软下来了，一个警察便对柴得有一横眼道："你的事情没完，你可别走，你要一走，我们交代不了。你们是哪里的？"娄民才一想，若说是王镇守使那里的，或者他念在亲戚分儿上就不追究，因道："他是王全海镇守使的马弁，我是

70

护兵。"娄民才这话还未曾继续说完，那男孩子跳着脚道："浑蛋！你们好大胆，连主人打起来了。"因指着那姑娘道："这是我姐姐，就是你们太太，你可是当着我姐姐的面动手打我，咱们这一笔账，得仔细算一算。"柴得有早是一言不发，听到这里，知道祸惹大了，指着那孩子道："你是我们镇守使的亲戚，我们没听见说过，我不相信。"一面说，一面就要向外走。两个警察将枪一拦道："你可不能走，你一走了，这事情怎么办？"柴得有道："我去报告我们镇守使去。"警察道："放着太太在当面你不报告，还要到哪里去报告？没有什么可说的，你还等一等。"柴得有不是个傻瓜，哪里肯等，正横了身子想往外跑。

忽然外面一阵呱嗒呱嗒皮鞋响，进来十几名全副武装的兵，娄民才认得，全是同事，预料这一来没有好的，必是抓人来了。两膝一屈，便向那姑娘跪了下去，央告道："罗小姐，我没有得罪你，你可别和我过不去。"那些兵走向前，围着了柴得有问道："这就是你干的吗？镇守使接着了这里罗先生的电话，生气得了不得，你回去吧，谁叫你不开眼？"柴得有道："都是好弟兄，何必呢？你们让我去求求吧。"娄民才跪在地下求了一会子，原已站起来了，这时见柴得有强硬的态度都已转变过来，自己原就求人，还用得着什么客气。因此随又跪了下去，口里嚷道："罗小姐，您饶了我吧。"说时，伸开两手的五指，叉着地下，只管磕头。罗小姐道："你没有打人，没有你的事。那个打人的让他们带了回去办他。"那些来抓人的兵见未来的太太如此发放了，不容分说，就簇拥着柴得有去了。

这个说话的正是罗静英小姐，那个挨打的男孩子，便是她的弟弟罗士杰。闯了这样一场大祸，东西也不买了，就垂头丧气地回家。罗士杰一进门便嚷道："瞎了他的狗眼，他敢打我，这一下子拿回去了，非请他吃卫生丸不可。"罗太太听说，便问道："孩子，你又和谁闹别扭啊？谁能仗着势力欺侮人一辈子？"罗士杰就把在布店里买东西的事从头至尾说了一遍，因道："他先和我干上了，我又打他不赢，我不报警察怎么着？这小子真没出息，对着姐姐磕头下跪，直叫太太。"静英脸一红道："你别瞎说，哪里那样叫的？这孩子当面就撒谎。"士杰道："我怎么撒谎了，不是真事吗？你迟早总要做他们的太太，我说一句也不要紧，为什么和我瞪眼？"静英将脸一板道："这孩子总是没有出息的东

71

西。"说毕，一掀门帘子，低着头进房去了。罗太太对士杰道："你姐姐这么大姑娘，你怎么和她乱开玩笑？说起来，你这孩子也该打。"罗士杰道："我这话没算说坏，你为什么帮着她？"他鼓着嘴，也就走了。

他两人这样一提，罗太太在屋里，倒想起了一桩心事。自从和王镇守使结了亲戚以后，自己旧亲旧友来往得多，求事的也是牵连不断。因为亲戚没有过门，有许多事都不方便去说。而且自己家里本身也有许多仰仗亲戚之处，若是不早些过门，亲戚所希望的事，那都办不动。王镇守使以前也曾叫赵观梅来提过，说是一个月内就接过门，当时因为时间太迫促，约了迟一点儿。不料一个月过去，王镇守使是今天上易州，明天到济南，过了两天，又去天津，总没有工夫来办喜事。现在他在北京，正陪着薛又蟠巡阅使，在最近的期间，大概走不了。何不就趁这个机会和他提一提？姑爷有上百万的家产，姑娘早一天过去，就早一天拿到手里。况且姑爷是有三四房家眷的人，不定哪一位太太一时走运，把姑爷说得高兴了，姑爷就会把家产让给她。越想这事情越不稳妥，当日踌躇了一天，没有解决的法子。

次日恰好赵观梅来了，罗太太还未曾问话，他拿了帽子高举过头，笑着先口里嚷道："了不得，王镇守使又发了财了。你猜怎么着？一拿又是三十万块钱，做大官真好啊！一拿就是那么些，我们闹一辈子，也拿不了他十股的一股。"罗太太笑道："瞧你乐得这样子，你妹婿怎么发了大财了？"赵观梅道："我亲眼见的，那钞票比咱们家里旧报纸还不如，一捆一捆地绑着，堆在屋子里墙犄角上。"罗太太道："哪来那么些个钱？"赵观梅道："人家的钱，来得很正大，乃是本月发下的饷。"罗太太道："发的饷，那可不过是他代领，还要发出去的啊。"赵观梅道："发出去那不过是那么一回事，他领的是三十万，就是发十万出去，他还可以多下二十万来。这样发财是多么痛快。"罗太太听说，就把眉毛皱了一皱道："你别提这话了。你越提这话，我是越着急。他那么些个钱，全没有人管，不定要转到哪个人手上去。"

赵观梅一听话音就明白了。因道："这件事，我也久放在心里，就是姨妹早一点儿出阁的好。不过我们这位大亲戚，忙是真忙，这几天又陪上了薛巡阅使了，哪有工夫谈到喜事？您猜这巡阅使有多么大？就是从前的制台。可是制台还没有他那样大，您想哪个制台能带几十万兵哩？"罗太太道："妹婿老陪着他，有什么好处吗？"赵观梅本坐下的，站将起来，两手伸开，向大处一比，把那脑袋在空中乱画圈圈，说道："这好处大了，不提别的，这三十万块钱，就是薛巡阅使赏下来的，普天之下，哪儿去找这样的主子。"罗太太道："他还能给妹婿升官吗？"赵观梅道："妹婿就是他手下的镇守使，怎么不能升？他爱怎么办就怎么办。"罗太太道："那就让他伺候一点儿吧，升不升倒没关系，别坏了差事，这喜事就搁下去几天，倒不要紧。"

赵观梅将眼睛迷糊住了，对着丈母娘一乐，然后又拱拱手笑道："不能耽搁，我正也是为了这事来的，一来姨妹早点儿过去好把家事接过来，二来我一条大路，就全靠姨妹帮大忙，早一点儿过去，我是早一点儿有指望。您哪！这就叫朝里无人莫做官。"罗太太道："这倒也是一条正理，你斟酌办吧。你看妹婿什么时候能抽出工夫来，我是什么东西都早已预备好了，只要他开了汽车接人就是，再说你妹婿真也看得起咱们这一门亲戚，早一点儿，他也没有什么不乐意的。士杰昨日给他一个电话，他就派了许多护兵来保护，真算给面子。"于是就将昨日士杰惹祸的事情说了一遍。赵观梅站了起来道："了不得，这得去谢谢他。要不然倒显得我们满不算一回事了。"于是抓了帽子戴在头上，马上就出门而去。

他的马车正停在门口，脸上很得意地对马车夫说一句到王镇守使公馆。到了那里，护兵全认得他了，也不过问，让他一直进去。王镇守使见了便笑道："你知道吗？我们没过门的那位小太太，昨天受了一场虚惊。"赵观梅道："刚才听到说的。您最好……"说到一个好，眼睛望住了他的脸色，不问如何，且先笑上一笑。停了一会儿，赵观梅看一看他的情形，倒有些愿听的意思，便笑道："镇守使公事这样忙，实在容易把家中小事都耽误了。据我的意思，最好是把喜事……"王镇守使道："你叫我把太太接过来吗？我早有这个意思。可是他妈的公事接二连三地来，别说娶太太了，每天晚上一个打茶围的工夫都抽不出来，你看是糟心不糟心？"

赵观梅心里虽很不满意，脸上倒不敢怎样去驳他，便道："因为这样，所以我觉得这喜事倒是早些办了的好。"王镇守使道："你猜我怎么着，我准比你还着急。这几天我们老总来了，我总得陪着他乐几天，不然，他那整把的大洋钱，可不肯望我身上撒。让他走了，我就办喜事。请你告诉我那丈母娘，有好吃好喝的，先疼一疼姑娘，过些时候就出门了。"说着，一昂头打了一个哈哈。

赵观梅听他这种口音，这事情竟是有些眉目了，便想跟着问下去，偏是在这个时候，来了两位上客，他陪着客谈话去了。客走过，接上又有几个人回公事，都敷衍过去了，等他走回私室，正要和赵观梅说这婚事，卫兵又接了电话，说是大帅公馆来了电话，请镇守使说话，他接了电话叫一声拿帽子，把赵观梅扔下，就坐了汽车向薛又蟠公馆来了。

薛又蟠正邀了一大班人围在客厅里推牌九，他一个人又长又大，站在许多人中间，挺出来大半截，老远地就看见他，笑嘻嘻地站在那儿。他不等王镇守使说话，伸出胳膊来，连连对他招了几招手，笑道："王麻子，来，到天门来下两注子。"王镇守使本来也就喜欢耍钱，现在又有巡阅使的命令，更是义不容辞，因此在人缝里挤了上前，扶住桌子，这一看，原来上下二家，都有相当的注子下了下去，唯有天门很是冷落，只有三四根小数目的筹码。王镇守使道："怎么回事，天门的注子这样小。"薛又蟠道："这些耍钱的，全不够朋友，先天门红的时候，就拼命下我的注子。现在天门不行了，谁也不肯拿筹码下去。你来得很好，在天门热闹热闹。"王镇守使笑道："我倒是不想下天门，不过大帅下了命令，不敢不下。"薛又蟠道："这儿不是火线上，用不着说什么命令不命令。回头你输了，可别说是为了我输的。你前天拿了我三十万，还没有钱下注吗？你输得起输不起？"

王镇守使看那样子，大帅似乎有些生气，也来不及买筹码，在朋友面前借了一把筹码，就向桌子上一放，笑道："我就有这个脾气，越是哪门黑，我越要闹，非把它闹红不可。"薛又蟠见他已下大注子了，这才不说话。八张牙牌推出了去，头一下子，就把王镇守使的注子吃了过来。薛又蟠道："这样一来，你算应酬了一下子，就不再干了。"王镇守使道："为什么不下，若是不下注，刚才的钱，我岂不是白白地输了？"于是和站在一边管理筹码的副官要了两千块钱的筹码。把旧账还了，又掏了一大把筹码向桌上一放，一拍桌子道："干！"薛又蟠见王镇守使真用大批的筹码下注，便笑着向他道："老王，你算有种，舍不了本钱，发不了大财。你准知道就会输吗？下注！下注！"王镇守使让薛又蟠说糊涂了，输了一批筹码，又买一批筹码，不多大一会儿工夫，就输了一万。薛又蟠道："痛快！我就爱人这样拼拼命命地赌。推牌九诨号叫吃狗肉，好像要饭的吃狗肉一样，煮得热热的，吃得快快的，那才有味。"那些下注的，见大帅赢了钱才高兴，天门又十分的黑，大家就都拿钱向天门下注。一个钟头以后，薛又蟠就赢了三万五，将牌向桌子中间一推，笑道："打住！我不干了。"

王镇守使虽然一半送礼，可也一半带着负气，心想天门就这样黑吗？我不信，非打转来不可，牌一停，他脸上就由红转黄，毛孔里边，直向外面冒出油水来。无聊得很，就取了一根烟卷，坐在一边，默然无言地抽着。薛又蟠将上嘴唇一撮短胡子笑着翘了起来，因把眼光向屋子里一扫，对大家道："你们懂得什么？吃狗肉有吃狗肉的规矩。这里面有三个字的诀窍，叫作忍、狠、滚。看看本门不大好的时候，要憋得住气，别下注，这叫作忍。手气一转了，可又要舍得干，大把地往下放筹码，就是吃了一两回，也不在乎，这就叫狠。等到钱搂得有个样子了，可别再贪多，马上滚蛋，这就叫滚。我现在不干，就是滚蛋的滚。今天我一高兴把这个好诀窍都告诉你们，你们这真应该谢谢我了。"大家不料带几十万大兵的巡阅使还大懂牌经，不由得都哄堂大笑起来了。

这时有两个武装马弁挂了盒子炮，站在两边的房门下。有一个马弁愁眉苦眼的，就不曾附和大家笑。薛又蟠伸长两条腿，正靠了一张沙发椅子坐了，见马弁那个样子，用手对他招了两招道："来，我问你两句话。"马弁不知道犯了什么事，只得走了过来，对他一立正，举手行了一个军礼。薛又蟠道："平常你会不会笑？"这一问，他更摸不着头脑，只好实说："平常会笑。"薛又蟠道："你说这话，就该打你四十军棍。"那马弁不料会笑也是犯军法的，不敢说什么，只好笔直地保留那个立正式。薛又蟠道："我刚才说了一个笑话，大家都乐，为什么你一个人不乐？"马弁先不知道他问话是什么意思，现在才明白了，因喊着自己的名字道："李得胜因为今天接着家里的信，说是闹饥荒，又闹土匪，家里就要来人找我，所以只管发愁。不敢瞒大帅，我简直乐不出来。"薛又蟠一拍腿道："这就难怪，说来说去，你无非是少钱花，你说，你要多少？"李得胜何尝有意和他要钱，更谈不到要多少了，被薛又蟠一问，只是发愣。薛又蟠道："怎么不说话，你怕我要你吗？"说毕，他就在身上一掏，掏出一张刚才赢的支票，看一看是二千元，拿在手上一扬道："拿去花，别再做那样子，你再乐一下，成不成？"李得胜见了钱，心里早是欢喜，加上大帅说得有趣，果然笑了。一屋子的人先不知道薛又蟠叫马弁来是什么事，这会儿见他一动手就给两千，还要人家笑一笑，都不觉得也笑起来。

这个马弁得了钱，那里还有没有钱的，未免见了眼馋，两只眼睛只管向这边偷瞧，脸上自然也有一种愤愤不平之气。薛又蟠一回头，见他那种局促不安的样子，便一招手道："你也来。这也难怪你不服，同在一处办一样的事，一个人发财，一个人就一个子儿也捞不着，你等着，我给你捞几个，捞得着捞不着，就凭你的造化。"因站起来道："我再来推一庄小的，你们还来不来？"在场的人虽知道和大帅赌钱，是凶多吉少，然而大帅已经下了命令，若是不赌，是给他面子上下不去。况且大帅声明了，这是小赌，只要敷衍一阵子就行的了。因此大家都齐声凑趣，马上又围住桌子，坐的坐，站的站，薛又蟠坐在一把大椅子上，将两袖子向上一卷，露出两只碗粗的胳膊，在桌上将牌一阵乱洗，然后手里叠着牌，对大家一望道："我只凑合一点儿赏钱，推两千块钱的庄，小不小？"大家听说，知道他目的所在，随便地下注。那一门红的，大家不过下个十块二十块，不红的那一门，大家倒下个二三百元。

薛又蟠手气虽不十分好，却总是吃多赔少的。没有推到十条子牌，已经赢过二千多了，他将手一挥道："得了。谁要推这种小牌九。"那个未得钱的马弁知道大帅是为他挣钱，眼巴巴只望大帅赢，站在身后约莫离了三四尺路，只昂着下巴颏，抬了眼皮，向这边看来。薛又蟠一回头，笑道："你这小子有造化。赢的筹码都是你的，拿了去。"说毕，倒山似的，向身后大椅子上一躺，两脚一伸，伸得直直的，却用手把裤脚子扯起来，扯得高高的，把锡柱似的大腿露出一截，两手向左右一举，伸了一个懒腰，淡淡地叹了一口气道："今天有意思得很，找个什么乐儿，痛快一下子才好。"

说到这里，那个常给薛又蟠摇鹅毛扇子的乐总裁恰好由外面一头钻将进来，因道："怎么样？大帅找不着乐儿吗？叫条子去。"薛又蟠道："昨晚叫了两个条子，闹了一宿，闹得头昏脑晕，今天不要娘儿们了。我倒是想听戏，找几个角儿来，今晚上凑合一宿戏吧。"乐总裁还没有答话，在座的张福田总监连忙站起身来道："这件事让福田伺候大帅，请大帅指定戏码子和名角儿，福田这就派人去传他们。"薛又蟠道："什么戏倒是不拘，多来几个旦角必就成了。"乐总裁道："就是多唱旦角戏，也得先说定，好让他们预备行头。"薛又蟠笑嘻嘻地道："我就爱听那个《四五花洞》。两个真潘金莲、两个假潘金莲，四个花旦对唱起来，像小鸟儿斗唱一样，有个意思。"张福田道："这很容易，大帅爱听这个，今晚晌就来一出。"薛又蟠道："这戏我听多了，本来是两个旦角儿，后来改为四个，我想再加一加，加成八个，成不成？可是一层，脑袋瓜要长得好看，长得不好看的，越多越讨厌。"

张福田听了他的话，一时且不置答复，暗中却在那里数着，一个，两个，三个，四个，五个，六个，七个，八个。他手指头捺了指头，手一摔似乎得了结果，便笑对薛又蟠道："大帅要唱《八五花洞》吗？据福田算着，很可以凑上。"因把在北京几个有名的旦角报了一路名。薛又蟠点了一点头，将手撅着嘴角上的短胡子笑道："有两个脸子是长得不大好，但是要凑成这个数目，也不容易，就是那么办吧，我戏瘾发了，今天晚晌就得听，你办得成办不成？可是这点儿小事要办不成，你这总监也不必做了。"张福田答应几个是，自退出去。

他在薛又蟠面前好像一个没硬骨头的人一样，总是软瘫瘫的，只要薛又蟠眼睛对他望一下，身上好像扎了一针吗啡，就得五官四肢，各要互相警诫一下，不要乱动。可是这一离开薛又蟠，威风就大了，马上板着脸，挺了腰子走路。你看他那马褂的大衫袖一摇一摆，就能打倒人。他是一张尖尖的雷公脸，嘴上翘着八字短胡，正和他脸上的横肉一样，两边平分。他们官场也有官场的时髦，他照着时髦打扮，戴了一顶红疙瘩瓜皮小帽，帽子正面嵌了一块翡翠玉牌子，身上长袍大马褂，头上突然一小，是当时认为最严肃的衣冠。只在这上面，就表示他的身份，已到了简任职以上，他一出来，就有跟随的两个武装警察走将过来。张福田道："你去打电话通知厅里，叫他们赶快到戏子家里去传差，就说今天晚上大帅宅里堂会，全得到。"警察先是挺着立正式，听着张福田的话，口里只似有如无地答应几个是。张福田说完了，他便抽身去打电话，张福田又把他叫回来，吩咐道："告诉他们，晚晌把厅里的汽车都开出去，分头去接角儿。车子不够，就到汽车行去叫几辆也可以，别开我私人的账，由科里报销。"

警察答应去了，张福田也坐了汽车赶回家里去抽鸦片烟，等到瘾过得足了，晚上好伺候差事。所以这一回烟，直抽三个多钟头。当他在过瘾的时候，厅里早接到了他的电话，总监的训令本来就不敢怠慢，这又是大帅传差，更是紧上加紧。因之厅里就分头打电话到各区署去，告诉他们所有的戏子今天晚晌都不许唱戏，在家里候大帅传差，又声明一句，一个名角儿也不许落下。区里接了厅里的电话，又更郑而重之了，便派了几十名巡警，分班到各戏子家里去报信。

不到一个钟头，满城的戏子都惊动了。大家虽知道大帅是杀人不眨眼的魔君，但是对于戏子、窑姐儿是不发脾气的。所以一听传差的命令，谁也不肯走，都在家里候着。厅里听说是大帅传差，又是用钱做正式开支，落得巴结一下，到了晚晌五点钟，就叫了三十辆汽车，分途去装戏子，一车子装满了四五个，就送到薛又蟠家里去。一刻之间，那条胡同里，汽车如穿梭一般去，把尘土卷得高过屋顶，喇叭呜呜之声牵连不断，一条街上的商户都看呆了。这时正离一个军事时期未远，商店里的人，大家都对着街上目定口呆。就有些人说："为什么有许多汽车跑来跑去？这绝不是大帅请客，要是请客，不能车子跑得这样乱七八糟。不是装兵，就是装子弹。"也不知谁露出了这样一句话，立刻你传我，我传你，大家乱嚷起来，了不得，这儿要开火。就有人问："谁说的？"立刻也就有人答："我亲眼看见汽车上撤了机关枪进对面胡同里去，还会假吗？"这样一说，就有些妇女们哇的一声哭了，抱了小孩就向街心里跑。越闹街上的人越跑得凶，店铺里也纷纷乱乱地上起铺门来。警察也不知道什么事，只听到说要开火，也就不言不语地溜走了。直闹过了几十分钟，惊动了薛又蟠门口的卫队，问明缘由，将商民骂了一顿，说是大帅家里堂会，不许胡闹，要闹就摘下脑袋来，有胆大些的，进到胡同口上一看，果然有几抬戏箱往里面搬，这才放心。

张福田所以用汽车运戏子，表示手段敏捷，要在薛又蟠面前得点儿小功劳。及至自己赶到了薛宅，知道闹了这样一个小乱子，怕闹到薛又蟠耳朵里去了，只好瞒住。这笔汽车费也不敢开公家的账，就打了一个电话到厅里去，说是所用的汽车费记在私账上，所幸薛又蟠这天高兴得了不得，倒不问这些小事。这时候里里外外客厅上已经坐满了客，除了乐总裁招待之外，他自己也在大客厅里坐着。

电灯刚一上火，两个唱旦的陈丽春白芙蓉先就来了。陈白两个人都曾受大帅的特别奖赏，今晚大帅传差，特意早来一步见见大帅。当时到了门房里，就一人递上一张片子，道了一声劳驾，说禀明大帅求见。门房拿了名片，进去呈给薛又蟠一看，他正伸了腿坐着，一听说陈白二人来了，将大腿一拍，突然站了起来，连连嚷道："请进来。"听差出去，薛又蟠一直迎到客厅外走廊上。看见陈丽春穿着豆绿色印度绸夹袍，套着乌缎坎肩，白芙蓉穿了月白色春绸夹袍，套着亮纱坎肩，都摘了帽子，头发光溜溜地向后一刷，配着两张白脸蛋子真个风度翩翩，光彩照人。他二人看见薛又蟠迎上前来，不及鞠躬，齐齐地一蹲向他请了一个安。薛又蟠也不还礼，抢步上前，右手牵着陈丽春，左手牵着白芙蓉，两只眼睛先盯住他们脸上，然后接上昂着头打了一个哈哈笑道："一礼拜没瞧见，又长得俊了许多。"于是拉着他两人笑嘻嘻地一路走进客厅来。

这客厅里坐的有许多阔人，文的如总裁总长，武的如军长司令，都算有身价的。他们虽然一样好玩，见了戏子，总要摆些官派。现在薛又蟠拉了他们的手一路进来，见了大帅没有坐着之理，只好一律站起来，这倒好像这些大官儿都来欢迎两个小旦似的，有两三个人心里着实不好过。陈丽春白芙蓉给人拉住，又不能行礼，只对大家笑着点了点头。薛又蟠全不理会，一直走到上面，一张大沙发上，正正中中，拉住他二人一同坐下。薛又蟠倒是老实不客气，他见陈丽春白芙蓉二人屁股挨着沙发椅，如蜻蜓点水一般，要坐下，不敢坐下，便道："不要紧，你只管随便地坐，别拘束。你和我是朋友，他们和我也是朋友。你瞧我和他们怎样随便，你也可以怎样随便。"他先这样说了，在场的一班贵客还敢说什么？大家就只好由两个小旦居高临下坐着。

薛又蟠笑道："丽春，好久不听你的戏了，今天非特别卖力不可。"陈丽春道："大帅爱听什么，我就唱什么。"薛又蟠一伸手，将他雪白的脸蛋子撅了一下，笑道："你很会说话。我要听你十出戏，你唱得了吗？"陈丽春又不是三岁两岁的小孩子，当着许多人一撅他的脸蛋子，总有些不好意思，臊得满脸通红。薛又蟠他还是毫不在乎，伸出他那又厚又粗的大巴掌，在他背上轻轻拍了两下，笑道："我不相信，这样撅你一下子，就臊得像小妞儿似的，我瞧你在台上天天做人家的媳妇儿，什么都做了，也不算回事，这又要什么紧呢？"一面说着，一面又伸过左手来，一直绕过白芙蓉的脖子，在他左肩上一把抓住，笑道："我知道你准比丽春好些，不会害臊。"乐总裁坐的所在，和薛又蟠相去不远，也觉这种样子实在不成事体，便道："台上是台上的事，台下是台下的事，那怎能并为一谈呢？"薛又蟠道："这话不对，他们在台上还穿的是娘儿们衣服，擦胭脂抹粉，是娘儿们打扮。你瞧，台底下是多少人望住他。在这客厅里，都是熟人，谁也知道谁的事，这又要什么紧？丽春，上回我瞧你在戏台上唱戏，我回头瞧瞧我的姨太太，没有谁比你再漂亮的，怎么回事，爷们儿装起娘儿们来，总比娘儿们好看。这话可又说回来了，像咱们这样的脑袋瓜，要装起娘儿们来，那可真会笑死人。"说时，把他肥冬瓜也似的脑袋扭了两扭。大家一见，都忍不住好笑，就连陈白二人也是咯咯作笑。

陈丽春虽然是个未能免俗的旦角，但是他总顾三分面子，大庭广众之中，像这样地给人开玩笑，可还是头一次。但是一来用薛又蟠的钱太多了，总要有点儿报酬。二来他是个军人总头儿，一翻眼睛，就要人的性命，在他高兴头上，真不敢得罪他。他叫人坐在一处，这里掐一把，那里捏一把，口口声声，总把人当小姑娘。自己一个二十多岁的人，哪里就会没有一点儿羞耻之心？弄得笑又不是，哭又不是，脸上红得一阵加紧一阵，只是斜歪了身子坐着，一句话说不出。还是白芙蓉常在上海混的人，比较上滑头些，他便道："大兄弟，他们大概都来了，我们得瞧瞧去。"陈丽春心里一机灵，说道："是啊，王大伯还和我有话说呢。"于是二人站起身来，薛又蟠依然一手牵着一个人道："去只管去，回头还得来给烧两口大烟玩玩。你要不来，咱们可要慢慢算账。"说时，又在陈丽春肩上拍了两下，陈白二人也不敢多说什么，马上就相率走出客厅去了。

他们这里原有现成的戏台，陈白二人走到后台，只见许多大小角色已来了不少。前台锣鼓一响，听戏的人便纷纷入座。原来这台下是一所大客厅，台前面摆了几张沙发，每一张沙发前搁了一张小圆儿，圆几上放了雪茄和香茗，听戏的人斜躺在沙发上，非常舒服。沙发后面另是几排藤椅，藤椅后面，才是木椅木凳。这第一排沙发上，当然是薛又蟠坐，当他来的时候，座位十之八九都有人了。大家看见大帅到了，都像沙堆里冒出笋头来了一般，一个一个参差不齐地站将起来。薛又蟠看见，伸出手来，对大家乱招，便道："坐下坐下，听戏的时候听戏，讲规矩的时候讲规矩，现在咱们听戏，在座都是听戏的人，就不用讲那些个客气。坐下坐下，你这站起来一多礼，把台上的好戏又耽搁好几句没听见，真是不合算。"他说着话，迈开大腿，跨过一排椅座。那几个护身的马弁还想跟过来，他回手一甩道："滚到后面去听戏吧。这儿用不着你们这样保镖，唱戏的人也不会扔炸弹。"

他口里虽在骂人，眼睛正看着台上。这时台上演的是《战宛城》，正是两个耗子灯下闹春，张绣婶母看着做手做脚的时候。薛又蟠看见台上是旦角，早有三分欢喜。加上旦角的表演，又是描写那少年寡妇春情荡漾不可自持，正合着他的脾胃，翘起小胡子，鼓着嗓眼子，就喝了两句好。回头看见众人，便道："这样好的戏怎么也不叫一声好儿？叫好儿叫好儿！得提倡提倡，别让人家在台上白费力。"说毕，他又喝了两声："喂！真好！"大家因为大帅提倡叫好儿，向来不叫好儿的，也就跟着叫个几声。立刻满座就热闹起来。台上的戏子看见大帅已经来，唱戏也就格外卖力。薛又蟠坐的是一张大沙发，身子靠在一头，两只脚倒架了起来，高高举着，放在椅靠上。

这唱的戏，除了打仗之外，便是谈风花雪月的。戏中角色配得很整齐，稍微难看一点儿的旦角都不让上台。薛又蟠觉得出出戏能看能听，心里很满意，便对着斜面坐的总监张福田招了一招手。张福田一看是大帅叫，赶忙走了过来，直着腿俯着身体问道："大帅有什么事吩咐？"薛又蟠扯着他的衣服道："你坐下来吧，别挡着我后面的人瞧不见。"张福田这就为难了，自己不过是个总监，平常只好伺候大帅，当了大庭广众之中，如何敢坐下来？但是不坐下来，大帅说了，挡了后面人瞧不见，很违背他老人家与众同乐的意思。急人有急智，他倒想得了一个办法，就是手撑着两腿的膝盖，身子向下一挫，半蹲半站，这就不是与大帅抗衡的样子了。薛又蟠道："今天这戏的戏码，是谁支配的？"张福田听说，也不知是福是祸，半晌说不出来。看看薛又蟠脸上，不像有怒色，才道："因为问大帅请了示，大帅说瞧着办，所以……"薛又蟠道："别所以了，你就干脆地说吧，我很讨厌你们说话这样文绉绉的。"

81

张福田碰了一个橡皮钉子，说也不好，不说也不好，倒愣住了。脸上红不红黑不黑的，变成了猪肝色。薛又蟠知道他很为难，便笑道："你别为难，我并不是说你把事办坏了。"张福田见薛又蟠并没有不乐之意，丹田里这才缓过一口气来。站起身子，将腰弯了一弯道："是！是福田和许多人商定的戏。后来把单子给乐总裁看了一看，乐总裁说行。"

薛又蟠回头一看乐总裁坐在一边，笑道："你准知道我就是爱听这几出戏吗？还有一出《打樱桃》，怎不给点上呢？我听说这出戏在戏馆子里不许唱。"一面说着，一面就看看张福田的脸道："这一定是警察厅里办的事。"张福田道："海淫的戏，一共有几十出，警察厅里老早就禁止了，也不是现在的事。"薛又蟠道："什么叫淫戏？我不懂。"张福田正在后悔，不该说出淫戏两个字打断薛又蟠的兴头，他现在既不懂淫戏两个字，正好转圜，便道："据说，那种戏让人看了，就会上瘾的，所以叫作瘾戏。"薛又蟠将手一拍大腿道："他妈的都是一班傻蛋。上瘾的戏不爱听，倒要把它禁止起来，那为什么？给听戏的人省钱吗？警察厅透着真多管闲事。"张福田道："福田明天就下一个条子，让他们戏馆子里唱这个戏吧。"薛又蟠道："戏馆子里唱不唱这个戏，咱管不着。咱们今天倒得听上一听。"张福田道："是，是，好！这就去告诉他们。"他说一个是字，身子向前微微一鞠躬，脚向后退上一大步。恰好身后，是由上通下一根大楠木柱子，身子向后一碰，扑咚一下，碰了个周身麻木。又不敢在大帅面前失仪，咬住牙，忍着痛，就转到后台去了。

这《打樱桃》是一出纯粹的花旦戏，非找花旦不可，一个有名的花旦小珠花，他也来了。他一见张福田走向他面前，便请了个双腿儿安，接上叫了一声干爹，张福田笑着将手招了一招道："你的买卖到了，赶快扮戏！赶快扮戏！"小珠花道："您哪！我还早，我是《乌龙院》。"张福田道："那个不算，还得饶你一出《打樱桃》。"小珠花在口袋掏出一方花白绸手绢，迎着风一抖，先就有一阵香气扑人的鼻端。他将手绢在脸上拂了一拂，眼珠一转，就笑起来道："您哪！这可不成。那是禁戏，大帅一生气，我可担待不起。"张福田道："大帅生什么气？就是大帅要听。你唱好点儿，只要大帅乐了，就准有赏。《战宛城》完了，你就赶着上，别耽搁。行头有没有？若是没有，我派汽车去拿，十几分钟就拿来了。"小珠花道:"成!我这儿先扮上戏,我叫跟包的坐了您的汽车去。"小珠花说着话,可就把张福田向人堆里引,故意大声道:"大帅怎么知道我会《打樱桃》,这戏我可好久没唱,不准唱得好。这该轮着哪位的戏,总监!请您给人商量一下子吧!"

小珠花这样一嚷,大家就未免都望着他。他见有人望着,更得意了。第一,是总监和自己在一处说话。第二,是大帅特点了自己一出戏。于是只管挨近张福田站了,有说有笑。张福田一伸手,在他的肩膀上拍了两下,笑道:"不早了,去扮戏吧。"小珠花于是把他的跟包人叫来告诉他道:"大帅要我唱《打樱桃》,你赶快回去,给我拿几件行头来。你要走回去是来不及了。这儿有总监的汽车,你就坐总监的车去吧。你真造化!"说时,用手指着跟包的点了两点,他倒笑着去了。

张福田总怕小珠花赶不及,就坐在后台监视。说快也就真快,前后不到半个钟头,戏就全扮好了。张福田看到这里,心里才落下一块石头,然后才慢慢地踱到前台来。张福田刚一落座,这里台上的《打樱桃》也就开始上场。薛又蟠坐在台口上,看小珠花扮了一个俏皮丫头出来,这倒是出于意料以外,心里一乐,就不由得提起嗓子叫了一声好。回着头看了一看张福田道:"你这家伙真行。"台上的小珠花见大帅胖脸上两块肉笑得直坠下来,眼睛成了一条肉缝,知道他是乐大发了,越是搔首弄姿,极力地放荡起来。让薛又蟠满心发狂,搔不着痒处。一出戏演完,直等小珠花走进后台,薛又蟠还对着他后影极力地叫了两声好。回头就一招手,叫了一个马弁来,便道:"你到后台去说,小珠花儿这戏不错,我赏他一千块钱。"乐总裁听了,便一迈步走了过来,笑道:"大帅,后面的戏还多呢,这样赏钱可不行。"薛又蟠道:"有什么不行。我爱给就给,不爱给就不给,不能唱一出赏一出。你以为我薛又蟠真是傻瓜吗?"说了,又是将腿一拍。马弁看那样子,是赏定了,便到后台去报信。

小珠花正在卸装,回头一看,却见陈丽春也在那里扮戏。总想他是薛又蟠喜欢的人,今天没有捞着一个子儿,我倒拿了一千,这面子可就大了。因对伺候卸装的跟包人道:"怎么回事,大帅他不赏别人,就赏我一个人。"跟包的凑趣道:"您这戏真也好!别人可赶不上。大帅听戏很内行,你猜他赏钱,还不是论好歹吗?我猜他真不会管什么交情不

83

交情的。"小珠花笑道："别管怎样，我们总得谢人家。这样下去，将来咱们真会有交情也说不定。"这些话都让陈丽春听见，他一张白脸几乎都气黄了。可是人家也没提到自己什么。这话真也不好搭腔，心里想着，我今天的戏必得特别卖力，小珠花都有那么多赏钱，他总不好意思一个大子儿也不给我，他就是真没有想到这一层，我把戏唱得好好的他总不会不知道。他肚子里这样计划着，所以到一出台，便是拼命。唱完了，薛又蟠也赏了一千，唱戏的人，第一是要面子，第二是要钱，看见人家卖力得赏，谁肯让步。这晚晌的戏，真让薛又蟠听个痛快。

薛又蟠这个人只要能够痛快，花钱是不在乎的。因之他听完一出，就接着赏一出戏的钱，大半夜的戏，他就赏一万四五千。最后就是他爱听的那出《八五花洞》要上场了。他突然地站将起来，对台上的场面摇手道："打住！打住！"场面上看见大帅突然地站起来，不让打锣鼓家伙，也不知道为了什么事。哪里还敢违抗帅令？说停止就停止了。锣鼓一停，台上台下的人都面面相觑。薛又蟠就提着嗓子嚷道："诸位要知道！今天晚晌的戏，都是为了这出戏唱的。这一出戏，我们总得好好地听一听，大家都别作声。谁要作声，我就不客气，要是我的部下，我就赏他四十军棍。"说毕，又将手向台上一挥道："打你的！别害怕！没你们的什么事。"场面上听了这话，又将锣鼓打将起来。一会儿四个旦角先出台。台底下许多人只是两眼发直，向着台上，鼻子里进出气都加上一番留心，恐怕鼻息大了，让薛又蟠听了去。台上锣鼓一停，当戏子说白之际，四周就静悄悄的，也听不见一点儿声息。

薛又蟠口里含了半截雪茄，斜靠在沙发上，听了一个痛快。一会儿工夫，八个真假潘金莲一齐登台，放出娇滴滴声音，彼起此落地一唱，薛又蟠情不自禁地不由得就叫了一声好，一个好字叫出去，自己才醒悟过来。原已说了，不许作声，一作声，就打四十军棍。自己下命令，自己先犯了，这该怎么说呢？就站了起来，又对大家嚷道："作声是不许作声，叫好儿还得叫好儿。人家那样卖力，要是不叫好儿，可太冤了。"他这样说了，大家又不敢不叫好儿，只得跟住了他叫，他叫一声，大家也就附和一阵。

戏唱完了，也就夜深到三四点钟了。薛又蟠伸了一个懒腰，刚要起身，他的秘书就拿了一张电报来，远远地望了他，垂手站住。薛又蟠道："拿的什么公事，有好听的吗？我正在高兴头上，扫兴的事可别对我提，到明天再说。"那秘书道："不是，是何军长来了一个电报，说是我们的军队已经克复平安关了。"薛又蟠道："真的吗？赶快念给我听。"原来薛又蟠虽然做到封疆大吏，却是不大认识字。所有重要的公事都是由秘书念给他听，实行以耳代目。秘书一面念着，一面解释那字句。他倒能懂得十分之六七。当时秘书听说，便捧了电报念道：

万万急，北京薛巡阅使钧鉴：

职部钱师于今晨六时三十分，克服平安关，敌军闻风远逃，溃不成军，职正率部入关追击中，特此飞电奉闻，容再详禀。

军长何有胜叩

薛又蟠跳着脚道："他妈的平安关也攻下来了，咱们的天下更稳，可喜可贺。这是刚才来的电报，不含糊。"说时，举了手在空中乱晃，说道："快活死我了，大家再乐 乐，别散戏。谁爱听什么都快说，花钱算我的。"在座的人，听戏听到这样深夜，本来人就倦了。戏已经要散，大家也就急于要走。况且其中有不少抽鸦片烟的，也就非赶着去过瘾不可。不料薛又蟠这时得了一个攻下平安关的捷报，立刻高兴起来，又要重振旗鼓再唱一出，大家若是不听，恐怕扫了大帅的兴致，只得附和着又听下去。薛又蟠见走的人又重复走回来，便道："大家听我说一句，攻下平安关来了，这不是我一个人高兴的事。我的江山坐稳了，你们大家也有饭吃。这个消息送来了，你们以为是我一个人的喜事吗？大家听戏吧，尽量地听他一晚，拼了明天睡一天的觉，那也没有什么。我知道还有抽大烟的没有过瘾，要过瘾，你们不会烧两个大烟泡子，坐着在这里吞下去吗？你们不要把我当傻子，以为你们抽大烟，我不知道，抽烟你们尽管抽烟，只要不误我的公事就成。我今天也是乐大发了，索性给你们一个痛快吧。"说毕，站起身来，对旁边站的马弁一招手道："来！多拿些好膏子，给我烧二百个烟泡子。这儿有哪位抽烟的，一个人送他几个烟泡子。送烟泡子，你们也要在行，另外送人家一盏热茶，两三个人烧不过来，多拿几根枪，多派几个人烧，越快越好。"马弁得了命令，带人烧烟泡子去了。

这里就叫台上唱戏，依着薛又蟠的意思，以为那《八五花洞》唱得太有趣，还要再来一回。有几个人就说："接连唱上两出，唱戏的人未免太累，还是一出一出地唱吧。"薛又蟠对于妓女戏子这一流人物最肯体贴。他仔细一想，这事情恐怕是很累，就改点了《乌龙院》《梅龙镇》《女起解》《玉堂春》四出戏，仍指定那八个旦角分唱，两个旦角唱一出。唱戏的人只图要钱，也顾不了受累，都依样地卖力唱下去。一直唱到上午八点钟，这戏才算完事。

薛又蟠到了这时，人也有些累了，走回房去，摸到床沿，倒头就睡。他这一觉，直睡到当天晚上十点才醒了过来。醒过来吃了一点儿东西，又去睡觉。更睡到次日上午，方才睡足。这才回味一想，前晚上唱戏的戏钱还没有开销。于是告诉副官处，把前天唱戏的戏子，不论正角配角一齐叫来，我要当面赏钱。副官处得了命令，觉得许多戏子一个一个去传他们实在费事，不如把这事让给警察厅去办，只要说是大帅公馆里的事，他们敢不办吗？因此副官处也毫不费事，只打了一个电话到警察厅，把一件很困难的差事就让人家代办了。而且打电话的时候，神气还十足。说是这是大帅的命令，你们可得好好地办。警察厅哪知道是副官处副官发的命令，只当是一种紧急公事，赶快派了许多专员去分头传话，生怕办得不好，得罪了大帅。总也算他们手腕灵敏，到了下午三点钟，所有的戏子都到薛又蟠宅来齐集。

薛又蟠听说他们到了，就把军需科的人调来，问："那些戏子的赏钱都开了支票没有。若是你们落下了一个大子儿，我就要你们的脑袋。"于是吩咐副官处，传他们在大客厅里会见。副官处也不知道大帅是什么用意，差不多的客，向来就不在大客厅会见，何况是一班戏子呢？然而大帅是这样传下令来，也不得不照办。当时把在外面候传的戏子一齐让到大客厅，坐不下，还有一大部分人挤到客厅外廊檐下来。安定了一会子，副官才去请薛又蟠出来。他走到客厅里，一班戏子少不得都站将起来，薛又蟠伸出手来乱摇道："这儿不是官堂上，不要客气，都给我坐下！"大家听说，就有几个人坐下去了。但是看见大帅还是站着，坐下去的，复又站了起来。

薛又蟠穿的是一套黄呢军衣，两手向袋里一插，站在客厅当中，眼睛就四周一扫。大家看见大帅闪烁的目光，倒不知为了何事，心里各是一惊。薛又蟠看完了便道："我看你们这班里面，十有九个抽大烟，我要仔细算一算，到底有几个抽烟的。"便伸出手来向两边一分道："抽大烟的，你们都站到右边，不抽大烟的，都站到左边。"大家听说，不知道大帅是什么用意，就你望着我，我望着你，半晌说不出话，站在右边的人，有些人不愿犯抽大烟的嫌疑，都走向左边来，左边的人，却一个也不敢动。薛又蟠道："左边就是一个抽大烟的都没有吗？我不信。你们还是分着抽烟不抽烟向两边站的好。要不然，事后查出来了，我可不讲交情，抓住了就枪毙。抽大烟是最容易查出来的事，你们别以为可以瞒得过去。"

大家听了这话，料是躲赖不掉，有几个烟瘾大的，知道烟黔早在脸上挂了招牌，干脆，就向右边去。这分开来一站，不打紧，抽烟的人，倒有三分之二。薛又蟠笑道："怎么样？我猜就是抽大烟的多。"便嚷道："叫你们预备的家伙给我拿了来。"一声叫出来，外面轰雷也似的，就有几个人答应。在场抽烟的人心里都哆嗦起来，想道:糟糕，不是枪毙，也要挨一顿揍。有几个胆小的，急得直哭，这里有个唱小丑的李万岁，那天演戏的时候，笑话说得最多，有些话可是挖苦做官的。心想真要枪毙大烟鬼，我就是第一个。心里一急，两腿一软，便走到薛又蟠面前跪了下去，央告着道："大帅！这次请您饶了我，我这回去，马上就戒烟。若是不戒烟，您就枪毙我。"说毕，伏在地下，号啕大哭。

正在这个当儿，只见几个马弁抬了几只大木头箱子来，看他们抬的人一副神气，倒是重沉沉的。薛又蟠并不理会李万岁的哭，只看着人打开箱子。这箱子一打开，就先有一种怪气味吹送进许多人鼻子里去。这种气味，他们抽烟的人最是能辨别，原来是最好的烟土味。一看那箱子里，可不是装满了一个个的大西瓜土？李万岁先以为抬箱子进来，里面是脚镣手铐，现在一看是烟土，也愣住了。大家的意思，也是和李万岁一样，看见这些西瓜大土，猜不着为了什么。薛又蟠这才对李万岁笑道："别瞧你在台上嘴那么样会说，可是真要有事，胆子比什么还小起来，别做出这样寒碜的样子！我今天叫你们来，没有什么坏意，都是嘉奖你们，你们还怕些什么？"李万岁看看薛又蟠的相，实在不是发气，这才揩了眼泪，站立起来，站到右边去。

薛又蟠站在当中，两只眼睛，左右一眸，看看右边的人，站着实在不少，将手点着道：一五，一十，十五……可不少，统共不过一百人，倒有七十多根烟枪。有钱大家花，有酒大家喝，有烟土也得大家抽。说时，就向抬烟土的马弁道："来！把那西瓜土，按着右边的人数，一个人给他两个。"马弁听说，按着人名，一人给上两个西瓜土。这一下子，在左边站着的人真是大认晦气。这个土如此之大，至少也有六十两一个，两个一百二十两，土的行市，最贱也应该值三块多钱一两，一三得三，二三得六，这两个土，就该值三百六七十元。为什么不承认抽烟？让别人得了这好处去了呢。那边人后悔，这边的人，没有一个不眉开眼笑。

烟土散到李万岁面前，他正放下一只衫袖去擦眼泪，连忙笑着将手一搂，把两个大土搂住。薛又蟠一回头，看了说道："瞧你这一块骨头。"李万岁听说，笑着向他请了一个安，因道："我们随便怎样机灵，哪比大帅去？大帅带几十万人马，还像耍猴儿似的，拷我们这几个唱戏的还不是爱怎么玩就怎么样玩。大帅好比观世音，我们好比孙猴儿，孙猴儿一个筋斗云，就是能翻十万八千里，也翻不出观世音一个中指头。大帅别说让我哭着磕头，就是让我死，我闭了眼睛，都会不知道怎么死的。"薛又蟠笑道："这小子一吓唬过去了，嘴就出来了。总算也说得不错，你们再把那西瓜土搬一个给他。"马弁看他那副样子，果然又搬了一个给他。

他这么一来不要紧，左边的人看了更加眼红。薛又蟠回头来看见笑道："人家都得了整个儿的大土，你们有些不乐意吧？我既然叫你们来了，也不能让你们白来一趟，可是赏给你们东西，不能照烟土那个价钱给。每人赏你们二百块钱去买烟卷儿抽，不会抽烟卷儿的，就买茶叶喝也成。"于是马弁又遵了大帅的谕，每人送二百块钱现洋，得钱的得钱，得土的得土，欢天喜地去了。

从来抽大烟的人也没有谁占过便宜，不料这一回，抽烟的人大大地有面子，哪一个不说薛大帅是好人。这一回事，把整个的北京城都轰动了，说是薛巡阅使究竟非同等闲，你看他的手面有多大，真个街谈巷议，茶余酒后，无非都谈的是些薛大帅的事情。其实他根本是个妙人，也无日不做妙事，也不限定就是这一回。不过有了这一回事情以后，人家传说得更厉害，到了后来，连薛又蟠公馆里也把他的事情当着鼓儿词谈起来了。这种话慢慢地传到薛又蟠耳朵里去了。他也是个好事的人，倒要听个新鲜，因此一日晚上，饱食之余，乘着人家不留心，就偷偷地溜到前面卫队驻扎的所在，来打听新闻，不料这一来，又出了一桩妙事。要知出的是什么妙事，下回交代。

第五回

血肉横飞凯旋犹痛哭
晨星寥落朝会更高歌

却说薛又蟠在自家宅里又闹出一种妙事来。原来他的汽车队队长乌国忠手下有一个三等兵，汽车也不会开，只是做助手而已，他却有一样好处，能讲故事。每到大家休息的时候，闲着无事，他讲一段前唐后汉，或者是前清手里什么八国联军打北京，西太后做万寿，说得非常热闹，所以大家都爱听他讲，和他感情也很好，这队长乌国忠是个赶马车的出身，后来学着开汽车，混列薛又蟠名下来，就当上队长了。他也是好汉不论出身低，很想做一番事业，无如没有念过书，古往今来的事懂得很少，不够用的。现在遇到这样一个人，大大地可以当自己一个参谋，故和他要好的程度又进一步。这人姓刘，名叫得胜。这得胜两个字原不是他固有的名字，只因为他进军队的时候，还没有正式的名字，就托街头上算命的先生取了这样一个号。他原来的名字却叫快嘴，姓倒在下面，总起来是快嘴刘。

这日乌国忠因为秘书都没法想到颂扬奉养两个父亲的话，就来问他道："老刘，你肚子里货真不少，古来有没有这样的人。"刘得胜昂了头想了许久，摇摇头道："鼓儿词上，前唐后汉，都没有这样一回事。"旁边就有一个人道："上次老刘讲到薛刚搬兵反唐，就没往下讲，今天晚上，请你喝上一壶，再给我们来一段吧。"乌国忠道："反唐罢了。我爱听《小五义》的徐良，什么暗器都会放。"说时，他一蹲身子左手捧着右胳膊，将手一扬，把手上一个假虬角烟嘴一扔，口里嚷道："着镖。"刘得胜笑道："队长听说书都听迷了。你瞧，把这好的烟嘴子放镖，这一下子，大概干了。"乌国忠低头看时，那只烟嘴果然摔成几截，笑道："老刘，这都是为你说书说得太好了，把我弄成这个样子。今天晚上，你非说一段好书不可。我知道你无非是爱喝两壶，咱们这就先去喝上。"这汽车队里的人，十有八九不认得字，唯其不认得字，就最爱听书。所以乌国忠说到要他说书，大家都附和着赞成起来。

到了晚上，在院子里一聚会，早有人端了一条凳子放在当中，让他坐下，其余的人有坐凳上的，有坐在地下石阶上的，有靠了廊柱站着的，大家都把终年不惯安息一下的脾气也忍耐下去，安息起来。后来刘得胜说书说得久了，院子里黑沉沉的，只有一些模糊的人影。左右前后，倒有几处小红点子，正是听说书的听得沉醉了，坐在那里安安静静地抽烟卷。刘得胜到了这个时候，最是得意，人家如众星拱月一样，静听他一人信口开河。

他正在说得得意之际，恰好这晚上薛又蟠由里面慢慢踱将出来，走到这跨院边，听见黑暗中有个人说话。那人一说之后，牵连不断，只管说下去。薛又蟠且不惊动，便站在电灯暗处往下听。只听那人道："徐良一跺脚上了屋脊，朝着外面一跳，早是跳到高粱地里去了。这些毛贼，一大半不知道他的厉害，开了大门，一阵乱追。也有人喊着，白眉毛不是好惹的，可别追上去啊。这些毛贼倚恃着人多，不管那些，拼命地追。看看要把徐良追上，他就回转身来说：'诸位饶了我吧，我这里给诸位磕头了。'他哪里是磕头，就在这个时候，他按上了紧背低头弩，对着去的第一个就是一弩箭。哎呀，扑咚，就是这么两声。后头第二个说：'怎么了，大兄弟，你受不了他这一拜吗？我来……'他这个瞧字没有说出口，人家第二支弩箭又到，他也躺下了。"薛又蟠听到这里，才知道是说书，这倒有个味，可是又不知道什么叫紧背低头弩，就禁不住问道："什么叫紧背低头弩，怎么要磕头才能放出去呢？"那里听书的，最不爱人打岔。就有好几个人嚷道："听吧。别乱嚷嚷了。"薛又蟠说着就走了过去。

他们在跨院子里听书原是图个清静，把走廊上的电灯全灭了。这边正院子里的电灯自然还是亮着，薛又蟠走电灯下过去，他们在跨院，暗处看明处看得清楚，心里都说一声糟了。大家在这里集众听书，已怕大帅不许可，加上刚才大家又骂了他几句，越发不成事体，有几个机灵些的，就在黑暗中溜走了，老实些的，都如木偶一般，站立着移脚不得，说话不出。薛又蟠先嚷道："给我亮上灯。刚才是谁在这里开了话匣子似的，叽叽喳喳说话。亮上灯，我看你们究竟在这儿做什么。"那些汽车队的兵没有法子，就分别把灯拧亮。薛又蟠一看全是些兵，都吓得面无人色，一个个形同木偶，在院子四处站着。薛又蟠道："瞧你们这些浑蛋，这样不相干的事，吓得这个样子。平常你们耍钱逛窑子，我全知道，我也没有干涉你们。现在你们说书，这事我也赞成，要什么紧。是谁说的书，说得倒挺不错，还来一段。"说着站到院子里，不住地对大家看着。

刘得胜料到这事是隐瞒不过去，只好站了过来，挺着身子，僵着脖子，直挺挺向他立个正，行了个举手礼。薛又蟠道："是你说的书吗？"刘得胜答应了一个是字。薛又蟠道："你怎么学得了这一套。你刚才说的，我也知道，这是《小五义》，你还会什么？"刘得胜不敢怎样大声地说，只咕噜两句，声音非常之低，也听不到他说些什么。薛又蟠道："你只管说，怕什么？什么大鼓儿、说相声儿，我都爱听的，你要是能说书，倒能给我解个闷儿。你没听见说过？唱双簧的小狗子，一次唱得很好，我就赏了他两千块钱。你要是能说书，我一样地赏你。"刘得胜听大帅说话的声音非常之和缓，颜色也很和平，料得没有什么关系，便道："我懂是不懂什么，大帅若是爱听书，我倒可以伺候大帅。"大家听了这话，知道刘得胜运气来了，只要大帅一高兴，给他说上一段好听的书，准能提拔上去，做一个团长旅长，那都没有准。

乌国忠原是一溜走了，躲在走廊转角的地方，现在一见刘得胜不但无罪，反得大帅的喜欢，自己也就不肯把这绝妙的机会轻轻错过，恰好薛又蟠问道："你在这里，现在干什么差事？"刘得胜道："汽车队里开汽车的三等兵。"薛又蟠道："你们队长呢？"乌国忠听说，马上抢了出来，站到他面前行了一个军礼。薛又蟠有些认得他，便道："你就是队长吗？你们有这样有本领的弟兄，只让他当个三等兵，许多饭桶可就升上去了。"又对刘得胜道："今天晚上，我正没有乐儿，你还说上一段。可是听说书像听戏一样，若是我一个人听，说的没有劲儿，听的也没有劲儿。你们大家也来听，别当大帅在这里就是了。"

说时，他见这走廊边放下了一条凳，他毫不客气地就在上面坐下，伸手对刘得胜一挥道："说书去。"刘得胜看了这种情形，料得放肆一点儿是不要紧的，果然坐到原处，说起书来。也是他福至心灵，他晓得大帅爱两样东西，一种是女色，一种是打仗。拣这两件事说，一定可以得大帅的欢喜。于是就把薛仁贵征西，樊梨花收服了薛丁山，阵前招亲的那一段有头有尾地说了一遍，薛又蟠一拍大腿道："好！我薛家总算有面子。他妈的我薛又蟠空弄了许多姨太太，一个像樊梨花这样的也没有。说书的，你叫什么名字？你回头叫人写了一个条子给我，我得提拔提拔你，至少也让你赶上你们的队长。"说时，举着两只大拳头，伸了一回懒腰，自回上房去了。

　　薛又蟠一走，这里一些同营弟兄立刻轰雷也似的围着刘得胜道喜。那队长乌国忠就拉着他的手道："刘大哥，我早不是就对你说了吗？凭你这个能耐，绝不能当个三等兵就拉倒，总有一天要升官发财的。现在怎么样？这话不是灵了吗？恭喜恭喜！这条子一呈上去，明天不定大帅放你一个什么好差事。今天夜深了，小馆子也关了门。明天上午，我请你喝两壶，给你道喜，咱们是好兄弟，可别推辞，你要推辞不去，我是个王八蛋。"说着握住刘得胜的手，极力地摇撼了几下。刘得胜心里也是欢喜极了，而且生性又是快嘴的人，哪里忍耐得住？便道："队长，你向来待我很好，我若是有点儿好处，决忘不了你。"乌国忠道："我的老大哥，你别叫我队长了，你这一翻身，不定是比我高几级，只有我对你客气的分儿，你哪里用得着和我客气？要不然，咱们先拜一个把子，那倒使得。我看你就比我大几岁，我应该称你大哥才对呢，你今年贵庚？"刘得胜道："队长不是说过今年三十六岁吗？我也是三十六岁。"乌国忠道："妙极了，我们又是同庚。"刘得胜道："就是同庚，反正我也比队长大不了。前回听见说过，队长是二月的，我是十二月的哩。"乌国忠道："不！你听错了，我也是十二月的。"刘得胜道："我的日子也迟哩，我是十二月二十三日的。我的生日最容易记住，是送灶的那一天过生日。"乌国忠道："究竟你比我大，我是十二月二十八出世的，月小呢，就差一天过年了。老大哥老大哥！你是大哥做定了。"刘得胜在今年二月间，还听见乌国忠说过今天是我的生日，要请一天假，怎么现在变成了十二月出世的哩？他一定叫我大哥，就让他叫去，好在这也不是什么吃亏的事。就笑道："大这么两天，就要充大哥，这大哥是来得便宜。"乌国忠道："那是什么话呢。别说大五六天，就是大五六分钟，总也先出世的为兄，后出世的为弟。得了，大哥！你就认吧，收了这样一个不中用的兄弟吧。将来大哥一步一步往上升，不定升到什么位分，我总得给你帮忙。"在场的那些兵士，见队长这样和他要好，大家也是一阵凑趣。走回寝室里去，乌国忠又拉他到一处去，谈了一阵。

这天晚上，刘得胜简直成了香饽饽，弟兄们没有一个不愿和他周旋几句话，刘得胜也不知道自己何以这样走运，一夕之间，就这样大得人缘。平常上床，睡得是很安静，今天就不然，反是心神不宁，糊里糊涂，睡了大半晚晌，做了大半晚晌的梦。梦见自己做了师长，带着整万的大军打仗，自己骑着一匹马，跑来跑去地指挥军队，累得浑身是汗，因为用力过度，就醒了转来。这时是子时，还是漆黑，抬头一望窗子外，还有许多星斗。自己心想，这梦梦得巧，莫非在将来真要做师长？大帅说了，给我的差事，准比队长还好，至少也会给我一个营长。营长一升，就是团长，团长一升，就是旅长。到了做旅长，事就好办了，只要自己有法子招兵，就可以当师长了。想到这里，巴不得马上就天亮，看看大帅委自己做什么官。

熬到天亮，一骨碌爬起来。但是爬起来了，依然是空想，不会就得着什么消息。昨天没有这个喜信，坐也坐得住，吃也吃得饱。今天有了做官的希望，不知道怎么回事，就觉心里有一桩极大的事件放不下来一般，也不知道如何是好。到了吃饭的时候，连饭也吃不下去，不时地心里有一阵可笑的事要笑将出来。但是薛又蟠带着十几万大军的人，什么大事，也许搁个十天半月，像这样极不相干的事，哪里会记得？昨天晚上听书时说的话，早已扔在脖子后头。刘得胜干着急，他哪里知道，第一天刘得胜得不着信，还以为公事没有下来。第二天得不着信，可就有些疑惑，莫非大帅忘了。第三天得不着信，这完全绝望了。想那天晚上，大帅说给我找点儿事，不是玩话，也是一时的高兴，日子过去了，这事也就自然丢过去了，还有什么希望？想到这里，把一腔升官发财的心思就丢到九霄云外，意冷心灰了。

他自己都意冷心灰，那些朋友的态度更是不消谈的。第一个那队长乌国忠态度就大大不同，头两天，他都是叫刘得胜作刘大哥，口口声声咱们是把子。到了第二日，大帅的命令还没有下来，就不大肯叫大哥，现在却还了原，依然还是叫他刘得胜，也不谈拜把子那一层的话了。还有几个人暗地里谈笑，说是快嘴刘说话不留神，就不是肚子里有算盘的人。再说他脸上瘦得很，也不像是个有福气的人，哪想得了做官，凭他有那个造化，我们都也做官了。刘得胜得不着官，又让人家暗地里讪笑，倒反悔不该以先太高兴了。又过了两天，也没人提起这事了。

有一天刘得胜正在大门外开军用汽车，忽然薛又蟠从外面坐了汽车回来，他一见自己的汽车队，就想起那天晚上听书的事。下了车，站在门口，就叫随身马弁去问，汽车队里那个会说书的兵士在哪里。乌国忠和刘得胜正同车，连忙推着他道："大哥大哥！快上前去，大帅和你说话了。"刘得胜也觉得这个机会不可失，马上跳下车，飞快地走向薛又蟠这边来，离得不远了，然后慢慢地向前，行了一个举手礼。薛又蟠道："这算我对不住。当时原说马上给你差事，第二天就把这事忘了。你除了开汽车，还会干什么？"刘得胜听了这一问，心想我会种花，我会说鼓儿词，也会骑脚踏车，可是这不是混差事的本领，应该怎样答应这一句话呢？心里只一犹豫，就把答话的机会耽误过去了。薛又蟠道："你会扛枪不会扛枪？"刘得胜道："那倒会。"薛又蟠笑道："你造化，现在我正要编挺进军，给你做个营长吧！你干得了吗？"

刘得胜听了，那一颗心几乎要由腔子里跳到口里来。站在薛又蟠面前，说不出话来，只是举手。薛又蟠道："这样子，你是干得下来了，你明天就到营里就事，这回我说了准算事，若要不算，我是个浑蛋。"说毕，回头对马弁道："你替我记下，若是我把这事忘了，你就提一声儿。"马弁答应了两句是。薛又蟠说完进门去了，乌国忠连忙下车来，向他一鞠躬道："大哥，这一下子，差事可算真发表了。明天公事不下来，后天还不下来吗？恭喜恭喜！大哥是大帅亲自派的，将来高升，一定比谁也要快。不到三个月，我想大哥一定要当团长了。我就说了，你别着急，前两天公事没下来，是大帅忘了，现在怎么样呢？可不是升了官了。"说毕，接上又是一阵狂笑，就拉着刘得胜一同去喝酒，把要开出去的汽车交给旁的弟兄开去了。

这日下午，薛又蟠的命令果然下来，刘得胜是第一团第二营营长。

到了第二日，就到团部里去就职。这第一团团长包大放，是一个大胖个儿，说起话来炸雷也似的响。他在军营里混的年数也是不少，就不认得字，除了打仗，别的事儿一点儿也不能干。刘得胜在他面前当营长，论起来还比他的学问高，可以助理他许多事情，因此倒也相得。

约莫过了一个星期，他这一支军队就奉令开到京北去攻击敌人。那个时候，正是刚刚入伏。天气十分的亢燥，那些兵士们背着子弹，扛着枪，腰里又紧紧地束着皮带，脚下紧紧缚着长裹腿，比平常人更是热得厉害。军队先是出城，在京绥车站的火车载运，这军事时期，火车站哪里还有客人，满地都是马粪和零碎的柴草，还有些瓜皮菜叶，及碎纸之类，空荡荡的不见一人。车站月洞门石墙上，倒刷着许多四五尺长大红纸条，由上至下，写着什么军什么旅的运输处等等字样。左一摊右一摊的湿处，放出一阵阵怪臊味，大概那是马尿了。月台下的铁轨上，一望全是车辆，都贴有字条，也有上面驻扎了有军队的，紧挨着月台，却是一列敞篷车。这一列车全是敞篷，有的四围围着木板，有的就是一个光车皮，这一列车，倒是很长，车辆最前头，那烟筒突然向上冒着浓烟，大概是快要开走了。刘得胜和着他自己一营兄弟们就分别上了这车。

车上全是空荡荡的，什么也没有，弟兄多卸了肩上的枪支，就是这样架着。也有坐在车皮上的，也有站着的，大家都取下了军帽，抽出身上的手巾，擦头上往下流的汗，黑脸流着黄水，不是汗，简直是泥浆，那天上的太阳像一盆火也似的，在头上高高照着。人在这太阳底下，若是走着路，身体是活的，还好一点儿。现在站着或坐着不动，那太阳晒在身上，正如火烧活人一样，哪里受得了。大家只有拿了军帽当扇子，不住地扇着。有两个身体弱些的，受不了这大太阳的蒸晒，已经倒在车上，人晕过去了。刘得胜一见，赶快叫人把他搬到站台上阴凉下面，就用电话，通知了后方医院，叫那里派人来接。将人扔在站台门边石板上，也就算了。这里团长接旅长的命令，赶快开车，汽笛一响，全车震荡起来。空气为火车所冲击，就有风迎面吹到，大家就觉得身上为之一快。

由车站到他们的目的地，所幸不远，不到一个钟头，火车就到了。刘得胜在军营中虽然混了一些时候，只剿过土匪，并没有上过前线打过大仗。在这里下了车，只见车边空地，那面口袋由地下向上堆，堆得像

96

小山一般。有许多散了的口袋，漏出面来，地下犹如下了一片雪，此外罐头蒲包之类，也是左一堆，右一堆，星罗棋布。推手车的车夫、赶大车的车夫、赶牲口的脚夫，来往牵连不断，忙碌极了。一会儿工夫，就看见几个熟弟兄用粗绳子绑了七八口猪，将三辆大车载了，也往这里解来，那猪大概因为绑得太紧，已经都不会叫了。他曾听见说过，薛大帅的军队，吃喝睡花，全可以自由，在前线上，就把老百姓的猪羊鸡鸭，随便拉来宰，现在一看，倒是事实。正在这样揣想着，早听到轰咚轰咚几下炮响，接上一炮一炮，紧跟着放，这就闹成一片了。刘得胜实在没有经过这种大场面，几十炮震将下来，心里却有一点儿慌。但是看看这空地上的人，依然来往搬运，神色自若，自己也就不能不随着大家镇静起来。他们同车来的弟兄们都下了车，接着旅长的命令，就在此处，整装待命。那团长包大放站在火车上一看，早见路的东边有一带绿树、几间破屋，就下令大家在那绿树里集合。刘得胜也当过几天步兵，然后加入汽车队，但是作战的经验，一点儿也没有。薛又蟠糊里糊涂就委他当个营长。当时只管做官，大胆地向下做去，现在到了要显身手的时候了，不由得不着慌。加上前方的大炮越来越厉害，震得两耳欲聋。脑筋里，更是加倍地混乱，没有了主意。

大家走着那平地上，只见一只飞机箭也似的由西北角上斜扑过来。就有一片喧哗之声，大叫卧倒卧倒。在这一片喧哗声中，大家不分地方干湿高低，一齐向地下一伏。刘得胜不明所以，也只好向地下一伏，这时只听到轰天震的一声巨响，接上一阵尘土飞扬。刘得胜也不知道是什么缘故，但逆料是炮子落在面前了。大家乱过一阵，在尘雾里大家爬起来，有人嚷道："那飞机来扔好几回炸弹了，架大炮揍他妈的。"刘得胜这才明白，原来是刚才飞机扔的炸弹。这地面就有七八个弟兄横躺在地上血泊里，不是丢了手，就是丢了腿，有的腰上炸了大窟窿，五脏都流将出来。这种样子，真是目不忍睹。许多死尸的中间，却把地炸成一个大坑。但是大家对这些死尸并不怎么回顾，依旧整着队伍，向那绿树丛中去集合。刘得胜一想，人一上了战场，真不如一只鸡一条狗。路边下有一只死鸡一条死狗，过路的看见，还少不得说几句话。现在活跳新鲜的同伴，刚才还说话，只一会儿工夫，人就尸横地下，静躺着流血。大家奉着命令，正眼也不去瞧一瞧，由此看来，到了那种地方，真谈不到什么叫着性命了。

　　走到那树荫下，大家在太阳底下晒了大半天，一遇阴凉，比登了金銮宝殿还快活。各人卸下肩上的枪，就纷纷在土地上坐下。刘得胜比较好一点儿，可以到树边一所破屋子里去。这屋子外面，已经倒了两堵墙，不但没有桌椅板凳，连窗扇木门都拆了一个干净。屋子满地是稀碎的高粱秸，院子里一地的马粪，此外什么东西也没有，门上倒贴了字条，什么营本部字样。分明这地方驻过军队，还去之未久呢。刘得胜和着几个下阶军官，将地下的碎秫秸扫着堆在一处，大家也就胡乱坐下，当时团长传下令来，已经领得馒头了，弟兄们每人一斤，就用牲口驮着到这里分发。刘得胜奉令，就分派了去散馒头。弟兄们得着馒头，三三五五，各坐在地下便啃。刘得胜自己早已饿了，也拿了三个。那馒头梆梆硬的，像石锤一般，咬上一口，几乎把牙齿都磕掉。这才知道这东西虽是粗物，还非细细咀嚼不可。这干东西吃下去，少不得要喝一点儿水。各排的司务长也就押着伙夫挑了许多担冷水来，歇在人丛中，那水黄不黄，黑不黑，也不知道什么地方的水。可是弟兄们都像得了琼浆玉露一般，一群人围着一只桶争着喝。刘得胜找着一只破碗，也就在水桶舀了半碗喝。喝在口里又咸又涩，满口泥滓，说不出来是一种什么怪味，但是喉咙里干得要冒气，不能不喝下去，硬着心肠，只得咕嘟一声吞下，在阴凉地点休息了许久，又吃了喝了，总算是回来了半条命。

　　可是就在这时候，旅长接了司令的命令，全部立刻出动，加入左翼作战。那包大放团长，在旅部和旅长开了一个小小军事会议回来，立刻下令前进。刘得胜到了这时，炮声已听惯了，生死置之度外，只望着大家努力打胜仗。刘得胜把胆和脑袋一齐全提在手里，硬着头皮，跟了包大放望前走。约莫走了二三里路，除了炮声之外，枪声和机关枪声也慢慢地听得清楚。越走近这种声音越清晰。先是听到前面有响声，到了后来，身子左右，一般地也有了响声，于是可以知大家到战场中心来了。一路之上，也碰到几个回来的兵，那灰色的制服，浑身都沾遍了土。焦黄的脸上出了汗，又沾了土，黄一块，黑一块，哪里还有人形？有时走过一丛矮树，或者一个土堆，那里都架着大炮，有一丛弟兄们在那里守着。恰好这时枪炮声都停了，突然之间，由热闹变成了寂静，四围就死沉沉的，不见一点儿动静，净净的天空，连飞鸟也不见一只。到了这里，队伍就散得开开的了。

刘得胜哪里知道指挥，所幸有个营副，倒有些军事知识，他就代刘得胜划策，告诉他怎样发命令。这个地方，地里还长有六七尺长的高粱，四围还不断地有些高高低低的树。可是由此向前一看，前后有几十里路宽阔，一望平原，没有一点儿遮盖的东西。树木人家，固然完全是铲了一个干净，就是长一点儿的草和高一些的土堆都把它铲净了，这里就只剩光光的一片地，由这里出去，不要说是一个人，就是一只鸡，也没有什么东西来可以隐蔽。

这敞地一直向前，便是高山，高山脚下就是敌人的战壕，敌人若是由他战壕里向这边张望，居高临下，看一个清清楚楚。哪里能过去呢？过去一个，就要让人家射击一个了。于是大家就在高粱地里人家一所野墓边齐集，一直休息到天色快黑，炮声又响将起来。说起来也真怪，那敌人的大炮就像长了眼睛一般，它竟会知道这里有人，扑咚扑咚，有两颗炮弹落在前后。虽然未曾伤人，他们这一营四百多人却都受了极大的震荡，彼此面面相觑，作声不得。但是天色越昏黑，炮声越厉害，后面已吹着前进号。这一营人立刻成了散兵线，四五丈路站着一个人，枪上装好了子弹，上好刺刀，大家半侧着身子，两手提着枪，做一个要向前刺的势子，一步一步向前走。

约莫走了一里路，面前已经不少飞着子弹。所幸天色越发漆黑了，本队的弟兄们，在一条散兵线上，稍微离开远一点儿，就不大看见。敌人的战壕离着这里还远得很，当然是看不见。抬头一看，只有半空中半钩昏黄的残月，配着几颗摇闪不定的乱星，发出一点儿死色。在这种惨淡的夜色里，望见敌人后面的高山黑巍巍的，大有望下要沉落的样子。但是平地上又不然，热闹极了，两方面的枪炮放着不歇，只管放出一阵一阵的火光。尤其是那大炮，放出一颗炮弹，一个火球飞上半天，突然向下一落，变作无数的长尾流星，一个大火罩一般，那机关枪放得快了，突突突，一点一点的火星，接连着在黑暗中向外冒。

到了这时，所有上前线的人都面条儿似的，一个个挺直了身子，在地下卧着，刘得胜听到四围的枪炮声牵连不断，自己这一方面如何忍耐得住，这一道命令，他倒不像旁的事那样踌躇，马上就下令开火。刘得胜带的这一营兵正是新编的，其中虽有些人有打仗经验，可是十中之七八不知道什么叫打仗，一上战线，比刘得胜自己还要乱上几倍。刘得胜一传令下去开枪，有些兵士就莫名奇妙，怎么离得这样远就开起火来，将来走近了怎么办？放完了枪子，徒手去抵抗人家吗？可是那些新到的弟兄们，一上战场，心早就慌了，这时扶着一根枪，不知道要怎么办才好。听说开枪，巴不得一声，可以壮壮胆子，也不管敌人在哪里，将枪口对着前面，噼噼啪啪就乱放一阵。一面放着，一面蛇行着向前爬。原来不放枪，大家还太太平平的，一放枪之后，那边守壕的敌人知道这边有人，哪肯轻松放过，扑咚咚，一阵小炮。这边几个前进的人，早就做了无谓的牺牲品。那营副连忙告诉刘得胜传令，一齐停止放枪，卧伏不动。直待那边没有炮弹向这边发射了，于是大家拼命地向前跑，跑过对方炮弹的着落点，黑夜之中，大家又在炮火烟雾里走。

也不知前进了多少路，只觉对面的枪声已经听得十分真切，人家的枪声也常常落到前面。进行到了这里，那就十分困难，几乎一步也移动不得。可是身后掩护的炮队，又放爆竹似的，向着对方只管轰击，炮子轰轰地响着，连烟带火，由头上过去，连排长也就喊着多少密达放枪。相交约莫到了晚上一两点钟，这枪炮声已经分不出大小多少，只是轰成一片。那黑暗中的火焰也不分大小，远远的就是几万条几千条火龙，在烟雾里面滚。真个是令人耳聋目眩，分不出天地上下、东西南北。刘得胜到了此时，也忘了什么叫害怕，只有糊里糊涂地向前干。自己这战线上的枪，也是连着放个不断。

看看快要天亮了，后面忽然吹着冲锋号，催着兵士冲锋。刘得胜也横了心了，若是不冲锋打到敌人战壕里去，在这里稍微移上一移，也是危险。于是首先站立起来，大叫冲锋，号兵跟着吹冲锋号。连排长们在前面引着路，大叫："弟兄们前进啊！弟兄们前进啊！"兵士们站将起来，半俯着腰，端了手上的枪向前就拼命地奔跑。这一冲锋，那边的机关枪就开始向这边扫射。就近看得分明，冲上前去的人，犹如大风吹倒木栅栏一般，上去一排，裁倒一排。刘得胜傻劲儿发了，带着有几十个人已经冲到一条干壕边。那干壕约有四五尺深，大家向里一拥，那壕里都倒栽的木签，尖儿朝上的，有几人跌在里面就让木签将身体穿上几个窟窿，站着的，也没有立足的地方，腿上鲜血如注。但是到了这里，大家都觉得上前是死退后也是死，唯有上前之一法，因为自上前方以来，后面就架着机关枪，你稍微一退，就被自己家的机枪扫死。及至冲锋，还有大刀队跟着上，他们唯一的责任，就是监督着自己人冲锋。退的就拿刀乱砍，用手枪乱打。这个时候，退到自己阵线里去，比杀进敌人战壕里去还要远许多。所以大家都红着眼珠子，由那干壕里爬了上去，更望前进。有几个人刚刚爬上壕口。那边子弹飞来，打个正着，就伏在壕口上不能动。这里上去的人，不管那些，还是尽量地冲将上去，好容易冲过那条壕沟，不上二十丈路，前面又是电网拦住。

那电网是平地栽上三四尺高的木桩，木桩上牵着两根铁丝，刚刚人不能跨过去，也不能钻过去。大家冲到电网下边，黑夜之中，有许多人看不清楚，向前一跑，被铁丝一绊，摔在电线上，马上就触了电。正待挣扎，敌人的枪子又下雨似的，向这里射来，哪里有一个人能活着？刘得胜也是命不该绝，恰好他所站的地方是敌人那边出来的侦探线，电网高高的，人可以由下面钻将过去。一时人急智生，看到前面有一块黑魆魆的高土，就决计钻过电网，在那里暂避枪子。自己钻过去，慢慢蛇行。糊里糊涂向下一翻身，又滚下一道沟。这道沟里有倒竖的木桩，两手抓着沟沿上一棵草，死也不放。但是脚下已踏着了土，并没有戳脚的东西。这才放了手，蹲着身子向地下一看，原来这一道干壕，比前面的干壕更深，木桩两尺长，倒竖着像刀剑一般。自己脚踏的所在，是一点斜坡可以走下壕底。壕底有三尺地面，没有栽倒桩，由这边挖一条沟，更通到前面。这也正是一条侦探线。刘得胜明白了，向来听见人说，有什么侦察线，大概就是这个。敌人的侦探侦探敌情都是由这里出来，自己误打误撞，不料撞入这一道平安线来了。这不但避免许多危险，就是由这条路向前进，一直可以通到敌人壕里去的了。到了这里，十成性命已丢了九成九，还有什么可怕的。在临死之前，倒要开一开眼界，手上的枪，也不知道几时丢了，这时手上只拿了一支手枪。于是拿着枪，一截一截地向前爬。

爬了又有一二十丈远，前面却有一丛东西挡住。走到近处一看，原来是大树枝，这树枝全是连桠带叶的半截大树，头儿朝里，树丫朝外，一支叠一支，堆着有七八尺高，如一道城墙一般，由东迤逦向西。爬到树边，寻了一会儿，果有一线空缝，可以钻过去。他明白了，这就是平常听到说的鹿角。心想，敌人的防地原来是这样坚固，我们想冲锋杀进

101

去，如何能够？听说敌人所藏的地方最后就是盖沟，那更难打了，我们糊里糊涂地来，真是白送命，正在这里犹豫的时候，却听到前面有人吆唤的声音，有人在问口号。由这里向前看去，高原上似乎有一道隐隐的地埂了。那么，自然是敌人最后的一道战壕了。再要向前，敌人拿住当是间谍，一定是死而无疑，趁着枪声已歇，天还未亮，不如就此向后倒退，也许可以退回自己营里，就是退不回自己家里，躲在战壕里，一时也可暂免于死，这样一想，慢慢地向后退，退过电网，一直到第一道干壕里，还是安然无事。那身后东边的天空只作鱼肚色，敌人向这远看来，未见得可以清楚，因此再爬上壕，还是一截一截蛇行。又怕背转身，不容易避免敌人的射击。因此把头朝着敌人，脚向着自家的阵线，倒退地爬着走。

这样的走法，当然是很慢，一直到天色亮了，离着敌壕还是不远。可是奇怪得很，敌人全线寂然，枪也不曾朝着这边放。先是糊里糊涂地爬，这时精神定了一定，睁眼一看，哎呀呀，真是吓死人，自己不知何时，已经爬到死人身边来了。左边一个死人，不见了脑袋，连脖子以下，炸去了半边，血肉满地，自己就摸着满手的血，右边是一个全死尸，侧着身子躺下，满脸都是血迹。血又沾着土，真是一片黑，已经看不清眉目了。这两个人穿着制服，正是阵亡的弟兄们。自己不忍细看是谁，掉转身，就想赶快地跑回去。这一掉转身来，更是魂飞胆落，前前后后，左左右右，横停直摆，全是死尸。极目一看，一大片敞地，几乎全是用死尸来铺垫上了。死这么些个人，要怜惜也怜惜不及，只得一横心，就脚下践踏着死尸，飞跑回阵。所幸敌人那边并没有察觉，越跑越远，跑过了一个死尸场，快到自己的阵线，这就不怕了。一看出发地点的那一所破屋，一个人影也不曾看见，远望冷寂寂的那几棵被炮打残了的柳树，临风依依，还有些像临别时候的那种形状，同来的弟兄哪里有一个人呢？低了头走，也说不出心里有一种什么感想。看着那边兵站上，一面旗子在晓风里招展，料到那里还有人的，便一步一步向前去。

走不几步，高粱地里突然有人吆唤了一声。刘得胜这才记起来了，是一种口号，赶忙答应了，原来已经退到自己步哨线里来了。走近前去，有一个武装弟兄站在高粱下。他看见刘得胜，便问是哪一营的，刘得胜告诉他了。他道："营长，你真是造化。昨晚我们这边是总攻击，都打上了。整团地上去，整团地不回来，大概这一仗死了上万人了。"刘得胜听说，又转悲为喜，拱着拳对着天道："老天爷，以后我饿死了拉倒，也不干这个事了。"说着一步一步还向前走。这个时候，四围又寂然无声，战场中现出一种惨淡的景色。刘得胜也不知道向哪里走好。又走上前半里地，遇到了同一旅的弟兄们，才知道昨晚总攻击之后，本旅几乎全军覆没，旅长也阵亡了。现在包大放带了一些残部，将旅本部挪到火车上，代行了旅长职务了。他听了，这才有了归宿，便赶到铁路边旅本部去报到。包大放一见，一只手拉着他的手，一只手拍着他的肩膀，笑道："老刘，你回来了。这就是那句话，该活死不了，该死活不了，咱们还得干。你去休息休息吧。"刘得胜也真巴不得一声，就在火车上找了一块地方，在车板上睡觉去了。

也不知是什么时候有人推着他道："刘营长快醒快醒！敌人跑了，我们快去占敌人的战壕。"那人还怕刘得胜不醒，正对脸上，浇了一瓢冷水。刘得胜惊醒过来，已经听得吹集队号。赶忙跑下火车，只见铁路边已经齐集有三百人，这就是一全旅剩下的了。包大放正站着一边，和弟兄们训话，说是据好几次探兵报告，敌人打完后就退走了，我们的铁甲车已经开过去了。不过铁路断的地方，离着敌人战壕还远，我们赶快先冲进敌人战壕，得这个第一功。弟兄们，胆大拿得高官做，要干就是这一回，别错过了机会。这些人都是苦战剩下来的人，死生已经置之度外，说有头功可抢，大家欢声雷动，复又上车，开了车向前进，一直走到铁甲车后面，包大放就下令，下车，上刺刀，冲锋。二三百人，托着枪，呐了一声喊，向前便跑。果然那敌人战壕沉寂寂的，不曾放出一枪。大家跑得近了，挑开电网，拔开鹿角，爬过两道干壕，包大放举起指挥刀，笑得两张嘴唇皮向外乱翻，几乎合不拢来。首先便跳进敌人的盖沟，托着手枪，目光像闪电一般，要搜索敌人，那沟里是空的，复跳上沟来。这二三百弟兄也像一笼蜂子似的，纷纷跳进敌壕。

不料就在这个当儿，轰天震地地响了一下，眼面前的尘土飞上有几十丈高。包大放赶快向下一蹲身子，两只手掩着眼睛，伏着不敢动，过了一会儿，睁眼一看，他明白了，这是中了敌人的地雷。尘土净时，满地躺着许多零零碎碎的人身体。有的是半截，有的是半边，躺了满地。这样子，大概又丧了三五十名弟兄了。刚才大家一阵狂热，减去了一大半，大家才小小心心地走进敌壕去。探索了半天，果然是敌人退得干净，这才放了心，这功劳算是得着了。不过他们攻的是左翼，正面的敌阵出力的友军，在炮火停了之后，已经就占据了。不到半天工夫，大军也就陆续来到，包大放正式升了旅长，刘得胜升了团长，这一下子，倒发愁起来，不过二百人上下，哪里就能算一旅，包大放一面搜索敌人来收编，一面又叫刘得胜赶快到后方招兵。

休息了两天，刘得胜便奉着命令回后方来。这个时候，正是夏末秋初，天气还十分地毒热。初恢复秩序的战场，并没有一个人来往。刘得胜带了两名弟兄，由战场上经过，四围不听见声音，也不看见人的踪迹，走了一阵子，只闻到一阵奇怪的臭味由空气里面横吹过来，人一闻到，不由得人做一阵恶心。刘得胜道："嘿！是什么气味，怪难闻的！"旁边的弟兄们听见，就说道："团长！这个你还不知道吗？这就是阵亡的弟兄们，十字会还没有收拾干净，太阳晒出来的这种味。"说着，人向前走，那臭味来得更厉害了。刘得胜道："大概是的，那天我回去，看见满地都是死人，若是没有埋起来，那是有臭味的。"一个兵道："埋是埋起来了，可是死的人整千整万，一下哪里埋得了许多？就是埋，也只埋了眼面前的尸首。稍微隐僻一点儿的地方就管不着了。"

正说着，只见一条黄毛尖嘴长腿的大豺狗飞奔而来。嘴里衔着一样东西，远看不清楚，只觉一端还拖在地下，带着尘土乱滚。等狗走得近来看时，哎呀呀！原来是条人腿。狗嘴里衔着的是脚板，腿的一端，半截沾着灰土。刘得胜两只手掩了脸，连叫了两声作孽。一个兵道："怪不得这样臭，这附近一定有一批尸首没有埋。"刘得胜道："是要寻寻看，寻着了，赶快叫人来埋，也是一种德行。你想，人家在三四天以前，不和我们一样的是人吗？"于是站定了脚，四围看了一看。只见上风头的地方，有一块洼地，大风吹过来，有一两只灰色衣角掀动。一个兵道："准在那里，我们过去看看。"三个人都使劲捏了鼻子，慢慢向前走去。人还未曾近前，只听见扑噜一声，几十只老鸦和大鹰展开翅膀，破空而去，那块洼地里横七竖八，正躺下几十名死尸，都是身体不全、血肉模糊的人。有几个人开了膛，五脏变成紫黑色，都流在地下。有几只大胆些的鹰，还站在人身体上，啄那肠子吃。刘得胜一见，赶快一转身，就向后跑。对两个兵道："好兄弟，我实在不忍再看，我们走吧。"

当时他们三人离开那死人洼,向大路上走,却不料先看的那一洼死尸还算少的,一路之上,所见的死尸也不知道超过那个有多少倍。走了不远,赶上火车,到了北京城。因为旅长还有一封公事要送给薛大帅,就先送到薛又蟠公馆里去。这里的卫兵认得他的不少,一见了他,都围着来说话。看他肩章换了,已经是团长,都给他道喜。有几个人有朋友和刘得胜同营的,还打听朋友们的下落,刘得胜不觉把他说书的本领又使出来了,便把这几天打仗的情形说了一说。后来说得弟兄们阵亡的情形,叫一声好苦,两只手抱着头,忽然哭将起来。大家见他突然哭将起来,不明白是什么原因,都愣住了,只管望着他,刘得胜哭着道:"诸位,您是没有看见,你要是看见了,管保你们心里也是难受。据我看起来,那战场上的人哪里是人,连鸡狗都不如。我就说一件事,你们就知道那事太损。我们快杀到战壕了,突然飞出来一个地雷,把我同去的人炸死三四十。那个王荣归,小小个儿,喜欢说笑话儿,诸位总也知道。那个时候,眼面前一阵黑,震得人浑身肉麻,那一阵响声,我出娘胎以来都没有听见过。我不知道是我自己趴在地下,也不知道是让地雷震得躺下了。我躺在地下的时候,只觉有两样东西在我身上重重地揍了两下!我心里想着,一定是让子弹打中了,等到眼前亮了,这一看,我真难过一万分!我身上压着一只人胳膊,脖子边湿黏黏的,又枕着一个人脑袋。你说这个脑袋是谁的,就是王荣归,不多大一会儿,咱哥儿俩,还说得挺好。就是这样轰嗵一响,可怜人就没有影儿,只剩一个脑袋了。再说那些弟兄们,都是活跳新鲜的人,一刻儿工夫就闹得身首不全。唉!真是惨,诸位……"说到这里,说不下去,又抱头痛哭起来。大家虽没有看到战场是如何可惨,可是看他哭得成了这一份的样子,也就望着他。刘得胜足哭了二三十分钟,擦着眼泪,还不住地摇头。

就在这个时候,薛又蟠就传刘得胜进去回话。薛又蟠歪躺在一张藤椅上,一张大电气风扇咕噜咕噜,正对着他扇风。他光伸着两条腿,微微地闭着眼,装成要睡不睡的样子。刘得胜的公事早已交上去了,现在只要站着回话。因此走了进去,举手行了一个礼。薛又蟠突然向上一坐,笑道:"好小子,你不是会说鼓儿词的那个人吗?现在倒做了团长,你的运气真不算坏。"刘得胜站着,没有什么话说,只哼着答应几声是。

薛又蟠道："怎么回事？你好像哭了似的。"刘得胜道："没有。"可是
"有"字刚说出口，嗓子就哽了。薛又蟠道："咦！说你哭你倒真哭起
来了。"刘得胜怔住了一会子，极力地抑压着自己，直挺挺地站住，不
让哭出来。薛又蟠道："你说，难道你升了官了，还有什么委屈吗？"
刘得胜心想糟了，别惹得大帅生了气，把官丢了。于是就把自己在战场
上的经过说了一说，道是那种情形，实在可怜，这一来，他又哭了。薛
又蟠道："傻小子，打仗还有不死人的吗？扛枪杆儿就是这么一回事，
运气好，升官发财，阔到多么大都没有准。运气不好，就丢了脑袋瓜。
好像你大帅，就是扛枪杆儿出身，要是怕死，能望到有今天吗？"说着，
就将大腿一拍。

刘得胜静静地听话，倒吓了一跳，薛又蟠看他身子微微一耸，知道
他吃了一惊。笑道："你这人胆子真小，你还能打仗吗？大概那天上火
线，你不定在哪里躲了一宿，打完了，你才爬出来，这就算你打了胜仗
了。"这句话，把刘得胜逼得忍不住了，红着脸，脖子上的粗筋都一根
一根露出来，说道："决不能那样在大帅面前撒谎。"于是又把自己爬
进敌壕的事说了一遍。薛又蟠道："这样说，你这人倒真不错，胆又大，
心又慈，非得奖赏你一下子不可。"刘得胜道："我一个卖花的出身，
有了今天，很满足了。不过战场上那些阵亡的弟兄们真是可怜，晴天太
阳晒，阴天大雨冲，野兽也吃，鹰也吃，苍蝇虫子也吃，过两天再一生
蛆，可真作孽，大帅若下一道命令，叫人快一点儿埋起来，将来您还要
高升做大总统。"薛又蟠最爱听这种话，笑道："你这话有理，我相信
你了，快到七月半了，我明天给这些阵亡的弟兄们在北海大做三天佛
事，超度超度他们。昨晚上耍钱，赢了三万上下，豁出去了，我把这些
钱全花了，就可以热闹一下子了。埋死尸的事，就交给你带人去办。你
有这好的心眼儿，准不怕脏。"一回头看见一个马弁站在一边，说道：
"你到十二姨太太那里，给我拿三百块钱钞票来。"马弁答应去了，就
对刘得胜道："你算走运，今天碰在大帅高兴头上，我赏你三百块钱，
让你乐一乐去。二次打仗还要卖力气才好。那个时候，你也许是旅长、
师长，不但我可以赏钱，也许大帅高兴，就可同在一处打四圈小牌。"
说着，昂头一阵哈哈大笑，马弁将钱拿来了，薛又蟠一指刘得胜道：
"这钱全给他。"刘得胜接过，向薛又蟠又行了一个举手礼。薛又蟠突

然想起姨太太来了，也不等刘得胜手放下来，他转身就走，刘得胜倒为之愕然，以为谢得太多事了。当时把钞票揣在身上，笑嘻嘻地就走出来。

这一下子把他真乐糊涂了。自从出娘胎以来，就没有在身上整揣过三百块钱。现在一把揣上三百，就不知道怎样好。又想买衣服，又想买金表，又想买皮鞋，又想先到小馆子里吃上一顿，这样一想，觉得哪一样也不能放后，揣着钱在身上，走出前门。就在大栅栏廊房头条前门大街跑了一个周，吃也不吃，买也没买，后来想一想，还是天桥那地方是旧游之地，不如到那里去吃一点儿，乐一点儿。原想坐不要钱的电车，后来一想靠不住。电车上的扒手是有名的，别发了一个小财，让扒手去受用，于是改雇人力车而去。在车上想着，从前卖花的时候，不过在天桥溜达溜达，落子不能听，杂耍不能瞧，馆子也不能下。今天有了钱，什么也得当一下子。这年头儿，逛天桥的人，谁能在身上揣着三百大洋。车子拉到了天桥，正要下车，一看电灯杆子上，钉了几张漆黑的半身相片。那正是拿住了的扒手，照相在这里示众的。这就不由得心里一惊，这地方是出扒手的所在，更惹不得，还是回去的好。也不下车了，坐了原车，仍就回到前门桥头。

刚一下车，只见电车上跳下来一个人，对着自己只管呆望。刘得胜看他，也穿了一身灰色军服。不过他戴帽子，很是特别，却是一块瓦式的灰色学生帽。右臂上一块白布，外面镶着红圈。白布上写了几行字，乃是不爱钱，不怕死，誓死救国。胸面前也悬了一块白布，上面写着废除不平等条约。他手上拿了一卷纸，纸上露出三个酒杯来大的字，打倒帝，不用说，全句是打倒帝国主义了。他心里想，这是哪个军队里的宣传员，到处都是标语。那人走近一步，笑道："老刘，你抖起来了，你不认识我了吗？"刘得胜听他说话，虽是京话，却带点儿南方口音。这才想起来了，他姓胡，叫什么名字，倒不知道。他一家都喜欢花草，从前在他家里做的生意不少。因道："哦！我想起来了，你是胡先生。怎么着，您也在军队里混吗？"胡先生笑道："我不是和你一样，没有事干，走上这一条路吗？"说着，他就在身上掏出一张名片来，顺手递给刘得胜。刘得胜认字虽不大多，但是却看得出一大半，乃是司令秘书胡国钧。刘得胜看见，不由得举起一只手来，向他行了一个军礼，笑道：

"您还说我抖起来了，像您做了秘书，天天跟着总司令在一处，那才算是抖呢。"胡国钧看了看他的肩章符号，却是一个团长，笑道："你也算爬得快，就当上团长了。"刘得胜身上揣着三百块钱，正愁没有法子去花，现在遇到了胡国钧，正当请他上馆子，共同饱餐一顿，因道："胡先生，今天遇到了您，真也是有缘重相会，咱们一块儿喝两杯，你赏光不赏光？"胡国钧看他样子很是痛快，也就答应了。

于是二人就在街边找了一所酒馆，进去共餐，一边吃喝，一边谈话。刘得胜道："胡先生，您别说我当了团长，我这可是性命换来的，差不点儿脑袋喂了野狗了。倒是咱们大帅不错，今天一见面，就赏了我三百块钱。"胡国钧笑道："那还是算你不错。你一下子就可以拿三百大洋。要是我呢？恐怕……"说着，昂了头，将右手点了左手指头，笑着算了一算道："哈哈，我要挣三年有零，才够那些钱呢。"刘得胜道："这样说，你们秘书老爷拿多少钱一个月？"胡国钧道："我们那里，不管多大，上上下下，全是六块钱一个月。"刘得胜道："那不能够吧？当一个秘书，这地位就高了，家用应酬、自己的零花，哪里不要钱，六块大洋够什么？差不多的人，家里雇个听差，六块大洋还不够呢。"胡国钧笑道："你全谈的平常军队里的事，我们那里的军队，全谈不到这一套。"刘得胜道："难道说你们贵军队的人们就不花钱吗？"胡国钧道："怎么不花钱，那六块钱就是零花的了。吃的穿的，全是公家的，实在也用不着花什么钱。况且我们总司令，他就和我们一样，也穿的是我们这样灰布衣，也和我们一样，吃的是黑馍。"

刘得胜道："那倒罢了，既然是这样的苦，事情忙不忙呢？"胡国钧道："照说，秘书这个位分，也有忙的，也有不忙的，可是我们那里就不同了。我们那里有十几位秘书，真能动手的，不过两三位。我是念过几句书，承秘书长看得起，分了不少的事给我做，我要算是最忙的了。"刘得胜道："这事就透着奇怪了。钱是拿不着，事情又挺忙，您为什么还要干呢？"胡国钧笑道："这是有缘故的。你看我这种人，一来是不养家活口，二来年轻也想吃点儿辛苦，找一点儿事干。再要说一句官话，趁着年富力强，替国家办一点儿事。我只要有吃有穿，挣钱多少就不在乎。这又说一句私话了。我们的总司令也不是个傻子，我们跟着他吃个三年五载的苦，有了机会，他还是会想法子调剂调剂的。所以我们跟着他，也可以说是熬资格。"刘得胜道："你们那儿不能全是像您这样不养家活口啊。"胡国钧道："虽然不能全像，可是像我这样半路出家的，十有七八差不多。至于弟兄们呢？也和我们一样，一个月拿六块钱，那也就够了。"刘得胜道："当军官的呢？"胡国钧道："自然也是一样，排长连长是拿六块钱，团长旅长也是拿六块钱。"刘得胜道："那要是我，我就不干。难道说这也另外有缘故吗？"胡国钧道："当然有。我们那儿的军官都是我们总司令当旅长时候的弟兄。从前的小兵，现在真有当军长的。一个小兵，当到了军长，还有什么不乐意。要说他嫌挣不着钱吧，投到别个军队里去，谁肯要？其余的人，也是这样，都是跟了总司令爬起来的。在总司令这儿，还可以拿个六块大洋，到别处去，六毛大洋，也不准拿得着。"

刘得胜听了，一拍桌子道："这话正对。凭我这种一个人就当了一个团长，这也只好跟着咱们薛大帅干，若是到别家军队里去，还不是当名弟兄拉倒。"胡国钧笑道："你懂得这个，那就不必说了。"二人说笑了一阵，都饱了。胡国钧按着他们军营里的规矩，却没有敢喝一点儿酒。刘得胜倒是不在乎，喝一个面红如枣、人烂如泥。歪歪倒倒，一把掏出钞票来，交给伙计，叫他拿去算账。胡国钧一看这样子，也就不必和他客气了。会了账，二人一同出门，道了一声再会，各自回去。

胡国钧的总司令部这时候设在南苑，胡国钧虽然请了一天的假，出城有许多路，不能不赶了回去。一径出了永定门，赶着上南苑的小火车，搭着车赶回总部。这个时候，偏西的太阳，约莫有两丈多高，军士们没有了功课，已是休息的时候，空地上，许多弟兄纷纷地游嬉。上风头有七八个号兵，临着风吹着号在练习，苍黄色的斜阳里，半空里飞鸟惊着号声，悠然飞去。暮景渐来了，胡国钧赏着晚景，心想一个人若是没有什么负担，投笔从戎，也是一件快事。你看这南风夏木，夕照高营，加上这雄壮的笳声，耳目都为之一快，多么的好。一个人正低着头在那里想，忽然有一个人叫道："胡秘书，你在想什么心事？这一趟进城，遇到了哪个女朋友，有些恋恋不舍吗？"胡国钧吓了一跳，猛然抬头一看，却是自己的总司令张宇虹，连忙站着，行了一个礼。张宇虹道："别那样啊！我们军人以身许国，匈奴未灭，何以家为，你难道还想家吗？"胡国钧道："对总司令实说，刚才想是在想心事，不过不是想家。"因把刚才触景生情的事说了一遍，张宇虹于是伸出手来，和胡国钧握了一握，笑道："很好！很好！要这样才是一个大丈夫做的事。走！我也爱这个晚景，咱们一同走走。"

总司令约在一块儿散步，哪有不奉陪之理？因之就跟着张宇虹在一处走。张宇虹笑道："一个人要读书啊！读了书，知识往上长，耳朵听的、眼睛看的，全知道所以然，那就有味了。譬如从前书上说的，两个孩子论太阳。一个说，太阳当中近，因为那时候热。一个说，太阳出来和落下去近，因为那个时候看着最大。这一辩论，连孔夫子都难住了。可是现在科学发达，这事就明白了，太阳实在是当中近，起来的时候，因为视线的关系，所以看得大，实在是远。"说着，一伸手指了树梢上偏西的太阳道："这样神秘的东西，现在我们都能知道，可见读书是人生一件最要紧的事。人有了知识，也自然觉得现在做的事对，从前所做不对的事，如今都可以改过来。譬如我从前曾信过十几年教，现在我不信了。我也并不是说耶稣是好人变成了坏人，不过我觉得要救国救民，比那个信教的法子还好的有的是。我们年幼的时候，不怕脏，撒尿和泥，放屁崩坑，那都觉得有趣。到后来大了几岁，就不玩那个。所以从前我信教，是小孩子的玩意儿，现在是大人的玩意儿了。"说毕，哈哈一阵大笑。

胡国钧看他穿着一身旧灰布军衣，粗布袜子，蓝布鞋，鞋底又厚，前唇翻转一块来，胖胖的，黑黑的脸，正留了一片落腮短胡子，瞧他这样子，准像一个伙夫，若是生人，谁也不会猜他是带几十万人的总司令。他又说出这样拟与不伦的话，也不由得笑了。正说着，一个徒手兵由小路上过来，正和他们碰个对着。他见了总司令，立刻立正行礼，张宇虹道："你不是叫黄人龙吗？"那兵道："是！"张宇虹道："你还不错，去年八月里你打靶考过第一。我问你几句话，你是哪个的兵？"黄人龙道："我是老百姓的兵。"问："谁养活你？"答道："老百姓养活我。"问："你身上一根纱、一寸布，都是谁的？"答："都是老百姓的。"问："你为什么当兵？"答："外打列强，内除国贼，为国为民。"问："张宇虹是什么人？"答："我们的总司令。"问："张宇虹若是国贼，你怎么办？"答："我就打倒他。"

胡国钧进这总司令部办事还不过一个多月，张宇虹许多出人意表的举动，他都看见过了，仔细说起来，也不过勤俭两个字的功夫，没有其他了不得举动。现在忽然看到这种奇事，他手下一个小兵，当面来说要打倒他，令他不能不为之大吃一惊，心想这个兵士莫不是疯了，怎么说出这种话来？不过自己总司令却也问得奇怪，怎么把自己是国贼，人家怎么样的话，也问起来。不料他一说，张宇虹竟笑着点了点头，说他说得很对，和他握了一握手，让他去了。

这一幕趣剧刚刚演完。不料第二幕趣剧接上又来。这个时候，正过来一个马夫，手上牵着两匹马的缰绳，慢慢地走来，正要出去遛马。张宇虹看见，远远地向他招了一招手道："来！"那马夫听说，便牵着马走过来，行了一个礼。张宇虹道："你把帽子取下来，让我瞧瞧。"那马夫也不知道要取帽子是何作用，但是总司令叫取，也不得不取，就取下帽子来，挺了腰站着。张宇虹道："哎呀！你的头发长得这样长，多久没有剪？来来！我给你剪一剪发吧。来，胡秘书，你把他的马牵到那棵小树下，给他拴起来。"胡国钧在这里做了一个多月，知道这里有时候极讲阶级，有时候又二十四分平等。现在奉了总司令的命令，只得给马夫当一趟马夫，就将马缰绳接了过来，悄悄地牵着马拴在那一棵小树上。

这里张宇虹四面一望，路旁边有个石墩，扯着那马夫过去，按住他在石墩上坐下。于是在身上左肋边，解下一方白布手巾，向那马夫肩膀上一围，接上又在袋里一掏，掏出一只小小的白布囊套。将白布囊套一拉，现出一把推头发的推子来。他左手扶着马夫的头，右手拿着推子吱咯吱咯响着，就在毛蓬蓬的头上推将起来。不多大一会儿工夫，就把马夫这一头长到寸许的头发推一个干净。推完了，将白布手巾抖了几抖，接上又向他周身抖了一抖短头发。笑道："得了，这就干净多了。"马夫站起来，又给总司令行了一个礼，然后牵着马去了。这真把胡国钧弄得为难起来了，承总司令的好意，约着一同散步，步没有散，听了一回讲，又学习了一回理发，这样下去，还不定有些什么事要出来。照理说，这种举动是表示与士卒同甘苦，倒也无所谓。可是要不研究内容，倒觉得这件事有些离乎常情。看起来要笑，可又不敢笑，总司令没有吩咐走，也不敢走，只得静静地站在一边。

张宇虹笑道："胡秘书，你看到我和马夫理发，这件事奇怪吗？"

胡国钧道："不奇怪。"张宇虹道："真的吗？你把理由说给我听听。"胡国钧道："总司令是人，马夫也是人，总司令是个军人，马夫也是个军人，就私而说，都是父母生养的。就公而说，都是为国家出力的。这岂不是一样的大小吗？"张宇虹听了这话，点着头笑了一笑道："你这话有理。可是你谈的是平等，军队是不能谈平等的。若是谈起平等来，做长官的怎样去指挥军队？再就实际上说，军人是以服从为天职的，若是兵士对于总司令当着平等的人一样看待，这军队岂不是完了？"胡国钧道："总司令这话是对的，我们训练军队，可以叫他们服从，却不可以叫他们盲从。要训练军队，为老百姓的军队，不要成为私人的军队，总司令是为老百姓做事的总司令，他们自然要服从。若是总司令离开了老百姓，军队是国家的军队，军人是要爱国的，那就可以拿军人的资格来反抗了。"张宇虹听了连连点头，便陪着胡国钧，在暮色苍茫的风景里绕了一个大圈圈。

　　这一走不打紧，恐怕有七八里路上下，张宇虹走得又快，胡国钧今天在城里跑了一天，满打算回来就休息的。无辜遇到总司令拖着一走，累得满身是汗。及至回到办公厅，已经天色漆黑了。随便办了两件公事，胡国钧看到没什么要紧的事了，因此赶快回卧室就寝。当他在家里的时候，上床以后，总喜欢胡思乱想，一想几个钟头也睡不着。及至在军营服务以后，吃着黑馒首，一天累到晚，到了就寝的时候，恨不得一下子就倒上床熟睡，头点着枕头，两脚微微一伸，人就舒服过去了，哪里还来得及想心事？这一觉睡到半夜过去，天还未明，那号兵已在吹起身号，胡国钧听到号声，不敢耽误，暗中摸索，穿好了衣服，抢着漱洗已毕，赶快向大操场而去。原来他们这里有规矩的，在每日天还未明的时候，所有总部的人员，上上下下，大大小小，都要到操场上来聚会，这个名词，就叫作朝会。朝会的意思就是由总司令聚合着众人，说些奋勉的话，提起人的精神。这一天之间，大家都有了朝气，做事就有活泼的气象，不会衰败了。

　　这时，天色还灰白，天上的星，不过离着三四丈远才有一两颗。东边天色渐渐亮起来，亮星更少，只是由天中心黑处向下低，越低越白。最下面，还有一丝红色的云。这虽是夏日的天气，这个将明未明的时候，天气还是很凉。一个人睡了几个钟头，精神自然是饱足的，加上这一种清凉之气向人脸上身上扑来，自然觉得浑身爽快。往大操场去的一条大路，赴会的人正是络绎不绝。浑茫的朝色里，照着人行路，也是浑茫不清。路边的树叶和地上的长草，都吐出一种似香非香的清苍之气。胡国钧心想，早上起得早，这实在与我们有一种很大的利益。街城上的人，谁都是睡到十二点钟，或者一点钟起来，永远不知道太阳是怎么出山的，固然不知道这种好处，却也难怪他们，做起事来，没有好精神，十二点钟，是白天的一半，睡到那时候，岂不是牺牲半天工夫了？

胡国钧一路想着心事，不觉得三脚两步就到了会场。他到时，与会的人已经来了三分之二，总司令张宇虹也到了，那些来的人，更是踊跃，前后也不过十分钟，人就全到齐了。张宇虹走上演台，先演说了一段，大致是一文钱都是老百姓血汗换来的，我们的父母兄弟都是老百姓，欺侮老百姓，就是欺侮自己父母兄弟。一直说完了七八个人，听的人都是直挺挺地站着听下去，不但没有倦容，而且听下去，好像是十分有味。张宇虹虽然站在一边，他那一双眼睛却是清光炯炯，如闪电一般在人丛里面阅来阅去。

他见大家的精神很好，复又走上演台来说道：“诸位弟兄们，我们天天做这个朝会的意思，屡次说过了，当然用不着我再说。我今天还想到一层意思再来补充一下。从前有皇帝的时候，皇帝不都是五鼓天明，点灯上朝吗？臣子朝皇帝一趟，这要不了多少时候，一天的工夫，随便什么时候上朝都可以的，为什么要赶在五鼓天明上朝呢？这也无非以下几种意思：第一，这一天的光阴可惜，早起来一刻是一刻。第二，做大官的人，自然是舒服的，让他们起一起早，磨折磨折他们。第三，我们现在叫作朝气，古人就叫作平旦之气。那个时候，最最清醒的时候，早朝就很可提起精神。以上这三点，和我们的主张大致不错。就只可惜他们没有悟到是养成朝气。所以上朝之时，不过磕几个头，演一回礼，敷衍故事，并不是在这时互相激励。所以下了朝会之后，大家可以重新去睡觉。到了后来，连早朝的意思都不知道了，诗人文人咏起早朝来，都是埋怨不该的。我再做一个譬喻：我们都是老百姓的奴隶，老百姓就是我们的主人翁。真正的老百姓，什么时候起来，诸位大概已都知道，哪个不是起来看太阳出山的？我既然是他的奴隶，拿了人家的，用了人家的，更要早些起来才对了。诸位说，对不对？”大家听说就答应声一致的，叫了一声对。

　　胡国钧天天上朝会，把他们的演说词都背了一个烂熟。今天总司令这一套话完全是新的，却不能不十分注意，完全听了去。因为这有两种意思，其一呢，总司令不定哪天会问你这一套话。你若是不记得，说不出来，他就说你对总司令的话不注意。其二呢，若有演说的时候，用自己的意思演说，那是靠不住的，不知道哪一句话会违背总司令的意思。若是把总司令的话抄袭一段，那就没有危险了。所以当时张宇虹所说的话，胡国钧都是拼命地记住，一个字也不曾忘记。

　　张宇虹今天说话，也是太高兴了。演说之后，便站在演台上道："诸位，今天的朝会，我很是高兴，现在我们来唱一遍朝会歌。"于是昂着头提了嗓子唱道：

　　　　做朝会，早早起，天天看见太阳出山才是好男子。
　　　　做朝会，是好汉，大家提起精神来干干干！
　　　　做朝会，惜光阴，记着我们一寸光阴一寸金。
　　　　做朝会，养朝气，要有精神才能做出好事体。
　　　　做朝会，去暮气，暮气太深怎样对付人揍你。

　　他提着嗓子一嚷，是在会场上的人，也不得不跟着他去嚷。嚷到最末一句，暮气太深，怎样对付人揍你，他卷着衫袖，露出铁棍似的粗胳膊，捏着拳头，凭空一击，表示他那种努力之意。胡国钧看到，倒不觉为之暗笑。可是总司令做的事，谁敢笑出来，也只好跟着总司令嚷着：

　　　　做朝会，去暮气，暮气太深怎样对付人揍你。

　　这歌唱了一遍，又唱一遍，一直唱了四遍之久，才算了事，这一天的朝会，现在也就散场了。

　　胡国钧因为秘书厅到了六点钟就得办事，因此吃过了早饭，也没有因为别的事所耽搁，马上就到秘书厅。这个时候，正值张宇虹对于他的军队有一番开展的计划。文书上面的事是非常地忙碌。胡国钧一到了办公厅，马上就动手，手不停挥，写有两个钟头，这才休息片刻。这秘书

114

厅分三间屋子，一间屋子是秘书长办公的地方，一间是几个重要秘书办事的屋子，胡国钧就是坐在这屋子里面。还有一间屋子，却是胡国钧同事的，也可以说都是秘书，不过他们都是营务出身，除非抄写稿件还可对付，至于真正动笔起稿，一个钟点也写不出五十个字。而且写出那五十个字来，十句有七八句得修改一下，改的人倒更费事。所以能动手的秘书很不为难他们，索性不要他们做事，只要在办公室里坐坐就得。这些人又都是相从总司令有年的，虽然办不了什么事，只在办公室里闲坐，这话也不好对总司令说，由他去闲坐，置之不理。这样一来，两三个重要秘书的职务是格外忙碌。因之胡国钧只休息了一会子，接上又来起稿。

稿起完了之后，送到秘书长那里去。秘书长道："胡秘书，你今天太累了，休息休息到屋子外去运动运动吧。"胡国钧觉得人实在倦了，运动运动也好。走出外面屋子去，只见一张长桌共坐了八个人，倒有七个人伏在桌上睡了。胡国钧看那个没有睡的陶仲谦也用手撑住了头，便道："陶同志，你没有睡吗？我们一块儿出去逛逛，好不好？"陶仲谦用手揉着眼睛，笑道："睡了一觉，倒睡坏了，睡得人昏头昏脑，要走都走不动了。胡同志哪里去？"胡国钧笑道："从早上六点多钟，办公办到这时候，实在有些累人。蒙秘书长的好意，请我休息两个钟头。我想出去，在树林子里走走。"陶仲谦两手伸过头举得高高地伸了一个懒腰，笑道："也好，我陪胡同志一路出去走走去。"于是二人走出办公处，同在草地上散步。

陶仲谦道："胡同志，我真佩服你，自早上四点多钟起，一直到晚上睡觉为止，有十几个钟头的工作，你真能干。"胡国钧笑道："在我们这样年轻的时候，不努力做一点儿事，到了年老的时候，更不能做什么事了，您说对不对？"陶仲谦点了点头道："您这话很对，就像兄弟，并不是不愿意在公事房里多办几件公事，无奈能力不够，只好坐在一边打瞌睡，让胡同志几位偏劳，真是过意不去。"胡国钧道："我们哪里能和陶同志打比，陶同志跟着总司令有年，劳苦功高，现在应该清闲清闲。我们初来投效，就做到了秘书，真是大大的躐等。若不做一点儿事，怎样对得住总司令一番提拔之意。陶同志做秘书，那倒是应当的了。"陶仲谦微笑了一笑，又摆了摆头道："在总司令面前做事，能耐是能耐，功劳是功劳。许多有功的人，只因为没有能耐，只好做些清闲的事，兄弟就是一个了。大概最苦的，就是朝会，不到天亮，就要起来。这样的长天既然没有事，又没有睡够，哪有不睡觉之理？你到事情闲的地方去看看，哪一个屋子里没有人打瞌睡。总司令的意思要提起人的朝气，不能说坏。可是弄得大家没睡够，四处都有打瞌睡的，倒增加不少的暮气。"胡国钧听了他这话，也为之失笑。

两人一面走一面谈话，只听到一阵军乐澎湃之声远远而来。陶仲谦道："怪啊！这军乐我听得出来，是我们这里一班特别的乐队。昨天我接着他们队长的信，他们还在河间，怎么今天倒来了？河间离着铁路远得很，若没有总司令的加急命令，他们不能来得这样快。"胡国钧道："不错，这电稿是我拟的，总司令说限他们二十四点钟以内，赶到南苑。"陶仲谦道："总司令无论做什么事都有用意的，这样赶着调军乐队来，是什么意思呢？"两人猜了一会儿，却猜不出所以然来。正走着，对面来了一个张副官，笑道："陶秘书、胡秘书，干了。刚才总司令下了命令，总部的人员，由参谋长秘书处，无论军官军佐，明日一早都下操。"陶秘书听着还罢了，胡国钧是个文人，哪里能操？却为难起来，只想这不是和书生为难吗？不能真有这事吧？但是军营里谁又敢造谣言呢？于是他不曾下操，倒先急起来。要知道这究竟是怎么回事，且听下回分解。

第六回

点铁成全泥云三月别

开门揖盗牛马一生休

却说胡国钧听到总司令有令，无论军官军佐，明天要一律下操，心里好生奇怪。心想像我们秘书，无论从来没有操过，就是能操，我们也无上操之必要。我们办理文书，一天忙到晚，已经是受累得了不得，若是每天再要下早晚两操那恐怕精神上有些维持不过来。张副官看到他那为难的样子，笑道："胡同志，听到下操，您有些着急吗？不要紧，那也不是哪一个人的事，要为难是大家为难，操得不好，总司令也不能见怪。"胡国钧道："操得好不好，那倒不要紧，我就不解，总司令为什么要我们去上操？难道我们有二三十万军队，还差我们这几百个人打仗不成？"陶仲谦微笑道："我倒猜中了一半，可不知道准不准。"胡国钧道："这是什么意思呢？"陶仲谦道："意思是有，现在我暂且不说，等到下了操以后，我猜得对了，我对你一说，你就明白了。"张副官道："陶同志跟着总司令有年，也许猜得着，不过我是想不出来哩。"他说着，一笑去了。

胡国钧道："陶同志，你何不告诉我，把这话闷在心里，我别扭得很。"陶仲谦道："我告诉你一点儿影子吧，这件事，与总司令调军乐队来是有些关系的。你把这一层关系想想看。"胡国钧想了许久，还是想不出来。陶仲谦道："那还是事后说吧。"二人步行了一周，复回办公室，陶仲谦同室的几个同事，呼噜呼噜，正睡得很香。陶仲谦笑道："快醒吧，又要朝会了。"说着哈哈一笑。伏在桌上睡的人都突然向上一抬头，用手揉着眼睛，胡国钧看了，也不由得好笑。心想这样办事，

117

和我们总司令向来攻击的裱糊政策有什么分别。早上朝会，看见太阳出山。中午打盹儿，看不见太阳当顶。什么事都有利有弊，是不可一概而论的呢。他想时慢慢走回了办公室。

秘书长笑着说："胡同志，你能操吗？"胡国钧道："在学校里，倒是操过体操，不过扛着枪来操，可是不行。"秘书长笑了一笑，半晌，笑道："能那样，也就行了。"胡国钧知道他这话问得有因，却当着不懂，也就不问。到了傍晚，秘书长宣布，明天朝会之后，全体办公人员上操，通知大家事先预备。次日朝会之时，果然那军乐队也在会场上。张宇虹对大家说："我们在军队里做事，无论是哪一个，都应该知道放枪，都应该会跑会跳。这并不是说个个人都要到战壕里去，在一刀一枪上去立功劳，这完全是图自卫。而且我们团体里，是认定了大家吃苦的，我们不操的，看弟兄们出汗卖力也要尝尝那风味才对。今天我张宇虹亲自出来，陪诸位下操。"于是张宇虹领头，带了大家在操场上集合。总部里秘书参谋军法军需副官交通六处的员司，共有四五百人，都排班地站着。好在他这里，向来不分大小，一律都是灰布军衣，所以排起班来，倒不至于参差不齐。

站定了，张宇虹站在队伍面前，又对大家训话了一番，于是军乐队在前，六处人员在后，在营前营后绕了一个大弯。在队伍里的胡国钧，心中只是纳闷，这是什么意思呢？要说操给外营的人看，本营的人，也都知道这六处人员不会操的。要说操给外人看，这营前住的是些乡愚，他们知道什么。陶同志他说这里面很有意思，我真想不出这意思何在了。队伍绕了一个圈圈，张宇虹下令，将军乐队撤去。撤去之后，就下令，开跑步走。他自己并不偷懒，就在队伍前头跑，口里喊着："一二三四、一二三四。"这些员司绕了一个大圈，已经觉得有些吃力。现在又开起跑步来却是受不了，无如总司令捏着两个肉馒头似的大拳头，一揣一耸，自己在一边领导，大家怎好不跑。只得咬着牙齿，也跟了跑下去。先还好一点儿，喊得出来一二三四。跑了二十分钟以后，只喊得出来一个三……或者一个四……久而久之，连一个字也喊不出来，只是喘气，各人头上的汗浆成了热笼屉盖上的汽水，一片模糊，只是向下滴。原先各人的脖子都是硬的，现在简直撑不住脑袋，不是向左歪，就是向右歪了。

胡国钧本也是个书生，向来就不能出重力。自从到军队来以后，虽然穿了军服，做事劳苦一点儿，然而不过属于精神方面，力量何曾增加一毫。今天这一顿早操，早就累到不得了。但是想也不过平常的动作而已，不料弄成个如水益深，张宇虹竟要大家开跑步。这一跑不打紧，只有起没有落，跑得上气不接下气，跑一步，喘一步，胸口咕咚跳上一下，实在不能跑了，再要跑，就非吐血不可。看看在一边领导的总司令，丝毫没有倦容，他还是奋发精神，继续地向前跑，前前后后，大概跑有三点钟之久，张宇虹这才发下命令散队。

　　胡国钧听了这话，真如遇到皇恩大赦一般，喘着气一步一步走回公事房去。坐了一会子，秘书长也来了，他手扶了桌子坐下，先叹了一口气。一看见胡国钧喘着气淡笑了一笑，停了半晌，然后说道："胡同志，你大概也累了，去休息休息吧。"他说时，手胳膊横在桌上，头就歪枕在手胳膊上，那样子，大概也是很累。胡国钧实在也不能再客气，就慢慢地回寝室，一摸到床，向那上面一倒，安然地睡了。

　　一直睡到下午三点钟，人才稍微恢复一点儿原状。爬起床来，走出寝室去，第一个就遇到陶仲谦。胡国钧一伸手拉住了陶仲谦，向屋子里一拖，笑着说道："来来来！"陶仲谦笑道："胡同志，今天够瞧的了。我们常跑路的都受不了，何况你是斯文一派的人呢？"胡国钧把他拉着坐下，然后说道："陶同志，现在操完了，我不明白这究竟是什么用意，你现在可以告诉我了。"陶仲谦笑道："你还不明白吗？你真太老实了。我们现在剿匪回来的第十三师，不是最苦吗？听说休息一两天，又要开出去剿匪了。这一支军队，总司令因为他很能打，所以遇到重要的军事总是派他们去。那些弟兄们虽然生了一身铜皮铁骨，老是这样干下去，他也不能无怨言，况且剿匪的地方，都是交通最不便当的所在，一跑就是好几百里，人家也实在是腻，总司令要不让他们去吧，别支军队没有他们那样卖力，要他们去吧，人家辛苦得太厉害了，又没法子去安慰他们。想来想去，活该我们倒霉，我们吃一趟辛苦，算是出了主意了。今天我们这样一操，哪个不是丢了半条命。第十三师的弟兄们，今天都在休息，看见总司令带着我们这样跑，他们心里就可以自宽自解地说，连他们这些长官都是拼命去跑，我们当小兵的又算什么？你瞧过《三国演义》没有？遇到统军将帅要祭什么人，批子必然注着说，祭死的与活的

119

看。我们这事也可以仿那句子说一说，乃是捧斯文人给辛苦的弟兄们看。那军乐队调了来也是一样的办法，为了一趟操，就跑几百里，足见跑路不算什么了。"

陶仲谦谈了这一遍话之后，胡国钧这才恍然，原来大家累了个死去活来，却是总司令设下的一条小小妙计。这倒无所谓，反正是办公事，倒不问是文来武来。可是自己是个文人，就是要练习操法，是把生活完全改变了，也应当慢慢来改变，若是突然之间，就做这样剧烈的运动，却是与身体大有妨碍的。今天是过去了，明天又跟着闹，怎么办？那说不得了，我只好辞职不干。这样想着，心里就坦然了。可是到了次日，举行朝会之后，并没有提到下操，一日过去，一直过去三四日，也不见有一点儿动静，大概这一趟操，就算这样过去了。后来一打听，原来第十三师，次日就全体开拔剿匪去了，这里也就用不着游行示威了。胡国钧到了此时，虽然去了一桩心事，但是经那天下操一番重创，闹了一身的毛病，接上又向总司令请了一个星期的假，回北京去治病。这时已病六七个人了，张宇虹心里也很明白，因此所有来请假的人，都一律照准。胡国钧得了假，也不上医院，就在家里休养。这样因疲劳生出来的毛病，本来也无须医治，只要能静养几天，自然也就会好的。

胡国钧在家里静养三天，身体已见大好。因换了一身便服，便到中央公园来闲荡闲荡。凡是在北京的中上等阶级的人，公园里是免不了常来的，所以在这地方，彼此也容易遇到朋友。这天胡国钧到公园里去，也遇见了好几批朋友。凡是熟朋友，都知道他在张宇虹那里当了秘书了，老远看见，就取下帽子点头行礼。及至走到身边，有的说，老兄抖起来了，将来携带携带啊。有的说，我到府上去奉看过两回，才知道荣任秘书了。有的说在张总司令面前办事是不错，精神痛快得多。有的简直就拉了他在茶座上喝茶。胡国钧一想，朋友究竟是少见面的好，你看，有许多朋友，久未会面，现在都特别亲热起来了。在公园里绕了一个圈圈，就会到了六七批朋友。

最后遇到一个老同学秋石坚，向来交情很好的。胡国钧看见，老早地取下帽子，就向人家要点头行礼。不料秋石坚他远远地就偏过头去。他原是在大路上走的，到了这时，却掉转身躯，走到大路外去。胡国钧将帽子举在手上，远远地招了几招，口里连连叫道："石坚，石坚，到哪里去?"这样一叫,秋石坚不能不停住脚,只得回转身子来,笑着点了一个头。胡国钧走上前来笑道:"朋友隔离许久,情形都生疏了,为什么你看到了我,倒要老远地跑开?"说时,伸出手来,和他握了一握。秋石坚笑道:"远远我倒看见有些像你,不过你是穿制服的人,我见是一个穿长衣的,没有想到是你,所以略微停顿一下,看了一看,我还是走了。"胡国钧笑道:"这就是遁词知其所穷了。既然知道是我,为什么不索性站一站,看一个清楚明白呢?"秋石坚笑道:"这里面是另有一个原因的,我也不告诉你。这样看起来,是我错了,天下人原不能一律看待,有坏的也有好的。"胡国钧道:"这话从何而起?"秋石坚道:"你不必问了,反正我见阔朋友就躲,也是得了一种教训并不是无故出此。"胡国钧道:"那为什么呢?难道一个人阔了,就应该和要好的朋友断绝来往吗?"秋石坚笑了一笑道:"我倒是这样想,你以为我揣想得不对吗?"胡国钧道:"我不敢说我阔,一个月拿六块大洋,也不能算是阔。可是担任了司令部秘书这个名,不知道的,都以为是香甜得很,也把我当个阔人,我以自己做例子,我就不曾和一班旧朋友断来往。"秋石坚昂头叹了一口气道:"究竟是难得呀,有事没事?若是没事,我们到树林子里茶座上坐着谈一会儿,你看好不好?"胡国钧笑道:"我不愿意也要表示愿意了,不然,这又要算是阔人不讲交情。"二人笑着,便在水池边,拣了一个位子坐下。

伙计沏上茶以后,胡国钧就先斟一杯,放到秋石坚面前,笑道:"你先喝上一杯。"秋石坚笑道:"越说你越客气起来了。我心里憋着这一口气,本来就要吐出来才痛快,现在你既然一再地要解释嫌疑,我就不好不对你实说。我问你,我有一个老同行,叫胡大山的,你可认识?"胡国钧道:"这一个老新闻记者,我怎样不认识,你怎样提到了他?"秋石坚道:"他阔了,做起大人来了。"胡国钧笑道:"你又说俏皮话。胡大山写信给人,喜欢在信封上称人家为大人,谁不知道?"秋石坚道:"不,这回他的的确确做了大人了。刚才我在前面遇到他,一共带了四个保镖的。前面是两个护兵,并排走着开道,后面紧跟着两个马弁,都穿着高筒马靴,挂了自来得,威武极了。他一行五人,摆着梅花阵式,在茶座外的人行路上,分着一二三四的步数向前走,那一份得意就不用提了。"胡国钧道:"他做了什么官?"秋石坚道:"是九路总司令的交际处长。"胡国钧道:"这位司令樊学辰向来和北京的新闻记者不大认识的,何以和他独认识起来了呢?"秋石坚笑道:"你是不大知道他的为人,所以觉得很奇怪。你若是知道他是惯于应酬的,你就自然不以为奇了。当他在当新闻记者,到处投稿,且不问新闻如何,每条新闻没有能长过一百字的,就是北京让地震震陷下去了,他编的新闻依然只有几十个字。可是他文笔如此之拙劣吧,倒有不少的报馆和他有来往,稿子尽管不登,稿费可就照送。他那唯一的原因何在呢?就因为他善于应酬。只要在报馆里有点儿实力的,哪怕是一条狗,他也得请他吃一餐饭,至于逢年逢节,另外还得对社长先生送上八色节礼。这样一来,人家总有些不好意思斩钉截铁地把他稿费取消。甚至编辑先生,为顾全他的面子起见,明知他的稿子是狗屁不通,可也总得想法子和他登上一段。这样一来,他这一碗饭可就吃得很长了。"

胡国钧笑道:"这叫同行是冤家了。不是同行,你不会攻击得他这样厉害。"秋石坚道:"我说的这话,存了诗人敦厚之旨,还没有畅所欲言哩,他对报馆里社长编辑是这样恭敬,事上总算不错,回头我们看看他所以使下又怎样呢?他的同伙有一位言先生,可以说是他的助手,也可以说是他的听差,自编稿以至于贴邮票,有时发信来不及,还得替他跑一趟车站。文字以外呢,又得替他收拾书房,买零碎东西。这都不算什么,是人力所可及的事情。最不人道的,这言先生不管事情怎样忙,时局怎样沉闷,每天都得替他编上五十条稿子。"胡国钧道:"五十条稿子,多是多一点儿,但是也不见得就不人道。"

秋石坚叹了一口气:"咳!你以为这稿子是拿消息来编吗?那倒是无所谓,就是区区,也力可胜任。这胡大山消息的来源我是知道的,不过两处。一是东西两车站要人出京来京的报告,二是公府号房见客单。他根据这些要人的行踪,自己得想当然地说上十几条,亲笔写出,算是特别消息。譬如这几天有发公债之说,无论这是不是无稽之谈,若是在这一星期之内,财政总长若是到公府里去了,他都说为了公债问题而去。这在他已经觉得了消息的锁钥,炼得许多精华出来了。那位言先生,犹如戏班里的硬里子一样,照例是和台柱配戏的。就有飞天的本事,戏也不许比台柱唱得好,免得老二过了老大。所以言先生编的稿子,在地位上或在能力上,都不能认为不是糟粕,因为是糟粕,少了就不行，非多来几十条不可。胡大山也不过是辕门钞，车站往来录做根据。他哪里还有消息来源哩？不得已，每天就到报上去找，由消息里面生消息，所以他每日早起唯一的工作，就是京内外的报纸，要看一个滚瓜烂熟。一面看报，一面就在报上找材料，报看完了，大概这就有一点多钟了，于是搜索枯肠地就编起稿子来，由那时起，想一条，写一条，总要写到下午四五点钟为止。你想，这样的工作，比什么考试也为难吧？别的地方考试，我考不来，答不了，交白卷拉倒，这却不行，非把发下来的卷子填满不可，而且多少要说出一点儿理由。换一句话说，就是每天要这位言先生造出五十条谣言来。这种工作，你说人道不人道？"

胡国钧道："果然如此，倒不能不佩服言先生的大胆妄为了。但是谣言如此之多，报馆里胡乱登出来，岂不要出乱子？"秋石坚道："你去想，哪个报馆有这样傻，给他登这每日必有的谣言呢？人家报馆编辑部看到稿子上是他的笔迹，简直看也不看，就向字纸篓里一扔，还有两三家报馆，言先生是单独投稿，他的稿子，并不附在胡大山的稿子一处，编辑先生桌上，发现了他的信封，就拿来擦一擦桌子上的灰和水，永久也不曾开封。有人把这话传到言先生耳朵里去了，言先生也不大相信，他因害了三天病，在这三天病中，却不曾请假，只是自己写了信封，封了几张白纸在里面，以为编辑先生还是照常开封。里面封着白纸，他必会哗然，一天算是错误，接连三天，自然是有意的，他不能不见责，若是不见责，就是没有觉察出来，可以把永久不曾开封的话证明了。他这种试验法，果然想出不错，他一直投了三天的白卷，哪家也未觉察出来，不开封的话，当然是可信的。这要在旁人，一定认为是悲观的了。可是这位先生的见解与人不同，他以为编辑先生到了不开封的程度，按月的稿费还是照旧地给，分明报馆里先生和自己感情不错，这一碗饭，倒可以延长若干年了。"

胡国钧笑道："新闻界竟有这样的笑话，我倒是闻所未闻。胡大山既然做了处长，这位谣言家应该也要阔，现在他在做什么呢？"秋石坚道："我正因为他的事才发生了感触。当年他和胡大山同是新闻记者，每天和胡大山做那些事，总算是共过患难的朋友，现在胡大山阔了，应该给他一点儿好事做，可是胡大山对他怎样呢？他一天去见胡大山十回，就有九回碰了钉子回来。从前胡大山当新闻记者，言先生滥竽在一处，一个月总还闹个十块八块的。胡大山一不要笔杆儿了，他这个寄生虫根本就没有办法。所以他来找胡大山，除了交情不谈，实在也是不得已，胡大山说什么，从前咱们可以合伙当新闻记者，现在可没法子合伙儿做官。再说你做新闻记者，就弄得编辑对你的稿子不开封，这一点儿本领都没有的人，哪里有这样容易的官给你做？言先生见他拒绝得这样厉害，料定没有希望的了，以后也就永不去找他，后来人家纷纷议论起来，说是胡大山这人太不讲交情。这话传到胡大山耳朵里去了，他才给了言先生一个书记官，每月拿十二块钱，一半现洋，一半公债票，合起来也不过八九块钱罢了。”

胡国钧道："这件事，你怎么知道这样清楚呢？"秋石坚道："我原也不知道。胡大山和我本是相识五六年的人，他的稿子投到报馆里来，正是经我的手编。老实说，那种稿子，哪里看得上眼，我每日勉强从事，也不过给他登上一两条。登不登倒没有问题，他总怕经理先生知道了真相，就会停他的稿费，因此他十分和我要好，每到发稿费的前一个礼拜，总得请我吃一餐小馆子。我虽然知道他的用意，可是不去吃，就更有痕迹。因之我去是去，吃他两餐，总也回一餐的礼。这并不是不讲平等，他请客是一种工作，我哪里能够去和他相拼，受那无味的牺牲。他却格外客气，我请了他一餐，他又必绕得弯子还礼，或者请我听戏，或者请我看电影，总要让我每月至少白吃一顿而后已。我没有法子，只好领受，这虽然是酒肉朋友，人心都是肉做的，我决不能置之不理。这回他做了处长了，我早也听有此说，于是我写了一封信去恭贺他。虽然秀才人情纸半张，意思是不错的。信去之后，却如石沉大海，我想他事忙，忘了也未可知。今天在中央公园忽然碰见了他，我还把他当了从前的胡大山，老远取下帽子，和他点了一个头。你猜他怎么样？只把眼睛斜望了一望我，头都不动。说是'对不住，我溜达溜达，就要走的，没有工夫和你谈话'。说时，挺了肚子向前面的护兵喝着说：'你们望什么？快走！'昂着脑袋，就这样走了。我有了这种情形，气极了。三个月之前，你见了我还打躬作揖，秋先生长，秋先生短。一天做了处长，好像和我行个礼，说句话，都玷辱了他似的。我恨极了，这样的朋友，越认识得多，越是污辱了自己的人格，因之，我一个人坐在露椅上，生了大半天的气。究竟穷人总是讲理的。那位言先生，今天也跟着胡处长逛不买票的公园来了，他绕了一个弯，走到我面前，先叫了一声秋先生，我看他身上依然穿了一件蓝布长褂，大概是没有阔起来，这才让他坐下，一同说话，他也说'刚才在一边看见胡大山的那种行为不对。但是他也不止对你如此，只要是没有阔起来的旧朋友，他一律是不招待'，接上他就把自己这一番经过告诉了我。你想，不过三个月工夫，这样一个饭桶新闻记者，一朝得了势，就翻眼不认得人，又何况其他。所以我打算从今天起，凡是与我混得好一点儿的朋友，我一律谢绝往来。不料第一个碰着你，这主张就没有行得过去。"接着哈哈一阵笑。

胡国钧道："原来如此，可是天下人也不能一概而论，不见得比你混得好一些的朋友都是势利小人。依你说，你要交不如你的朋友，不如你的朋友，他也存了你这种心事，不交胜似我的朋友，那么你岂不是只有平等的朋友可交吗？而且平等两个字，又拿什么来做标准呢?"秋石坚笑道："这原是有激使然的一种举动，不准行得过去的。"一回头，他连忙站起身来，向对面那树林子里招手道："请到这里来坐坐。"胡国钧看时，见有一个三十岁上下的汉子，穿了一件蓝布长衫，黄瘦的脸子，向这里走来。他头上也没有戴帽子，梳着分发，却是焦黄的。越走越近，见他抬起两只肩膀，你可以看得他已是憔悴万分。他交叉着两只手在怀里，走一步，向这里一点头，黄瘦的脸上现出一种枯笑，露着牙，皱起嘴角几条直纹，可以由这上面看得出他饱受压迫，才做极不自然的和祥态度。秋石坚就介绍道："这是言先生，这是胡先生。"言先生听说，捧着拳头，连连作揖。秋石坚让他在桌子横头坐下，斟了一杯茶放到他面前，他又连忙站起身，弯着腰表示谢意。

胡国钧一看，这人太柔懦了，不信他这样子，每日竟能造出五十条谣言来。这也可见衣食逼人，可以强迫人家做不会做的事了。坐在一起，约莫谈了半点钟，这言先生为了表示谦逊，倒起身有七八次。秋石坚知道他的痛苦，并不提起胡大山的事，只说了一些闲话。言先生由椅子上又伸起腰来，却问秋石坚道："秋先生，请你看一看手表，现在几点钟了。"秋石坚一看手表，说是四点半。他又抱着拳头，向二人作揖道："这真对不住二位先生，我得先告辞一步。我们处长，五点钟准走，我得到大门口去候他。"秋石坚笑道："你和大山是多年多月的老朋友，就叫他大山得了，何必人前人后，都要叫他处长。"言先生笑道："衙门里都是这样，没有法子，少陪少陪，再会再会!"说时，又抱着拳连拱了几拱。秋石坚料是不可留的，就由他走开。

言先生别了二人，出了柏树林子，沿着大路，走向公园大门口来。心里想着，胡大山说了，五点钟出大门，叫我在门口等。也许他高兴，不到五点就跑了出来。我若接他不着，回去又少不得要看他那上金漆的脸色了。心里这样想着，脚下又加紧了走起来，他实在恭候上司，太专心了，不料脚下不留神，让一块大石头绊了一下，一个猛虎扑地式。头在地上咚的一声，栽了一个大包。这虽然是土地，无奈自己栽的这个式子太狂，跌得头昏脑晕，一刻儿，分不出左右上下、东西南北，坐在地上，半天作声不得。

恰好有个巡逻的巡警由这里巡逻过来，便走上前来要喝他起来。一看他蓝布纽扣上挂了一个铜质徽章，上面有红色的字，他知道这是武装机关里的人，不敢得罪，连忙蹲下身子来，从从容容地问道："你这位先生怎么样了，站不起身子来吗?"言先生用手扶着头，睁开眼睛，向巡警看了一看，是觉得已经把人看清楚了，便道："不要紧，我摔得厉害一点儿，头有一点儿晕，休息休息就好了。"巡警道："你能走不能走? 若是不能，我搀着你出大门，雇车回家吧。"言先生连说不必，勉强站了起来。心里又怕胡大山走过去了，自己候不着，又是一行大罪，因之又拼命似的，步到大门口去。

到了那里，前后左右一望，胡大山并没有来，就先在栏杆上坐下。约莫有半小时之久，才见胡大山摇摇摆摆，从里面出来，言先生看见，赶快站了起来，垂手站在一边，胡大山看见，停了脚问道："你倒早在这里等着。"言先生道："处长不是吩咐我在这里等吗?"胡大山道："你真是一个傻瓜。我是说我五点钟走，你可以在这里等我。我五点钟没来，你就可以先回去。你想，我若是早回去了，或者由后门口走了，你怎么办? 还打算在这里等我一辈子吗?"言先生一想，做人真难，我是好意在这里等他，他倒嫌我等坏了，这真是怪事了。当时也不好说什么，只口里哼哼低答应了几个是字。胡大山喝道："你还不走?"可怜言先生刚才那一跤，摔得死去活来，坐了这久，虽然把错乱的神经定了一定，但是心里一受气，还是糊里糊涂的，这个时候叫他走，他却有些像喝醉了酒似的，只管东倒西歪。胡大山道："你这是怎么了? 不走得好好的，成个什么规矩？"言先生被他一喝，把说话的能力都快要消灭了，站了望着胡大山只管发愣。胡大山瞪着两只大眼睛道："你这是怎么了，还不给我走？"言先生也不解是什么事得罪了胡处长，既然他命令着走，也不敢抵抗，就在后面跟着。

胡大山是一辆加大的汽车，他坐在车里，两个护兵、两个马弁就分站在两边。言先生是不能坐在车里的了。车的两边站了四个人，实在也没有站立的余地。胡大山就喊着他的姓名道："言习勤，你和汽车夫坐到一块儿去，那里还坐得下一个人。"言先生哪里还有发言的余地，只好不声不响地坐到汽车前面去。前面是大汽车夫小汽车夫合坐的地方，言先生一坐上去，少不得把汽车夫的位子要占去一部分。那小汽车夫不由得对着言先生白瞪了两眼，言先生固然是奉有处长的命令，但是他这个人胆子太小，见了汽车夫，却也不敢得罪，笑着向汽车夫连点了两个头。大汽车夫轻轻地向他说道："你就坐下吧，乐个什么劲儿？"言先生这倒真难了，以为和他们客气客气，免得人家讨厌。不料客气之后，人家是加倍地讨厌，也就无精打采地坐下。那胡大山坐在后面，分明听得清清楚楚，不但不怪汽车夫放肆，却反是笑嘻嘻的，看着认为有趣。

汽车到了家，马弁护兵两边一站，胡大山一脚跨下车，大模大样地下来，言先生让他走过去，马弁护兵都散开了，他才慢慢爬下车来，原来言先生是没有家的，始终是寄生在胡大山家里。现在胡大山阔起来了，另赁下了一所新房子住下。言先生一来是没有钱，无力另找宿舍。二来胡大山家里，也有许多的事情要言先生替他做。言先生其势不能离开，这时他住在听差的隔壁一间屋子里，专听候胡大山的吩咐。他进了公馆，走进房去，正要坐下来，想要喝一杯茶润润嗓子，就听到胡大山在上面屋子里喊道："言习勤哩？怎么回来以后，也不见他一点儿影子。"言先生举起杯子，刚喝半口茶，赶快向嗓子眼里咽，答应一声喳。喳字的尾声还未曾收完，人已到了房门口，然后三步两步跑到上房里来，见胡大山口里衔了一支雪茄，斜着身子，躺在沙发椅上。言先生推了门进来，远远地就站定，问道："有什么事吗？"胡大山见他并没有称呼处长，心里就很不高兴，加上一看他那一副寒酸的样子，越加不快活。便瞪着眼问道："叫你来自然有事。没有事，谁还要你来，看你这一副寒酸样子吗？"言先生是碰钉子惯了的，这倒不算一回事，站着不作声，就让胡大山去骂。胡大山骂了一阵，便道："叫你没有别的事，就是把现在报界出风头的人，给我开一个单子来，因为总司令要招待报界。这件事，我想你总不至于不会办。"当时他听了这话，就连答应了几个是，退了出去。

他们从前投稿的时候，编辑姓什么叫什么，甚至乎是什么时候的生日，都要打听一个清楚。至于报馆的背景如何，是谁掌权，都在暗暗之中，列下一个一览表，以便将来有什么事接洽，乘间得入。现在言先生对新闻事业也不过丢下三个月，当然对那表还可按图索骥。可是在新闻记者一方面，都把胡大山看成了一块废铁。现在他忽然当了处长，带了武装护从，架了汽车，满城横冲直撞，大家都叫一声惭愧。起先还有几个外勤记者去和胡大山谈过两次新闻。可是发出新闻稿子来，编辑先生都不大愿登。而且胡大山还告诉过外勤记者，报上发表他的名字，一定要把他交际处长的官衔附带加上。这样一来，人家编辑先生更不愿编造这种无聊的新闻了。他们樊司令从前有什么长篇大论的意见书发表，人家倒乐意登。现在有了一个新闻记者的处长，反觉得新闻界对他淡漠了许多，因此他也曾问了胡大山几回，这是什么缘故。

胡大山心里是明白，嘴里如何说得出来？他就说是总司令少于联络的缘故，只要总司令亲自出面请两回客，空气就会浓厚得多。樊学农信以为真，就叫胡大山发帖子，胡大山自己又不肯动笔，将事交给了言先生去办，言先生是一刻也不敢耽误，当时就把自己草的私人交际大全一书翻了出来，把要请的新闻记者列了一个表。而且为处长开发车饭钱便利起见，上面还注明了谁是包月车，谁是汽车。单子开完了，他想为了表示自己办事有成绩起见，在后面加了一段小注，那小注上说道：

卑职谨按：单中所开之白社长、戚社长、朱经理、易经理，处长从前请过无数次。其间白社长戚社长曾各请过燕席二次。朱经理易经理各一次，仿佛是同席。又单中之闻先生聂先生，处长常为做东，唯向来是吃小馆，未请列入正式宴会。因虽是编辑，不过助理总编辑先生而已。再者，处长从前亦曾请各报馆人吃西餐，卑职于此是未便分出寻级。其余各人应如何请法，尚不无存案可援，处长若有相询之处，即当据实呈报。

128

写完之后，自己详细看了一遍，觉得不错，就拿了这单子呈给胡大山去看。胡大山看到名字下注了汽车包车。这倒很合乎他的性格，觉得用人，还是老人好，唯有老人，他才能按照自己的意志去办。这样想着，脸上就有点儿笑容。言先生在一边看见，大得意之下，以为处长是赏识他的心思缜密了。当时言先生不知进退地向前走了几步，站到胡大山面前来，笑嘻嘻地道："处长，您看我这一段子按语怎么样？这都是在陈账上找下来的，一点儿没有错。"胡大山慢慢地正看到那后段什么白戚朱易四位先生宴席翅席几次之处，这原是胡大山的痛脚，要隐藏不露的。言先生偏是不知道，反要翻出陈账，笔之于篇，这真是胡大山痛心疾首的事。言先生不说，胡大山就应该怒不可遏，他又不知高低，还想在胡处长面前来卖弄。

这时候胡大山一股怨气也不知由何而起，突然站立起来，嗤的一声，把那张单子撕了个粉碎。他虽是个斯文人出身，可是长成老大一个个儿，他一站起来，虽不必有什么动作，已是威风凛凛，加上他又是一脸怒色，正如坐帐的关羽一样。他伸出蒲扇似的大手，在桌上一拍，喝道："你这东西，简直是个浑蛋，你是饭吃饱了，不愿再吃，还是怎么着？这一段按语，是谁的意思给我加上的？"他说时，嘴唇皮只管抖颤，可以知道他已气得十分厉害。言先生吓得像木雕泥塑的偶像一般，哪里还说得出话来？只翻了两只大眼睛，向胡大山脸上望着。胡大山虽然不能打他，却是手要不动两下，就觉得有好些不痛快，因此借着手一挥，向言先生拦胸一反拐，口里骂道："你给我滚！"

言先生也不知道这件事办得错到什么程度，胡处长既然叫滚，也就无所恋恋。好在只挣十二块钱一个月，虽然借了这一点缘由可以饿不死，但是也不能算是吃了饱饭。当时脸也一板，跑到院子里开口骂道："你别做了几天处长，就这样作威作福，动手打人，三个月前，你不是跟我一样，站在人面前，叫人家处长吗？我言某人不过不走运，拍一生的马屁，没有拍上谁罢了。若是拍上了，我一样能当处长。像你那种能耐，真用得着车载斗量？你别瞧你当了处长，你干得来的事，让我去干一干看，你瞧我干得来干不来？抖一句文，你这种人不过是点铁成金。说一句俗话，你不过是一只朱漆马桶。你这人本就是刻薄成家，做得了什么大事？三个月前，你家里买煤球，你都自己去过秤。人家少了五斤煤，你就说把煤折翻底一算，每一担罚五斤。人家不肯，你说和商会会长、警察厅司法处长有交情，要办掌柜的。这种事你都干，何况别的，得！我也不干了，我要把你这本臭历史给你宣传宣传，料你也不能对总司令说我是叛党，拿我去枪毙。"他越说越有劲儿，说到后来，一面拍腿，一面跳脚，只管朝着屋子里骂。

胡大山气瘫了，只说："你瞧这混账东西，你瞧这混账东西。"胡大山自然用的还有几个老人，大家看见处长下不了台，一把将言先生抱住，送到他自己屋子里去，说道："你喝了几杯酒了，干吗这样胡闹呢？"胡大山家里这些人，看到这种情形，都出了一身汗。平常处长说话，旁边人都不敢多哼一声，这位言先生今天竟当了人家的面，羞辱了处长一场，纵然保全得了性命，恐怕也免不了坐十天半月的牢。因此大家都鸦雀无声的，不敢多说一句话。就有几个人私下劝着言先生："胡处长就算有些不对，但是他是有权的人，你这样骂他，就不怕他和你为难吗？"言先生听说，又嚷起来，说是："我怕什么，大不了拿了我去枪毙。我这一条狗命，虽然不值什么，可是我在报界认得许多人。他们一定可以和我说几句公道话。到了那个时候，不定他这个处长做得成功做不成功。这话又说回来了，他不枪毙我，也是一个累，不定哪一天，我要宣布他的臭历史。"胡大山在上房听了这些话，一点儿办法没有，只好是躺在沙发椅子上抽烟卷。

还是他的太太是个聪明人，便让胡大山避到客厅里去，叫老妈子出来，把言先生请到上房里去谈话。言先生一进来，胡太太就笑脸相迎上前，点着头道："言先生请坐请坐。您和他是老朋友，他那个杂毛儿脾气，您还有什么不明白的吗？王妈，来，把那好龙井给我沏上一壶茶，让我陪言先生谈一谈。"她说时，就伸手在身上掏出一盒烟卷来，取了一根三炮台烟卷，弯着腰就递到言先生面前，然后接着擦了一根取灯，和言先生点烟。言先生本是一肚皮怨气，打算见着胡太太，索性向下追着一骂。现在看到胡太太是这样客气，真个有苦叫不出，心里的怒气不知不觉之间就平下去了一大半。因道："我倒并不是和大山过不去，可是他一做处长之后，眼睛里就没有了朋友。我也知道到了官场上，和从前干新闻记者不同。所谓做此官，行此礼，所以我人前人后，我总是称呼他作处长。可是……"

胡太太不等再往下说，就笑着答道："您别提了，您的委屈，我全知道。得了，您瞧我吧。"言先生道："大山要是像大嫂这样懂得人情世故，别说还给了我一件小事混了，就是叫我当一名奴才，我也愿意。"胡太太笑道："这可不敢当。本来嘛，他都当了处长，您和他是老同事，就不应该还是拿这几个钱。他事情忙，倚恃着和您是老朋友，又不肯稍微客气一点儿。以后你差钱用，还是到我这里来。你瞧，真叫人过意不去，您还是穿了这一件蓝布大褂子。暂且在我这里拿二十块钱去，先买一件衣料。"

说到这里，那王妈已经将一壶龙井好茶沏着来了。胡太太一偏头对她说："去到我那玻璃格子抽屉里，给我拿二十块钱来。那一叠钞票，共是一百块，你数上一数。"王妈答应了一声，马上就取了四张五元的钞票来。言先生看见钞票，连说道："不用不用，我现在还不差钱使。"胡太太笑道："您就别客气，这也不过一点儿小意思，老实说，大山他这个处长，虽然是进款小，花销大，但是一二十块钱儿，他也不见得费多么大力。您在我们家这些年，我们真就把您当一个小叔子看待，有什么话还不能和您说的？您不拿这钱，我也不见您多大情，傻子，您就拿去吧。"于是拿了一叠钞票就向言先生身上乱塞。言先生道："老朋友，只要面子上过得去，什么都可以，我倒不在乎此。"

他这样说时，胡太太已经把钱塞到他怀里放下了。那钞票在大襟里藏着，又没有个底来盛着的，言先生深怕由怀里漏去了，连忙用手托住，笑道："这样一来，倒好像我吵这一场，为了要钱似的，我实在不便收。"胡太太道："我不是说了吗？用不着客气，您就暂收下吧。大概您还没有吃晚饭，我们就在这儿一处吃饭吧。"言先生道："饭不必吃了，回头大山来了，彼此撞见，很有些不方便，我暂且告辞吧。"胡太太看他那种情形，完全和缓了，也就不必再去敷衍他，就让他走了。

言先生回得自己屋子里去，仔细一想，胡大山这个人是靠不住的，我这样羞辱了他一顿，他不但不敢辞我的事，又叫他太太这样敷衍我一顿，分明暂且塞住了我的口，以后慢慢和我算账。俗语道："明枪容易躲，暗箭最难防。"将来他总有一天会出我这一口气，我不如趁他不防备我先溜了吧。好在这里我还有二十块钱，可以做盘缠，另找地盘去。

当时不作声，轻轻悄悄地就将小铺盖卷儿一包，包好了之后，天色已经昏暗不明，电灯就大亮了。言先生心里一划算，急中生智，走到外院子廊檐下，伸手将电灯总机闸一扳，立刻前后院一阵漆黑。满屋儿人声大哗。言先生一看是机会了，不敢再耽搁，将小铺盖卷向腋下一夹，就溜起走了。

胡大山坐在客厅，心里正这样想着，别的罢了，家里藏有二万八千两烟土，整整地堆了一大屋子，这是同住的人都知道的。言先生他始终参与这事的机密，若是他向外一传扬，这用不着人来搜查，只要在我家里待上一两个钟头，就会闻到这一阵烟土味，我还不是把整个儿的证据端了出来吗？这东西既然和我反了脸，话由他口里出，他若是要和我为难，迟早是要给我捅一个娄子才能了事，俗言道："先下手为强，后下手遭殃。"我别让他先下了我的手。今天且按捺一天，明天我就借一个事为题，把他调出京去。让他到了目的地，就打一个电报去，将他扣留不让他回来。想到这里，不由得冷笑了一声，心里说着，不怕你强横，你总抓在我手掌心里，要你怎样便怎样。

及至电灯一灭，才把他的念头打断，就站在屋子里叫道："来啊！打电话给电灯公司，就说是胡处长家里今天请客，总司令也得来，他们把电灯弄灭了，担得了这个责任吗？"这些当听差的人平常对人就要发狠，现在处长都站在屋子里骂人，先就壮了胆子，这更可以不必客气了。因此要了电话，不分皂白，对电灯公司就是一阵乱骂。电灯公司答说："路线并没有坏，不至于灭了灯，请你在家里查一查，恐怕是家里的线出了毛病吧，要不然就是总闸门敞开了。"听差骂是骂了一阵，也不能不查一查，一查之后，可不是总闸门敞着吗？将总闸门一合，电灯全亮了，大家一时粗心，闹了这样一个大发脾气的笑话，电灯公司挨了一顿骂，那算是活该了。胡大山知道了，也是自己一阵好笑。

正在这时，有听差从言先生屋子门口过。看到屋子里剩了一张空床，便嚷起来道："怎么回事，这一会子就闹贼了？"进房一看，小件东西都也卷去不少，这才想起，一定是言先生开了小差，连忙把这事向胡大山报告。胡大山虽然觉得便宜了他，然而他只要肯远走高飞，少了一个能泄露消息的人，未尝不妙。沉吟了一会子，便对听差道："把马副官请来，我有话和他说。"不一会儿，进来一个穿绿哔叽长衫的青年，白白的长方脸儿，漆黑的头发，一把梳着望后。那个子虽然长一点儿，却倒现得亭亭玉立，这人就是马副官了。他走进来，向旁边垂手一站，就问道："处长有什么事吗？"胡大山道："老言，他自己知道不是了，已经逃走了。走了就走了，我倒不去追究他。我就怕的是他走不远，还是在北京城里住着。你给我留心查一查，看他现在住在什么地方，他若是不肯走，你就劝一劝他，说是不必住在北京。至于要几个钱，我这里或者也可以帮一帮他的忙，至少可以在我这里拿几两土去。"马副官连答应了几句是，他正要退走，胡大山笑了一笑，又道："我还有几句话和你说。"马副官听说，便又站住了脚。胡大山道："我倒不是别事，上午的时候，我听到我们太太在里面说话，什么当票友的没有好人了，什么在外面混差事，要有好姐姐、好妹妹了。妇人家的话，你可别听，千万别把这话和你令姐说。"马副官道："我哪有那么傻？把这话也回家去说。"大山道："你知道就好了。"马副官道："没有别的话吗？"胡大山道："没有别的话了。不过这一程子，我看你大烟抽得更厉害，虽然是不要钱的土，可是你这样不分黑夜白日地抽，也耽搁工夫，依我说，你还是节制一点儿的好。你要是怪闷的，不会到你们那班朋友家里去多唱两段吗？"马副官又是了两声，就走了。

原来这马副官是个世家子弟出身，到了十几岁的时候，和一班票友交起朋友来，也就玩起票儿来。他是个票青衣的，人既年轻，戏又唱得好，在朋友里倒很有点儿风头。后来家道中落，本想下海唱戏，可是年长了几岁，却长出一个大个儿来，唱旦却不合适。胡大山别的嗜好是不大行，唯有听戏这一件事，他倒是与日俱增。从前他当新闻记者倦了的时候，也曾到茶楼上泡一壶茶喝着，听几回票友儿。因为那样，就和马副官认识。那时候马副官叫小马，小马有一个姐姐，比马副官只大一岁，因为得了他兄弟的传染病，也能哼几句皮黄。胡大山和小马混得熟了，也常常到小马家里去吊个嗓子，真是闲了，也打个小牌儿玩。若是小马不在家，就由马大姐来招待。从此以后，马大姐和胡大山认识的程度还在小马以上。胡大山做了官了，马大姐就再三地拜托，务必给小马找一个差事。这差事，一要名义好听，二要多拿几个钱，三要事情不忙。胡大山听了，一想除了顾问咨议之流的差事，哪里有合于以上三个条件的事。不过马大姐既然说出来了，彼此交情不错，总要敷衍敷衍才好。想来想去，就介绍小马在总部里当了一名副官，同时又请总司令把这名副官拨在交际处听用。因此小马闲着无事，只是很在胡大山家里抽大烟。大烟抽足了，陪着胡大山谈谈戏。

今天胡大山差他去探听言先生的行踪，这总算半年以来，所得的第一件美差。当时他答应了几个是，退将出来。心里想着，人海茫茫，偌大的北京城，到哪里找这一个穷小子去？料得胡大山对于言先生也不过一时之气，只要事过境迁，过些时候，他也就会忘了的，又何必去做那不干己的恶人。因此他一出大门，也就把这一件事忘了。他这一阵子，和那个马浪荡式的政客李久湖倒混得很熟，这李久湖是个嫖赌逍遥无所不为的人。因为他是无所不为的人，人家要玩而不能到的地方，他都可以去。许多阔人为玩的缘故，不能不援引他，许多名伶名妓，要想结交阔佬，也不能不借重他。于是李久湖就做了一个声色场中的掮客。

马副官一来是票友出身，二来又是樊总司令特派在交际处当差的副官，这种人，恰是和李久湖对劲儿。这时马副官坐上自己新买的白铜包车，一直就到李久湖家里来。李久湖的汽车停在大门口，汽车夫也坐在车上，看那样子，好像马上就要出门。马副官下了车，在门房口上一站，问道："怎么样，李四爷要出门去吗？"门房听了声音，知道是马副官，一路答应着，一路走出来，答道："没有走，您请进吧。"马副官一进客厅，正碰到李久湖出来，顶着大帽，手里拿了一根斯的克，挺着阔大的胸脯，正要向外走。一看马副官，手上提着斯的克抱起拳头作揖。马副官道："这又来得不巧，四爷要走了。上哪儿？有饭局吗？"李久湖道："正是有一个饭局，同席的有马二爷呢。"说着，那黑胖的脸儿透出一层浓厚的笑容，把他那嘴上一撮短毛也笑得只是耸动不已。马副官道："有马二爷在席，是谁请客，莫不是小林吗？"马副官在身上掏出手表来看了一看，长针却已指到了七点。因笑道："早着哩，还只七点，他们家里请酒，吃是小事，根本上就是大家要取乐闹着玩。这一闹下去，不定要闹到晚上什么时候，还坐个十五分钟去，准没有事。"李久湖的意思，巴不得马上就走，可是马副官大小是个红人儿，又不能得罪的，只好耐下性子，陪着他在客厅里谈了十五分钟。

心里想着，真是林老板有事找我，他也会打电话来的，坐一下也不要紧。不过心里这样想着，脸上总有一点儿不安定的神气，眼睛望着马副官，不住地发出假笑来。马副官看他这种神情，知道他坐着也是情不自安，何必把他苦苦留住，就起身告辞。李久湖对他并不挽留，一直把他送到大门口，马副官道："我们熟朋友，常来常往，还客气什么？"李久湖道："我倒不是客气，这也就该到小林那里去了。"于是汽车忽突忽突响了起来。李久湖坐上车，说一声林老板家里，汽车就如风一般，开到有规胡同林家来。

原来这林家的主人翁林芝芳是一个唱戏的旦角，上海的戏报上常常为戏子登广告，什么名驰中外、名驰寰球，在别人对之，很有些惭愧。可林芝芳当之，倒有个八九不离十。所以他的起居饮食比之大政客大官僚有过之无不及。这时，他门口那一盏日球大电灯泡，照着红漆门上，光彩耀目，门的左右，一列摆了许多漂亮汽车。李久湖的汽车一停，自己向下一跳，门房的听差看见，都笑着望了他。李久湖他倒很平等，不分上下，对这些人一个一个含笑点头。门房笑道："四爷来了，里头早吃上了，赶快去吧。"李久湖笑道："不要紧，不要紧，赶上三个菜，我就会吃饱的。"

一人走到上房客厅外，隔了玻璃窗，只见灯下一群人头东西晃动。自己在外面就大喊道："哦啊！糟了，赶不上了。"说着，一掀门帘子走了进去，手上拿了斯的克，又拿了帽子，合并不一处，就对满桌的人作了个罗圈揖。在座的马二爷，对他只微微望了一眼，头也不曾点。林芝芳到底是个主人翁，却在自己本位上，和李久湖点了点头道："四爷，请坐吧。"李久湖将帽子和斯的克一齐放下，然后脱下大氅，就交给听差。听差接了过去，李久湖还和他们点了一个头。马二爷皱了眉道："酒壶，你越来越不对劲儿，什么人也交上了朋友。"原来这些阔人，对于李久湖是不大以客气态度对之的，因为他"久湖"两个字和"酒壶"两个字，简直音韵相同，所以就叫他"酒壶"。李久湖自知是不登大雅之堂的人物，就让人家叫他酒壶。若是最阔的人叫他酒壶，他倒以为是亲密之词，很是欢喜。所以马二爷叫了他一声酒壶，不由得满脸堆下笑来。当时李久湖看到下方还有一个空位，就坐下了。

这一桌上，除了马二爷外，还有张释然，他是个老世家子弟，今年四十多岁了，还是一位少爷脾气。其次便是戏剧大家徐如峰，专门和林芝芳编剧本的，也是林家有会必与，还有客就是和林芝芳同班的配角，江妙闻、陶佩瑚以及学生贾步林。李久湖坐下来，扶着筷子，正夹了一筷子菜，想要张口来吃。忽然有一个听差进来对林芝芳道："外面来了个穿洋服的，要见林老板。"林芝芳道："是谁？他没有拿名片出来吗？"听差道："看他那样子，倒好像有些生气似的。"李久湖听了，把筷子一放道："这是谁，这大概又是一些无聊的人前来捣乱，我去见一见他去，看他说些什么。"

林芝芳虽是个男子，究竟因为唱旦的年岁太久，终年是调脂弄粉，所以也像女子一样，胆子比平常人格外要小上一倍。听到有个生客来找他，已经就很为难，听差又说那人生气，更是不敢去。现在李久湖说代他去见客，他正求之不得，连忙拱揖道："四爷，那就劳驾一趟吧。"李久湖对于名人，就受不得这个，站起来，便道："我去见一见，料着没有别的事，准是学生老爷来说义务戏的。若是为了这个，好歹我打发他走。"他说着，已经就走出院子来了。

听差引他到了前边，来的那个客已进走到院子中心，李久湖看他时，穿了一套半新不旧的灰色西服，手上拿了帽子，手背在后面，倒是一脸的风尘之色。看那年纪，不过二十多岁，挺了胸脯，站着倒像是和这里很熟，李久湖不等他开口，先就问道："是你阁下要见林老板吗？"他看见李久湖，点了个头道："是我要见林老板的，有点儿事要和他商量。"李久湖把他让到外面小客厅里，和他对面坐下，说道："林老板今天人有点儿不大舒服，你有什么事，请告诉我，我可以代表答复。"那人道："未请教你先生贵姓是？"李久湖道："我叫李久湖，在国务院里当过参谋，这里的林老板和我是好朋友。"那人坐在一张小沙发上，分开两腿，双手拿了呢帽子，只管盘旋不定，低了头看帽子出神，好像林芝芳没有出来，大失所望。半晌，才说道："和你先生说，也是一样。"

说到这里，他脸色慢慢地变起色来，现出非常凄惨的样子。于是在身上掏出一方手绢，先擦了一擦眼睛，然后又在身上掏出一张名片，递给李久湖。李久湖接过来一看，上写张振纲，此外并没有什么别号籍贯住址。李久湖道："你先生和林老板，大概素不认识吧。"张振纲道："就是为了素不认识，这总有点儿难为情，非面见林老板说不出口。"李久湖道："不要紧，有什么事，你只管对我说就是了。"张振纲踌躇了一会了，才笑了一笑道："这话真是不好出口。"李久湖见他这样子，分明是来求捐募款的，胆子就壮了，格外看张振纲不起，将胸脯一挺，瞪了双眼，望着他。张振纲声音低了一低道："实在告诉李先生吧。我也是一个读书的人，因为运气不好，找不着事做。这一个多月，先母又病了，为了求医，弄得当尽卖光。到了今天下午，她老人家就去世了。我一个外乡穷人，哪里有钱去弄衣衾棺椁，想来想去，实在没有法子，因想到林老板……"李久湖摆着两只手道："得！得！你的话我明白了，你不是到这儿来化棺材本来了吗？碰你的造化！我给你说去。"张振纲听说，就站起来和他拱了拱手，李久湖睬也不睬，就背转身子进上房去了。

这时客厅里的一桌酒席已经吃完，大家散坐着抽烟喝茶闲谈。李久湖走了进来，双手一拍道："我就说这没有什么大不了的事。这个人说他死了娘，没有钱买棺材，到这儿化棺材本来了。我瞧这人穿着洋服，一脸的滑头相。"林芝芳笑道："穿洋服就是滑头吗？我也常穿洋服的，难道我也是滑头吗？"李久湖这才觉得自己失言，连连摇了两下手，笑道："我可不敢那样说，我要那样……"马二爷皱了眉道："别说闲话了，你还是说外面来的那个人吧。"李久湖道："是是，他也没有说什么，无非是要钱。"林芝芳道："既然是化棺材钱的，找上了门，倒没有什么法子，就给他十块钱吧。"马二爷道："他既然指上门专来化钱的，给他个十块八块，那是不行的。还是让四爷出去问一问他，家里差多少钱用？"李久湖道："那是问不得的。俗言说，善门难闭。若是他说家里什么也没有办，那怎样答应他呢？"马二爷道："管他呢，给他个三十二十就是了。别让他尽麻烦，走了就拉倒。"李久湖是不敢得罪有钱有势两种人的。

马二爷正是一个最大的银行家，他的话，哪有可以不遵之理？马二爷既开口出了二三十元，也不犯着和他省下这笔钱，于是复身出来，张振纲倒先开口道："李先生进去了这久，一定是很费唇舌，林老板向来肯做慈善事业的，大概可以答应的。不过我有一句不知进退的话，还是求李先生去说一说，这就叫救人救到底了。我想烦一烦李先生，还是求一求林老板……"李久湖道："我早就说了，你要多少的钱干脆就说要多少钱，不要这样绕了弯子说。"张振纲道："李先生，您是明白人，您想一场丧事总得花个二百三百的，我想请林老板帮个三百元。"李久湖听了这话，气得浑身胖肉都不住地哆嗦，啪的一声，将桌子一拍，两眼一瞪道："我不明白，我糊涂。我看你是个读书人，好好地招待你，你倒会说出这种不讲理的话。这钱有这样容易得，一开口，人家就给你三百块。你这东西，简直混账。"说时，又连拍了两下桌子。

张振纲见李久湖这样大发脾气，将一只手伸到袋里去，摸索了一会子，复又拿出来，脸色先是紧张，后来又平复了，却淡淡地冷笑一声道："李先生，你何必这样生气？我是和林老板要钱，又不是和您要钱，何至于要您生这么大气？"说毕，索性向沙发椅子靠子背一坐，一语不发，尽等回话。李久湖道："看你这样子，你打算讹我们还是怎么样？"张振纲道："这也谈不上什么讹，钱还在林老板腰里呢。您要说我是讹人，就算我讹人，大不了，这是去报告警察，那倒很好，我家里死的那个老娘，不愁没有收殓了。"李久湖正想还说什么，外面进来一个听差道："四爷，二爷请您。"马二爷来请，李久湖是不敢耽搁的，马上到客厅里来。马二爷道："酒壶，你这张嘴又和人家干上了。我刚到外面去偷见了那人一下，倒不像是个下等人，他家里真是死了娘不能收殓，也未可知。若是一定不给他钱，把他弄急了，也许他就把命拼了我们，那真是不合算。"李久湖道："照着二爷的意思，打算怎么样办，他要三百块钱，就给他三百块吗？"马二爷道："那也不能由他，你再去和他说说看，他若不麻烦，就给五十块。他还是不依，就给他一百，也没有什么。"

李久湖听了马二爷所说，心里有了一个标准，第三次又到前面来和张振纲交涉。不料张振纲的态度也强硬起来，非得二百元不走，报官也好，动武也好，由林宅去办。前后说了一个多钟头，他总是不走。林芝芳和大家一商量，也值不得和他麻烦，就给他二百元。但是他说死了娘，这话究竟是真是假，可无从证实。依着马二爷就要叫巡警来把钱送到张振纲家里去，以求实在。李久湖道："这事用不着惊动警察，我去走一趟就是了。"于是在林宅取了二百元钞票，送到外面小客厅，当着张振纲的面，将钞票一扬，笑道："不含糊，你要二百就给你二百。可是年轻人爱撒谎，若是你家里并没有这一档子事，我们林老板这一笔钱就算送给你逛胡同开盘子用。"张振纲道："我们都不认识，一开口就和你们要二百块钱，这也难怪你们不相信。我平生做事，讲一个爽快。您若是有工夫，就请您同到舍下去一趟。不过我家里住在西城根，这里是东城，正要穿城而过，不嫌远吗？"李久湖道："西城根？就在天边，我也得跟你去。我有汽车，来去很快的，你说的若是真事，我们就同坐一车子，到你家里去。见了你家里真有这事，我不但把钱交给你，我私人也帮你一点子忙。若是你说的话是假的，那我可对不住，我就要把原款带回。"张振纲站起来道："好好好！我们就去，我要林老板相信我，我也愿意这样。"

李久湖偏是死心儿，张振纲虽然说得这样切实，他还是要去。马二爷林芝芳在里面听到，以为张振纲说得这种强硬，或者他母亲死了，也是事实，派一个人把钱送到他家里去，也就完事。但是李久湖红着那两片胖脸，由外面冲了进来，一拍手道："这家伙嘴是真犟，他总说他妈是死了，这话我不能十分相信，我要亲自到他家里去看一看。"马二爷道："我本来要想派一个警察跟着他去的。酒壶，你要是能跟着他去，那就更好了。"李久湖道："好好，我就去，我决误不了事。我若让那小子白使了一个钱去，我就不姓李。"说时，伸着两手，一声嚷了出来。到了小客厅里也不坐下，将帽子对张振纲招了两招，瞪着眼道："要走就走，我这就陪你一块儿去。走！"张振纲缓缓站立起来，望着李久湖的脸，很不在意的样儿，问道："李先生，你真要跟着我去吗？这可对不住得很。"李久湖道："人家钱都送了你，我跑一趟这算什么。你不要客气，我是个闲人，陪你走一趟那很不算什么。"说时站在小客厅门边，望了张振纲道："走走走！"张振纲一句也不言语，拿了帽子在手上，低头就向前走。

到了大门口，李久湖将手一招，已经有一辆汽车开了过来，汽车夫开了车门，李久湖让张振纲先上，随后自己也上车，车夫坐在前座，回过头来，就问往哪里去。张振纲道："你往西城根开了去吧。到了那里，我自会告诉你开到哪里。"汽车夫听了这话，开了车一直向西飞跑。看看快要到西城根了，张振纲忽然执着李久湖的手道："你叫车夫开回去，我还和林芝芳有话说。"李久湖道："你把人开玩笑，这是怎么回事？我们老远地跑了来，跑得快到了你又要转回去，那是什么意思？"张振纲将眼一瞪道："我说要回去。你要不把汽车开回去，我就要对不住

139

你了。"

　　说话时，他两只手插在袋里，说毕，两只手突向外一抽，一只手拿了一根令人碎胆的手枪。他一个指头，虚按着枪机，向李久湖腰眼里一塞，瞪着眼问道："怎么样，你能不能开回去？"李久湖看他穿着西服，以为他是一个文明人，不妨用大话去唬他。不料他身上竟带着这种不文明的武器。这时，只要将那放在枪机上的指头一动，自己保管就没命。吓得四肢颤动，一阵一阵的热气把五脏的油汗，都赶将出来，半晌，也说不出一句话来。脸上只管青一阵白一阵，翻了眼睛，望着张振纲。张振纲昂着头哈哈一笑道："你刚才不是很凶吗？现在你这股子劲儿哪里去了？"说着，将脚向李久湖大腿上踢了一下，说道："快开口，要不，我要放枪了。"李久湖嘴唇皮同脸上的胖肉一齐哆嗦起来，口里说道："我这就叫……叫他……他开……回去，您……别别把……"张振纲笑着将那塞着腰眼的枪松了一松，笑道："我就松一松，也不怕你跑上天去。"

　　前面的汽车夫向前开着汽车，也似乎听得后面有争吵的声音，回过头来一望。张振纲右手的手枪还是对着李久湖，左手的手枪就隔了玻璃向汽车夫一比，喝了一声道："你给我开回去。"汽车夫也吓了一跳，这枪子要由后面打来，连躲闪都没有法子躲闪，口里啊啊了几声，车子就停住了。张振纲道："你只管放心把车开回去，我不难为你。"说着，把手枪就放下来了。汽车夫料得只要把汽车开回去，张振纲是不会开枪的，倒过车来，开了车就往东飞跑，向林芝芳家而来。车夫吓糊涂了，不但想不出一个脱逃之策，而且以为早开到了家，自己就脱去是非，所以把马力开得加倍的足，不多一会儿就到了林宅。

　　汽车停住，张振纲将那支手枪对住了李久湖，说道："你别嚷，我叫你怎么着，你就怎么着。你若是有一点儿不对，就请你尝一粒子弹。下车，向前走。"李久湖这时已经有些明白了，知道这是到林家来行劫的一个强盗，与自己并无什么关系，只要自己听他说话，他当然不会用枪来打。这样想着，就镇定了些，且大着些胆子，硬了胆子，走进林宅。张振纲把一支手枪捏在袋里，腾出一只手来，挽了李久湖的胳膊。那一支手枪依然对着李久湖，逼着他靠近了同走。李久湖一声不言语，走到先前相会的那个小客厅边，张振纲就说道："到这客厅里去。"李久湖就依着他的话，走进那个小客厅。张振纲先是叫他关上门，随后又叫他闭上电灯，让李久湖的脸对着窗子外，他就拿了手枪坐在他身后守住。李久湖是性命要紧，人家怎么说，他就怎样做，总是百依百顺。张振纲道："老李，你可对林芝芳说，给我拿十万块钱钞票出来。若是不拿出来，你就休想活命。"李久湖道："张先生，这没我的事呀，对穷朋友我总肯帮忙的，您先别着急，让我和你说就是了。"于是提高了嗓子道："你们外面来个人哪！叫林老板快快预备十万款子，要不然，我就没命了，快叫人进去说啊。"外面听差，听了这个话，都吓得面面相觑。

原来李久湖下车进门以后，那汽车夫张口结舌，已经把这事悄悄地告诉了林家听差，片刻之间，这消息就传遍了林宅上下。林芝芳听了这话，吓得面无人色，只是向着人呆望。这时一班客都已散尽了，只有马二爷一人还在这里。马二爷虽是一个银行家，却是军官出身。胆子比平常人大得多，强盗既然进了门，也不是一味害怕可以敷衍过去的事。况且强盗不过一个人，料他也做不出什么大事来。所怕者，就是这强盗是否有余党。若是有余党就怕会闹出大乱子来。于是就向军警机关立刻连打了三个电话，要他们派人来保护。一面就走到外边去，叫一个机警些的听差，向李久湖答话。

李久湖在小客厅里连叫了几遍，不见人答应，正在着急，现在外面有听差答话，就道："你快去对林老板说吧，早点儿预备款子，我这身后，可有两支手枪对着哩。"马二爷已经打了电话，报告过军警，胆子已壮了些。又听见说，外面并没有余党，越发不怕了。因就站在正房廊檐下，叫听差问要多少钱。李久湖道："我的爷爷，我已经说了要十万，怎么还不知道。是是！张先生，您别把枪指着我的脊梁，我这不是在和您说吗？是是，二爷，张先生说了，不要现洋，不要支票，不要一块钱一张的钞票，全要十块五块一张的。二爷，你得救我啊！啊哟！林老板，这可不是闹着玩的。张先生，你瞧……是是，我不叫张先生了。劳驾，您把手枪别对着我脊梁。我的妈，您您……别把枪……枪对着我的后脑啊您！您还得要我……我……代表说话呢。"

林芝芳战战兢兢地也由后面走出来了，见小客厅里漆黑，李久湖一个人坐在里面说话，一会子向外面说话，一会子又向里面告饶，听那声浪都颤动得极不自然。林芝芳自己固然是害怕，听了这种声音，又替人家怪可怜的。因走到马二爷身边，轻轻地将他衣服一扯。马二爷跟着林芝芳就一同到上房来。林芝芳皱了眉道："这事怎么办呢？据我说，那人要什么，我们都先答应了再说，救李四爷的性命要紧。"马二爷笑道："你真是不行。你想，他正要把酒壶抓在手上，和我们讲价钱。这个时候，要把酒壶弄死，他就没有把柄了，我们不给他钱，靠他一个人，他还能打出去吗？咱们先别忙，给他慢慢地商量……"一言未了，李久湖又在外面嚷起来了。马二爷就叫听差去答复，说是并不是不给。不过款子上十万，不是小数目，家里实在没有那多。夜又深了，也不能到别处去拿。再说又要十块五块一张的钞票，不容易那样齐备。现在把家里和朋友家里的钱极力搜罗一番，搜罗出来多少，就送多少。李久湖依然说是不行，现在把数目减成六万，你们设法限一个钟头拿来，一个钟头不拿来，张先生就要扔炸弹。这句话把二爷也吓着了。强盗身上若是真有炸弹，那可不好惹，只好答应去办。

这个时候，各军警机关都得了信，顷刻之间，把林芝芳这一所住宅前前后后围个水泄不通。戒严司令陆光离来得最早，一乘汽车飞也似的到了林宅门口，只见许多军警和便衣侦探，密密层层，挤了一胡同。因为这强盗一个人明火绑票，也不知道怎样的一个丈二金刚、八臂哪吒，且不进去。这隔壁有一家公寓，且在这里借了一个屋子坐下，叫侦探来问情形，侦探道："现在没法子近身，听说他带有自来得、盒子炮、电刀、手榴弹、手提机关枪……"陆光离喝道："少胡说，一个强盗，带了许多的武器已经奇怪了，怎么还能带上手提机关枪？"

侦探嘴里说溜了，几乎把强盗带了大炮的话都说出来了。陆光离一喝，他倒站住了发愣。陆光离道："你去换一个人来，你简直不行。"侦探答应下去，换一个武装挂刀的宪兵进来，进来之后，脚跟比着脚跟，皮鞋啪的打了一下响，挺着身躯，举手行了一个军礼。陆光离看他这一副尚武的精神，逆料他就不错。他一定能到林宅里面去调查一番。他行军礼已毕，手扶了肩下挂的盒子炮皮袋，抚摸了一下，正着脸色，向陆光离以表示他注意。陆光离见他这样，心里更欢喜，便问林宅那强盗怎样了，宪兵听到强盗二字，脸色先就向下一沉，说道："林宅院子里没法儿进去，那强盗藏在黑屋子里，身上带了好几支手枪，他瞧得见人，人瞧不见他，一上前就会吃他一枪。听说他那家伙有点儿旁门左道，他能隔了墙就打人……"陆光离听了这话，吓得那颗心由内向外一跳，几乎要由嗓子眼里跳将出来，身不由主地好像两只脚也跳了一跳。心想隔壁就是林芝芳家，那强盗若是有隔墙打人的本事，自己是带人马捉他的头儿，先得遭他的毒手。连忙问道："怎怎怎么说，他有隔墙打人的本事吗？"说着起身就要向外走，那宪兵搬鹅卵石打脚，自己也是越说越怕，看见司令都有向外走的意思，他更机灵，起身就先跑。

陆光离究竟是个司令，他不能轻举妄动，并没跑。而且他也想明白了，林芝芳家住在西隔壁，那强盗纵有隔墙打人的本领，这是东屋，比较出去还稳当一点儿，何必跑到院子里去送死呢？便向那宪兵喝了一声道："你更是胡说，他一个毛贼，哪有这种神仙一般的本领？你这东西，大概就没有打听明白。你在哪里听来的这些话？"宪兵慢慢地走进来，说是谁也不敢到林芝芳家里去。自己是在林宅大门口打听来的。陆光离将手一挥道："去吧，你更是饭桶。"那宪兵一番尚武精神立刻冰消瓦解，偷偷溜溜地走出去了。陆光离一想，机灵的便衣侦探、勇武的宪兵，都闹得这样神不附体，何况其他？这样子就派军警一阵风似的进去拿强盗，又会把那绑着的李久湖打死，若是派人分别去捉，无论他有无邪术，他在暗处打明处，这里的人岂不是去一个，死一个，去两个，死一双？慢着，这得想个两全之法才好。于是背了手，只在屋子里踱来踱去。

不多一会儿，又来了四五位军警机关的领袖。这来的人，有督察长万有能、保安局长诸葛明、本区的区长张虎威、稽查处长常得胜。陆光离看到这些人来了，就在这屋子里开了一个紧急剿匪会议。陆光离道："据许多人报告，那强盗带了许多武器，我看都近他不得，怎么样办？"一语未了，有卫兵进来报告，说是有位李四爷的兄弟李五爷，一定要进来见司令。大家都知强盗绑的是他哥哥，他现在要来见司令，一定有要紧的事，就让他进来。那李五爷走进来，将帽子取在手上，两手捧着，见了人就作揖。作完了揖，然后哭丧着脸，对陆光离道："司令，这一件事总得求求您，千万别让军警开枪打人，这一开枪，家兄就没有了命。反正强盗是一个人，他围在这屋子里，插翅也飞不出去。"陆光离道："这个不用你说，你令兄和我们都是朋友，总不能拿着他的性命做

143

玩意儿。现在我们在这里守着强盗到天亮，总也要想法把他拿住，这个你尽管放心。我们正在开会呢，开完了会，我们就有办法。"李五爷听他说这话知道他们在开会，这里就不能容纳闲人，因就告辞退去。

陆光离用手揪着胡子，口里连吸了几口气，说道："这事更有些棘手了。你看，强盗是要拿的，绑的票是不许伤的，这是怎样下手？"诸葛明揪着胡子道："这就叫投鼠忌器了。可是也不见得完全没有办法，只要有人跑到门边，虚作要攻进去之势。那强盗看见，一定要丢了人来堵住门。那时，另外派几个人由窗户里跳进去，先把人抢了出来，然后围攻小客厅，他哪里还跑得了？"张虎威欠了一欠身子，笑道："局长此计甚好，一定可以把那人捉到。这要派一个胆大心细的人去攻门才好，派哪个去呢？"诸葛明道："你们区里，来了多少警察，可以挑两个干警前去。"张虎威道："这可困难。警察的枪支，固然就是一根锈铁。而且根本上，警察就没有下过什么操。现在叫他们抵御这种悍匪，可是不行。"陆光离道："法子倒是一个好法子，就是攻门这一种人才，不容易寻得。若是有人攻门，我挑几个人去抢肉票，倒也不甚难。"张虎威道："要不，还有一个法子。就是把院子外的电灯全拧灭了，派两个人由黑暗里爬到门边去。到了那个时候，见机而作，也要一下子，就把强盗拿到。"陆光离想了一想，这法子虽不高明，究竟也不坏事，就道："既然如此，就请张区长去试办一下。"张虎威说了此话，又奉了戒严司令的命令，不得不走。

当时慢慢地走到林宅大门外，看到那些军警手上挺着枪，这里躲一个，那里躲一双，一点儿也没有倦容，他心想，这不是活见鬼，这预备抓谁呢？预备抓我吗？当时溜到林宅门口，就找了两位警长，把自己定的计划告诉他们。巡长脸沉着道："这可难呢，那院子里的电灯，电门都在走廊下，谁敢去拧？"张虎威道："你们全是一班无用的东西，到院子里去拧电灯都不敢，还拿个什么强盗？"警长站在一边，都只哼哼了两声，不敢多说。张虎威道："电门在哪里，我去拧去，那怕什么？难道这院子里还不许人往来吗？若是真不许人往来，谁给他说票去？"一面说着，一面向里走。

走到第二重院子，只见墙犄角边门后头，都躲了手捧着枪杆的人。有两个人看见张虎威，认得他是区长，接连将手向后挥了两挥。那意思是叫他不要上前。只瞪了眼睛望着，却并不作声。张虎威一见，也不由得嗓子哑起来，有话说不出，便低声问道："怎么回事，有什么动静吗？"一个武装侦缉队道："那杂种毛了火了，说是再不拿钱出来，他就要扔炸弹。您站的那个地方，他正好是一扔就着。他就在您斜对面那个房子里。"一言未了，李久湖在黑屋子里叫道："那走廊下站的是谁，干什么在那里站着，这里要开枪了。"张虎威听到，叫了一声我的妈啊，连忙向后一退。一来是势子太猛，二来是脚底下恰好有一块砖头绊了脚，一个不留神人向后一倒，扑咚一声。这里几个军警，以为他中了弹，拖了就向外跑。张虎威已经是跌得头晕眼花，经这些人一拖，简直是人事不知，就直挺挺地躺在地下。早就有人把话告诉那边候信的陆光离，他不由得嚷起来道："这还了得，整个儿的区长，都让他打死，这威风更大了。赶快找医生，瞧瞧张区长还有救没救。"

说时，常得胜万有能先向林宅来看张虎威的伤，他慢慢醒过来，心里已经有些明白，原来自己不过摔了一跤。这些人当自己中了枪，真是笑话。可是自己没有中枪，让强盗一喝就倒了，让人知道，那更可笑了。不如趁机会撒个谎，就说那强盗真有邪术，让他念咒念倒的。心里这样一想，于是故意发了半天晕，慢慢地哼才醒过来。围着他的人，早是浑身寻找了一个遍，看他身上是哪里中了枪子。哪知道浑身上下，一个针孔也没有，真不知道张区长的伤是如何受上了的。现在见他已醒过来，就赶忙问他怎么样了。张虎威有气无力，半晌吐一个字道："唉！这强盗厉害得很啦。我也不知道怎么样了，只听见，他念一声，太上老君，急急如律令救，就有一样东西在我脑袋上捺了一下，我就躺下了。"这一报告不要紧，弄得在一边的人都毛骨悚然起来。这强盗带了手枪炸弹，已经令人闻之丧胆，若是再有邪术，那真不得了，彼此相望都作声不得。有两个胆小的扯腿就走。只因为走得急一点儿，别人疑心强盗出来了，跟着也一跑。张虎威原躺在睡椅上，一见事情不妙，哎呀了一声，爬将起来，连跑带跌，倒闯出大门口来。门口那些捉强盗的军警，看到里面的人，纷纷向外乱跑，以为强盗杀出来了。大家端了枪趴在地下，就向大门里做那预备放式。但是一分两分钟三分四分钟继续地过去，并没有看见什么人出来，大家算空乱了一阵。

其实张振纲这时在里面，拼命地逼着要钱。马二爷和好几处打电话，七拼八凑，已经凑到三万块十元五元的钞票，都是派人坐了汽车，各处收罗，由后门口递了进来。找了两个胆大些的听差，将钞票一叠一叠，由窗户眼里塞了进去。是李久湖在里面接住，再递给张振纲。张振纲映着外面的电灯光，一叠一叠点好，都向身上揣起。此外的钞票，因夜深了，实在无从调换，连五十元一百元的，一并在内，又凑了二万。张振纲的裤脚里面，这时都揣的是钞票，若是再要，实在也没法子向身上揣，也只好算了。便叫李久湖对里面说，有什么吃的没有，若是有吃的，叫他们送出来，吃了好让我走。李久湖便嚷道："你们有什么吃的没有，赶快预备一点儿，张先生吃了要走。"里边听差听到，连答应了几声有有。不一会儿送上牛奶和点心来。李久湖道："不成，张先生饿了，他要吃饭。"

马二爷心里一想，这强盗真是胆大，外面军警密布，他还要吃饭，落得答应他，时间越长，越可挨到天亮，在天亮捉他，那更容易了。于是就答应叫厨房开火做菜，而且问张振纲要酒不要。张振纲答应不要酒，菜要快一点儿来。马二爷一面通知外面把守的军警，一面叫林家家里人躲闪得开开的，免得中了流弹。外面军警知道强盗真要出来了，立刻大家戒备起来，都端了枪，上了子弹，向着屋子里扳机待发。同时屋顶上、门后面、墙犄角上，都满布了军警，各人的眼睛如放电光一般，齐向屋里望着。陆光离诸葛明大家商量，眼见强盗是要走的了，向他开枪，恐怕有点儿不行。因为他老是和李久湖在一处走，若是开枪，必然将李久湖打死。他的兄弟在这里哀求了一夜，总让大家不开枪，大家自不能不顾忌。可是真要不开枪，他架着李久湖，你又近他不得，岂不要白瞪眼，只好望了他走？陆光离道："这件事，真是让我为难。我们带了一二百名军警，包围了这胡同一宿，还让强盗跑了，那岂不成了笑话？依我说，不管三七二十一，见着他就开枪。好在路离得很近，难道放枪的人，要打谁都看不清楚。依我说，只要一枪把他打倒，他就不能架人了。"诸葛明又找了常得胜一商量，常得胜会意，就暗暗把话告诉了军警。

张振纲在屋子里，他并不是等饭吃，钱是得到手了，却要想个什么法子才能够平平安安地闯出这几重防线。而且猛然听得里面的钟声敲过了五下，快要天亮，逃走是刻不容缓的了。大概那强盗实在也想不出什么好法子，只得站在屋子里发了一会儿呆。他忽然听得外面有一声汽车喇叭响，触动了灵机，便对李久湖道："你给我叫一辆汽车开进院子来，我好坐了出去。"李久湖道："张先生，这院子里汽车可不容易进来，至少也只能开到前院。"张振纲道："能开到前院，就开到前院，你吩咐他开进来，越快越好，再慢一点儿，我就要放火了。"李久湖听到便嚷道："你们快开一辆汽车进来，慢一点儿，这儿就要放火了。"

外面一听到开汽车进来，就知道强盗打算逃走，大家都是扳好了枪机，只待一捺。不多大一会儿，那强盗扑咚一响，就把迎面的那一盏电灯打碎。然后他两手拿着两支手枪，一支朝前，一支朝后，挟着李久湖，一路向前走。李久湖知道外面已是军警密布，现在强盗逃走，军警岂能放过？便一路嚷道："诸位可别放枪啊！一放枪，我先没命了。诸位，哪儿不是积德的地方，可别放枪啊！"李久湖带哭带嚷，一路闹将起来。头里几个人听了他说得可怜，也就未曾开枪。可是他走过里院，路出重门的时候，汽车横在当前，静等强盗上车。

张振纲正要挽了李久湖上去，身后门犄角边，正藏了两个宪兵，见张振纲一转身，李久湖闪在一边，有了便宜，对着他背后就是一手枪。张振纲事先已觉得背后有人，在未发枪之前，他已闪开了。等到别人要发第二枪时，他已藏在李久湖身后。李久湖已知自己陷入枪林弹雨之中，浑身筋肉哆嗦，吓得面无人色。张振纲把他挪到面前，他倒成了一个挡枪子的肉盔。但是他已吓糊涂了，舌头打卷，说不出话来，口里哩啰哩啰，闹了一阵，只在半空中乱摇着两手。张振纲用脚踢着他道："快说，叫他们不要放枪，不然，我就要先开枪打死你了。"李久湖道："诸位饶命呀，别放枪了，放枪我就先没命了。"一面说着，一面被张振纲挟住，一步一步，侧着身子向前走。

那督察长万有能看见，眼睁睁的这强盗要逃出大门。他是藏在前院一间厢旁里，对身边一个巡警道："不管，开枪。"巡警因也得了命令，说是一枪先打李久湖的腿。李久湖一躺下，既不至于丧命，强盗也就不能绑作肉票走。因此轰的一枪，向李久湖的腿上打来。黑夜之中，哪里看得那样准，这一粒子弹，不偏不倚，由李久湖腹部穿胸而过。李久湖哎哟一声，便倒在地下。别处的人见李久湖倒了，张振纲已没有了肉盔。大家都放开了，一齐向张振纲开枪。张振纲知道李久湖是真中了子弹了，向两边回了两手枪，拔腿就跑。但是这里重重门户，都有武装军警把守的了，不见人来，都是联珠向外放着枪。这时，四面枪声大起，哪管谁是肉票，谁是强盗，向着进出的要道，噼噼啪啪，只管放了来。那强盗忘其所以向前拼命地跑，但是不到大门口，身上已中了一枪。究竟他是舍命的人，由此又一直冲出了门外。后面的军警七手八脚将枪乱放一阵。强盗虽然跑得快，无如枪子跑得更快，只此时间，又有两三粒子弹扑到他的身上，他是铁打的身躯也抵抗不住了，一个倒栽葱，便躺在地下。

军警们守了一夜，目的就是在拿他，拿了他就可以加级，就可以得赏。谁也知道他身上揣着五六万块钱。若是人赃均获，林老板用极低的限度来报酬，纵然少到百分之一，也可以发一个小财。不过眼看他长了一身肥肉，他也会咬人，眼睁睁地没法子拿他到手。现在他既倒在地下，当然可以手到拿来。但是这肥羊肉谁人也是爱的，缓一步，别人就会抢去的。因此大家存着此心，不约而同地一拥上前，便来抢这个新鲜死人。十七八个人，你拖着一条胳膊，我拖着一条腿，犹如一群大头蚂蚁，抬着一只苍蝇一般，你向东拉，我往西扯，也不知道，将死人向哪里放好。还是督警长万有能知道事理，走过来一喝道："大家都不许胡闹，谁有功，谁没有功，我全知道，你们先把死人放下。"大家听了督警长如此说，就都放了手。

不一会儿，自陆光离司令以下，都雄赳赳地跑来了。那张虎威区长用脚下的皮鞋踢了张振纲两脚道："浑蛋，我以为你是什么八臂哪吒。"陆光离也道："这原是一个不相干的东西，我们何必这样大动干戈，闹了一宿，其实派两三个人拿枪堵住了大门，哪怕他飞上天去。"诸葛明却在后叫道："司令站远一点儿吧！那家伙怕还没有死透，他手还拿着一支手枪呢，仔细他开枪。"张虎威听了这话，首先向后就是一倒，几乎来个骏马翻身。陆光离万有能这些人也是退后了一步。其实张振纲身上中了四五枪，血已流了满地，哪里还有复活的可能。陆光离定了一定神，料着没事，也不好怪诸葛明多嘴，却故意问道："是哪个先开枪把他打倒的？"万有能道："谁先开枪，这是说不出，我可是对准了他中上了一枪。"

陆光离还要追问，林家已挤出许多人来，哭的哭，嚷的嚷。哭的是说李久湖身上中了三枪，受伤太重。嚷的是说强盗身上全是钞票，不要乱动，陆光离听说李久湖身受重伤，心里未免一动。吩咐张虎威监视着死尸，自己就转身到大门里去看李久湖。这个时候，李久湖已被人抬上了那开进门的汽车，正要开着走上医院去，陆光离走上前，打开车门，见他横躺着，血染了衣襟一大片。便道："四爷，你怎么样了？"李久湖虽然受了重伤，但是神志还是清楚的，看见陆光离，就微微地睁开眼睛，对他说道："陆司令，我是不行的了。我都是为了林老板马二爷，才送了这一条命。我……"一个我字说完，不能向下再接着说，就晕过去了。陆光离看他这种情形，知道一刻耽误不得，将手向汽车夫连连挥了几下，让他开走。林芝芳对这事也是吓怕了，一点儿主张没有，还是马二爷出了主意，派了两个人，一路送李久湖到医院去。这里那些军警长官就在林芝芳家开会，商议善后之策。依了陆光离的主张，就把捉到的那个死张振纲割下头来，挂在胡同口电灯杆上示众。强盗身上揣的钞票，一齐都搜寻下来，交给林家，一场大事才算完结。

　　林芝芳提心吊胆，一夜不曾睡，什么事也不知道。这时强盗死了，军警散了，才缓缓地清楚过来，想到李久湖为了自己吃上三颗子弹，真是对人家不住。马二爷也是惊魂甫定，还不曾走。林芝芳道："二爷，您看李四爷有没有性命之忧？"马二爷道："一个人身上中了三粒子弹，当然是凶多吉少。这件事，实在也怨不得我们，只是那该死的强盗，死命地盯着他，叫我们也没办法。我们若不为了保全他的生命，也不会拿出五六万块钱来。拿了出来，他还是没命，只好说他命该如此了。"林芝芳道："这人虽然用我们几个钱，可也和我们帮忙不少，以前的事倒不理他。现在他要送命，究竟为了我们的事，他若是活不了，一来他家里和我们有麻烦。二来社会上也要说一条命是为了我们的财产送掉。要是不抓强盗，让强盗带了几万块钱走，也不就算了吗？"马二爷听到，不由得忽然一笑起来。林芝芳道："我的心还直跳呢，您倒笑得出来。"马二爷道："我不笑别的，我笑李久湖这个人，他快活了一辈子，是出于他会吹牛拍马。这一次送命，也是由于他吹牛拍马。那强盗到你们家来，本不用得要他出去的。他要在林老板面前讨好，就出去开门揣盗去了。你陪着强盗也就罢了，为什么在强盗面前胡吹一气，惹动了强盗的气。其实先给了那强盗二百块，让他拿走就算了事，我想强盗得了这笔

149

意外之财，能平平安安地走了，他又何必多求。偏是李久湖要坐了汽车押送他回家，那强盗本来居心不善，眼见煮熟的鸭子要让李久湖赶起跑，你想他如何不恨呢？末后，他只好铤而走险，绑李久湖的票了，哎呀，你听，这是谁哭？"

林芝芳听时，果然一阵呜呜咽咽的哭声由外面哭将进来，跌脚道："久湖果然去了。"要知哭的果是报李久湖的凶信与否，下回交代。

第七回

力疾从公媒翁中夜起
知新温故娇妾对门居

　　却说林芝芳正和马二爷在商量李久湖的事，忽然听到有一片哭声，不由人吓了一大跳。林芝芳料定是李久湖家报死信的人，及至那人走来看时，乃是林家的老妈子，将两手撮着袖口，左右开弓地不住擦着眼泪。林芝芳道："你这是做什么，家里闹了一宿，你们还嫌少吗？"老妈子道："不是我要闹，我让大兵揍了。"林芝芳道："哪里的大兵揍你，为了什么事？"老妈子道："我刚才到胡同口上去买东西，我见两个大兵，手上都拿了一卷钞票，在那里点着数目。有一个人说，他应该多分五块，不是他在死人身上捞摸得快，哪里有这些个钱？可是那一个又不肯，说也全靠他接得快，藏在身上，不然，你拿到手，也是会让别人看见的。我不多分五块，你倒要多分五块吗？他两人这样一吵一闹，我就听得顶疑心的，只管站着听了去。那该死的东西，他说我听坏了。不问三七二十一，走过来就向我踢了一脚。我问他干吗踢人，他就说踢了不算，还要揍，又伸手打了我两下，我要抓他，那一个大兵就把他拖走了。"说毕，她又哭了起来。

　　马二爷微笑道："你这人真是不会看风头，这种话，他哪里能让你听。他还不知道你是这儿的人呢，他要知道你是这儿的人，也许连你的性命都没有了。"老妈子也不懂这话是怎样解说，自抹着眼泪走了。林芝芳道："唉！这话是哪里说起？若是李四爷不多这一回事，让强盗骗了二三百块钱去就算了，一点儿问题也没有。现在他自己怕要送命，我们花的钱，也就十个三百也不止。"马二爷道："不要说了，后悔也是枉然。趁着李久湖还没过去，我们到医院里看看他去。管他见情不见情，我们也好敷衍敷衍旁人的耳目。"林芝芳一想很对，便和马二爷同坐了一车到医院里来看李久湖。

他自然是住在头等病室里，这时李久湖卧在床上，他的兄弟和如夫人都在那里伺候。林、马进得房去，李久湖已昏迷过去了。问问医生，说是还有一粒子弹没有取出，人是不中用的，不过时间问题而已。林芝芳想起交朋友一场，平常有点儿什么事要他跑腿，他是跑得很快，现在为了自己送命，看到人家家属在这里伺候，真是有些过意不去。但是看看他如夫人，脸上还有一层薄粉，未经泪痕洗去，大概她还不曾十分绝望，这样一来，心理又安慰些。不然，人家这样年轻轻的少妇，让人家眼睁睁地守寡，怎么不内疚于心呢？

当时李久湖在床上哼一声，眼睛微微有点儿睁开，旋又闭上。林芝芳便挪脚上前一步，见他脸如纸白，嘴唇皮发紫，倒有些害怕，想要说话，却作声不得。倒是李久湖的兄弟李五爷还有手足之情，却走到床面前，轻轻地将他被掀开一角，因道："老四，马二爷和林老板瞧你来了。"李久湖微微睁开两眼，伸出一只手，在床沿上挥了一挥。那意思是有话说不出来。借了这一挥，表示他招呼探病者的意思。马二爷知道他醒过来，便上前一步道："四爷，我和芝芳看你来了，你安心养伤吧。你所有要办的事情，我们这些朋友都会和你办的。"

李久湖听了这话，觉得那要降临的死神看了银行家的面子，不得不向后退上两步。因此他的精神比较清楚些，也能说出话来，就慢慢地说道："二爷、林老板，我是……不成了。我……为二位出力，死了也没有什么，可是……"马二爷道："你放心吧。设若你真有些好歹，无论有什么事，我们都会办妥了。这一点儿力量，我和芝芳都有，我说这话，你大概总是相信得过的。"李久湖口里不住哼哼，在枕头上点了点头。

马二爷偷眼一看他那眼光，简直成了浅蓝色，一点儿神气没有。看那样子，一个钟头也维持不了，知道林芝芳的胆子小，不能让他在这里看见这种情形。便和李五爷道："芝芳家里还有许多客来问候，我们得先回去。若是差钱用，你打个电话给我，我马上可以叫人送来，这一层你倒不必客气。"李五爷听了这话，心里倒安慰了七八分。那李久湖的如夫人坐在那边，听说要钱不必客气，心里自然也是一喜，就站将起来掉转身和马二爷一鞠躬，说道："久湖的事，都望二爷多多帮忙。"马二爷道："我们既然答应了在先，自然不失信的。嫂子，你安心照顾病人就得了。"说时，和林芝芳丢了一个眼色，这意思就是让他跟着一路走。林芝芳对李五爷敷衍了两句，便走开了。

马二爷依旧同坐了一辆汽车回到林宅。当他们到家以后，马上接到医院来的电话，说是李四爷已经过去了。马二爷和林芝芳都觉心上受了一重打击，心不由主地各叹了一口气。林芝芳究竟带点儿女性，格外是心慈，马上发了呆坐着，不能说什么。从此就昏昏若有所失，当天晚上病在床上发了一夜的烧。次日早上，竟是不能起床。一连好几日，精神都不能恢复原状。但是他和他的同班是和戏园子规定了的，每星期唱两天戏，人家事先买票，票都卖出去一大半了。到那天林芝芳若是不出台，买票的人少不得要来麻烦，因此戏园子很希望他依旧出台。在林芝芳呢，不出台临时告一回假，倒也不要紧，不过他另外还有他一番小小的苦衷。

原来林芝芳虽是一个唱戏的，家产百万，却拥有三房妻妾。第一房是原配，第二房讨了一个坤伶做姨奶奶。曾得大奶奶同意，作为生儿子用的，不过大小不见面。第三房也是个坤伶，却是未曾正式娶过门的。因此他有了三处家眷。这几天因为心神不宁，大奶奶不让出门，一是因为这件事情惊动了满城军警，心里总觉过意不去，勉强支持着身体，就在家里备下几桌盛宴，招待军警当局。此外与军警当局有密切关系的不论捕匪的那一天到与未到，总也下他一封帖子，因此那位王全海镇守使也在被请之列。在那天捕匪之时，陆司令张总监都还能说几句话，那个侦缉处长常得胜却老实得可怜，一个字也嚷不出来。今天是来吃饭，那情形就不同了，唯他一个人最能说。他说："林老板今天招待我们，我们都得感谢。可是有点儿美中不足。听说林二奶奶人很开通，能代表林老板招待客的。今天还是二奶奶忙呢，还是我们的面子不够呢？怎么不出来招待招待。"林芝芳一听这话，连说可以可以，就亲自跑到内室里去，就把二奶奶邀了出来。

这二奶奶穿着一件深蓝色的旗袍，脸上只薄薄地敷了一点儿粉。看她虽不艳装，浑身十分的装齐，连头发都没有一根乱的。走了出来，向大家一鞠躬，然后从从容容地道："前次的事，蒙各位搭救，非常感激，都请原谅。"说毕，也不走开，就坐下来陪客。别人看见，倒也罢了，王镇守使一想，有这么一个小媳妇，真能给人挣回一点儿面子，听说她是一个坤伶出身，不料倒变得这样好。我们那位罗家太太，若是这样办，准也成。得了，我早点儿去讨我们那位小太太吧。她那个模样儿，凭着这位，还未必赶得上呢。他想到这里，恰好办公处来了电话，他自己接了电话，就推有一件要紧的事，马上得回去，向主人道了谢，马上就走了。

他到了办公处，已经十二点钟，便让听差打电话找赵观梅来，说有十分要紧的事要和他商量，叫他接着电话就来。赵观梅正有一点儿不舒服，刚刚钻到床上去睡，一接王镇守使的电话，又说是有要紧事商量，哪敢怠慢，连忙穿着衣服起来。赵太太听说是王镇守使来的电话，觉得未便得罪，也是催他赶快地去。赵观梅也来不及叫套自己新置的马车，出了大门，雇了胡同口上相熟的人力车，让他加快地跑。

到了办公处，一直就到王镇守使抽大烟的屋子里来。王镇守使应酬了一天，累得够了，这会子，正要抽两口烟提一提精神，烟有个半饱了，见赵观梅弯了腰先鞠着躬进来，便拿手上夹住的烟签子对他招了一招，意思是让他坐下。赵观梅一看这形势，却不十分紧张，身上先干了一把汗。王镇守使既没有开口告诉他为什么相招，赵观梅自然也不好先问，就只得呆坐一边，安静地等着。

王镇守使将烟抽完了，坐将起来，把烟盘子边一把茶壶拿起，嘴对嘴地咕嘟咕嘟喝了一阵，然后笑着对他道："我叫你来，不为别的事情，我那一件事，日子延得也很久了，我打算马上就办。那一边和我这一边的事，交给你一手去做成功。我这里给你两千块现洋，总也够了吧。"赵观梅听他说了一遍，丝毫摸不着头脑，只呆望着。王镇守使道："说起不相干的事，什么你也知道。这一谈正经事，你就白瞪着两眼，你想，我还有什么大事要你办过，不就是为罗家那女孩子吗？我们说定了这久，照说，早就该娶过来了。现在我也玩笑得腻了，别让人家孩子再抱委屈。"

赵观梅这才明白他叫自己来，是为了罗家的亲事。这也不是什么出兵救火的事，不明白他何以忽然想起，都等不及明日，半夜里打了电话来叫人，当时就笑着答复道："这是很容易办的事。只要镇守使择定了日子，就可以办事，不用忙。"王镇守使道："怎样不用忙，我就忙着要娶呢。太快了，我想也是办不好，我给你一个礼拜的限期。"赵观梅笑道："我用不着要一个礼拜的期，明天就可以到罗家去说。可是人家嫁一个姑娘，总得张罗一阵。"王镇守使道："我就为了罗家打算盘，才给一个礼拜的限期呢。要是就依我说，我恨不得今天说了，明天就娶，那办得到吗？"

赵观梅哪里敢驳回他的话，只好站起来答应了几个是。王镇守使道："我这又不讨原配的太太，做新郎也做了几回，用不着那样大大的铺张。不用得下什么喜帖，是我的熟人，我放出一句口风去，他准会来贺喜。就是罗家，他看我这边都随便，无论如何，要比身家，也比不过我，就请他那边也随便一下吧！话又说回来了，人家聘一个大姑娘，又是我这样做镇守使的好女婿，也拦不住人家风光风光，只要他那边办得不耽误，什么时候，也就随他们去办。明天上午，你到我这里来拿钱，包下一家大旅馆，什么都有了。"

赵观梅口里答应着，心里可在计划，罗家的意思怎么样全不知道，怎么就说得那样肯定？便道："明天上午十一二点，我再来回镇守使的信吧！敝亲那边是好说话的，只要去通知一声，他就会赶着办的。反正聘姑娘，只要聘出去就得，论说起来，也没有什么难办。"王镇守使一拍大腿道："你这话说得还像话。我想我们那位岳老太太，也没有不愿意我们这事早办成功的。要不要玩两口？"说着，就把烟枪拿起，向赵观梅指了一指。赵观梅本来不想抽烟，但是王镇守使叫抽烟，给了很大的面子，若是不抽，简直不知好歹。便躬身笑道："镇守使先玩吧。"说着这话，可就慢慢地走近床边。王镇守使笑道："抽鸦片的人，都是这样，就是请人家先玩几口，自己可就上了前了，观梅你不是没有瘾吗？怎么也把抽烟人这一套学会了。"赵观梅把一张年将半百的面孔臊得有红似白。

王镇守使两脚一伸，架在方凳上，就躺下了，指着对面那边道："躺下吧！"赵观梅踌躇不安地先侧了身子，面向着他，然后缓缓地睡将下去。烟枪原在王镇守使那边，就轻轻地拿了过来，提起烟签，先挑了烟膏子，烧上一个烟泡，插上烟斗去，顺过烟枪，递到王镇守使这边来，笑道："还是镇守使先来一口吧。"王镇守笑道："我早说了，你只管老实地抽，还客气些什么。"赵观梅怕只管碰钉子碰下去，就自己先抽了，抽了两口，无论如何，要王镇守使抽下去，抽着抽着，看他很高兴的样子，又不敢先告辞，只好熬了瞌睡陪着。直等他瘾过足了，他人又迷糊过去了。好容易熬到四点多钟，王镇守使让尿憋醒了起来小解，因问道："怎么样，你还没有回去吗？"赵观梅听说，连忙站了起来，赔笑道："我怕镇守使还有什么话说，老早地走了，可就要耽误事。"他道："我没有什么事了，你回去吧。"赵观梅得了这道上谕，这才敢起身告辞。

自己是雇车来的，回去虽没有车，也不敢张口向王镇守使要汽车坐，只是走出大门，去访那夜不收的车子。偏是这晚街上空空荡荡，不见一辆人力车，就这样一条街一条胡同，慢慢走了回去。这个当儿正是二十四小时内最凉的时候，赵观梅又不曾多穿衣服，寒气逼到身上，真有些抵抗不了。好容易走了一大半的路，才遇到一辆破车。因为人已经乏了，也来不及讲多少价钱，说了地名，坐上去就让车夫拉着走。恰好遇到这车夫是个老头子，拉得非常之慢，拉了半天，还没有拉出一条长胡同。身上发冷的人，坐在半空里，让晚风一吹，身上更是冷得厉害，只管抖颤，两只胳膊互相捧着，极力地来抗拒那冷。又坐了一截路，实在不能坐了，就跳下车来，在身上掏出一张铜子票，交给车夫，撒腿就走。可是身上越冷，脚就越发疲软，软得脚步都迈不开了。好容易走到家门口，嘴唇皮都发了紫啦。举起两只拳头，乒乒乓乓，将门一顿乱搥。搥开了门，一阵风似的就跑进房去。赶快把衣服脱了，钻到被里去。

赵太太已经为他惊醒，披衣站在房里问道："你这是怎么了，受了寒了吗？"赵观梅在被里哆嗦着道："太太，我……冷……冷得厉害，你给我添上一床被吧。"赵太太看见他突然地害了病，也有些着慌，便问道："你怎么样了，突然间就会害了病了。"赵观梅道："我实在累了，不……能……说话了。"赵太太见丈夫半夜里害起病来，心里很过不去，马上就把一家人都吵将起来，分别地开煤灶烧水，开箱子找丸药，忙得个不亦乐乎。依着赵太太就要打电话去请大夫，还是赵观梅在床上听到说是请大夫，半夜医生出马，都是照急病加倍算账，花钱更多的，因此在被里死命地挣扎出两句话来，说是"请不得，我不要"。太太也明白他是舍不得钱。看那样子，在两三个钟头之内，还不会出什么毛病的。他既不肯现在请医生，挨到了天亮去也好。若是病不怎样重，再给他冲一碗姜汤，冲一冲寒气，索性不必请大夫来了。于是也不坚决地主张，就由他去。

一家人都不敢再睡，就闹到了次日早上。还是赵观梅精神好，一到八点钟，两手反撑着枕头，就慢慢地坐起。赵太太道："哎呀！你就再睡一会儿吧。"赵观梅道："不行，我有事，我得起来。"赵太太道："反正不能带了病做事，你就有天大的事，也留着过两天再办，你先躺躺儿吧。"赵观梅道："我病了，我还不知道躺下吗？我是不去不行呀！"赵观梅家里的人见他一晚之间，瘦削得这样厉害，应该在家里休养休养，就是有什么大事，也不妨留到明天去办，因之一致地挽留他。赵观梅坐了起来，将手一拍被头，皱了眉道："你知道什么？"赵太太道："怎么不知道，反正皇帝召见，也不能带病见驾。"赵观梅道："我告诉你吧。昨天王镇守使叫了我去，是要办喜事了。他是要我到罗家去报告日期，还等着回信呢。"

赵太太听到王镇守使叫他去报信，一句话也不敢说，默然站在一边，家里人也是一样，只站着发愣。赵观梅于是慢慢地走下床来，踏着鞋子披着衣服。赵太太便嚷道："老爷要出去了，你们快套车啊。"赵观梅有气无力的，已经衣服穿好。因笑道："我一点儿东西也没有吃，就出门吗？你们给我弄一点儿稀饭来吧。"赵太太道："这你又不在乎了，你又不是到别的地方去。你到我娘家去，我妈能不给你弄吃的吗？要等煮好一罐稀饭，那要等到什么时候。王镇守使等着你回信，你就快点儿去得了。宁可自己熬着一点儿，可别让人家老等着咱们啊！"赵观梅也觉太太说的是，忍着病，忍着饿，自己就出门向罗家而来。

罗太太见大女婿慢慢吞吞地走将进来，就笑道："哎哟，姑爷，你不大舒服吗？怎么是这个样子走进来了。"赵观梅带哼着向罗太太作了一个揖，笑道："老人家大喜。"罗太太倒愣住了。一清早起来，无缘无故的，什么事大喜。赵观梅也觉得岳老太太一时不容易明白来意，就笑道："这真是大喜啊。"一面说着，一面落座，就把王镇守使所说定一个星期内完婚的话说了一遍。罗太太道："哟！这是怎么说呢？老早的，一点儿也不给我们信，这会子说娶就娶，要什么没有什么，那怎样来得及哩？我也早对你说过了，让他早一点儿规定日子，总是说不得闲儿。现在这一会子，怎么又得闲儿了。"赵观梅道："你老人家，还不明白吗？他做武官的人，可不像咱们，说不定是哪一个时候有闲空。有了闲空，人家不敢放过，就等着要把这件事办成功了。"罗太太道："凭你怎么样说，我也是来不及，你还是去对他说，把日子放长一点儿。哪怕是半个月呢，我也好办一点儿。"赵观梅道："聘姑娘有什么难处，人家派了花马车来了，你把姑娘送上车子就得了，快一点儿慢一点儿都不要紧。"罗太太道："这话可不对，人家孩子终身大事，凭你这样说，模模糊糊就行了吗？"

罗太太说这话，脸色可就板下来了。赵观梅道："你老人家别生气，我的话还没有说完呢。二姨妹出阁，我有个不愿风光的吗？可是您也得替别人想想，他做那么大官，公事是忙，要抽个两天三天工夫出来办喜事就不容易。人家一团高兴，赶着来办这件事，咱们可别扫了人家的兴致。二姨妹这一过去，就是镇守使太太了，马上要掌着几十万家私，这个乐子小哇？"罗太太道："你别说这一套，换一套说说，行不行？这一套话，我听你说过一百回了。"赵观梅也忍不住笑道："实在是这样嘛！说一千回也不嫌腻呀。还是那句话，人家做官有事的人，可不能和咱们打比，咱们三百六十天，哪天也是闲的。做官的人，时时刻刻，都是忙的，好容易抽出工夫来，要办这件事，咱们又不凑趣，得罪了别人那不算什么。你想，二姨妹是要跟着人家过日子的，还没有过门，先就把人家得罪了，这究竟是好不好？"

这一句话倒把罗太太问得无言可说，只望了赵观梅。赵观梅道："不瞒您说，昨晚上，我是闹到快天亮才回来，在街上受了凉，回来就中了寒害病了。您想，要是不大要紧，这一大清早，我岂不知道在家里睡觉，何必老远地跑来呢？老实说，我也无非是想把这一门子亲办成了，将来靠着二姨妹的力量，在政界打一条出路，这反正比求别人好，有道是朝里无人莫做官，将来大家都好。"罗太太道："你说的话，我有什么不明白，不过这一口气让我办好一桩喜事，我真是有些来不及。"赵观梅道："咱们姑娘嫁了一个镇守使，那就是面子，若是不过招一个平常的女婿，那就是陪上一百抬、一千抬嫁妆，也是枉然，你瞧我这句话说得对不对？"罗太太道："凭你这样一说，只要赶上日子就行，别的就全不管了。"赵观梅见罗太太已经有些愿意，又是左一个譬喻，右一个譬喻，说得罗太太只好心允口允。

赵观梅心中大喜，在罗家吃了早饭，便又向王宅那边去回信，见着王镇守使，也是老远地便作了一个揖，笑道："镇守使大喜啊，事情全办妥了。"于是把罗太太听到这话，认为如何困难，自己怎样解释，罗太太又怎样挑眼，自己怎样辩白，说了个牵丝不断。王镇守使听了他这话，笑道："我也知道这件公事，你有点儿难办，事前我想你也许办不通，可是口里不说出来，挤你一下子。挤得上就很好，挤不上我也不难为你。不料我糊里糊涂一逼你，居然就逼上了。"赵观梅笑道："哎呀，这可上了镇守使一个当，原来说不妥也不要紧的，不瞒您说，我见了岳老太，还和她下了一个全礼，要不然，我就不用下这一跪了。"王镇守使笑道："你这是在我面前唱丑表功啦。得！我明天讨了太太过门以后，一定重重谢你一下。"赵观梅笑道："镇守使谢我，我是不敢当。"一说到这里，就不觉使出北京人的老招儿来，一个腿和他请了一个安，又笑道："镇守使手面宽得很，随便在哪个机关给我做个介绍人，给我找一个位子，我就很感激。要不，我伺候镇守使，也是一样的。"王镇守使笑道："好在是这里没有外人。要是有外人，这话出去多么寒碜，这样亲的连襟，倒和我来要听差不成？"赵观梅见他话误会了，却又不好意思分辩了，只管站着向他笑。王镇守使道："你别把我当傻瓜，你给我做媒，你是有想头的，图走我这条路子，弄一点儿差事混混呢。那也是当然的，你给我做了事，我总要给你帮一个小忙。你放心，三月两月的，我一定给你找一份差事，总要对得起你这两条腿一张嘴就是了。"赵观梅拱手作揖道："既是镇守使都说破了，我也不用要这一个虚面子，我也承认了，诸事都请镇守使携带携带。"

王镇守使道："县知事你干不干？"赵观梅犹豫了一阵子想道:要说一个县知事我都不干，我这人就太不知足了。王镇守使道："下文你不必说了，我全知道。你是不是说做知县就要离开北京。你有些舍不得吗？不要紧啊！挑一个近一点儿的县缺做一做就是了。老实说，若是在我所管的地面里做知事，你只要找个得力的科长给你管着事，你还是可以在北京城里混。"赵观梅道："那可真好，要是在北京城里兼差，行不行呢?"王镇守使笑道:"人心真没足啊!这儿事情还没有到手,那里又打算兼上差了。老赵,你好好儿地给我办差事吧,你若把事给我做得好好的,我荐你到财政部去挂一个名。"

赵观梅一听说,嘴角几乎歪到右腮正中去,眉毛也活动起来,笑道:"我的天!要是您有那番好意,您叫我在地下打三个滚,我若是只打两个半,算对不住朋友。"王镇守使昂着头,望了屋子上的天花板,一阵哈哈大笑。赵观梅觉得王镇守使今天对自己是真乐意,心里好不高兴。王镇守使看他乐成这个样子,也笑道:"我姓王的就是一生都不薄待人,人家给我办了值得一百块钱的事,我准给他一百二十元。以后咱们是亲戚,随便怎么样,彼此也有个携带,你看对不对?"赵观梅听到他亲口认他是亲戚,乐得心痒难搔,只是发笑。

王镇守使又因为吃午饭的时候到了,便留赵观梅在一处吃午饭。而且吩咐厨房里,特别地添上两样菜。赵观梅吃得高兴,也忘了自己有病,足吃了个十成饱。吃饱以后,王镇守使还要留他抽几口大烟。赵观梅拱了拱手道:"镇守使,现在我不要抽烟了,有烟赏给我抽,让过几天我媒人做成了功,就足抽一顿吧。"说着,给王镇守使作了几个揖,告辞而去。

这一出门,且不回家,又第二次到罗家来说,说是王镇守使真能办事,昨天晚上起的主意,今天就把事情办了一大半。他说接二妹的那天,要特别热闹,花马车用四匹拉着。他拿一个名片出去,哪里的军乐队也借得着。不像人家马车前面,只有一班军乐队,这可是要多少有多少,至少也得来上一打。光是军乐队,那还不算为奇,前面得摆上一排军队,军队都扛着枪,上着刺刀,要在马路上走着,真让路上人看到拖了舌头出来缩不进去。罗太太听了,也不由得满脸都是笑容,因道:"那可不必。一个年轻轻的姑娘,让许多老总给她在前面带路,也要她搁得住啊!她有那么大造化吗?"赵观梅道:"您别那样说啊。现在她是大姑娘,到了那一天,她就是正正堂堂的镇守使太太。镇守使搁得住的,她也就一样搁得住。那天不但是有军队,而且军队里面还得拖上两架车轮子大炮。"罗太太笑道:"我的大姑爷,你真把我们当乡下人,说是没有见过世面呢。哪有个娶新媳妇儿的在花马车前面拖着大炮的。"赵观梅道:"您是只知其一,不知其二。从前花轿前面不全是摆着全副

160

銮驾，或者半副銮驾吗？如今可用不着那个，改良的年头儿，就讲究花马车前面摆着军队和枪炮，因为现在就是这种东西最让人注意。前几个月副总统娶太太，也是这么着，花马车是十六匹马拉，除了军队不算，什么大炮机关枪坦克车全使出来了。这还不算，天上还飞着两架飞机，在半空里撒下整千整万的五色彩纸，就像下了一天五彩大雪一样。"罗太太道："我们那二姑爷有飞机没有呢？若是真来一来这个，倒还有个意思。"赵观梅胸脯一伸，头一昂，笑道："有的是。您要是愿意，我就先对他说，让他去预备。"

罗太太本也不想什么大铺张，经赵观梅这样一说，心里也活动起来。他们在这里谈论嫁娶时的铺张，罗静英小姐恰坐在隔壁屋子里看小说，听到迎亲的日子，连飞机都要飞出来，心想嫁得镇守使这样一个丈夫，真不枉在世上走一遭，听得有味，连小说也不看，只靠在椅子背上，静静地听了下去。赵观梅因为要找洋火，一脚踏了进来，连连和静英作了两个揖道："妹妹，大喜啊！你听见没有，这事多么风光啊！"静英涨红了脸，站将起来，口里叽咕着几句，究竟说了什么，赵观梅却一点儿没有听见。他笑道："你不用谢我了。到了将来你做了太太的时候，在镇守使面前多多栽培我两句，那也就让我感激不尽了。"静英笑着将身子一扭，便赶快地走开了。赵观梅拍着手呵呵大笑道："别害臊，这是终身大事啊，二妹有什么要说的没有？若有什么要说的，趁早和我提一提，让我好去对新姑爷说。"静英道："谁和你说那么些个。"她已走出了这里房门了，回过头来对赵观梅望了一眼，就走开了。赵观梅笑道："一个好机灵的姑娘，真便宜了王镇守使。"罗太太也跟了进房来笑说道："你一个人瞎说些什么。"赵观梅道："我说天下做媒的人，都像我这一样，事就好办了。你瞧，我二妹这样的人才人家讨了去，那还不是福气？再说咱们这样人家的姑娘嫁了一个镇守使，那也是不容易的事。"

还要说时，眉头一皱道："哎哟！肚子疼得厉害。"说着，两手操了裤子，就向厕所里去。人走到了厕所里向下一蹲，就觉得头昏脑晕，有些爬不起来。好容易挣命似的，大解完了，方才走出厕所来，人靠着墙站了，就有点儿支持不住。还是罗太太见大姑爷去了这久，还不曾出来，就叫老妈子到茅房外面叫唤了一声。老妈子连声嚷道："可了不得了，大姑爷这是怎么了。"罗太太三脚两步地跑了来，只见赵观梅脸上惨白，眼光发呆，靠定墙动也不动。罗太太走上前，摇撼着他的身体道："姑爷姑爷，你这是怎么了？"赵观梅半晌说话不得，然后慢慢地答应着道："我不舒服。"罗太太看这样子，病是不轻，连忙叫家里人来，七手八脚，将他扶上自己坐来的车子，又叫罗士杰亲自送了他姊丈回去。

赵观梅到了家里，已是哼声不绝。赵太太将他扶上床去，心里很过意不去，就问致病之由。赵观梅靠在枕头上哼着答应道："不要紧的，我这是吃伤了。镇守使待咱们真不错，今天我一去，就说非留我吃饭不可。若是不留我吃饭，他心里就过不去。我虽然有点不舒服，听了他这话，我心里一痛快，马上就没有病了。他说要我吃饭，我就吃饭。偏是他又太客气了，弄上许多吃的，单是红烧鱼翅，连白菜帮子也不垫一片，就是一大盘子。我吃得香了，只管吃下去，除菜不算，还连吃了三大碗饭，当时我真不觉得饱，要我吃一两碗，我还吃得下去。哪晓得一到你家里，饭就在肚子里作起怪来，肚子疼得要命。这一会子，病就好得多了。你放心，我死不了的。我一生只做有几件大事，和镇守使做媒，这要算大中又大的一件事了。我无论如何，挣命也得把这件喜事办成功。我想有喜气给我一冲，一定可以把病冲好，这用不着你焦心。"赵太太听他说得这样乐观，也就不把这事放在心上。

他只躺了大半天，下午七点多钟，王镇守使又来了电话，说是请赵老爷过去有要紧的话说。赵观梅本来也就要起床的，经王镇守使一催，更非起床赶去不可，因此挣扎着披衣起来。赵太太道："这一回，你真不能去了。今天早上，我就说你气色不好，不大愿意要你去。因为你要给人一个回信，我不能拦阻你。现在事情都说妥了，你就少去两趟，那也不要紧。"赵观梅道："我把做官的事刚刚做得有点儿头绪，你不要把我兴头扫了。误了人的事，不过对不住人家就是了。若把自己的前程误了，一辈子的事，就是这一次了，那岂不糟糕？"赵太太听说，觉得要不让他去，误了他的前程，究竟也是不好，因此倒默然了。赵观梅带哼着道："干脆，让他们给我套车吧。"赵太太迟疑了一会子，便道："好吧，让他们给你套车吧。"赵观梅硬撑着腰，走出了房门，觉得东晃西荡，身体有些站立不住。还是一手撑着门，一手扶了额角，脚跨着门限，不进不退，只是哼着。赵太太一见，心里委实地过不去，就对赵观梅道："你还是到王镇守使那里去呢，还是到我家里去呢？要是到王镇守使那里去，可没法子，要是到我家里去，我就替你走一趟吧。"赵观梅道："我实在是要去见……"下面一个字还不曾说出口，人站立不住，身子就向地下一蹲，靠了门，便躺下了。赵太太大吃一惊，赶快叫着家里人，将他搀上床去躺着。

好在赵观梅这样一躺，人也有个小糊涂，生平一件大中又大的事，也有些记不着了。他这一病，就是三天，到了第四天头上，离着王镇守使的喜期就越发地近了。赵观梅是一个红媒，只要还剩有一口气，就不能不挣着命出头。好在这两天，连吃了几服药，把病势扳转了好些个，现在就是出门一趟，料也无妨事。因此又勉强地起了床，到王镇守使的办公处来。一下马车，卫兵就笑着对他道："赵先生你来得不凑巧，镇守使刚刚出去。"赵观梅随便问道："镇守使上哪儿去了？"卫兵笑道："镇守使上车站接太太去了。"赵观梅道："什么？接太太去了？接哪里的太太？"卫兵道："是易州来的太太。"赵观梅听说，半天作声不得，愣住了一会子，因笑道："镇守使不在家也不要紧，我到里面去看看。"

说着，走到王镇守使抽鸦片的屋子里来，一进门，首先就有一个很大的感触，屋子里原来堆着的箱柜，都搬起走了，就是床上那些被褥，也换了两床新的，去了两床旧的。恰好一个上房听差进来倒茶，便道："赵先生，我给您点上灯，你玩两口吧。"赵观梅道："不用，我在这儿坐一会儿就行了。"听差笑道："您今天要等镇守使，可没准，不知道他什么时候才能回来呢。"赵观梅道："听说镇守使今天接易州那位太太去了，对吗？这儿不是要娶新太太吗？为什么把易州的太太接了来呢？"听差道："这可不知道。"赵观梅道："这屋子里许多箱子呢？"听差道："镇守使因为易州的太太要来，前天在这街上东头赁下了一所房子，就在那里安一份家。这里的东西都是搬到那里去了。所说这回新娶的太太，就让住在对门，好有一个照应。"

赵观梅心里不住地叫苦，原来和丈母娘说好了的，王镇守使是一个地方一房家眷，这几位太太，谁也不和谁见面，这样一来，他在北京有了太太又娶太太，我这小姨子嫁过去，算是什么人呢？最奇怪的是他早也不接易州太太，迟也不接易州太太，就在娶罗二小姐的日子接将过来。接了来不要紧，而且还要门对门的住着，这分明是有心要罗家的好看！罗家虽不是富贵巨室，却也是书香人家，北京城里的老亲老戚，都还有个面子，若是王镇守使先娶的太太不见面，还可以睁一只眼闭一只眼，含糊地过去，而今分明先有一个旧太太住在对门，随便怎样说，也是个二房了。这件事，真还不能去对岳母说，一对她说，非炸不可。

心里这样踌躇着，伏在桌上，抽了一支笔，展开见一张纸，一面想着，一面在那纸上写字。只管写着怎么办，怎么办。那听差倒也认识几个字，见了赵观梅有些着急的样子，便笑道："说到这一件事，我倒也知道一点儿，原来我们镇守使的意思，是一个地方娶一个太太，以后就到了哪儿也有家。可是有人对他说，咱们当军人的，讲究义气为重，不能有新忘旧，若是把原来的几位太太全抛了重新娶一个，一定会让人家说存心不公。我们镇守使让人家一劝两劝，把心事劝活动了，他就说从此以后，把京外几位太太也接到京里来住一些时候，以后自己要不出京，就轮流地让几位太太陪着他。而且这些太太们，大家认识认识，叫一声姐姐妹妹，反正比外面拜的干姊妹强。还有人说，那是把各位太太接到一处来，大家都要个好儿，抢着求老爷的欢喜，那么，老爷只有受奉承的劲儿，这个乐子可就大了。我们镇守使接易州的太太来，就是这个意思。"赵观梅越听越不对，也坐不住了，就起身回去。心里闷着这一腔子苦水，又不敢对人说，只推病体没有十分好，懒洋洋地又过了一天。

这天下午，岳母罗太太竟亲自来了。她一进门，脸色板着。她虽上了几岁年纪，却是身体向来强壮，因此两脸蛋上还垂着厚厚的两块腮肉。这时，两块腮肉格外地向下垂着，还带有一点儿红色。赵太太迎到屋里来，先笑道："这两天您够忙的了。我打算明天一早就回去，您倒先来了。"罗太太道："你去做什么，打算替我张罗喜事吗？这件事也不定还要闹出什么岔子来呢，我是越想越糟心。"赵太太道："呀！那为什么？"罗太太道："当年姑爷说这门亲事的时候……"说着，眼睛瞪了赵观梅一下，然后掉转头来道："不是说了我们二姑娘是为正吗？就是姓王的他在别处娶的几位，也是彼此不见面，谁碍不着谁。可是这两天据着人说，他把易州的那个接了来，整天地同坐在一辆汽车上，逛着吃着。今天你兄弟到戏园子里去听戏，在门口碰到了姓王的，他带那个臭娘儿们，一路由汽车上下来。他看见你兄弟，还要你兄弟叫那臭娘儿们作大姐。你兄弟糊涂，他真叫了。后来一打听，可不就是由易州接来的。据说，你妹子嫁过去，就住在那臭娘儿们对面，看那意思，她是来做大来了。设若做喜事的那一天，人是嫁过去了，她端起牌子来，要我们的人行见面礼，那是怎样办？还是行礼呢，还是不行礼呢？要说行礼，亲戚朋友知道了，我们这两块脸往哪儿搁。要说不行礼，我们那孩子，她敢吗？这真委屈死了我那孩子了。"说到这里，嗓子一哽，眼泪抛沙一般在脸上流下来。

赵观梅听说岳母来了，就知道不能无事，现在岳母所说正是心里拴着疙瘩的一件事，要说原已知道，恐怕岳母更不高兴，便道："果然有这件事，我得去见见他，把话说明。他这样胡闹，我是不能答应的。"罗太太一人说着，已经十分伤心。赵观梅再由旁边一说，引起她一肚皮子苦水，索性放出声音，"我的闺女我的儿"哭将起来。赵观梅看这种情形，料想睡在床上，这事不会轻易解决的，又只好慢慢地挣扎起来，走到堂屋和岳母抱了抱拳头道："得啦，妈！这件事，总算我对不住您。可是我们办这件事的时候，全是为着大家好，就是您和二妹，都也是乐意的，这里面差上一点儿，就为着原来说了二妹嫁过去，和那些人不见面的。现在他不履行条约，要算他对不住咱们。"

赵观梅以为这几句话，总可以把岳母安慰上一顿了。不料罗太太越说越伤心，她坐的椅子面前，地上摔了一大摊的鼻涕，赵太太坐在一边，也是没了主意，就对赵观梅道："日子是这样近了，这件事，又不是可以硬抗过去的，我想你最好是到王镇守使那里去一趟，看他怎么说。你就算怕他，难道从从容容地和他讲几句客气话，他还能说什么吗？要像你这样，越是怕人，那可就越糟糕。"赵观梅那病黄的脸色也就微微上了一层红晕，勉强笑道："你这话可奇了。从前我和他是朋友，现在我和他是亲戚，他又不是我的上司，又不是我的长辈，我怕他做什么？不过大家是新亲戚，总要客气一点儿。况且我也屡次说了，我们都靠着人家帮忙，为将来找一条出路，掘井掘了一大半，到现在要看见水了，又搬了土，把井来垫死，那是何苦呢？"

罗太太哭了一阵子，已经停止哭声了。听了赵观梅这话，便道："姑爷，这可是你说的。你就靠着结成了这一门子亲，好从中捞个一官半职，就不管人家的孩子这一份儿委屈受得了受不了。"赵观梅道："妈，你可别说这话啊。上半年我提亲的时候，我说明白了，您也是和我一样，说是要给士杰找一份差事。"罗太太道："不错啊，我是这样说的啊！你还说我们静英嫁过去，可以掌二三十万家产呢。现在怎么样呢？这就靠不住了。我真冤啦。"说着，又哭起来。赵观梅道："您是为了这个吗？这件事，我还是能保险的，前两天我和镇守使在一处烧烟，他还说银行里的存折子和一些公债票现在都清理好了，只等二妹嫁过去，就把这些东西交给她掌管，人家先就预备好了，全不用咱们焦心，您倒先疑心起来了。"罗太太道："这话准的吗？他说了多少钱没有？"赵观梅道："他说光是现款，就有二十多万。"罗太太擦着眼泪，不由得笑了起来，因道："果然一嫁过去，就掌二十多万家产呢，那倒罢了。要不然我这孩子可就委屈大了。"

赵太太见母亲已经破涕为笑，这才给她倒了一杯热茶，双手送到她面前。罗太太喝了一口茶，就对赵观梅道："姑爷，说不得了，请你还跑一趟吧。别的什么我都不怕，就怕拜堂的时候，那娘儿们要出来见大小礼，那可受不了。这件事，无论如何，要请姑爷去说一声儿，不能照办的。"赵观梅本还想说什么，因见岳母是刚刚转悲为喜，不便多言多语又打动了她的心事，便道："这很不值什么，我见他一说，他就明白了。他那样的大人物，难道我们这一点儿困难都体谅不了？您别焦心，让我到他那里去，和他细细地说。"罗太太道："我心里搁着这件事，老是坐立不安，你既然肯去说，你就去吧，我就在你家里等你的回信。"

赵观梅本想是静养一些时候，等到王镇守使婚礼那一天，再前去贺喜。现在罗太太是这样坐立不安的样子，说不得了，还是为人家的事出去这么一趟。于是又坐了马车，到王镇守使办公处来。问了一问，王镇守使不在这里，到公馆去了。赵观梅明白，所谓公馆，乃是易州太太住的所在。就一马车坐到易州太太公馆里来。到了门口，就对门房说，是来见镇守使的。恰好这个门房是新来的，他并不认识赵观梅是镇守使的上客，便道："有事请你上衙门去吧，镇守使在这儿是不见客的。"赵观梅道："我和镇守使是极熟的朋友，随便在哪儿都可以会面的。"门房道："镇守使是这样吩咐的，在这儿不见客，我也没有法子。"赵观梅看看，这是一个不明理的人，对他说也是白说，只得坐在马车上，侧着身子斜躺住，静等有个熟人来，再去通报。

整等了一个多钟头，哪里有熟人来。最后还是旁边开了汽车门，放出汽车来，一会儿工夫，只见王镇守使挽着一位中年妇人，慢慢地由门里出来，这不用说，就是那位易州太太了。王镇守使出了门，一看到有一辆马车，拦住门停着，这就眼睛一横，要发狠骂上两句，忽然看到赵观梅推开马车门，由门里伸出一个头来，便将手对他招了一招，笑道："原来是老赵，打电话找你，是说病了，现在怎么出来了？"赵观梅笑着走到汽车边下，微微的一鞠躬，笑道："因为有几句话要和您说，您这儿贵介，是新来的，他不认识我，不让我进门。"王镇守使因为喜期近了，料得他这一来是有别的意思的，就一推门下车，笑道："对不住，请里面坐吧。"

那位易州太太见王镇守使要和赵观梅一路进去，便由车窗户里伸出个擦满了胭脂的红脑袋来问道："嘿！走不走呢？"王镇守使道："你先去吧，你到了那里，让汽车夫开车回来接我得了。"易州太太连连摆着头道："我不，我不，让我一个人坐在饭馆子里什么意思呢？"说着，嘴又一撇道："说媒拉纤儿的，有什么好人，倒把这种人当了上客待，哼！怪不错的呢。"这几句话，赵观梅都听得清清楚楚，但是她是现在的镇守使夫人，有什么法子可以和她抗衡呢？也只好装着不知，忍受罢了。

王镇守使似乎也觉得易州太太言重一点儿，拉了赵观梅的手，就向大门里跑。一直拉到了客厅里，这才笑道："老赵，你这人做事，有时候很机灵，有时候可又很糊涂，你想当着我那位太太的面，又谈我娶太太，那怎么能够？"赵观梅心想，我还不曾质问你一句，你倒先骂上我了，叫我怎样开口呢？当时坐下没有言语，笑着哼了一哼。王镇守使道："我瞧你这样子，病得还很厉害似的，你到这里来做什么？"赵观梅将一只手撑了腰，靠着椅子背笑道："您还有什么不明白的，日子这样近了。"王镇守使道："近是近了，到了日子，我打发马车去拉人得了，那有什么要紧。"赵观梅道："这个我自然知道，就是罗家那边说……"说到这里，嘴里不由得先叹了一口气。王镇守使道："我明白了，你瞧我把易州这位太太接来了，好像不痛快似的，对不对？那没关系啊！"赵观梅见他已是不客气地说出来，便笑着点头道："本来是没有关系，不过恰好在办喜事的这几天，她们妇女们的眼浅，疑心这个那个。我是一个媒人，又不能不出头来问一问。但不知……"说到这个知字，已经满脸都是笑容，只望了王镇守使，把那个知字的声音拖得极长，那意思是等着王镇守使给他一个答复。王镇守使听他所说，脸色和平常一样，并没有什么怒容。赵观梅料得无事，便继续着道："镇守使是什么意思呢？"这句话他说是说出来了，然而他的声音非常之低，几乎让人听不出来他一个字。

王镇守使站将起来，走近前，拍着他的肩膀笑道："你别吞吞吐吐的了，你说的话我全明白。罗家的意思，大概就是说，有了一个太太在这里，她们的姑娘嫁过来，好像是姨太太了。其实我的正太太在原籍，在外面娶的人，谁也不能挣上一个大字。我这位易州太太，我虽然还喜欢她，我并不把她当一位正太太的，罗家姑娘嫁过来，她就不敢欺侮，大家一般儿大。前天我带着这位太太听戏，倒是在戏园子门口碰到那位小舅了。大概他看见了心里不大受用，回去说了，所以我那罗家岳母要来问我，你回去对他们说，要我这样才好，我是有了新的，决不忘了旧的。将来我要再讨了太太，我也不会把他们的姑娘扔下，这还不好吗？"赵观梅听了这话，心想我要照你这话对岳母一说，那是挨揍无疑。因道："我早就对岳母说了，说是王镇守使绝不亏累人的。就是接一个太太来了，那也没关系，各过各的日子，那要什么紧呢？"

赵观梅这样说着，以为很冠冕了，忽听到外面有一个妇人的声音嚷起来道："你这混账东西，瞎说八道，我要揍你。"这分明是易州太太大兴问罪之师了。一惊非同小可，刚才在门口，已经领略了她的威风，这一下子，不知她又要来怎样发作，吓得脸上变了色，只望着王镇守使，自己身体本来就不大好，这样一来，更是凉了大半截。还是王镇守使站将起来，喝着向外问道："是哪个在外面这样大声直嚷？"赵观梅心里不住发慌，以为这样吆喝，说不定那易州太太要怎样反抗。不料屋子里只这样一声嚷，外面的声音立刻停止了。及至问得明白，这才晓得是易州太太带来的亲信老妈子，和一个小听差吵嘴，一点儿不相干。王镇守使骂了几句，回转头来对赵观梅笑道："别害怕，没你的什么事，也没我什么事。我们的老妈子发脾气，老赵你的胆子一小，就小得这样厉害，连我们家里老妈子都要怕她三分了。"赵观梅红了脸，又不好分辩什么，只是连连地是了几句。王镇守使笑道："依我说，以后你就别上这儿来，老实说，我们那位易州太太可是有点儿不高兴于你。"赵观梅道："那个我早知道，不是为了罗家今天催得厉害，我也不会来的。"

说着这话时，王镇守使自己起身要走。赵观梅一想糟了，岳母原是派我来质问他，弄一个答复的。现在是一点儿头绪没有，怎样回复岳母？踌躇了一会子，嘴里又连吸了两口气。王镇守使道："你不要为难，千斤担子，全是我一人挑了。你只管去罗家说，她姑娘进门，绝不会分什么大小。平常我是怕太太，可是我一发起狠来，我拿着刀，就是刀，拿着枪，就是枪，不听我的话，就打发她上姥姥家去。我这位易州太太，她脾气虽然不好，可是非常地怕我，我现在和她闹着玩，到了接罗家姑娘的那两天，我就得对她发狠，让她哼也不敢哼一声。我对你说了真话，现在你总可以放心了吧？"说着，左手牵住了赵观梅的手，右手在他肩上连连拍了几下。赵观梅嘴里尽管答应是，心里可就发着慌。这话和岳母一说，那小姨子向来胆小的人，她就死在家里，也不肯嫁过来了。

王镇守使说毕，将手一摔，也不问赵观梅是否再坐一会儿，径自走了。赵观梅思忖了一会儿，只好硬着头皮回家。见了罗太太，就说已经和王镇守使交涉好了，他是一点儿没有话说，只管认错。他说的易州那个娘儿们到北京来，他并不知道。既然来了，这件事她总会知道。若是老早对那娘儿们说了，恐怕她得意忘形，越发地要往头上爬。所以这几天还是照样地敷衍她，到了咱们办喜事的那两天，就不声不响地把她监禁起来。你瞧，人家对待咱们姑娘，总算不错。赵太太道："果然是这样，那倒罢了，要不然，可真气死人了。"罗太太本来认定了王镇守使是三妻四妾主义的人，并不是等自己姑娘嫁过去了，就让人家把所有的太太一齐抛开。只要自己姑娘能掌着几十万家产，不受人家的蹂躏，那么，在名义上受一点儿委屈，却也不关紧要。现在赵观梅回来说，办喜事的那一天，王镇守使会把易州太太监禁起来，那么，是二十四分看得起自己姑娘了，还有什么可以留难的？于是把来时的那一把眼泪鼻涕完全收起，又高高兴兴地回家办亲事去了。

罗家是北京寄居两三代的人家，差不多已是土著，所以北京城里亲戚朋友很多。这些亲戚朋友，听说罗家招了一个做镇守使的女婿，说起来大家也就多了一个阔绰的亲戚朋友，正是与有荣焉，就是平常不大来往的，这一回也是拼着自己的力量，凑上一股份子，送了过来。所以罗家这几天热闹非凡，老早地就把两进大院子盖上了五彩玻璃花棚，临时牵上电灯线，亮起了电灯。在静英小姐出阁的前三天，便有些至亲好友来帮忙，到了早一日，家里就乱纷纷了。见着罗太太的人，都先说道："您大喜啊！二姑娘好造化，招了这样一个做大官的姑爷。这一过门去，就是一位夫人，您也做了一位老太太了。"有的又说："我瞧二姑娘这一份人呢，就说不知什么人有福来承受啊！敢情还是一位大人来娶了去。这也不枉您费了十几年心血。生儿生女的人，有了这样一天，可是一个乐子。"大家都是这样夸赞，绝没有一个人嫌是做了姨太太的。罗太太见亲戚朋友纯系一味地恭维，心里很是痛快，见着人，只管是嘻嘻地笑。罗士杰也穿了一套西装，拴着一个大红领结，在人丛里跑进跑出。来贺喜的，有他的少年同学，都笑道："嘿！士杰，抖起来了，马上就是舅老爷啊。将来得着好差事，携带携带，别忘了我们啊！"罗士杰一听这话，浑身毫毛都不觉一根根地竖立起来，便笑道："这可说不准，要是有那样一天，我总忘不了朋友。"他说这话，也就显着很谦逊，心里盘算，难道我姐姐过了门，还不会在姐夫面前，多多地提拔我吗？所以他母子二人，这时都是极其欢喜。

至于新娘静英小姐呢，她虽不见得极顶的欢喜，然而听到满耳的恭贺之声，都是说她嫁了一个有权有势的丈夫，名利双收，好不荣耀。心想天下事哪里能够十全？所嫁的丈夫，虽然是个年长的赳赳武夫，然而除了这一点，其余都是极好的，这也只好含糊一点儿了。所以罗家一家人，对于这件事，都是执着愿意的态度，没有什么挂虑。可是王镇守使那一方面，始终只让赵观梅一个人跑来跑去，并不会有什么铺张。罗家也就算着，这无非是些零碎小事。在喜事前两日，若是就铺张起来，倒叫当日的排场为之减色。所以赵观梅以前所说喜事要如何热闹，男家有怎样的铺张，都不会去追问。料想一个镇守使娶位太太，那也并不是小场面，不用得去管他。罗士杰听了风就是雨，他倒逢人便说，说是王家办喜事，局面大得很，除了有许多军队迎接不算，还要在队伍面前摆着两辆炮车，而且说好了，在清河镇借两架飞机来，沿着花马车走的马路飞起，一路都散下五色彩纸来。人家听了这话，少不得当了一种好新闻传出去，满街耍的人都看看这场热闹，就是罗家也觉得面子不小。

到了喜事这一天，一条胡同的人家，家家门口都站着一群人，等着看十二班军乐队的大排场。从十点钟就站起，一直站到十二点。有人就说，新式结婚，究竟不如旧式的好。若是照着旧规矩，满胡同都晾上执事花轿，越热闹就越晾得久。现在这新规矩，什么时候走，什么时候才来，有人又说人家有那么些队伍，又是大炮机关枪，你想在满胡同里这样一摆，还有我们走道的地方吗？就是这些奶奶少爷们看见，也透着害怕。大家一想，这话也有理。

不多一会儿，只见一辆汽车风驰电掣而来，来了之后，就停在罗家门口。汽车上，十字交叉，倒也挂着两匹红绿彩绸，车沿上，一面站了一个挂盒子炮穿制服的兵士。大家就说，这一定是报信的汽车来了，大概大批的队伍也就快来了。于是大家格外留神，注意着迎娶队伍的来路，但是冷清清的，哪里有点儿形迹？后来罗家出来几位宾客，都垂着两块脸泡，噘着一张嘴。就有人找了一位，从中一问，这才明白，原来王镇守使就是派了这一辆汽车来接新太太，什么排场也没有。大家叫了一声晦气，都各转家门，没有人再看了。

街坊邻居都是这样不高兴，罗家一家人那一份情形就更不必提了。第一是静英小姐，早几天听到人说，今天的喜事要如何热闹，现在就是这样一辆独汽车，倒仿佛人家在济良所领姨太太一样，这哪里有一点儿诚意？再说亲戚朋友、街坊邻居，都知道今日要大大的风光，而今却是这样简单，面子多么难看。今日喜事头一天，就把自己当了丫头使女，大大地扫了一个面子，将来过了门之后，还不由人家摆布吗？于是妈妈娘的，放声大哭起来，只管说着舍不得妈，舍不得家里人，无论如何也不肯上车。这时赵观梅请了一位亲戚，做了一个红媒，也坐了一辆汽车跑来跑去，现在见王家这样料理喜事，弄得自己前言不对后语，非常地着急，只得向罗太太撒了一个谎，说是王镇守使一个礼拜之后，就要升官，这两天忙得厉害，不是早定了喜期，今天就不能办喜事。人家要升官，公事要紧，这个结巴眼儿上，人家可就不能把正正堂堂的军队来接花轿，若是上司知道了，说他把公事当玩意儿，不给他升官，岂不是为了一时的热闹，倒误了将来的大事吗？罗太太空有二十四分不高兴，到了人家来接新娘子的时候，却不敢说是不让人家来娶。况且姑爷又是个带兵的大官，怎敢得罪于他，只得哭丧着脸，坐在一边生闷气。赵观梅道："这一分缘由，我都和你老人家说了，你老人家还有什么可说的呢，难道您还不愿意您的新姑爷升官吗？"罗太太道："我让你冤够了，你别再来冤我了，现时姑娘在我家里，我还能做一半主，若是嫁过去了，你们爱怎样办就怎样办，冤都用不着冤我了。"说着，两行眼泪只管流将下来。

赵观梅看到，未免也就先挫下去一半高兴，因道："您说这话，我可受不了。我们做亲戚的，总是望亲戚好，难道还能害亲戚吗？前几天那边说要大大热闹一下子，我就到这儿来报告您，说要热闹一下子。现在他说要升官，不能热闹，我就来告诉您，说是不能热闹。我是实话实说，有什么冤您之处？"罗太太道："你还说不冤吗？"只说得这一句，以下便哽咽住了。她越这样，赵观梅越是着急，千说好，万说好，才把罗太太说得有些回心转意。这又因为静英小姐在屋子里哭得死去活来，复又烦起罗太太对静英小姐去劝架。

正在麻烦，王镇守使那里已经连派两批人，坐了汽车来催新人上车。说是那边百事都预备齐了，只等新人过去行礼。这坐车来催的人，正是几个全副武装挂盒子炮的马弁。罗太太一想，得罪他们不得，人总是要过去的，赵观梅说是姑爷要升官，不能热闹，也许是真情。别因为一时想不开，给自己姑娘惹个大乱子。这样想着，也就立刻催着静英小姐上车。罗家来了许多男女宾客，见新姑爷那边一批一批派了马弁来，恐怕也是惹不得，都劝静英小姐望好处想，不在乎这一时的热闹。静英小姐为众人所包围，又没有逃走或躲避之可能，也就只好委委屈屈穿了新衣，由大家簇拥着上车而去。这时虽没有音乐，却喜来宾不少，倒也凑个热闹。静英把心一横，心想到了男家再说。只她一上汽车，车轮碾动起来，何消片刻，就到了新公馆。

原来王镇守使一想这回喜事虽然不是平常讨妾可比，但是究非讨正式的太太，铺张过甚，报纸上一登出来，究竟怕人说闲话。这也只可让二三知己朋友知道，大家坐在一处，吃喝一餐，也就完了。因此一来，并不曾另借地方做喜事，就在这新公馆里请了一次客。当新娘子汽车到了新公馆门口的时候，他正和一大群朋友在客厅里推牌九。他押上家，手气很好，赢钱不少，刚拿了一副天杠在手，一个马弁抢进来说道：

"新太太到了。"赌钱的人一阵风似的跑了出来，嚷道："瞧新娘子，瞧新娘子。"齐拥到院子里来。有几个人拖着王镇守使的手，就要他上前去迎接新娘子。王镇守使穿了一件长袍子，连马褂也未曾套。刚才耍钱，为便利起见，正卷了两只袖子，现在袖子还不曾放下来呢。他本来是个武官，对付几个人，却还不甚吃力。所以他身上扭了几扭，就把大家摆开，一溜烟地回到上房，加上一件马褂，又戴了一顶帽子，然后才走到喜堂上来。这喜堂是本来的大堂屋，拆了一方格扇，挂了几轴喜帐，不过如此而已。正中摆了一张系着围幔的长桌，倒也用烛台燃着一对大蜡。但是只有一对大蜡，并不曾有别的。当王镇守使走到喜堂上，新娘子已经由许多人包围着，在长桌下方，面对着一支红烛站定。

她的意思，以为王镇守使来了，一定站在那支红烛之下，一同行礼。不料他出来了，却是背着红烛，脸子朝下。心想他们这是什么规矩，倒是对面对地站着，她头上是盖了喜纱的，头在喜纱里面，不敢抬起来，却抬了一抬眼睛皮，仿佛看那新郎一张漆黑的长面孔，鼻子尖上还有一丛麻子，绝不似相片那张武装半身相片好看。他的个子虽不大，倒是不矮，估量着自己的头，只好靠平他的肋下。心里当时似乎受了一种什么感触，很有几分不快。他出来了，并不害臊，大模大样地站在那里。就有人嚷道："新娘子行礼，新娘子行礼。"静英以为是有人赞礼交拜就向上鞠躬。王镇守使原是偏着身子的，这倒正迎着新娘站定。新娘向他鞠躬时，他只微微点了几点头。礼毕，大家便拥着新娘进了新房。静英这才明白了，刚才站着行礼，并不是行夫妻交拜礼，乃是行姨太太见主人翁的礼了。然则自己嫁过来是一种什么身份，也就不言而喻。

走进新房里四围都是人拥挤着，头上虽然盖了喜纱，可罩不着脸子，自己并不抬头，人家也要看到半截脸，眼睛眶子里虽有两行热泪，却是不敢哭出来。因为一流出来，人家就能看见的。自己挤到铜床边一张软椅上坐下，也不抬头，也不说话，只是斜侧身子，靠住铜床架子一个犄角。大家一看新娘很年轻，当然是很害臊的，因此也不以为怪。这屋子里的宾客总是络绎不绝，笑声也是不断。静英心里只想着，今天也说做镇守使太太，明天也说做镇守使太太，现在落得这一番地步，名没有个名，利没有个利，图着什么？再说那一表人才，也差不多可以做自己的父亲，向来看小说，就想象那些千金小姐弄个如意郎君。这样的人，行大礼的时候，就大模大样端出主人翁的排子来，平常还能讲个什么温存体贴不成？想到这里，恨不得立刻就走，屋子里是怎样，宾客说些什么，不闻不见，全不知道。

　　一直让大家闹到电灯发亮，那新郎才让一批人簇拥着进来。他说着一口侉话，十句里面，倒有两三句是他妈。静英虽然没有抬头，听了那种声音，却非常地刺耳，心里一不受用，便是懊悔万分。这时候，把头低了下去，算是置身在深山大谷之中，眼面前一个人也没有，自己只当在这里参禅悟道，一切不闻不问。但是那些宾客，以为是新娘害臊，倒格外闹得凶，也不知是哪一个用手把新郎一推，推得向新娘这边一倒，新娘却待要闪开，无如这里，后面是墙，右面是床，人是从前左两方斜角上倒过来的，这叫人向哪里躲去。只觉得推铜山、倒铁柱似的，身上压着了一样重东西。同时一股子酒气和大葱臭，也只管向鼻子里钻了来，这不由人不作呕。

　　偷眼一看，正是今天洞房花烛夜的如意郎君。他那尉迟敬德的面孔，加上了一层酒色，鼻子上那一撮麻子，也就分外发现得清楚明白。所幸他当了许多人，却不肯马上便卿卿我我，已是两手撑了床栏杆，站将起来。笑道："你们闹得太厉害了，我这样的大个儿，都会让你们推倒，但是可别招我发了脾气。我要是发了脾气，你们这几个人不够我打发的。"大家听说，一窝蜂似的嚷了起来道："不行不行，哪天都可以生气，今天是不许生气的。不说这话也罢，说了这话，我们偏偏要惹上一惹。"于是大家拥到床面前，将一对新夫妇围住。这一个说，行新礼，新郎要抱着新娘亲嘴，那一个说，行旧礼，新郎得和新娘喝一盏交杯酒。王镇守使无论怎样说，大家也不肯退阵。支持了十几分钟，幸而从中有人调和，改为夫妇二人拉一拉手。静英先听到要喝酒亲嘴，心里想着，就是马上拿一把刀来，把我砍成十七八段，我也不能依从你。新娘子不让闹，总也没有杀头的罪，我只是不理，看你们怎么样。所以她两手一抄，掉转身子向里，死也不作声，后来大家调和到夫妇拉手，依着静英还不肯。其中有两个女宾就说："王太太，大家的面子，不要一点儿也不理会啊！"这王太太三个字，静英觉得比较受听，就不是先前那样盛气虎虎的。

早就有人看出了机会，扯着她一只右手顺了过来。大家嚷道："新娘伸手，新郎伸手。"王镇守使究竟老实些，就不肯要人来勉强，于是就伸过手去，握着静英的手，摇了一摇。有人道："不行不行。新娘子手伸过来了，脸可朝着床里边呢。况且新娘这只手并不是自己伸过来，还是人家拖着的呢。不算不算，重来重来。"静英本是身子朝里，将右手绕过左边来，觉得也很是别扭。为了给大家面子起见，只得将身子扭过来。那王镇守使这时看得新太太清楚，真是娇小玲珑，赛过以前所娶的几位夫人，心里一欢喜，便张嘴一笑。在他这张嘴的当儿，把一嘴黄板牙齿全露了出来，而且黄牙缝里还挂着几条青郁郁的东西，大概那正是吃过生蒜大葱了。静英一见，又是一阵恶心。而且和他握手的时候，觉得那人的手指头，是树皮一般粗糙。只是在这一点上，可以想到他并不是如何一个有温柔性的男子。索性装着害臊，低了头不抬起来。

　　可是大家见玩得有点儿意思，谁也不愿就散，马上又继续着要闹。就有人出题目，在顶棚下面插一朵花，让新郎抱了新娘去摘下来。新郎本是一个长人，出这一个题目，正是因人设事。新郎对于这个题目，倒无可无不可，但是新娘听了这话，死也不肯抬头。索性两手拉了床栏杆，将身子向里扭过去。大家一看这事，未免有些扎手，也就不敢追着要办。正在犹豫中。忽然有人嚷了进来道："督军来了急电，快去听听。"原来王镇守使的电报都是由秘书念着听的，所以不叫作看，叫作听。王镇守使听说是督军的急电，当然不敢稍微耽搁，马上抽身走了。这里走了一个正角，就没有多大可闹的，因此只说说笑笑而已。

　　那新郎一去，却一个多钟头不见回来，大家以为新郎逃走了。这一下子，倒让静英小姐大大痛快一阵。要知新郎果然逃走了没有，下回交代。

第八回

灯下看花屠沽成上客
伶门伴食笔墨负骚人

却说大家都说新郎逃走了，不能答应，后来就有人道："你们不要闹了，新郎接了督军的电报，要到直鲁豫三省交界的地方去剿土匪。那里接连陷了三座县城，等着恢复，王镇守使马上就要动身呢。"静英坐在一边，把这些话都听得了。心想我正愁着今天晚上怎样办，依着我的性情，决计是过不到明天早上的了。现在他既然是要出征，我且在他这里稍住两三天，看看有什么机会没有。我能过一天，就多过一天，也犯不上先死着去让人。心里这样想着，就坦然了许多。

这些宾客，除了两三位女太太们还在屋子里陪伴着新娘而外，其余的人都蜂拥到前面，和王镇守使话别去了。有位女太太道："咳！这事真是不巧。偏偏今天办喜事，今天就让王镇守使出门。"又有人说道："那也是件喜事啊。王镇守使这一去，马到成功，督军一欢喜，就得给他升官，新娘子是个读书明理的人，她有什么不明白的。我想她不能为了这事，心里不快活。"说着，就扯了一扯静英的衣服道："新娘子，你听听我这话怎么样？说得对吗？"静英心里暗笑，却又嫌那妇人啰唆，背转身去，却不理她。那妇人道："哎哟！新娘子，你真有些不痛快吗？究竟人家说，一夜夫妻百夜恩，那是没有错的。"静英听了，身子微微一起，扭转身来，就对那两个妇人道："哪个说我不痛快呢？"那妇人道："哟！新娘子，急出话来了。可是忙中有错，这话不能那样说，洞房花烛夜，新郎升官去了，欢喜倒可以，痛快是不见得啊。这样吧，洞房别让它冷淡了，今天晚上，我们陪着新娘子给她暖暖脚吧。"

静英当她们说话的时候，偷眼看了她们一看，都是些涂脂抹粉、浑身金玉的妇人。心想这一班东西，也难怪她们说不出好话来，我还是不理她了。于是两手交叉，贴在怀下，身子向后一靠，望着屋子。这才觉得这屋子四壁糊了外国花纸，非常的美丽。全屋的木器家具，都是最新洋式的。自己斜对面，两架雕花木的衣橱，门上嵌着极长极大的玻璃砖镜。橱子四周，都用螺钿嵌了花纹，远远望去，光灿灿的。心想着姓王的虽然不顾面子，在实际上，也就为我铺张得厉害，屋子里一种摆式便是一千元上下，屋子外我虽没有留心细看，但是我经过的地方，都觉不错。

　　正这样想着，忽见一个艳装的女子向自己面前一闪。心想这地方，哪里走来这样一个美女，真奇怪了。仔细一看，不由得自己好笑。原来并不是什么美女，却是玻璃橱门活动着向外一开，自己看了自己的影子。原来自己改了新娘装束，却有如此好看。倒让那个目不识丁的粗黑大汉把我讨了来，真是不平等。我自负总要嫁个俊俏郎君、多情男子，倒给武人做第四房妾，我真辜负了这影子，我还有什么面子见她？想到了此处，刚才一点儿稍平抑的怨气，又复兜动起来，便离开了原地位，坐到玻璃门并排一张沙发椅子上来。

　　那几位女宾设身处地而想，也觉得新娘子有苦说不出来。结婚都是睁着眼睛望的，望到了结婚那日，却把一个新郎跑了，有什么话解说？便是把那升官发财的话老来劝人，人家未必能入耳，人家心里也不会痛快吧？既然如此，也就不必再讨没趣了。女宾中有那急公好义的，就溜了出去，暗中告诉王镇守使。说是："新娘子听到镇守使马上要走的话，心里万分难过，现在谁也不理，一个人躲在犄角上生闷气。您要是就这样走了，得把新娘子安顿一下才好。"王镇守使正在和几位朋友商量，要怎样想法子耽搁一晚，明天一早再走。就是耽搁不了整晚，今天半夜登车也好。现在听说新娘子在生闷气，心里也很抱愧，便叫人暗中把那些宾客让出新房，他却溜了进来。

　　静英初以这些人走了，落得稍微安静一下子。不料一抬头就看见王镇守使满面笑容走了进来。他笑道："我的小太太，你怎么坐到那衣格子背后去了。我要出门的事，你大概也听见说了，这是上司的差遣，我有什么法子？我要是不做官，我不理会，也不要紧。现在我们还想巴结一点儿小差事，我们就得听人家的命令。我知道很对你不起，我现在来陪你一会儿。"说着，扛着两只肩膀，慢慢地走过来，弯着腰就去拿静英的手。静英身子一扭，连忙将手一缩。王镇守使伸手拍了一拍她的香肩，笑道："你还害臊吗？"说着，一挨身子，也紧贴着她，同坐在沙发椅子上了。静英紧紧地低着头在他面前，走又走不了，只急得浑身是汗。还是王镇守使原谅她，她是个新娘子，现在还是宾客满堂，进进出出的人不少，不要太与人以难堪了。因见她死命低下头，只管躲闪到椅子犄角上去。便站起来，笑了一笑道："你别害臊啊！我这就上阵去打仗，你应该替我饯饯行，给我说几句告别的话才对，你怎么老是不作声。我也觉得我今天晚上真不够朋友，要不，我打一个电报给督军去，说我有病，要迟了一两天才能到吧。"

这一句话，才把静英的话逼将出来了，正着颜色半抬头道："那是什么话？难道为了婚姻小事，误了你的前程大事吗？你越是接了电报，马上就走，越是见得你为公忘私，功劳更大了。我主张你马上就走，也不用得等到半夜里。你越走得快，我心里越欢喜。你只要把差事混得好，比在家里陪着我要强十倍。"王镇守使听了这话，真是喜出望外，一拍腿道："既然这样说，我马上就走。你好好地过日子，多则一个月，少则两个礼拜，我一定赶了回来。"于是跑了出去对着那些来宾说："我的这位新太太，是认得字的，究竟不错，她并不留我在家里，要我赶快到前线去巴结功名呢。"来宾里头，有比镇守使位分次一等的，都在一边凑趣，说是这位新太太真是识大体的人，难得难得。王镇守使也高兴极了，马上打了电话到西车站，将预备的专车升上火。一面吩咐卫队预备行装，不到两个钟头，各种事情都预备妥当了。

正待要起身上火车，又接到一通督军来电报，说是可以不必面授机宜，一直到大名前线剿土匪去就是了。王镇守使一想，既然知此，想必土匪是十分猖獗，就不能再耽搁了。带了卫队，马上上车。一面打电报给琉璃河一带的驻军，束装待命。车子经过琉璃河的时候，就挑选了一团人，由火车带到磁州。

到了磁州之后，火车载了军队，停在车站上，王镇守使却下了火车，一直到县公署去下榻。这地方虽然不是王镇守使直辖之处，但是他乃奉命前来剿匪的，也算是个临时的上司。所以这里的文武官吏，都由车站上一直欢迎到公署里来。这里的文官领袖自然是县知事。他叫恽亨通，是一位下车伊始的老爷。那武官领袖就是刘团长。他原是快嘴刘，后叫刘得胜，而今人家都称他为刘团长了。这刘团长和恽知县倒也情形相投，遇事都有个商量。除此之外，又有一位督军新派来的京汉路直南财政特派员，叫万福兴。因为他也是个客位，而且是督军特派来的人，所以并没有到车站上去欢迎镇守使。恽亨通县长和刘团长一商量，这里一天之间突然来了两位大人物，应该大大地热闹一番，给他们洗尘。于是就在当天晚上在公署设宴，并且邀了当地几位大绅士作陪。

在这种地方，一个镇守使当然是了不得的人物，所以恽县长等来的客一齐在客厅里齐集了，然后才亲自到王镇守使下榻之处，把他请了出来。王镇守使一到客厅里，客厅里所有的人就如得了一句起立的口令一样，突然一齐站将起来。究竟是那财政特派员万福兴的气派大一点儿，早抢上前一步，对王镇守使一躬到地，口称镇守使，今天下午，兄弟也是刚刚到，没有到车站上去欢迎，实在抱歉得很。王镇守使见了他，倒不由得猛然吃了一惊，这是一个很熟的人啦。三年前他在家乡，开了一家牛肉铺，还带卖烧酒杂货，生意很不错。自己家里，因和他同村子，常常买他店里的肉，如何不认识？而且他认识几个字，跟着三官庙里老道学算命起课。那老道因为他老是有酒有肉送去吃，却情不过，也很教给了他一些本领。后来他还不要什么，白给我起过几回课呢。几年不见面，怎么做上官了？

他在这里发愣，那万特派员也把王镇守使看明白了。这是我们的街坊，从前在一个村子上住的时候，他倒称得起一个混混，王镇守使原来就是他，真是做梦也想不到。王镇守使见他也发愣，便笑道："万委员你也认识我吗？"万福兴道："认识认识，我们还算是同村子的人啦！几年不见，镇守使，您好？"王镇守使道："我不过瞎混罢了，谈不到什么好。您倒是不错，一晌怎么没有听见说过？"恽县长因为万委员先没有到车站上去接王镇守使，心里老是不安，总怕王镇守使不高兴。这事虽不干己，然而两位佳宾不和，至少也是主人翁应付不得当。现在王镇守使和万委员见面之下，竟是老交情，这一喜，比自己和王万二位联了老交情还要高兴若干倍。便从中一揖道："我先就知道万委员和镇守使一定能说得很投机，原来正是好朋友，我还只能猜到一半呢。"于是夹在二人中间，周旋一阵，还同二人敬茶敬烟。万福兴因为王镇守使问到自己如何升了高官，正在踌躇着，还是说不说呢？若是不说，未免触犯了王镇守使。若是说出来，当着许多人，又怪难为情的。现在恽县长在里面一搅乱，倒正好将词锋闪开，因此谦逊一会儿，就混过去了。

还是王镇守使爽直，谈了几句话，又谈到过去的事了，笑道："老万，真是做梦也都想不到，我们居然干出了头，干得这样大了。当年咱们都是穷小子，自己身上穿的那件大棉袄，常常为了耍钱耍光了，扒下来当。现在咱们耍钱，输个万儿八千的，都不在乎了。再说咱们当穷小子的日子，两顿窝窝头，真不能说靠得住。人家有姑娘，谁肯送到咱们家来过这样苦日子。不瞒你说，我现在共讨了四房太太了。可是这话又说回来了，这回动身的时候，我刚刚讨了一房新家眷进门。我和新娘子体己话儿都不曾说上一句，这也见得做官的人，好处也有，坏处也有的。若是平常老百姓，当他娶新媳妇儿的时候，就是他爹妈要他出门一趟，他也决计不能答应的。"万福兴道："恭喜恭喜，原来还有这样好的喜事，将来到了北京，我一定要叨扰你老哥这一杯喜酒。"说时，将左手捏了一个圈圈，向嘴边一送。王镇守使笑道："成！别的事情，不能说一办就到。若是说光要吃点儿喝点儿，我老王决不含糊，准能供个周年半载，还不至于叫穷。"说时，就伸了手掌，一拍胸脯。恽亨通也拱手笑道："当然当然，漫说周年半载，就是三年五载，我想，镇守使也是很慷慨能答应的。"王镇守使听了这话，鼻子里哼着笑了一笑，又接上摇撼着高大的身躯，摆了一摆头。

刘团长也笑道："镇守使这样一说，倒提起了我一肚子心事。别往前三年说，就是前一年，我还穷得当裤子喝小米粥。就靠京绥路上打这么一仗，可就爬起来了。"他说着还是不改旧日的老脾气，把快嘴刘那一套本领又使了出来。由在家里挑花担子说起，说到目前为止，口讲指画，简直不断。恽县长恐怕他说得高兴，露出马脚来了，便道："席面已经摆好了，就请镇守使入席吧。"于是就向王镇守使一揖，两拳紧抱，拳头抵着鼻尖，满脸赔笑道："请请请。"王镇守使一看，在眼面前的人，差不多都比自己矮下去几层阶级，更用不着客气了。因笑着对万福兴道："我们实在用不着客气，老实就上坐了吧。"万福兴原本想对大家谦逊一下子，现在看到王镇守使用手来挽着自己，这比一切的人面子都大，若还要谦逊，倒现得自己不会摆官排子，因此就也老实坐下去了。

恽县长坐在主位，拿了酒壶，先斟上一巡酒。王镇守使端了杯子，先一饮而尽，照了照杯，对恽县长道："再扰你一杯。"恽县长因隔了一个大圆桌面，觉得老远地伸着手斟酒有些不便。手上拿了酒壶，就离开了桌子，走到王镇守使身边，给他又斟上了一杯。王镇守使一伸杯子将酒接着喝了，却笑道："老万，就是这一着，也叫咱们够受的了。你想在几年前，咱们见了知县大老爷，那还不是屁滚尿流。而今倒让县老爷站在一边，给咱们斟酒，你瞧这是一个乐子不是？"恽县长这一听，真弄得进退两难。老是在这儿站着，人家是个乐儿。不在这儿站着，现着不给镇守使捧场。倒是他手下的警察局长比他更机灵，却突然站起来，上前接过酒壶来笑道："也别让县长一个人敬客了，我也来敬镇守使一杯。"说着，提了壶弯着腰，就做了一个架子，静等王镇守使伸杯接酒。恽亨通县长得了这样一个机会，犹如得了皇恩大赦一般，老早地溜回了主席。

王镇守使却未明白人家是金蝉脱壳之计，笑道："怎么着？又换一个人斟酒，我不过闹着玩，你们别认真啦。"那警察局长却抱定了牺牲主义，无论王镇守使如何地说，他总认定了站在旁边伺候斟酒。还是那万福兴委员，看得有点儿不过意，对他点了一点头道："都是客，不必这样客气，请你归座吧。"那警察局长手里拿着酒壶，还是犹豫未决。王镇守使也点了点头道："果然的，你就坐下去吃吧。大家都吃着喝着，要你一个人站着斟酒，那是什么玩意儿？你别瞧你现在不过当一名警佐，可是将来的事很难说，也许你当到了大总统，赛过咱们几倍去。这年头儿，三年河东，三年河西，谁也别料定了谁。这日子咱们要你斟酒，很是高兴，将来我们要给你斟上酒，你更是个乐子了。咱们有话在先，将来你做了大总统，可别让咱们也来这一手，咱们今天是免了。"警察局长因他说得那样尴尬，未免踌躇了一会子。王镇守使笑道："怎么着？你非站在这里不成吗？那简直预备将来做了大总统，和我们讨债了。"说着，就哈哈大笑起来。在席的人虽然觉得这事无甚可笑，然而王镇守使这样，未便让他一人笑得过于单调，因此各人都开了嘴，发出一种笑声来。还是恽亨通县长自己来做了一个解铃人，站起身来，将警

181

察局长牵了一把，笑道："请坐请坐。"他才随了这点儿机会，复身归座。

万福兴见他们虚伪谦逊，他却有些不耐烦，手里拿了一只杯子，有一口没一口地呷着，只管出神。王镇守使这时回过头来问道："老万，你想着什么心事？又是哪里有一笔捐款，要把它弄到手吗？"万福兴笑道："这样说，我这人要害钱痨了。一个人要老是打钱的主意，不想怎样花，那要钱做什么？"王镇守使道："这样说，莫非你也在想什么花钱的法子吗？"说到这里，问恽亨通道："你这县里有干吗的娘儿们没有？"恽亨通明白他所说干吗乃是娼妓之别称，自己为要洗刷自己吏治清洁起见，便道："没有没有，一个也没有。"说着这话，便回顾警察局长，意思是叫他说话，可以证明。警察局长连忙站起来说道："原先也有几个，后来奉县长命令，把她们驱逐出境，没有几天的工夫，就完全驱逐干净了。"万福兴叹了一口气道："咳！你们真是作孽，人家做这事，总也是为了衣食二字，出于不得已，为什么一定把人家轰起走？"王镇守使道："我就恨这样的人。你要做清官，少捞几文儿就行了，哪在乎这个。你说不许有当娼的，就算你禁得干净，还有那些私娼私凑的，你也禁得了吗？再说娘儿们谁也喜欢的，我们自己就爱逛窑子，怎么能禁止不干这个呢？"万福兴道："对了。拿我打比吧，我就走到了哪里，要在哪里逛的。"刘团长笑道："这样说，走到了磁县，也想在磁县逛逛吗？"王镇守使道："当然啦！可是据恽县长说，已经把这里的人轰得干干净净了，这还玩个什么东西哩？"恽县长听了这话，大窘之下，沉吟着道："真是要找的话，也许还找得着。"王镇守使道："既然找得着，不论多少，给我找来吧。"刘团长笑道："不论多少吗？恐怕是不论大小吧？若是不论多少的话，若有个千儿八百的怎么办？"王镇守使道："那也不要紧，咱们带上北京，编一个女子卫队团得了。"

恽县长话也不曾听完，早溜了出来，就叫了县府卫队长到身边，轻轻地说道："王镇守使和万委员都要找两个女的玩玩，听说还要带上北京去，非好的不成，你赶快去找找，最好赶了来，我们的酒席还没有下场。"卫队长听说，连答应了几个是。恽县长复回来，便笑道："我刚才去问卫队长，据说，虽然禁止她们做买卖，可是还让她们住在这里，现在恢复她们营业，她们是很乐意的。待一会儿，就可以找几个来。"

万福兴点了点头，撅着上嘴唇一点儿小胡子笑道：“这还有个意思，不然这杯寡酒，我真没有法子喝。”王镇守使笑道：“寡酒你是喝定了。就是有你也不知道到什么地方搜罗去，赶到这里来，咱们不吃完了吗？”万福兴道：“若是在未下席以前，能找上两个陪酒的来，我还能多喝几杯哩！”

正说笑着，已经由那卫队长带进两个擦抹着满面脂粉的女子进来。一个人身上穿豆绿色的褂子，下面配着红裤。一个穿了一件枣红色的长衣。灯光下照映着这样大红大绿的两个人，看去倒有个意思。王镇守使笑道：“嘿！你猜怎么着，我以为这儿县大爷弄了一对新娘子来了哩。”万委员笑道：“到了这地方来，有这样的美人儿，也就不错，我很满意呀。”说着就顺手一捞，就把那个穿绿褂子的一把拉到怀里，因问道：“美人儿，你家住在哪儿？我们要找你的时候，好随便去找你呀。”那女子道：“我们家就住在离这衙门不远的地方，这儿县大爷也常常叫我们呢。”万福兴望着恽亨通直乐，恽亨通红了脸，只管拿了酒壶，到处给人斟酒。后来这些穿红穿绿的女子来了十几位。一问她们住在哪里时，她们都说，所住的地方离着这衙门不远。王镇守使笑道：“恽县长，你这儿还有什么玩意儿没有？要是有的，你赶快贡献了出来。大家乐一乐，可别瞒着。”恽亨通鉴于刚才私娼的事，料定是越瞒越坏，就对大家道：“这儿别的什么没有，只有一口好大烟。”王镇守使道：“好极了，好极了，吃过饭再来一口大烟，那是最助消化不过的。”

说着话，大家已把酒饭吃完。那些作陪的都是些小区区，就不敢怎样玩得溢出范围来。王镇守使万特派员两人在这里无异做了正副两个皇帝。因此不管三七二十一，带着一群土娼，便去烧大烟。其次便是刘团长，他已算中级军官，只下于镇守使两个阶级，所以只有他还在一处勉强陪着。王镇守使问刘团长道：“刘团长，你驻扎在这儿，差事怎么样，对付得过去吗？”刘团长道：“这也就是骑在驴子上翻账簿，走着瞧。”王镇守使道：“这回我上大名去平土匪，我看准有个六成儿可以成功，要不然，你帮上我一阵，在这上面找一点儿功劳。”刘团长道：“这不是我多嘴，要说真打的话，这些土匪，未必能让咱们打平。大名前后，哪儿也有他们的党羽。他败了，官兵追上去，他们把枪在地里一埋，是庄稼人，当地的驯良百姓，你能说哪一个是土匪？再说这些人整大股的

183

也有上千人的，干起来，他们真拼命。我们的弟兄们，两三个月没有发饷，没有什么好处，他凭什么给咱们卖命？依我的话，倒不如和这些小股土匪通了，和他们做两笔小买卖。大股的土匪，他们占着县城，又不能做什么，反等着官兵来干上不成？搂饱了，他自然要走的。那时候，他们一跑，咱们一追，这就算完事。"王镇守使笑道："咦！你倒是个内行。不是我今天晚上喝了几杯酒，借着酒来盖脸。老实说吧，我年轻的时候，在江湖上也跑过几年，要硬打土匪，那可是件吃力的事。你既然是很内行，这件事我栽培你，你给我去跑一趟，好不好？"说着，走上前，一拍他的肩膀。

　　刘团长万不料轻轻悄悄说了几句笑话，王镇守使就把剿匪这样重大的责任交付过来。若是糊里糊涂答应下来，到了前线剿办不下来，莫说争不下功劳，恐怕好容易捡来的这一个团长，也有些靠不住。心里这样想着，嘴里就不能冒昧地答应，只管沉吟着。王镇守使又拍着他的肩膀道："你还怕什么？照着你的法子，又由你去办，无论如何也不会发生什么危险。就是有什么事，只要抗得了的，我总和你去抵抗，你看好不好？"刘团长道："办是没有什么办不了，可就是一层，上头的命令，是要镇守使去的，团长代表去了，公事上怎样交代？"王镇守使笑道："咱们督军那个乱劲儿，准比我还厉害。只要把土匪给追跑了，他就乐意，是谁干的，他又何必问呢？你为难绝不是为这个，无非是为了开拔费罢了。敞开来说，就算是公事，也不能让你白跑。趁着财神爷在当面，你老实就和他要吧。"说着就伸手一拉万福兴。这个时候，他正和一个土妓对面对地在床上烧烟，床面前一张方凳子上，也坐了一个土妓，他就老实不客气将两条腿伸了出去，放在那土妓的身上。还有一个土妓由他身后爬过来，伏在他身上，对着他的耳朵说笑。王镇守使一拉他的手，他一缩手，笑道："这里有一口好烟，你让我抽完了再说。"王镇守使道："是要钱的事呢，你能答应吗？"

　　万福兴这时围在众香国里，已是弄得神志昏迷，人家问的是什么，他也没有听清楚，口里却只管糊里糊涂哼着答应。王镇守使对刘团长笑道："这是三人当面说的了，你瞧他答应了不是？"因又对万委员道："多也不要你预备，你老老实实筹三千块钱吧。我瞧没有这个数目，人家也真走不了。"这时床上那个妓女，烧了有小指粗一个大烟泡插上了烟斗，顺过烟枪头来，一直送到他嘴边。他两手刚捧着烟枪，向嘴里一放，那边已是凑上灯头。万委员闻到一股香气，情不自禁地吸将起来。这一个烟泡子既然很大，吸起来自然也非一口气所能吸完。偏是他吸着得劲儿的时候，那边王镇守使却也正问得凶。万福兴吸着那口美烟，舍不得放，鼻子里却只管哼哼嗡嗡地答应。王镇守使道："刘团长，你还不能答应去吗？兵也有了，钱也有了。"刘团长笑道："好吧！就趁着这机会，再巴结巴结。"

万福兴一口烟抽完，突然坐了起来，笑问道："刚才王镇守使问我什么话，我抽烟全没有听见。"王镇守使道："你都答应了，这会子装孙子那可不成。咱们都做到了这样大的官，第一回要你办芝麻点儿大的一件小事，你就要推辞吗？"万福兴道："老大哥，你别着急，答应得了的事，不管大小，我就算答应了，不过我刚才真没有听清楚，叫我怎样去办？请您再说上一遍，行不行？"王镇守使笑道："你没有听清楚吗？没听清你为什么答应下来。我是说刘团长要替我到大名去，请你给他筹三千块钱的款子。我想你的手上大概是很方便，你一点儿也不为难，就完全答应了。刘团长大概明天就要走，你这款子，请你在今天晚上就筹划出来。"

万福兴现在算是听明白了，原来是要钱，便笑道："刚才我只顾着抽烟，一点儿没有留心这话，您还有什么不明白的，我到这儿，比您也只早两个钟头，什么也没有摸熟，哪儿找钱去？"王镇守使道："那不行！刚才你一口答应，现在又来反悔，我都和人家说好了，不能跟着你后头丢人。再说土匪闹起来了，你负得起这个重大的责任吗？"万福兴见王镇守使正言正色，把大题目加了来了。待要不答应，这一翻脸，可有些吃不住。因笑道："并非是我推辞，这儿收钱的机关全没接头，可没法儿拿钱去。再说在当地筹款，总得要当地的地方官帮着出点儿力，要不然，就派哪个有才能的来，也不知道在哪儿下手。这又不是天津，就是我私人，也垫得出三千五千的，现在并没有银钱账往来的地方，这款子到哪儿去拿，这只有求求您原谅，宽我一点儿限期，明后天我准交款不误。"王镇守使想想也对，便答应了。

万福兴不抽烟，也不玩女人了，立刻找着县长恽亨通，另到一间屋子里交涉，板着脸告诉他筹款的话。并且说他若是不交出钱，明天就打电报给督军，说他违抗命令。恽亨通今天请了这一餐酒，正以为这两位佳宾都大为欢喜。这一份儿巴结很是不错，不料酒宴之后，上宾却开了这大的口，一下子竟要三千块钱。现在大河南北，连年兵旱之灾，所有征收机关拼命地搜刮，在预算之内的钱，常常也是饥荒。现在突然之下，要拿出三千块钱来，实在有些棘手。但是一定要咬定不答应，无如万委员那一副面孔又是煞神一般凶狠，睁着两只光焰逼人的荔枝眼睛，只管注视，不见他移一下，不必打电报了，就是这种形象，也比督军大令到了一样可怕。望了万委员，恽亨通半天作声不得，只连连答应了几声是。

万福兴道："这不是光说是就了结的，你得答应拿出钱来。"恽亨通哭丧着脸道："万委员，您给我想想，我这个小县分，又是不断地有来往差事，这……"万福兴道："这用不着再下什么转语。干脆，你愿意干就干，不愿意干就拉倒，一句话可以了结。"恽亨通愣住了一会子，便苦笑道："既是如此，让我和刘团长去谈谈看。我和刘团长的感情倒是不错。倘若是能答应缓个两三天，我就好想法子了。"万福兴道："什么话？那不行。我答应给他钱，这钱总得由我手上经过。"恽亨通正着颜色，轻轻地说道："只要筹得出来，反正万委员应当要怎样办的，还是怎样办。"万福兴听了这话，脸上的颜色便和悦了许多，微笑道："你也懂得这些规矩吗？我以为你初出来，对于这些事不大在行呢。"恽亨通道："在行是不十分在行。不过王法不外乎人情，猜也猜得出来一些。像这种公事，瞒上不瞒下，只要大家有好处，又何必不圆通一点儿哩？"

万福兴原是和他对面坐着，离开得很远的，这时却将椅子一拖，拖得和恽亨通并排，因扒着他的肩膀，对着他的耳朵说道："恽县长，你的困难，我有什么不知道的。我虽没有当过县知事，这半年以来，东县跑到西县，繁缺简缺中等缺，我都调查过了，哪里有几个发大财的，无非凑乎着过罢了。老兄台，你只要把刘团长对付过去了，我倒是不拘，你就少给几个，那也不在乎。你老兄看着，能在这里面分多少给我？照规矩说，是个二八回扣，二三得六百。哈哈，你就少给个三十五十，看在面子上，我也只好含糊一点儿了。"恽亨通皱了眉道："实在难，一部毛诗如何？"万福兴想了半天，却不能答应出来，恽亨通道："万委员，我的意思是请您打个对折吧，我预备三百元，明日送过去。"万福兴这才懂了，摆了摆手，站起来又拱拱手道："那实在是少一点儿，果然把这事敷衍得过去，你要知道，我也负着很重大的责任的。"恽亨通看他的情形，不加钱是不行，二人说来说去，说到了最后，依着万福兴的话，乃是大礼三百二，这边疏通好了，刘团长和恽县长是有交情的，只要了一千块钱，书面上就由他开了三千块钱的报销。

刘团长得了这一笔款子，就让王镇守使在磁县驻守，带了一团人向直鲁豫三省交界的地方而来。这两三百里路的途程，却走了一个礼拜，让他们的军队到了目的地，土匪早发了大财，溜之大吉。他们兵不血刃，就克复了城池。第一着便是打电报告捷。那电文是：

薛巡阅使、王镇守使钧鉴：

　　职团奉命剿匪，于正午得达目的地。匪众三千余人，挟有精利枪炮，扼守太平庄坚壁死守。职团比向部伍宣扬钧座威德，限二小时内，攻破匪阵。幸士卒用命，无不以一当十，奋勇直前，先以猛攻，继以肉搏，匪等不支，弃庄乱窜。比击毙匪徒三百余人，生擒二百余人，并捕获匪首十余名，我军亦伤有七人。职以匪虽败去，余众犹多，决不容其稍为喘息，因即复率全团兵士，乘胜追击，并得本邑张知事赞助，两日之间，连复三城，匪等经此重创，业已四散，想不难一鼓荡平也。谨先驰报，余容续报。

团长刘得胜叩

这个电报是由当地县知事代为撰就的，所以措辞非常地老到。但是这些土匪实在不曾四散，不过分成三大股，各走一路，这算给官兵留一点儿面子，免得他们对上峰说不过去。他们最小一股的首领叫火车头，却带了五百人上下，在离城三十里的安乐乡驻守。刘团长派人打听了明白，知道火车头这一股相处最近，凭他那些土匪，并没有多大的能力，他只是徘徊不去，当然有作用的。于是起了一个绝早，带了全团弟兄，就一齐赶上前去。离着土匪驻扎的地方，还有三里之遥，天色方始发亮，便发了命令，让弟兄们陆陆续续朝着天上放枪。他们这一团人，虽是虚数，照实际论起来，倒也有五百名。两个人放一枪，大家放起来，也有二百余的响，那边的土匪听到这种响声，当然知道是官兵追来了，带了赃物肉票各人就向前纷逃。最后跑的几十个人，也是向半空中放上一排枪。这种枪向天上冒着烟，当然是善意的，刘团长所部，作为追击之势，也就向天上放了一排枪。

约莫过了半小时，才开了跑步，向前追了上来。追出了庄子，在一片坦地之上，已经可以看到那些土匪的影子，刘团长一看他们的情形，并无抵抗之意，便下令卧倒预备放。相持约莫有半小时，土匪已在对面用棍子插了一面小白旗在地里，然后飞奔而去。刘团长看明白，下令冲锋，大家一声吆唤，一粒子弹也不曾放，一直便冲到插旗的所在。那些兵士竟不用得喊口令，大家都抛了枪，满地找插的标记。看时，麦地上都有用木棍子顶着纸片的，有用树枝插着破鞋破袜子的，都是极容易看出来的。兵士们照着标记，用两手去扒土，不到一尺深，便现出白花花的洋钱。这洋钱的数目却不一样，有的是二三十元，有的是七八十元，有的是一百多元。兵士们将洋钱拿了起来，有的解下一排子弹，放到土坑里，有的放下一支手枪，有的放下一支快枪，都看了洋钱的数目而定，东西放下去了，依旧将土掩盖好了，大家向空中放一排枪，于是退下阵来。

刘团长带着他们到村庄里扰了一餐午饭，然后检点枪弹，回城而去。到了城里，又是一个电报告捷，说是所有的土匪完全都打平了，现在只是在此驻守以待后命。这一道电报去了之后，不到两天，督军和镇守使都有电报答复，大加奖赏。这电报都是此地张县长拟的，少不得在刘团长面前大大地夸下一番功劳。刘团长笑道："人家都说，先生们的一支笔杆儿，比咱们的枪杆儿还要厉害。从前我是不相信，如此看起来，真一点儿也不错。我团部里几个耍笔杆儿的，都没有能耐，不会这样撒谎。张县长路上，若是有像你这一样才干的人，请给我荐一位，我一定要重用他的。"张县长道："要别种人才，我找不着，我不敢说有好的。若是要起电报稿子的人才，我有的是。前两天，还有一个姓陈的朋友，老远地从北京写信来，叫我给他找事。刘团长若要用，我就写信给他，他准接到信就来。"刘团长道："果然像张县长这一样的人，做得出好文章来，我为什么不要。趁着这一阵子我还走运，跟着用电报一鼓吹，也许我就能够抖起来。你写信去，恐怕还是迟了，而且也不显得重要，最好是打一个电报去。我们打电报又不花钱，比向邮政局专贴邮票还要省事，干吗不打电报？"张县长道："我也是这样想，可是我们为着省钱，他却不知道。接了电报，以为我们把他当一个重要人才，特意打了电报去聘请他。他还没有来，先就把身份抬起来了，似乎也不好。"刘团长笑道："这要什么紧？这年头儿就是水涨船高，人抬人高，咱们没有人抬，哪有今日？他要知道我们抬他就好，这样一来，他才肯给我们出力。"张县长见他的意思如此，自己落得借这个机会救一救穷朋友。于是就按着那穷朋友在北京闲居的地点，打了一个电报去。

原来他这朋友叫陈禹浪，乃是个南人北居的名士。原先在部里也当过主事一路的职务，因机会不好，就赋闲下来，住在会馆里。会馆里，向来是闲人的集合所，陈禹浪在会馆里住着，终日无事，便和那些闲人来往。其间有两个人，乃是军警衙门的稽查，和戏馆子里前后台都很认识。因此陈禹浪也跟着他们一处，不断地到戏园子里去听戏。所有的戏园子，要以平乐戏园和他们最熟，也以这个戏园子去得最多。这戏园子的二号台柱，是坤角吴月卿，为人倒很慷慨大方，凡是捧角的人到她家里去造访时，她殷勤招待，一点儿也不躲避。

陈禹浪在平乐园听戏之时，恰好是和捧吴月卿的一班人坐在一处。一个月之后，那些人就也带了他一路到吴月卿家来。彼此相识之后，他觉得虽不足以言捧吴月卿，然而总也是他一个朋友。既是朋友，就应该互相关照的。因此在会馆里闲着无事，就作了些戏评送到各报馆去。大报上虽也登戏评，然而一味地捧人，捧得极肉麻的，当然也不好意思登。此外有几家评花评菊的报，既要自己拉拢生意，又要扩充稿子的来源，倒很是欢迎。一登出来之后，陈禹浪马上就买下一份，送到吴月卿家去。吴月卿虽没进过学校，却也认识些字。小报上的文字大体却看得过去。她见陈禹浪所作的文字捧得很在行，就和他道谢了两回。这样一谢，陈禹浪更是起劲儿，索性每天都作一段戏评送到小报馆里去。他的稿子，今天送这家，明天送那家，更换着登载，几乎逐日都有一段登出来。吴月卿明知他们这种穷措大捧角，原不像阔人捧角，有什么用意，纯粹是为着听了白戏，又白做了朋友，没有什么力量报效，所以借着一支笔杆儿来捧捧。可是在自己一方面，老让人家捧，不给他一点儿好处，也觉得过意不去。

有一天，吴月卿在家里吊过了嗓子，正拿了一份儿小报，横坐在玻璃窗下看。陈禹浪一头高兴走了进来，在院子里就嚷着道："吴老板，瞧见没有，今天报上把你捧得很厉害啊！"吴月卿隔着玻璃，向他点了一点头，笑道："你进来坐吧。"陈禹浪走进门，躬身笑道："你真用功，闲一会儿，又看起报来了。你瞧的是哪一份报，是《花花报》吗？你瞧，那上面有署名太原公子的就是我。那一段捧你捧得不含糊吧？"吴月卿手上拿着报，偷眼看看他，见他穿的那件灰布棉袍子，又在下方，新添了碗口儿大的一个补丁。袍子上面罩的黑呢马褂子，又丢了一个纽扣，和以前丢的纽扣合起来，共是三个了。他那衣袖上，有如绲了花边一般，有一部分稀稀地离开了，和衣里子一块儿翻起圈圈儿花来。心想这个人聪明是很聪明的，怎么在外面混事，混得自己的衣服都周全不过来，这真是不走运了。

陈禹浪进门之后，把那顶八成旧的荷叶般呢帽正取了下来，向衣钉上挂。这时才回过头来，一见吴月卿浑身上下地打量他，把他一张黄瘦的马脸涨得通红，勉强笑道："吴老板你见我这件袍子，又打上了一个补丁吗？"吴月卿笑道："那倒没关系，人好也不在衣服上。"她说是这样说了，可是脸上也随之一红。陈禹浪坐下，叹了一口气道："吴老板，我们相识也这久了，我的事情，您这样聪明的人，还有什么看不出的。老实说，要是凭能耐混饭吃，无论到什么地方去，我也不怕。现在不是那年头儿，第一是走路子。从前国务院的秘书长是我们同乡，有两个次长是我的同学，其余的熟人，在外面混得很好的，也有的是。不但我自己找事不费什么力，就是许多找不着差事的，还走这一条路子哩。到了现在，大家都下台了，没有本事的，倒不碍人家的眼。像我们这样的人，无论是讲口头上笔头上都拿得出去，人家很怕有了我的，没有他的，只要我一出头，人家就要来破坏。我恨极了，索性当着借着过日子，不等着机会，我不想出面。"吴月卿笑道："你的志气是不错，可是你这话，我不大赞成。这年头满世界都是势利眼。有了钱就好办事，好说话，干吗给人争什么志气，你能将就一点儿，也许可以找点儿事情混混的。"

陈禹浪听她这种话，仿佛她很有帮忙之意。便站起身来，笑着向她连连作了两个揖，笑道："吴老板，你若有这种好意，我决计忘不了您，虽不能做个长生禄位牌供奉起您来，以后您要有什么事，说叫我赴汤蹈火，也是万死不辞，必得尽力效劳的。"吴月卿笑道："你别那样夸奖我们了，我们一个唱戏的，有什么力量？"陈禹浪道："这是太谦了，这年头儿就是唱戏的最有力量。刚才我所说的，是真话不是？"吴月卿笑道："我虽认识几个人，可真没荐过人。况且和他们见面，总是在宴会的地方，也不好说这话。你现在待一待吧，等我有了好机会，我再给你想法子。"陈禹浪皱了眉道："我的吴老板，你是饱人不知饿人饥了。我现在连每日两顿饭都要发生问题，我哪里还能够等什么机会？"吴月卿道："以前你不是每个月给报馆里作作稿子，还能凑合着吃饭吗？现在怎么又说饭都没有吃了？"陈禹浪先是红了脸，随后又正色说道："吴老板，我今天实说了吧。捧人的稿子，投到报馆里去，人家还爱登不登呢，哪儿还有钱贴出来？我从前说凑合能吃饭，那不过是一句面子话，免得人家瞧不起。其实我是天天闹饥荒呢。"吴月卿道："照你这样说，难道你送稿子到报馆里去，都是白忙吗？"陈禹浪道："不但是白忙，而且要贴纸笔邮票呢。"

吴月卿听了这话，心里老大过不去。原来人家捧我，虽不花钱，可是费了很大的一番力量。费了力量，还瞒在肚里，不肯对我说一声儿，这人不能不说是好人了。因笑道："别的事情，我不敢说能帮到忙，若是先要解决吃饭的问题，我还可以帮一点儿忙。你若是不嫌弃的话，从今天起，你就可以到我这里来吃饭。"陈禹浪笑道："那有点儿不合适吧？"吴月卿道："剃个头儿，洗个澡儿，当然也短不了花几个零钱。我这儿多不能够津贴，每月在我这儿拿三块钱去零花吧。"陈禹浪一听这话，连眉毛都是笑的，接二连三地和吴月卿打躬作揖，只是道谢。吴月卿道："这也不过是个暂局罢了。我不是养活闲人的人，你也不是吃我的闲饭的人。我想有个三月两月下来，总会想到法子的。"陈禹浪连称是是。

从这天起，就在吴月卿家里做起食客来。吴月卿本是吃三餐的，十二点钟一餐，吃了就去上戏馆子唱日戏，下午七点钟一餐，吃了就上戏馆子唱晚戏。晚上唱完了戏回来，又是一餐，吃顿饱饱的，就可以放倒头来睡觉了。陈禹浪为此，每是十一点钟来，一点钟走，六点钟来，八点钟走。唯有半夜里这一餐饭，时候太晚，却不好意思来吃。但是听说，吴月卿因晚上这一餐饭吃了下去，不用工作了，足可安慰自己的，因之这一餐饭，却是特别的好。为了这个，偶然也去吃过一两次，果然是不错。本来想继续着去吃，一来是半夜里到人家家里去有些不方便。二来白天的饭是正当的饭，非吃不可的。至于半夜这一餐，无事的人，早就该睡觉了，还特意地跑到人家家里去吃一餐，未免近于无聊了。考量的结果，只得折中两可，就是每个礼拜，借着别的事情为题，总到吴月卿家来吃两回半夜餐。

有一天，吴月卿家里吃口蘑猪肉包饺子，还外带打卤面。吴月卿的母亲吴刘氏，因为女儿这几日有一笔特别的收入，约在四五百元，替自己做了不少的东西，心里很是痛快，正要借着今天晚上这一餐饺面酬劳酬劳女儿。东西既然是酬劳的，当然做得特别精致一点儿。吴月卿上戏馆子唱戏去了，吴刘氏就在家里亲自动手，小小心心地做起来。待到吴月卿的包车到了门口，一阵铃响，吴刘氏含着笑容，就亲自迎到大门口来。

不料一开门，陈禹浪先拿了帽子在手，弯着腰对人一笑。吴刘氏心里好个讨厌，今天家里办的东西既好，可又不多，凭空加上一个人来吃，虽然不见得就让母女不够吃的，但是自己心爱的东西，让人家来瓜分了，这实在不痛快，立刻将面子一抹，却不望着陈禹浪，转望着吴月卿道："这个时候，你怎么还带着一位客回来？咱们家里都是妇道，不怕人笑话吗？"吴月卿是个唱戏的人，有什么不明白。她听了母亲的话，就说道："我有两封信明天就得发，今天我是特意找陈先生来写信的。"陈禹浪听了吴刘氏的话，恨不得有地缝钻了下去，躲避这一时的羞耻。幸而吴月卿这人总算顾念交情，临时撒了一个谎，说是叫他写信，才把面子顾全过来。顿了一顿，便道："其实明天上午来写信，明天上午就发，也不算晚，我明天再来写吧。"

说毕，又将那顶荷叶边的呢帽向头上一扑，便低头走回会馆去了。开了房门，点上煤油灯，恰好今天的煤油又点完了，将灯芯点着，那灯光就慢慢地坐了下去。一摸身上，只有三个大子儿，这要去打煤油，明天早上要用的零钱，那就一点儿都没有了。光点着灯芯，非把灯芯辫烧光不可。因此索性把灯吹灭了，黑漆漆的一个人坐在屋子里来想。想到自己原先在家里请了西席，教读汉文，后来又进了学校，一直待到法政专门毕业。依理说起来，总也是个读书种子。后面那一节，曾做过官，不过是风尘小吏，都不必去提了。自己是这样的人，倒为了一餐半夜饭去看人家的颜色，未免不值。依说法政学生资格取消，单凭认识几个字，不应该去靠一个半娼半优的女子单弄几口饭吃。越想越恼，越恼越把自己的傲骨撑持起来。自己在暗中拍了自己一下大腿，喊着自己的名字说："陈禹浪陈禹浪，从明日起，无论如何，不到吴月卿家去了。从前不曾在吴月卿家吃这两餐饭，也过了许久。而今歇了不再去，也不见得就会饿死。"在床上翻来覆去，想了半夜，总还是自己不对，不该失脚去倚靠伶人，今天受了一场侮辱。以我捧吴月卿而论，文字上真费的力量不小。她虽然唱得很好，不是我这样费劲一捧，也不能这样红。凭我这一点儿力量，也不至于吃她两餐饭不值。她的母亲未免太不知道好歹了。最后，就决定了主意了，明日一早，就出去另设吃饭的法子，不要到吴月卿家再去混那一餐饭吃。

蒙眬一觉，天色已大亮，起床弄了点儿凉水洗脸，便出了会馆。出了会馆之后，心想应该到哪儿去为是呢？有是有两个朋友，比较活动一点儿，今天且先去撞撞木钟看。于是先到福州会馆去会一个姓张的朋友，一进门，便碰到长班，夹了一个大包，由此出门而去。陈禹浪笑问道："这样子又是把东西送上高楼，但不知又是谁要保险？"长班笑道："张先生把皮袍子拿去当。"陈禹浪一想，这个日子当皮袍子，总是不得已的事。人家一清早当当，乃是极不高兴的时候，就用不着去碰钉子了。回转身来，想到住高升店的李先生最近有得差事的希望。这话传了好多日子了，也许现在他的事快要发表，且到他那里去探问探问看。心里想着，两只脚就不期然而然地向高升店这边走。

走到旅馆门口，便问茶房："李先生在家吗？"茶房连说在家，并说："您来得正合适，李先生的差事快要发表了，这几天忙得很。今天一早就要出去的，因为来客耽误了，还没有走，你正会得着他。"陈禹浪道："我也听见这个消息，特意给他道喜来了。"说时，开步向里走，走到李先生的门外，隔着窗户便叫道："老李！恭喜恭喜。"一面说着，一面走进房来，又作揖道："恭喜恭喜老李。"那位李先生口里衔着一支烟卷，两手互抱在胸前，正望了窗户出神，脸上满发出一种不快活的神气来。他听见有人恭喜，回头一看是陈禹浪，便问道："恭喜什么？大清早的。"陈禹浪一听，这形势有些不对了，便笑道："李先生，你还相瞒吗？我早听见说，你的差事快发表了，还不该恭喜吗？"李先生道："你不提到求差事也罢了，你要提到差事，要让人跳脚了。"说着，手一拍桌子道："差事不到手，也不要紧，我反而倒贴去好几百块钱。倒霉已极！"陈禹浪道："怎么样了，事情不成功吗？"李先生摇了一摇头道："不要提了，提起来了，我灰心得很！什么朋友？全是一班狼心狗肺的酒肉朋友罢了。有好处就来找我，没有好处，就翻脸不认得人。"陈禹浪一看那样子，话是说不得了，再要说下去，连我自己都要骂上，还是逃走的好。于是笑了一笑道："你很忙，我不来和你打搅了。"拿了帽子在手上，和李先生连拱了几拱，就告辞走了。

走出店来，低头一想，要新辟一条路径，这却不是容易事，还是走旧路子比较妥当些，纵然受一点儿气，反正是肚子受不了委屈。转着圈一想，还是到吴月卿家去为是。一来是她待我很不错，二来是吃了饭，每月还得三块钱零用，合计起来，每月也有十几块钱，很是合算，一旦丢了，岂不可惜？侮辱我是她母亲的事，似乎不能怪她。心里越想越不应该将这条路子断绝，于是一步一步直向吴月卿家来。

一走到院子里便先嚷起来道："吴老板，你不是等着发信吗？我特意老早到这儿来给你写信来了。"吴月卿也因为吴刘氏昨天拒绝陈禹浪进门，有点儿过分，所以临时撒了一个谎，现在他根据这个谎又来了，不应再去得罪人家。便隔了玻璃窗道："我这里等着你回信哩。"陈禹浪走进来了，吴月卿就让他坐下，先给了他一支烟卷，随后又倒了一杯热茶，放到他面前。在吴月卿无非是暗中给人道歉的意思。那吴刘氏在一旁冷眼看见，心中大不以为然。他吃我们的饭，拿我们的钱，我们就是拿话损了他几句，那也不算什么，何必还要给他这样客气。

心里这样想着，脸上立刻就不好看了。因对吴月卿道："孩子，人家陈先生是有公事的人，不要不分黑日白日的，老是支使人家。在你说粗茶淡饭，担任人家每天两餐伙食，你以为就不得了。可是人家陈先生为这个误了多少事。人家陈先生，每月拿咱们三块钱，真连抽烟卷儿都不够，别说坐车了。你倒好像有了很大的人情似的，为了这个，把人家当了一个秘书了。你真有那个能耐能请一位秘书，我也好了。我说，陈先生，您别客气了。您有公事，还是去办您的公事，您别信咱们姑娘的话，今天要您写信给人，明天又要您写信来登报，您有公事的人，哪里那么些闲工夫？"

　　这一番话，当着面一场大挖苦，比重打重骂还要难受。陈禹浪本待要回骂她两句，可是在表面上，她的话是很恭维的。口里衔了一支烟卷，只管抽着，将烟不住地向外喷出。吴月卿也是大窘之下，不知道要说什么来掩饰过去。正在无法解决之际，只听得院子外面有人嚷道："这是吴老板家里吗？"陈禹浪听得那声音，是自己会馆里的长班，便迎了出来问道："谁找我？"长班早迎上前来道："您来了一封电报。"说着，将电稿的信封呈上。陈禹浪接过来一看，乃是大名来的一等急电，这一看之下，心里大大疑惑起来了。那地方并没有一个熟人，就是有熟人，也不能如此阔，拍一等急电。不过地名人名确是自己。

　　是了，从前有一个常在胡同里相会的张从龙，听说做了大名附近的一个县知事，莫非是他打电报来找我，但是他也不过小官，有什么要紧的事找我呢？这且不问，刚才让吴月卿的母亲羞辱了我一场，我要借着这一封电报，找回一些面子来。便道："你且回去，我就在这里先把电稿翻出来。"说了这话，拿了电稿，就走进屋子来对吴月卿道："吴老板有电码本子吗？我的朋友来了一封急电，不知什么事，让我翻出来看看。据我想，大概有什么好差事找我去。或者要到北京来，叫我接他，他可是一个阔人。"自己自言自语说着，和吴月卿要了电码本子和纸笔，就翻译出来。一译出来，乃是：

北京下游会馆陈禹浪兄鉴：

　　此间刘团长剿匪获胜，荣迁在即。闻兄大才，拟聘请前来，襄等文牍。如蒙俯允，乞即命驾南下，弟当扫榻以待。

张从龙叩

　　他将电稿译完，做梦也是想不到的事，遂将团长的团字改了一个师字，然后送给吴月卿看，笑道："我说呢这是谁给我的一等电报，原来是大名道尹受了刘师长之托，来请我去的。这电报既是一等电，想必有

195

很急的事情，我赶快地走了。"吴月卿拿了电报慢慢地看，虽然不能十分了解，大意倒也懂得，便问道："荣迁两个字怎样解？不就是高升吗？"陈禹浪道："对的，你的国文越发长进了。"吴月卿道："既是师长，还要高升，升到多么大呢？"陈禹浪道："当然是督军了。"吴月卿道："据您这样说，您是要去给督军当秘书了，恭喜恭喜！"陈禹浪道："当秘书吗？恐怕还不止吧！"说时，笑将起来，脸上立刻表示一种得意。

吴刘氏都听清楚了，便笑道："陈先生，恭喜您啦！我早就看您这一向子的气色非常的好，是一个要升官发财的样子。这句话我还没有说出来，您的事情发表了。您哪一天走，我们得和您饯行才对。"陈禹浪道："我们都是自己人。何必客气呢？"吴刘氏笑道："原因像家里人一样，所以您来了，我们才一点儿也不客气。要不然，我们也不敢这样随便招待。我们姑娘费您心，多捧场，马上去了，倒叫我们怪舍不得的。今天中饭，在我们这儿一块儿吃，您千万别走，您坐一会儿，我去给您买菜去。"陈禹浪听了这话，也不答应，也不拒绝，只管昂头大笑起来。笑得吴氏母女为之愕然。要知他笑些什么，且听下回分解。

第九回

解道镜中花挥金似土
可怜闺里月吊影销魂

　　却说陈禹浪忽然大笑起来，吴氏母女望着都为之愕然。还是陈禹浪笑着先问道："你们信算命看相的不信？"吴刘氏道："信哪。我就爱叫街上的瞎子掐个八字儿。人的妻财子禄，哪样不是由命里注定了的？"陈禹浪笑道："原先我也是这样说，现在就不对了。原来我们会馆里住了一个同乡，他就常对人说，能看相，也能算命。反正是不花钱的事，我也就请教过两次。他对我说，从今年以后，我的运气要越过越坏了。趁着现在还是刚交坏运，你就赶快回南，到老家去吧。我也是将信将疑，没有决定。昨天他看到我当了当，又没有饭吃了。他又说我脸上的气色坏，背地里对人说，将来我非在北京讨饭不可！现在我不但没有饿死，反而得了事。那照着人家眼前形色算命看相的话，分明是势利鬼说鬼话，哪里能信？"

　　这一番话，虽是说算命的，暗中不啻句句骂了吴刘氏。吴刘氏怪不好意思的，笑着道："走江湖人的话，本来是看风转舵，哪里找许多活神仙下凡给人算命去。陈先生，您别走，在我们这儿吃午饭去，我这就上街去买点儿东西。"说着，提了一个小菜筐子，就出门去了。

　　吴月卿先听了陈禹浪一番话，知道他还是怄着气，这时就笑道："我妈的脾气，您还有什么不明白，她就是这样碎嘴子，可是她心里有什么，嘴里就说什么，就是这样得罪人。"陈禹浪笑道："你不要误会，我并不是说你母亲，实在我们会馆里真有这样一个同乡。我今天回去，倒要问他一问，现在我出门了，就是要讨饭，大概也不至于在北京讨饭，要到大名去讨饭了。"接上，就是哈哈一阵大笑。陈禹浪本来对吴月卿是无多大恶感的，加上吴月卿又赔了一番小心，也就出了这口怨气了。

一会儿工夫，吴刘氏买了几包荷叶冷荤回来，让吴月卿陪着陈禹浪谈话，自己就带了老妈子到厨房里去安排菜饭。陈禹浪在吴家吃饭的日子也不少了，向来都是随便坐。今天菜饭摆上了桌，吴刘氏一定要他上座。她还解释着说："平常咱们像家里人一样，谁也不客气。现在您要走了，见面日子短了，您总是个客，应该上座的。"陈禹浪一向都是陪着主人翁吃饭的，而今突然颠倒过来，倒有些难为情。然而人家既是十分地恭敬，也推却不得，只好笑道："这样客气，我实是不敢当。等我将来有公事回京的时候，我再来道谢吧。"吴刘氏道："若是您回北京来，请您先给我一封信，我一定到车站上去接您。"陈禹浪笑着谦逊了一番，高高兴兴地吃完一餐饭，然后告辞回会馆去。

会馆里向来是住着两部分人，一部分是候差事的，一部分是学生。陈禹浪这会馆在南城，距离着学校远，因此会馆里都是候差事的，这些人有钱的，就听戏打小牌，来消磨光阴。无钱的，只是终日闲谈，或者下象棋，或者摸骨牌过五关。这时日都是过得腻了又腻的，找不出一个什么新鲜法子来。现在听到说陈禹浪接了一封急电，大家就料着不是他有了好机会，就是发生什么大变故，急于要打听个水落石出。据长班回来说："他在吴月卿家里，又不曾回来，分明又不是什么急事。"有几个神经过敏的，认定他是有了机会，心里打算等他回来，就和他表示亲近。所以陈禹浪一走进院子，早有四个人走了出来，将他包围，先笑嘻嘻地道："什么好消息能公开吗？"陈禹浪站在院子中间，笑着沉吟了一会子，便道："对于同乡，当然可以公开，不过会馆以外，请诸位暂守秘密。这其中有两层原因，其一是免得人家说我有了好事，就到处传扬。其二是现在外面找事的人，真是无孔不入，回头一听到我的机会不错，一定要来找我。我和刘师长虽是至交，可是相隔多年，我也不好意思拖泥带水，找上许多麻烦。诸位也不必看电报，让我来念吧。这一念，大家就都听见了。"

他说过之后，在身上掏出那张电报稿子来，两手高高捧着，就高声朗诵起来。所有在屋子里的人在陈禹浪未念完电报之先，听到他说的那一个话帽子，已经惊异起来。后来他将电报原文一读，原来是刘师长请他去，这确是一桩好事，各屋子里的人，都跑出来要看这电报。东边屋子里有一桌小牌，是打五十枚铜子的进花园，同时也将牌放下，一齐围着陈禹浪，问其所以然。陈禹浪道："这刘师长原是我的老同学，在学校里，我们就拜了把子。后来他弃文就武，一步一步往上升，在天津的时候，他是常把自己的汽车接我去听戏吃馆子。自从他调到河南去了，我上北京，就分开了。要论交情，我们是不错。"大家听说，也就随声附和道："自然是不错。若是没有多大交情，岂能打了急电来请您去？"陈禹浪笑道："那是自然。但是照我说，我们既是老朋友，就不能用上司对待下属的办法来对待我，既然请我，就应当派一个专人来欢迎我。光凭这一道急电，不大恭敬，我还不愿意去呢。"

　　大家一听这话，无不着急，都说："那何必？那何必？我们只要有事情，人家打发一条狗来传话，我们也肯去。现在刘师长老远打了一个急电来，就算顾念交情的了，你为什么还不满意哩？这年头儿，贫富之分，儿子也许不认得老子。你有这样的阔朋友，肯在你不得意的时候打电报来找了去，真是天上有地下无的人了。"于是大家你一嘴，我一舌，都来婉劝陈禹浪俯就。同时又夸奖陈禹浪人品高尚，不是那种招之便来挥之便去的角儿。陈禹浪更是趾高气扬的神气，对人道："依着我的脾气，我先不想去，穷死了活该。既是大家都劝我俯就，我只好去走一趟再说。到了大名，若是事情不大好，我再回北京来，也不迟。"大家又都劝着他，他既是打急电来请，一定有事，若是不去，还不要紧。去了又回来，那是给人家面子下不去了，这事千万使不得。

　　陈禹浪故意装着还价不卖的样子，倒让住会馆的人都替他捏着一把汗。他暗中却写了一封快信给张县长，大意说："住在北京会馆里，正因候事不着，要南归故里。得了来电，又给我荐了一个事，正是雪中送炭。感激之处，如同再造，请转呈刘团长，弟即日登程前来，听候驱策。"信写好，暗中发了。可是去大名的川资还是无着。不但是川资而已，既然前去就事，衣帽总得整齐一点儿。若穿着身上的衣服前去，人家还以为是来了一个过路的叫花子了。因此只是在院子里走来走去想法子。有人看见，也料他是川资问题，就给他出主意，说是同乡胡铁老手上有几个钱。平常对朋友虽然不应酬，但是若说你有了事情，他就可以通融的。陈禹浪道："他为人是悭吝的，一个钱看得磨盘大，他岂肯无故地把一笔钱给我？"劝的人就说："但是我看他对有事的朋友帮过好几回忙的。你若是把这一通电报送给他去看，他相信你真有事了，或者可以帮一点儿忙。"陈禹浪一想，虽然不见得成功，也不妨试试。因之就把那张译好了的电报稿子交给那人，索性就烦他去说一说，那人很高兴地去了。

　　不到两个钟头，那胡铁老竟坐着自己一辆破马车自到会馆来。走到院子里，就嚷道："陈禹浪先生，住在哪屋子里？"陈禹浪早在破纸窗格眼里看见他，便迎出来道："在这里，在这里！"胡铁老也等不及说话，先作了两个联珠揖，然后笑道："恭喜恭喜！现在爬上军界去，乃是一条飞黄腾达的大道。我看了这电报，非常替你高兴。这个师长，就是要做三省剿匪司令的刘师长吗？"胡铁老一面说着，一面走进屋子来。陈禹浪见他匆匆而来，又是言中有物，料得此来全是善意的。且不管他所问的刘师长是哪一个，尽管答应他就是。因道："对了，正是他。铁老和他也有交情吗？"胡铁老道："交情是没有，不过我很慕他的名，你老兄既是他的上客，将来也不难由你老兄从中介绍。我有一封亲笔信，相托你老兄带给他，不知道可以不可以？"陈禹浪道："可以可以！请铁老交给我，准没有错。"胡铁老道："我听说你老兄快要动身，所以赶快来先说一句。这信在今天晚上，好歹可以写好，或者今天晚上，或者明天一早，我就把信送来。"陈禹浪道："明天是否能走得动，现在还未可定。"说时，现出那种沉吟之色。胡铁老连忙说："我明白，我明白，大概川资不大方便。大凡住会馆住久了的人，经济都是困难的，朋友有通财之谊，这一点儿小事，兄弟应当帮忙。"

　　说着，就在身上掏出一个手巾包来，那手巾包圆滚滚地放在桌上，扑咚响了一下。陈禹浪看那情形，大概是包着一卷现洋，便咳嗽了两声，找了一支烟卷，昂头抽着，并不望那手巾包。胡铁老慢慢地将那手巾包透开，正是一大截现洋钱。胡铁老拿起洋钱来数了一数，然后五块一叠，分作两层，排在桌上，每排是一大叠，合起来共是三十元了。胡铁老两手扶着向桌子中间推了一推，笑道："说起来是很可笑的。不过省俭一点子用，由北京到大名也就勉强够的了。"说毕，嘿嘿嘿地笑了一阵。陈禹浪听他有明白表示了，便道："胡铁老，你帮这样一个大忙，我实在感谢得很。"说着，站起来和他拱了两拱手。胡铁老道："这些时候，手上比较地拮据一点儿，听了那位同乡的话，我马上就来了。急忙之间，筹不到多少款子，还望老哥原谅。"陈禹浪笑道："无功不受禄，平白地要铁老帮我这个大忙，实在是不敢当。"口里说着，眼睛望着那洋钱出神。胡铁老道："你老兄莫非是嫌少。"他口里说着，两手就把洋钱向中间叠了一叠。陈禹浪一见，不由得骇然，莫非他要将钱拿了回去，便向前两手按着他道："且不忙，且不忙。"

他情不自禁地说出这话，胡铁老听了却是莫名其妙。回过头来，翻着眼睛，望了他发愣。陈禹浪定了一定神，也醒悟过来，刚才自己这几句话，说得有些文不对题，如何按住人家的手，不让人家拿钱。便笑道："我不是有什么意见，请你老人家不忙在这一会子。"胡铁老道："怎么不忙呢？你不是明后天就要动身吗？"陈禹浪道："虽有明天后天动身之议，但是我有点儿怪脾气，生平不食嗟来之食。大名这一道电召，我是否前去，尚在考量之中。"胡铁老一听这话，脸上变了色，望着陈禹浪道："怎么？你老哥不打算去吗？我要倚老卖老说两句话……"

陈禹浪一想不好，不要把煮熟的鸭子给打飞了。陈禹浪见胡铁老认起真来，倒不好再向下说。要不然，眼见得那三十块钱，他又要带回去了。只得向胡铁老拱了拱手道："前言戏之耳，其然，岂其然乎？"胡铁老原要伸着手去掩护那些洋钱的，听见他说的是开玩笑的，这才把两只手缩了回来，笑道："你这话不要紧，倒真吓我一跳。既是决定了走，陈先生何时登程呢？"陈禹浪本想说明日走，还恐怕胡铁老要疑心，便道："今天晚上有一班车，若是赶得上，今天晚上就走。"胡铁老想了想道："那倒也不必急于这一时，等我的信写好了，你再决定时候吧。"陈禹浪看在桌上三十块钱的分儿上，就答应了他。

胡铁老很高兴地回去，在晚上九点钟以前，将信写好，就派了专人送到会馆里来。陈禹浪一想，真是活见鬼，我哪里认得什么要做三省剿匪司令的刘师长。他拿来的这一封信，只好不客气地捏成一把，向字纸篓里一塞。那三十块洋钱，除了买车票而外，还剩着一部分，就赎了一些当，添置了一些零碎东西，就在次日搭车南下。由陆路坐着火车，向大名而来。到了大名，直向县公署投刺请见。

恰好这时候，刘团长到县公署来拜会，商量就他筹款的事情。张县长一见陈禹浪的名刺，就对刘团长说，请的那个陈先生已经来了。刘团长道："好极了，好极了。就请来相见吧。"听差出来传话，将陈禹浪引到客厅里相见。张县长是认识的了，只见和张县长对坐的，有一个粗黑汉子，穿了蓝印度绸长袍子，花缎马褂，口里衔着烟卷，笼了衫袖，似乎斯文一脉的样子和张县长谈话。看那神情，当然是个刚解戎装依然得意的武人，因此也不管是谁，径自上前向着那人高高举手，深深放下，作了一个揖。张县长这才告诉他，这就是刘团长。陈禹浪一听是东家到了，连忙又补了一鞠躬。刘团长道："据张县长说，你的文笔很好，做出来的文章就和他差不多。我正短少这样一个人用，所以我就请张县长打了一个电报把你请来。我就是这样一句话，一个铜子也没有寄给你，不料你倒是真来了。"

陈禹浪听了这话，倒吓了一跳。难道说打着急电叫我来，还是好玩儿的。我在北京大张旗鼓地闹了一阵，未免有些丢人。刘团长见他脸上有些变色，便突然站起来，向前走了一步，握着陈禹浪的手道："我姓刘的，不能那样不够朋友，打着电报把你叫了来，又把你搁在这儿。我的意思说，在北京住会馆的穷朋友，没有钱做盘缠，来不了。既是来了，当然给你一点儿事情干。我是一个小团长，做不了主，用人还得往上回。马马虎虎的，你先到我团部里干书记官的事，咱们一块儿混。我混好了，你自然跟着下去有好处。"陈禹浪听了，倒不由得暗笑。怎么做了团长的人，还会说出这种极粗野的话。

张县长见他有些惊讶的样子，便道："刘团长是个极爽直的人，他不喜欢学那些假应酬，说些文绉绉不相干的话。他这几句话，足可以当一张委任状的。"刘团长笑道："你听了张县长的话，你可以放心了。他是你的朋友，他还能冤你吗？"陈禹浪虽然感到这都有些不成宾主初见面的言语，料得这位团长胸无点墨，倒是极容易对付的一个上司了，心里倒太平了许多。

自这天起，陈禹浪便在刘团长团部里供职，也算是一个官了。这团部设在城外一所空庙里，将住持僧人驱逐到庙后民房里去住。刘团长就住在僧房里。陈禹浪跟着团长，就住在大殿下披廊上，用芦席挂在柱上，当了墙壁。找了两条小板凳，架着两块破门板，这就是床了。桌椅固然是没有，连进出的房门和放进光亮与空气的窗子也不曾有一处。坐的地方是黑漆漆的，零用东西，都乱放在地下。

陈禹浪一想，所谓团部书记官的房子，就是如此简陋。那么做武官的意味也就可想了。心里正这样犹疑着，传令兵走进来，说是团长请书记官有话说，陈禹浪跟着去见刘团长。刘团长开口就说道："陈书记官，你大概住在那屋子里，有些不满意吧。我告诉你，那不要紧，这是行军的时候，不能不这样。将来咱们有了一定驻防的地方，就可以慢慢找乐子的。"陈禹浪听了他这话，也就将信将疑。到了这里来了，也只好既来之，则安之，反正有了职分在这里，不用得拿钱出来买吃喝，总比在北京待在会馆里强。有了这样一个转身，就忍耐住下。

约莫过了一个星期，陈禹浪也曾代刘团长拟过几回告捷的电报。王镇守使那一方面，都复电嘉慰，刘团长自是欢喜。过了两天，王镇守使忽然来电，说是有紧急军事商议，令刘团长不分星夜，到磁州去面聆机宜。刘团长一想，也不定是哪里又出了土匪，自己正在得宠的时候，巴结差使，总是向上的事情，于是坐了军用长途汽车，就赶向磁州来。过了两天，刘团长回来，春风满面，早有一种乐不可支的样子。还不曾进屋子，先就嚷道："陈书记官呢？陈书记官呢？我有话对你说。"陈禹浪跟着他到了屋子里，就笑着低声道："我做梦想不到的事，你瞧，我升了旅长了，这一下子，大家都得乐，你愿意干什么？"

说时，两只手左上右下，不住地擦着两边脸泡，又笑道："这一下子，团部要改成旅部了，我不知道怎么样好，一路上都想不到好法子。我们这里王团副虽然认识字，可没你肚子里那一部三国志，你得和我出主意，主意想好了，我再来对弟兄们宣布。大概咱们得就调回北京。这一下子，他妈的，我真乐了。"陈禹浪见他毛手毛脚，真是孙行者坐金銮殿，望之不似人君。心想，不趁这个机会，抓上一点儿权柄，还等待何时？便笑道："这并没有什么可为难的。最要紧的，是参谋长一个位置，只要把参谋长决定了，一切要办的事都让参谋长计划好了，然后来告诉旅长。旅长愿意那样办，点一点头就行了。旅长不愿意那样办，有的是参谋长会出主意，叫他再来一个法子得了。"刘旅长道："这样说，我就干干脆脆让你做参谋长得了。你别嫌麻烦，挣起钱来，你不会比人少。干个几年下去，管保你洋房子有了，汽车也有了。那时候是个乐子。"陈禹浪踌躇着道："旅长栽培，我还有什么推辞的，可是……"刘旅长道："我知道，你是怕资格不够。中华民国，自由平等，不谈那些个。我今天做到旅长，从前干什么的？"陈禹浪道："那么，我就勉为其难吧。"

这一席话，陈禹浪轻轻巧巧地把一个旅部参谋长弄到手，心里好不痛快。至于扩充旅部的办法，无非是升官发财，那还有什么难办，他开了一个单子，将在职军佐先座位一升，随带着他们所带的兵也扩充起来。何消三日，一律办妥。就是这个时候，薛大帅来了电报，将他们这一旅调到北京北郊去编练。陈禹浪就趁机向刘旅长建议，应该到北京去先看一看营房，同时，也要和督军去领些编遣费。而且也要和铁路局商量，借拨几辆车子运兵。刘旅长因为他所建议的话都是有利的，自然赞成。就派陈禹浪即日进京，办理一切。陈禹浪先在军需手里领了五百元办公费，带着两名卫兵，坐了汽车，直向磁州而来。

到了磁州，见了一见王镇守使，领了头等火车免票，直向北京而来。到了北京，先在一家大旅社住了。然后雇了一辆汽车，吩咐两个卫兵，站在汽车两边，满城一跑。所有认识过的人，哪怕是多年不会面，今天也去拜一拜。有的主人不在家，他就扔下一张新编第一百二十旅参谋长的名片。主人翁在家，他就进去坐个五分钟，说是忙极了，不能久谈，回头还要去见某司令、某军长。

把一些散住的朋友拜完了，就坐了汽车到下游会馆来。汽车到了门口，喇叭一阵叫，会馆里长班早伸出一个头来。一看之下，不由得吓了一跳，怎么会馆门口有这样的阔人前来，莫非是知道会馆里藏有歹人，前来捉人的。正没了主意，只见汽车门一开，却是陈禹浪穿了一身灰色军服跳下车来。他倒先叫起长班来道："马老二，你去对会馆里诸位先生说，就说我回来了，特意来看望诸位同乡。"长班原知道陈禹浪到大名是做官去了。现在看到他穿了军服，带着卫兵，坐了汽车前来，这其间有什么缘由就不用说了。连跳带蹦跑到院子嚷道："欢迎欢迎，陈大人回来了！"于是将新编第一百二十旅参谋长的名片，每屋送了一张。

会馆里，一见陈禹浪的名片，突然是个参谋长了，大家都将名片收好，一齐迎了出来。陈禹浪先举着手，向大家行了一个军礼，然后走上前，和在场的人，一个一个来握着手，大家都客气起来，要让他到屋子里去坐。陈禹浪道："我们就到客厅里去畅叙畅叙吧，不能一个一个分着谈话，因为我还要去见薛大帅回话。好在我们的军队也要调回北京来的，以后见面的日子长，慢慢再谈吧。"会馆里人异口同声地都说是。于是将陈禹浪请到客厅里，有递烟卷的，有催着长班沏茶的，有挨了陈禹浪坐下，陪着说话的。陈禹浪谈了一会子，把口袋里那个新买的金表，倒掏出来看了几回。因道："我真对不住，事很忙，只好明后天再来谈了。"会馆里人不但不留，就有两个人抢着出去，口里叫道："参谋长出来了，开车呀！"大家如众星拱月一般，将陈禹浪拥上汽车，陈禹浪就吩咐汽车夫，开到吴月卿家来。

吴月卿恰好今天无戏，闲在家里。她的包车夫坐在门口，忽然看到站了卫兵的汽车一直开到门口停住，也猜不出是来了一个什么大人物，早是吓得向前一跑，连忙将两扇大门推得开开的。及至卫兵打开车门，却是陈禹浪穿了军装走下车来，真是做梦也想不到。垂着手靠墙站立，不敢乱动。陈禹浪道："吴老板在家吗？"车夫连连答应在家，一面向里跑着报告道："吴老板，吴老板，从前那个陈先生坐了汽车来了。"吴月卿隔着窗户一看，果然是陈禹浪穿了军装进来，便自己迎出门，笑着打了帘子道："怎么回来得这样快？事先也不给个信儿，我们都没有去欢迎啦。"陈禹浪道："我也不知道会来的，这是薛督军打了急电去，我不能不来啊！"吴月卿将他让到屋里，浑身上下打量了一番，笑道："恭喜，是什么官职？"陈禹浪将两只巴掌搓了一搓，笑道："干得不怎么好，不过是旅部里一个参谋长。"吴月卿道："哟！旅部一个参谋长，这事情就很好哇！"

说到这里，吴刘氏却也走出来了，看她不住地牵着衣襟，还是新换的一件干净衣服。她一见面，先笑道："陈老爷，恭喜升官了。"吴月卿道："别叫老爷，太普通了，干脆就叫参谋长吧。"吴刘氏笑道："升了这样大官了。我说怎么着，您要大大地走运不是？"陈禹浪饱受了一番恭维，才笑道："吴老板现在怎么好法？"吴月卿皱了眉道："别提了，戏馆子里尽捣乱，上座儿又不好，一个礼拜，现在只唱四天戏了，我正想着要上天津去哩。"吴刘氏笑道："现在参谋长来了，就不必忙着上天津了。我想参谋长总能帮个忙，捧一捧场的。靠着参谋长的应酬广，人面熟，邀上几位人一捧场，那真不费吹灰之力。凭着你和参谋长这一档子交情，真不用得着急呀。"

陈禹浪今天正是来露这个面子，原是要挽回以前的损失。吴刘氏若是看他不过如此，是要给她一点儿威风看看的，现在她母女是极力抬举，倒正合心意。便道："大困难，我不敢说能帮忙，若是小小问题，我总可以想点儿法子。"吴刘氏一听，就乐了，耸着两条眉毛，眯着眼睛笑道："究竟有交情就是有交情的，我们一说，人家就答应了，这要怎样谢谢哩？"吴月卿笑道："人家今天才回北京，公事挺忙，干吗忙着和人家说这些话。你只要说在参谋长心里，迟早他自然会帮忙，老说着，倒怪贫的了。"陈禹浪笑道："嘿！吴老板也这样客气，叫起参谋长来，还是随便称呼吧。要这样，倒显着生疏了。"吴月卿口里正衔了一支烟卷，笑着将烟喷了一口，就把那烟卷递给陈禹浪了。两个人共抽一支烟卷，这个交情是有七八分亲密才能办到的。从前伺候着吴月卿前后几个月，无非帮闲混饭而已，哪里敢望人家一点儿颜色？不料做了官之后，今天一回来，人家马上就表示这样亲近，一个人真是不能不做官不发财呀。

抽着烟，吴月卿的老妈子进来沏茶，陈禹浪想起了一件心事，于是把腰里皮包一掏，打将开来，露出几大沓钞票。于是将拾元一张的拿了一沓出来，当着吴氏母女的面，掀了一张起来，对老妈子道："你把车夫叫来。"车夫正在院子里站着，偷听陈老爷发财的消息呢。一听到参谋长叫，连忙走了进来。陈禹浪于是将那张钞票交给老妈子道："这十块钱，你们拿去分吧。一人五块，别错了。"车夫老妈各道了谢，笑嘻嘻地走了。陈禹浪向着帘子外嚷道："车夫，你告诉我的卫兵，让他告诉汽车夫，开车向薛大帅公馆里去。"车夫答应着去了。陈禹浪对吴刘氏道："明天后天，我都得为公事忙几天。等我把公事忙完了，我请你娘儿俩吃饭。"吴月卿笑道："我们还没有接风，倒要您先请。"陈禹浪道："这原是表示不见外，若一定要分宾主，那就不像是熟人了。"一面说着，一面向外走去，吴氏母女笑嘻嘻地就向后面跟着陪话，一直送到大门外。直待陈禹浪上了汽车，还说道："您事儿闲了，就请过来。"陈禹浪点了一个头，汽车鸣的一声开走了。

汽车开了一截路，陈禹浪就敲着玻璃板对车夫道："开回旅馆去吧。我不上那里去了。"汽车夫道："不上薛大帅公馆去了吗？"陈禹浪道："大帅晚上请我吃饭，我晚上再去吧。"汽车开到了旅馆里，陈禹浪开发了车钱，便掩上房门安息。不料就由这个时候起，来拜会的朋友，简直不断，有约着吃饭的，有约着听戏的，还有自告奋勇，说是陈禹浪若要赁房子，愿代为效劳的。种种见义勇为的热心朋友，不一而足，陈禹浪也不明白，他们这些人，怎么就会把自己寓所访将出来了。明知他们都是有所谓的，然而人家总是好意，至多是逊谢，总不能将人家拒绝了走。这晚上自己倒不曾去访薛巡阅使，倒是一班旧朋友们，比来招待巡阅使还高。足足闹到晚上两三点钟，方才是夜阑客散。

　　到了次日清早，才向薛巡阅使公馆挂了号，敬等召见。等候两日，那边果打了电话来，只是让副官接见。大意无非是，吩咐几句，照公事办。由巡阅使到旅长，已经隔了几层上司。况且陈禹浪又是个参谋长，还敢多说什么，只哼着答应了几句是。出得公馆回旅店来，第一是拍电给旅长报告进行状况，第二是拿着公事去踏勘了营地，第三还是应酬。陈禹浪一见了人，就说薛大帅非常看得起他，那日去接见的时候，薛大帅把许多客都搁下了，单独见我一个人。他说刘旅长每次打来的电报，都做得很好。知道是我拟的草稿，所以特别地看得起我。大家听说，更是捧场，陈禹浪随心如意，就在北京过了一个礼拜。

　　这天接到刘旅长的电报，说是本人马上也要到北京来，赶快给看一所好旅馆。陈禹浪一想，这好旅馆三字太空泛了，知道旅长是爱清静些的呢，还是爱热闹些的呢？自己和刘旅长相处日子太近，这一层倒无法知晓。不过只要价钱公道一点儿，就是有点儿不合意，他也总可以待得过去的，这样一想，很觉有礼。从前有一个朋友，住在西城清凉饭店，自己曾去过一次，那屋子里满栽花木，很清幽的。可是论到吃喝嫖赌，他们那里也无所不有。那么，也热闹，也清净。当年就想着我不知道可也有这样一日，到这饭店里来住些时候，如今何不就把刘旅长引到那里去？

　　于是当天自己搬到清凉饭店来，也就和刘旅长定下两所大房间。过了两天，刘旅长果然来了电报，说是一准于次日坐专车到北京来。到了约定的时间，陈禹浪就坐了汽车到车站来迎接。刘旅长一见面，便问是哪家旅馆。听到说是清凉饭店，不觉笑道："糟糕！"陈禹浪听他叫了一声糟糕，倒愣住了。待要问为什么，却又怕更惹出是非来。刘旅长似乎先已明白了，便笑道："回头到饭店里去，再和你说吧。"陈禹浪见他又说去，也不知道这里面含有什么作用，且不作声。一会子大家到了饭店里，刘旅长昂着头向屋子四周一看，笑道："大致倒还是这个样子。"茶房进来伺候，刘旅长便问道："你们同事的小张小王都还在这儿吗？"茶房道："有个姓王的，年岁很大了，却没有姓张的。"刘旅长道："是了。事情有多年了，大概他们也走了。你们现在还买花不买？有卖花的担子向这儿送吗？"茶房道："倒是不断地买花，可没一定的人送。"刘旅长道："掌柜的，现在是不是姓冯？"茶房道："不姓冯。"刘旅长叹了一口气道："几年的工夫，人全换了，世上的事，真是说不定呀。"

陈禹浪也不知他无故发的什么感慨，深为奇怪，等茶房走开了，刘旅长笑道："陈参谋长，闹了半天，你大概没有明白吧。我告诉你实话，从前我没投军的时候，我是个穷小子，家住在丰台，常是由那里挑了花担子到北京来卖。这清凉饭店也是我一家老主顾。我想这里的熟人一见我住大砖房，问起来，敢情是卖花的做了旅长了，说起来，倒让我怪难为情的。不过我又想，一个卖花的，今天居然做到了旅长，也是天大的福气，让这些人知道了，我多么抖。现在一个熟人没有，我不抖，也不难为情，这就算两扯淡了。"陈禹浪这才知道旅长是一个卖花的出身，自己先很觉得一旦做了参谋长有点儿过分，如今和旅长一比较起来，准比他的资格要高上几个码子，也就于心甚安了。

刘旅长笑道："我知道的，这个旅馆里，是有些玩意儿的。我自从做了团长以后，就没有到北京来过。今天做了旅长，要大大地找个乐儿。玩的事，你在行不在行？"陈禹浪一听他的口气，所谓玩者，不是平常的玩，颇带一点儿妇女的意味。便笑道："不知道旅长是喜欢哪一路的人才？"刘旅长拿起两只手在脑袋上胡乱扒梳了一阵，笑道："哪一路的人才都行，只是要好看一点儿。"陈禹浪道："那容易办，我们多多地找上几个，好看的就要，不好看的不要就是了，那有什么关系。"于是将茶房叫进来问道："你给我们找几个人儿来看看。"茶房对陈禹浪望了一望，又望了一望刘旅长，却微笑道："现在没有。"陈禹浪道："不要胡扯了，你怕我们不知道吗？"茶房道："旅长是要班子里的……"刘旅长道："越来你越瞎扯。班子里的，我们自己为什么不会找，还用得着找你吗？"茶房笑道："给您找两个来瞧瞧吧，可是不一定找得着。"刘旅长道："那些个废话，你不爱大洋钱还是怎么着？"茶房听他说了这话，便笑着去了。还不到十五分钟的工夫，茶房进来了，笑道："旅长，找着了两个，您先瞧瞧，若是不好，再给您找去。"

说话时，门一推，进来两个油头粉面的女子，一个大方些的，问了一问贵姓，那一个却挨挨蹭蹭的，靠了桌子站住。刘旅长看了看，没说什么，她们两人就悄悄地走出房门去了。茶房等她们走了，然后笑着问道："您看怎么样？能凑乎吗？"刘旅长笑道："我们是乡下来的，只要是娘儿们都能够凑乎。你先别让她们走，再叫几个给我们来看看。"茶房踌躇道："她们和班子里不同，只要是您留下了，她……"刘旅长伸手将腰下一拍道："老爷有的是钱，你管我是怎么样办？来一个给一个的钱，有什么关系。"茶房一来贪他有钱，二来又怕他是个军人，不敢分辩，就退出去，又给他叫了两个人来。刘旅长一见之下，又留下了，还要茶房叫。茶房一共叫了十二个来，刘旅长才笑道："这倒合成了一打的数目，有趣有趣！你们这些人里面，有懂得什么玩意儿的没有？"

这些女子，可怜都是迫于生计来做皮肉生涯的。别看她们身上穿了红红绿绿的绸子，可是肚子里粗糙到一万分，什么东西也不懂得。要叫她们来个玩意儿，那如何能够，有摇头的，有用牙咬着下唇的，有微笑不作声的，统统一句话都不说。刘旅长皱了眉道："你们出来应酬，就是这样干干脆脆的吗？"于是把茶房叫来问道："她们来一回，应该多少钱？"茶房心想，这又不是买卖东西，哪有当面讲价的，便笑道："回头再说吧。"刘旅长道："为什么不当面说，她们不是要钱，干吗来了？"茶房看这样子，刘旅长脸上没带笑容，不能不说，便道："这分两层，要是明天回去，您给她们十块一个人。现在就让她们回去，您给五块钱一个人吧。"刘旅长道："这不结了。我姓刘的哪里也不少花钱，就是那样办，每人给她十块钱。"说着，身上掏出一沓钞票来，点了一点，交给茶房道："这里除了一百二十块钱，是她们本分的钱而外，我另外每人赏她五块钱。她们干这个，也怪可怜的，遇到一个财神爷，别便便宜宜地放过去了。我知道你们是有扣头的。我赏的钱，你可不许分她的。你若是分了，让我知道了，我用手枪毙你。"说着，用手连挥了两挥道："让她们走吧。"茶房便道："刘旅长待你们这样好，你们谢谢他老人家走吧。"一句话把这些人提醒了，才各向着刘旅长道谢而去。

陈禹浪在一边看到，心里好个不服。花了这么些个钱，手也不曾摸她一摸，就让她们走了，真是太冤，也笑了一笑，正待要把这话说出来。刘旅长笑道："参谋长，你看到这事有点儿不赞成吧。可是我又有我的算法。"陈禹浪笑道："花了这些个钱，旅长还有个算法吗？"刘旅长笑道："这件事，大概你看得有点儿不对劲儿。可是你太不明白我的意思了。咱们原先也是穷小子一个，有了今天，手上有了钱，干吗不花几个痛快痛快。人生一世，草生一秋，上半辈子，已然是空过去了，这半辈子，为什么不再找一点儿乐儿。刚才这些女孩子，我看她们虽然怪可怜的，可是我也不大中意。要我凑乎着带她们玩，我有些不乐意。所以我就给了她们一些钱，让她们痛痛快快地回去。咱们有钱找乐儿，可别受委屈，多花一点儿，倒是不要紧。现在她们去了不是，咱们让茶房再叫一些人来就是了。"

　　陈禹浪一想，原来你还是这样一个大傻瓜，一转念间，心里便有数了。因笑道："旅长要找玩的，那不如到班子里找去。要找会唱的，那就是女戏子了。"刘旅长道："我原是看了刚才这班东西不行，要到班子里找去，可是刚才你说找戏子来玩玩，你路上有熟人吗？"陈禹浪道："熟人虽然没有，要找倒是找得着。"刘旅长一拍手道："这好极了，你就打电话找去。花钱不在乎，她们要多少，我就给多少。"陈禹浪道："我所认得的一个，她们家里没有电话。"刘旅长道："那就劳驾一趟，你坐着汽车去邀一邀吧，可是别太去久了，我一个人坐在屋子里闷得慌，我是不能久等的。快去快去！"

　　陈禹浪知道自己上司的脾气，连忙坐了汽车到吴月卿家来，对她笑道："你不是要我介绍一个人给你捧捧场吗？现在就有一个，不知道你乐意不乐意？"吴月卿见他一进门就说，形势匆匆，看不出来是什么路数，倒愣住了。陈禹浪因她愣住了，也觉得自己过于猛浪，这才把刘旅长的为人，和他愿意得一个会唱的朋友说了一遍。并且说他倒是不怕女朋友，你若有可介绍的，可以同一路去，不保险他一次就能送个千儿八百见面礼。吴月卿先是觉得这事冒昧。后来陈禹浪说可以给个千儿八百的见面礼，这就笑道："一个当旅长的人，也不见得就是带着金山银山走，哪里就会有许多钱给？"陈禹浪道："你这话也问得对，可是这里面另有原因的。因为他是一个新阔起来的人，还没有得着好朋友，而且他这一次剿匪弄的钱不在少处。听说大帅那里，另外还可以领一批饷呢。他现在只要能找乐子，花钱是不在乎的。"吴月卿一想，陈禹浪好在并不是生人，他决计不能骗人去上当。因此连忙修饰了一番，就坐着陈禹浪来接的汽车，一路到清凉饭店来。

陈禹浪在前走，吴月卿紧紧地跟着。到这里走进来，刘旅长正躺在床上发闷，猛然向上一跳，看见吴月卿窈窕的身材、瓜子脸儿，先有三分愿意。这吴月卿又和先前见的那班女孩子不同，远远地站着，就向刘旅长一鞠躬，接上笑嘻嘻地叫了一声刘旅长。瞧她那样大大方方的样子，就并不是刚才那一批人可以学到的。自己先点了一个头，还不曾用话去回答时，陈禹浪就代为介绍道："这是吴月卿老板，很有名的。"

刘旅长从前卖花的时候，走戏园子门口过，听得里面锣鼓声响得热闹，曾进去听过一回蹭戏。看见吴月卿穿了古装，正演着《嫦娥奔月》。当时心里受着一个很大的刺激，以为这样的美人儿，在我们看起来，正也和神仙差不多。不但要她怎么样了，能和她说一句话，也不枉了这一生。可是这是有钱的大爷们干的事，一个挑花担子的人，何必还生这种梦想。这一个印象不提起，就也丢过了。现在吴月卿亲自来了，不由得人不把那一幕残影重新映起，当时呀了一声道："原来是吴老板，我是久已闻名的了。"说了这话，偏着头就尽管向她望着。吴月卿笑道："旅长，你想着什么，您以为我和在台上的样子不大同吗？"刘旅长摇了一摇头，笑道："不是不是，我从前听过你的蹭戏，可不料今天会把你请来了。许多年不见，你很好，还不见得老。"吴月卿以为他是当大兵出身的，这听白戏是分内之事，不足为怪，便笑道："旅长，我是参谋长带来见见您的，可不敢来请您捧场，您干吗先说这话，就把大门给封上哩？"刘旅长笑道："为什么不敢请我捧场，你别瞧扛枪杆的有时候不讲理，可是花起钱来真不含糊。"

说着话时，陈禹浪已是招待吴月卿在沙发椅上坐下，他故意谦虚一下，坐在下面沙发上，让刘旅长和她坐在一处。刘旅长正犹豫着，也不知是客气好，还是老实好，只管站着，吴月卿却将身子一起，挪了一挪地位，笑道："旅长请坐啊。"刘旅长倒不料她有如此老实，过于客气了，倒显着不好，便侧着身子点了一点头，靠着沙发的一头，斜着远远坐住。陈禹浪向吴月卿丢了一个眼色，然后笑道："今天真是旅长的大面子，原来吴老板晚上还有戏，要在家里应酬该吊嗓子的，我一坐汽车去接，她不好意思不来了。"刘旅长笑道："这样说，也不见得全是我的面子，就不许她为了你坐汽车去接她，她不能不来吗？"陈禹浪道："我心里想，大概是为着旅长的面子，可是我也不能愣说我有份。"吴月卿笑道："参谋长真会说话，这样一来，就谁也怪不得吧。老实说，您总熟一点儿。您今天要我来，我不来也没关系。至于刘旅长可是从没见面的人，给了那大面子，派着参谋长亲自来接，要我不来，可就有点儿不识抬举了。"陈禹浪一拍手，突然站将起来道："旅长，您瞧怎么样？"

刘旅长听了吴月卿这话，也分明是承认为他而来的，好不欢喜，笑得搓着两手，也不知道怎样是好。陈禹浪就从旁说道："旅长，你看我说的话怎么样，不能当面撒谎吧？"刘旅长笑道："得！我算领了这个人情了，要怎样的谢法呢？"吴月卿偷眼看了一看陈禹浪，然后向着刘旅长道："我什么也没给您办，怎么要您谢我？那可是不敢当。"刘旅长笑道："要你办了什么我再谢你，那倒成了买卖了。只要你心里……哈哈！那比给我办了什么事还有情啦，得！今天晚上请你吃饭，还请陈参谋长陪客。"陈禹浪道："不行啦！我在晚上还有几桩事要办呢。今天晚上算是旅长专请，明天，归我来请，您瞧怎么样？"刘旅长还不曾说出什么话来，吴月卿就插言道："您若要有什么公事，你就请便吧，我是不会客气的。"刘旅长听了这话，只向着陈禹浪傻笑。陈禹浪便道："是啊！旅长吩咐的那一件事，是不是今晚上就要去办呢？"刘旅长心里明白，可是一时之间，想不起来怎样说好，沉吟了半晌，才说了一句道："你瞧着办吧。"陈禹浪不由眼光向吴月卿一溜，就起身向她告辞，笑道："照说我也是一个主人翁，应当陪着的。可是有旅长在这儿代我陪着，大概也不能怎样见罪我吧？"他说了这话，就径自走了。

刘旅长倒是言而有信，到了晚上，就请吴老板吃饭。吃过饭之后，又同到饭店坐了一会儿。刘旅长还不愿意吴月卿就是这样白回去，在身上掏出一沓钞票，就向吴月卿手上乱塞，笑道："这不成个意思，你带去买件衣料穿吧。"吴月卿看面上那张票子，正是一个拾字，以下的票子，恰好都是这般一样大，估量着总有好几十张，果然陈禹浪的话不假，这一下子他竟出了许多见面礼，深深地道了谢回去。

次日早上，刘旅长正打算打发汽车去接她，她倒先来了。因拉着她坐在一处，笑道："本来你晚上唱戏唱得很晚，早上不容易爬起来。我想派车子去接你，怕去得早一点儿，让你没有睡得好觉。我等着你吃早饭，你要吃什么，我陪着你吃。"吴月卿道："旅长吃什么，我就吃什么。不是那样，不见得咱们是一条心了。"刘旅长听了，乐得直拍着两只大腿。吴月卿陪着他吃了早饭，又陪着他出去听戏，又在一处吃晚饭，最后还是到饭店来。这天始终是他两人在一处，陈禹浪却躲个不见面。

又过了一天，刘旅长要去见薛大帅了，便要先用汽车送吴月卿回去。吴月卿道："回去了又要来，何必呢？你去见大帅，也不过两三个钟头的事，我就在这里等着你吧。我昨晚没睡好，我一个人在这先睡一觉，比回去还舒服哩。"刘旅长笑道："我要一天不回来呢？"吴月卿道："那要什么紧，我等一天就是了。难道说这饭店里还不许我在这里待着吗？"刘旅长听她说得如此恳切，很高兴地走了。恰好是薛大帅又叫了几个旦角在家中饮酒作乐，没有工夫和他细谈。和他见面之后，只说了几句话，就让他退出来了。

刘旅长在未见大帅以前，心里老是鼓动不安，也不知大帅要怎样盘查考问，只记挂着对答之词，以免贻误。现在这一关这样容易过去，这旅长是坐稳了，心里这一份高兴，简直无言语可以形容，马上坐汽车回旅馆来。一见吴月卿就跳起来道："大帅待我很好，我倒可以放开手来干一干了。你等着吧，我跟你捧场有得捧了。"吴月卿看他那情形，知道他也极高兴，索性一味奉承，讨他的欢喜。

在一处鬼混了三天，刘旅长就花了五千多。两人到了无话不谈的时候，刘旅长望了她笑道："我有一句话，真憋不住了。干脆，假如说，我花钱讨你做太太的话，成不成？假如说是成，又应该要多少钱？"吴月卿便笑道："成！怎么不成哪？"刘旅长道："要多少钱呢？你别瞧我是当大兵出身，人情世故，我哪样不知道。大概真要讨你的话，可不能照戏台上是二三路角色算，算你是头二等角色挣的钱。我想拼着花五千块钱给你妈，不知她可乐意。我是个穷小子，到现在还没讨过亲。你若跟了我去，还是结发的呢。"吴月卿听他说话，先还是怔怔地听着。及至他说到结发二字，不由得扑哧一声笑了。刘旅长道："你乐什么？你嫌我这句话说得太粗吗?"吴月卿道:"结发两个字,是很好的字眼,我为什么好笑?我想您真干脆。"刘旅长道:"我干脆,你为什么不干脆呢?"吴月卿道:"我要像您一样,没有上人管着,跟着您做太太,干吗不乐意?"

刘旅长突然向上一站,两手空中一举,笑道:"只要你这一句话,我把家私全不要,我也要把你讨了来。"于是按着电铃,叫茶房把前面房间的陈参谋长请了来。陈禹浪向刘旅长笑道:"现在还有用得着我的时候吗?"刘旅长道:"用得着,用得着,没有你,我们的大事还办不成啦。"于是把刚才的话对陈禹浪说了一遍。他向吴月卿丢了一个眼色,然后对刘旅长道:"这事准成,我明天就去对吴大奶奶说。"刘旅长道:"你还得说一句,我花钱还真不勉强人家。咱们行军的时候,瞧见花姑娘,抢了就跑,真用不着花钱。可是那有什么意思,讨了回来,也是面和心不和,一辈子不舒服。吴老板,你信我这话不信?要不,你今天先回去。我快嘴刘,心里搁不住什么,想着,就说出来。"他这样一说,吴月卿当然做一个大方。

到了次日,吴月卿回家去吃午饭,陈禹浪也来了。吴刘氏就说:"要论到嫁一个旅长,做一夫一妻,就是不给钱也值。再说他一开口就许五千块钱,真也不少。可是我看到这件事太好了,倒反而有些不相信了。"陈禹浪道:"我们旅长倒是一个挺爽快的人,话倒是不会假,这个我能保险。"吴刘氏道:"这一阵子,他已然是花钱不少了,他还拿得出这么些个来吗?"陈禹浪道:"这么些个钱,再多些也拿得出来。这回他到北京来,一下子就领了六万军饷,有的是钱。"吴刘氏道:"领了军饷,他就不要散给那些大兵吗?"陈禹浪道:"有个七十万八十万的,他或者还会放个一月二月的。现在只有这几个钱,全放出去,也凑不上半个月饷,何必那样,卖力不讨好。所以这会子,索性将钱放在腰里,自己一个人受用。这款子领来,除了几个经手人,也没有外人知道,他尽管充量地来花,谁也管不着。若是要和他谈到银钱上去,这个日子和他去办交涉,是最好不过的时候了。"吴刘氏将手摸着脸,不住地笑嘻嘻的。半晌,又扑哧地一声笑了出来。

陈禹浪道:"大娘,你好好儿的,乐个什么?"吴刘氏道:"我不是乐别的,就是乐这位刘旅长,真是太痛快了,说给就给,而且给得很不少，怎么一下子，他就答应给上五千。照我心上说，人家说给五千，我们就要五千，显得咱们娘儿们没身价，一说就答应。若是不答应吧？钱也不少！再和人家要，显得咱们又不知好歹。我这样一为难，自己倒先乐了。您瞧，这事应当怎么办？您现在都给人家当参谋长了，什么事都先能参谋一下。我们这点儿小事，您何不也给咱们参谋一下子？"陈禹浪笑道："参谋两个字这样解说，那可把参谋挖苦透了。话也不是那样说。他既然一开口就说五千块钱聘礼，想必也看着在人情上是值。现在你们暂不答应，倒也是不妨。"吴刘氏听说，两道眉毛不由得上下飞动，眯着一双眼睛向陈禹浪道："咱们的事，全凭您做主，您说应当怎么去和刘旅长说？"陈禹浪道："这事你娘儿俩先别定数目，让我去探探刘旅长的口气再办，反正总办个不即不离的。"吴刘氏心里一活动，想着说一个肯字，怕不就有个六七千元到手，这事多么痛快？当时便对陈禹浪说："您帮咱们这大忙，总忘不了您，准有您的好处。"陈禹浪笑着连摇头说："那是笑话。"

可是这晚上他回旅馆来，就问刘旅长有讨吴月卿的意思没有。刘旅长微笑。陈禹浪就说："吴月卿自己是千肯万肯了。就是她妈口气很大。"说着将一个食指一伸，因道要整数呢。刘旅长将两手乱搔着头道："多是真多一点儿。"说着又将脚一顿道："我豁出去了，就是一万。"陈禹浪听到，倒不免心里扑咚一跳，花钱哪有这样花法子的。因笑道："旅长太痛快了。"刘旅长道："我是个穷小子出身，有个不把钱看得重的吗？可是就为了我是个穷小子，今天爬到做了旅长，我想真如一个花子做了一场发横财的大梦一样，咱们穷得当裤子的岁月，晚上梦见了吃大块肉，醒过来之后，直悔肉没有吃好。现在咱们这情形，真是混来的富贵，我不敢说靠得住，趁着咱们梦里还清楚，把这肉就大大地吃它一顿吧。"陈禹浪道："旅长自己总说没念过多少书，肚子里没有什么春秋。就凭你这几句话，差不多念了半辈子书的人都会说不出来。不过旅长这话，好是好，可是带点儿和尚味儿。"

刘旅长笑道："这话倒算你蒙着了。我就想着咱们这种人，凭着什么能做得这大的官。要说是运气，这两字更靠不住。运气来了，咱们就发财，运气去了呢，咱们还不是个光蛋。到了做光蛋的日子，再想过今天的日子，哪儿还有哩？"陈禹浪笑道："旅长这话可说得对。但是就凭现在还能挣几个钱，不会省下几文，留得挣不着钱的时候再用吗？"刘旅长道："留着干吗？能留着一辈子吗？据我看来，谁也不能保得住将来怎么着。我就想这老天爷有点儿不讲理，多少比咱们本领好的，会穷得没饭吃，咱们什么也不成，会抖起来了。鼓儿词上，有镜中花、水中月的话，譬喻人家升官发财，我想真对。这镜花水月的情况儿，知道能有几天，先乐上吧。"

陈禹浪总觉他这话，有点儿不能自圆其说，本当再和他辩驳几句，无奈自己是来劝他花钱的，老劝他省几文，这是什么意思？因此笑道："人就是不肯这样看得开，都像旅长，这世界上会没有坏人了。"刘旅长一听，就是一个哈哈。陈禹浪道："凭着旅长这一说，花一万就花一万，那是不成问题的了。不过我想能省点儿就省点儿，把这省下来的钱，赁上一所好好的房子，多多买上陈设，不比全给别人强吗？"刘旅长道："我若真是要讨太太，少不得要弄所好房子的，省下几文能干这个也好。可是花少了钱，人家的大姑娘肯给咱们吗？"陈禹浪笑道："那就凭我去说了。"刘旅长道："你就去说吧，成不成都不要紧，干吗小吴今天倒不来？"陈禹浪道："那就是她妈的意思了，无非是逼着旅长花钱。可是旅长本来就大方，她用不着来这一手的。"刘旅长道："说虽是这样说，究竟还是她能来的好。"

陈禹浪听了这话，便又复来见吴氏母女。说是刘旅长本不肯多加钱的，我说了许多话，已经肯添些钱了。吴刘氏只望事情说妥，钱好先到手，就说只要六千块到手，若是有多，就请陈参谋长穿双鞋。陈禹浪一笑，把话放在心里，也不说定。又对吴月卿道："先躲一躲，别先栽到人家手掌里去。"陈禹浪说好，又回旅馆去说。她既不来，也勉强不得。刘旅长见吴月卿不曾来，虽有点儿不高兴，设身处地和人一想，她也是应有的态度，就算她自己千肯万肯，难道她母亲也能一样吗？因此这晚上的事，却也不去计较，不过这样一来，他心事倒格外决定了。没有花钱，迟早都得敷衍她，她才肯理我。花了钱，把她娶到家里来，那就非听我的指挥不可了，就对陈禹浪道："明天你到月卿家里去，好歹给我说成功，谁也不能带了钱到棺材里去。花钱的事，你就可以给我硬做主，不必来商量了。"陈禹浪也只好笑着说喝定了喜酒，不说别的。

到了次日上午，向吴刘氏一提，说是只要自己硬做主，可以加到一万。若不做主，这事也许就吹了。吴刘氏六千块钱怎样安顿都盘算了一夜，哪肯放手，就许了事成之后，和他三七分账。刘旅长花多少钱，她就可以开多少钱的收据。陈禹浪见条件已商妥，就规定一万一千元的聘礼，今日先付一半，吴月卿也就是今日过门，刘旅长择了日子办喜事，再付那一半。吴刘氏见有许多钱到手，一切的困难都答应了。陈禹浪回报刘旅长，刘旅长喜欢得什么似的，立刻开了一张一万一千元的支票给陈禹浪，实行成家。

但是事有不凑巧，只在这款付过两个钟头之后，薛大帅却派了人来召见，派他带着本部军队仍旧沿着京汉路南下。正因为这时候大局变化，王镇守使升了指挥，由磁州南进，便开到郑州去了。刘旅长这支军队虽然是新编的，薛大帅以为他们在河南善于剿匪，地理一定是很熟的，就调他们到河南去打前锋。他们原是属于王镇守使部的一个补充旅，现在薛大帅就把他们改为了独立旅，这又算小小地升上一级了。刘旅长满想升了官发了财，到北京来乐一乐的，不料马上又要去过炮火生涯。上峰有了命令，是不敢多延误的，便决定在北京还留两天，和吴月卿母女谈谈，亲事总算是定了，等军事完毕之后，再来团聚。她母女却倒比刘旅长还放心，都说喜事办不办，那没关系。只要公事办得好，大家将来都有好处。刘旅长听她有这样知情达理的话，更乐了。

又过了一日，却接到王镇守使来了一封电报，大意说：在北京讨的这位三夫人罗小姐，过门的这一天自己就出征了，现在不知何日可回京。刘旅长南下赴郑，就请腾出一节车来，护送这位夫人到郑州去。自己宅里已经有了电报去，就请刘旅长亲自到宅里去接洽。刘旅长接了这个电报，正是一件巴结上峰的好差使。马上拿了电报到王宅来接洽。原来这罗静英小姐过门那天，本打算一死了之，偏是王镇守使就在这天走了，虽然不见脱离关系，然而先落得眼前干净，总算不幸中之大幸。因此勉强住了下来，暂图机会，望一个天亮的日子。这日接到王镇守使的电报，说是要接她上任去，不免慌张起来，坐在屋子里，只是皱了眉毛发呆，不吃不喝。这些下人常看到自己的太太是如此的，却也不去管她。不大一会儿的工夫，门口汽车响，刘旅长却带了四名全副武装的卫兵撞了进来，说是奉了镇守使的命令，要接太太上任去，请太太出来见一见。听差的听说，告诉了老妈子就去请罗静英出见。说是来了个旅

217

长，带着兵在客厅里等呢。静英冷笑了一声道："哼！带兵来的吗？那也是他们的老套头。出去见就出去见，我怕什么，大概也不能把我吃了下去。"于是要了热手巾，擦了擦脸，带着两名老妈子，大步地走到客厅里来。

这里并没有兵，只是一个穿了长袍马褂的人在那里踱来踱去。刘旅长一回头见有一个二十上下的少妇。料着那是镇守使夫人，便弯着腰深深的三个大揖。静英见此人虽然粗鲁，却执礼甚恭，心里比较舒服一点儿，就微笑着点了一点头。刘旅长先不说话，就在身上掏出那张电报底子来，弯着腰，双手递上。因道："这是镇守使打来的电报，刚刚接到手，夫人请看。"静英将电报接过来，看了一看，因道："我这里也有电报来。但是我的身体不好得很，今天都是勉强爬起床，出门更是支持不了，这事只好缓一缓再说了。"刘旅长哪里知道他们的内幕，见夫人说是有病，就连答应了几声是。因道："明天就要到郑州去的，夫人有什么东西带去没有？"静英道："没有没有，刘旅长有公事，就请便吧。"刘旅长一看主人翁并没有留客的意思，一来是内上司，二来有男女之别，不敢多耽误就告辞走了。

静英不料一场天大的问题，就是三言两语便解决了，心里却是异常痛快。不过转身一想，既有接我上任之意，这一次不成，难道还不能再做第二回。这次他是没有料到我不去，你以为随便地差一个人来说说，我说不去，来人也不能强迫我去。第二次再派人来，恐怕就不能和我客气了。照着现在的日子推算，就是二次派人来接的话，恐怕也不会超过十日以外，到了那个时候，我除了舍了这条命，还有什么法子可以抵抗？想到这里，她又加上了一层烦恼。自己嫁了过来，迁延了一月有余，也不见有一条出路，而今只有几天工夫的犹豫，哪里又会想出什么法子来？明天一天，后天一天，这位刘旅长到了郑州，一说我不来，恐怕那一位大发雷霆之怒，就有很严厉的电报前来诘责了。她本来就烦恼得寝食不安，而今又新添了一种刺激，如何受得了，因之身体是越发地疲倦。

正在烦闷得无法排遣的时候，她姐姐赵太太却来了一个电话，说是赵观梅病在医院里，情形是越见沉重。据大夫说，恐怕性命不能保了。静英听了这话，心里又像针扎了一下一样。心想赵观梅的病，原来不大重的，只因为和自己做媒，闹了个力疾从公，就把这病越闹越深，到了现在，就落得性命不保。转身一想，他这样的下场，也是自作自受。谁叫他发了官迷，要想结一门大亲。他自己做官，把自己弄死，那还罢了，为什么把我一个清白无辜的人和他做人情？这样一来，我也算让他送了一生。我不恨他也罢了，我还怜惜他做什么？因此心一横，还是转想到自己身上来。

到了晚上，天是刚黑，墙边落叶的树枝空档里，一轮明月如铜盘一般直涌上来。静英坐在屋子里，也不开窗户，也不开电灯，手捧着手，静默默地由着窗子洞里向外看，见月亮附近散布着一些清淡的薄云，让那月光照着，将云映成淡黄色。这里是所大屋子，院子也是很宽阔的。院子地上，一片荒芜未治的枯草地，配着几棵零落不成行列的枯树，并不见有什么人声人影，就像格外的凄凉。便想到在家里时，饱享家庭之乐，从来不知道见了月亮会发什么愁。而今遇到凄风苦雨，固然是不快乐，遇到花晨月夕时更是不快乐。人生在世，不过是几十年光景，这几十年里头，又只有这十几岁以后三十岁以前是个黄金时代。如今刚刚踏进黄金时代的门限，便做了人家升官发财的牺牲品，以后便是和那种庸俗不堪的人当玩物。看了花，见了月，也只有自生惭愧，哪里还会觉得有什么良辰美景可以赏玩，今天看到这轮月亮，便觉得她在寂寞院落里，冷清清地照着人。设若自己不死，再看到这干净的月亮，恐怕就和浊物混在一处，看人家讨厌的脸色，听人家讨厌的言语。以后的岁月，连自己都成了宇宙间一种废物，自身就是冤孽种子，身外之物，还有什么可乐的？

她一人这样静沉沉地想着，那轮月亮就由树空档里，慢慢升上了树梢头。月亮的轮盘已经缩小了，原来金黄色，现在变成雪白。那月光射在树枝和干草上，犹如敷了一层淡淡的白粉，把这夜色显得格外清幽。她于是伏在桌上，把头枕着手，头偏着向外，将这轮看尽人间痴儿悲儿的月亮都看呆了。那月亮在天上，虽是笔直地向上升，恰好在屋角的树头上，有那树陪衬着，好像那月亮就是斜着在天上，探望着这窗子里，来看这可怜女儿一般。

静英看了许久的月亮，不觉长叹了一口气，便慢慢地起身，走出屋子，走到西廊下来。这突然向外一走，倒不免吃了一惊，原来这月亮的光，在屋子外看，和在屋子里看，很有些不同。这屋子廊下，竟是阴黑的，月亮斜射过来，月亮照得着的地方，和月亮照不着的地方，一光一暗，将那水门汀的廊下地面照在月光里，分外的亮白，犹如在雪地里一样。人站在月亮下，自己一个窈窕的人影子，就斜斜地倒在地上。她抬起头来看着月亮，低了头，看看自己的影子。想着，母亲的心事，岂不是以为把自己嫁了个好女婿，可以大大享一番富贵，现在怎么样？只好让天上的月亮、地下的影子来伴着我了。但是话又说回来了，正因为着剩了一轮月亮和一个人影子陪伴着我，才觉得身心清净，能活到现在。若是这里有好些个人陪着我，恐怕月亮在坟头上照着我的鬼魂了。她沉沉地想着，不觉将身子靠着木柱，只管发了呆。

原来她虽是嫁过来的那天，王镇守使就走了，但是在这里她究竟是一家之主，大家都听她的指挥。她住在上房里，常是不许人来侵扰她，她不喊男女仆役们，男女仆役们也就不敢向前来伺候。她在这院子里，有时睡得很早，天色一黑便睡了。有时整宿地熬着，到天亮也不睡。这些仆役们，见正屋院子里，并不曾点灯，似乎太太又是一早睡觉了，大家也就不去问她的事。她一个人在走廊下静静地站着，无论什么事也不会理会，就只抬了头，发着愣望着天上冰凉的月亮。立了许久，只见那树梢在空中摇摆不定，同时，身上就冷飕飕的有些寒气袭人。留神一看，原来是起了微微的晚风，掀动了自己的衣袂。回头看着地上的那个人影子，也是和人一样，飘飘荡荡的。这时候，晚风渐渐地大起来，身上衣服穿得少，便觉寒气攻心，人有些站不住。

还是有个老妈子因事过来，远远地见月亮下有个人影子，便猜着是太太，就老远地咳嗽了一声。静英便先问道："是王妈吗？"王妈道："是我。您怎样摸黑站在这里？"静英道："我看月亮呢，你去坐一点儿开水来给我沏茶吧。"王妈一听太太的口音，今天晚上，大概是不嫌人伺候的，于是将屋里屋外的电灯一齐拧着了。其余的老妈子见上房拧着了电灯，都陆续地来伺候。静英还是靠了柱子站着，只管望着月亮。王妈将茶沏好了，来请喝茶，静英还在柱子边站着。因道："今晚上的月亮很好，我舍不得离开它。"王妈摸着她的手，哟了一声道："您都成了冰人了，您还站着吗？"静英道："冰人要什么紧？若是冰死了，倒也干净呢。"王妈道："沏的热茶，您去喝一碗，冲一冲寒气吧。"

说着话，她就拉着静英走。静英身不由主地跟着她走回房去，便觉得人有些支持不住，摸着床横倒下去。王妈倒了一杯茶来，站到床面前叫道："太太，您喝茶。"静英突然站了起来，接过茶杯，啪的一声，向地板上一摔，摔了个粉碎，狠狠地道："我姓罗，谁是太太？"这里的仆役们，因静英不喜欢人叫太太，平常倒也不叫，但是有时候要当面谈话，却非叫不可，也轻轻地叫上一句。静英似乎明白仆役是没奈何，却也很谅解。这次正在静英愧恨交加的时候，王妈又叫了她一声太太，她却不由得怒气勃发。可是她生性就不会打人，因此只站起来，自己把这茶杯摔了，算出了这口恶气。可是这样一来，把王妈吓得脸色翻白，连鼻孔里气都透不出来，只是垂手直脚地立着。静英看了她这样子又有些不忍，因道："我并不是生你的气，我是怨我的命不好。我这里用不着你，你走开，让我清静一会儿。"王妈低了头，将碎碗片捡了，自出去。

　　静英闭上了电灯，又把天上那轮冷清清的月亮放进玻璃窗子里来。一见着月亮，又不由得把刚才想的那一番心事重新兜上心来。这一想，比在外面月亮下所感觉的，还要凄楚多少倍。两手伏在窗下这张桌子上，将头枕着，眼泪像涌泉一般，只管流将出来，把两只袖子湿成了一片。哭得伤心的时候，连头都抬不起来，一阵一阵地喘着气，要止也止不住。直待眼泪干了，气喘平了，再看窗外时，月亮正照着窗户当中，一块雪白的光亮射到房中地板上，那个伶仃的瘦影，如今又重复相见了。她望着影子，就喊着自己的影子道："罗静英啊罗静英，你这样一个干干净净齐齐整整的人，能够和那目不识丁、又粗又黑的人鬼混一辈子吗？"越想心里越难受，接上又是两行眼泪如两根长玉绳一般，由双眸里直挂下来，一直垂到胸襟前。

　　这一晚上，她想了又哭，哭了又想，到了什么时候，她一点儿也不知道。到了最后，只觉得头上有了大磨子压着一样，不由得人的身体，只管向下沉下去。扶着桌子，勉强站住，可是心里又只管乱蹦乱跳，两脚踏着的地板，成了新棉絮，人就飘飘荡荡，如在天云里一样。就是扶了这桌子，这也支持不住，人就倒在地板上了。人在站着，心里还是清楚的。一倒在地下，人就将一切知觉失去，这一个漫漫的长夜，她就睡在光滑滑的地板上。及至第二日，老妈子进来拾掇屋子，一掀门帘，见静英侧着半边身子睡在地板上，脸色惨白，哎呀了一声，连跑带跌，走到外面去，口里连嚷："不得了，不得了，太……"说了一个太字，觉得这句话是不能说的，忍住了在口头，却变成了一种达达达之声。仆役们料着是出了事，簇拥到上房去。一见太太倒在地下，大家先抢着抬上了床，将被褥盖上。有的预备姜汤，有的预备仁丹，有的又主张推拿，乱闹了一阵。还是王妈跟静英接近一点儿，知道她的事，便道："我瞧着人有八成儿是不成，事情有个差错，谁担得了这个担子？依我说，还是给她家里去个信，让她外老太太来做这个主吧。"大家一想，也只有如此办，马上就派了人飞往罗家去报信。

罗太太听了这个消息，魂飞天外，坐了王家来报信的汽车，马上就向王家来。到了王家，汽车停了，她也等不及下车，一声儿喽，在车子上先哭起来，一手推着车门，人就滚将下来。早有听差的抢着上前，将她扶住，口里道："外老太太您仔细点儿。"罗太太由地上爬起来，一面哭着，一面向里走，里面的老妈子们早一群迎着出来，将她拥簇到静英躺下的房间里去。当罗太太进屋子的时候，这里的听差们也就打电话请了个西医来。那西医正看完了静英的病，便问罗太太病的是哪一位。罗太太说："是我们小姐。"西医正着颜色道："病人的病，可是不轻，你们最好送到医院里去。要不……"他说到这里，却顿住了不肯向下说。罗太太心里本来就慌乱到了极点，经西医这一恐吓，更是魂飞天外，走近床边，将静英惨白的脸色一看，一摸着她的手，烧得如炭火一般，这样子果然是病势不轻，先流着泪将病人抚摸了一番。

静英见她母亲来了，睁着眼，望了一望，又哼了一声，连话也不能说。罗太太万分难过，等西医走了，然后就探问仆役们这病是因何而起。王妈在一边，将昨晚上的事对罗太太说了，罗太太一听，分明是自己害了女儿，一阵伤心，索性放声大哭。有人就说："既是大夫说，非上医院不可，那么宜早不宜迟。"罗太太哭得泪人儿似的，哪里说得出话来，王妈就说："外老太太，您要是出来忙着，忘了带钱，太太的钥匙放在她小衣袋里，您拿着把箱子打开，箱子里有钱，可以带着些上医院去。"罗太太一听，连忙带着哭音问道："是哪个箱子呢？"说时，就伸手到静英衣服里去，摸索了许久，摸索了一把钥匙出来。又问老妈子道："是哪个箱子呢？"王妈告诉她在白皮箱里一个小匣子，罗太太打开一看，钞票是论卷地叠着，心里跳了两跳，就随手拿了两叠起来，可是拿在手上，又踌躇了一会儿，究竟放下一卷，只拿一卷，揣在身上。然后才叫人抬了静英，上了汽车，就一同到医院里来。静英在家里躺在床上，本来就十分不济事，现在让汽车一颠动，越是精神委顿不堪，到了医院门口人就昏晕过去了，眼睛只向上翻，气息已无。这一下，更把罗太太急坏，要知能进医院与否，下回交代。

第十回

衔列白幡前鬼添新爵
券焚红烛下客遁空门

却说罗太太坐了汽车，送静英到医院里去治病。当汽车到了医院门口的时候，静英竟已昏晕过去。罗太太大骇，连连叫着孩子，静英却只将眼皮微微动了一动。还是那汽车夫回头看了一看，说道："老太太，您别乱，到了医院门口来了，难道还能够愣住着吗？您在这儿看着病人，我给您进去对大夫说一说吧。"他说着跳了下车去，就到医院里去报告。医院里听说是有了生急病的病人，大夫马上带了两名院役，搭着软床出来，将病人抬进院去。大夫听说是位军长的太太，毫不犹豫地就抬进了头等病室。罗太太在后面跟着，首先一句，便问不要紧吗。大夫正在侦察病人的形势，就随便点了点头，也没有详细地答复。罗太太以为果然是不大要紧，心里倒安了许多，看着大夫诊了脉，接上就在她身上扎了一针。

约莫有一个钟头以后，静英已经能哼出声音来了。罗太太坐在小铁床沿上，执着她的手，在脸上靠了一靠，又放到嘴唇边闻了一闻，然后轻轻地问道："孩子，你觉得好些吗？"静英微微地睁着眼，对屋子四周眼光一溜，接上又看了这床上的白被褥，似乎有点儿感触，觉得我到了医院里了。她看过之后，眼睛慢慢地射到她母亲脸上来，那眼珠里面就水汪汪地含着一包眼泪。在这种有泪不哭的状态中，只见她的嘴唇微微有些颤动，仿佛是有什么要说出来而又说不出来的样子。罗太太索性侧过身子来，两只手捉住她的两只手，默然地望着她，两只眼睛的眼泪也就好像要由眼睛眶子里滚将出来。静英的眼泪到底是忍不住了，就由眼睛角上直流出两点来，一直流到耳朵边下。罗太太在身上掏出一条手绢，轻轻地在她脸上按了几按。可是当罗太太把静英脸上的眼泪擦干之时，自己也就一点一点地滚下许多眼泪来了。罗太太看了又哭，哭了又看，闹了许久，后来女看护来了，不让那样悲哀，就将她拉到一边来坐。静英便已将脸偏到一边，也不知是去睡，或者是去落泪去了。

罗太太因为这头等病室是可由家中人来陪伴的，于是就回家去把铺盖搬了来，也睡在医院里。当她睡了一宿之后，次日一醒，就见她的大女儿赵太太由门外推了门进来，哭丧着脸，轻轻悄悄地叫了一声妈。罗太太蒙眬着两眼，见她一进门，立刻将身子向门上一靠，眼泪直滚下来。罗太太道："你瞧瞧，人是病得如此的厉害了，这事怎么办呢？我现在也明白了，这是我害了她。"说着，便掉过脸去，向着病人床上直努嘴。赵太太听她如此一说，索性双泪向下一流，咽哽起来。罗太太也一面哽咽着，一面向她乱摇手道："你别哭，你你你……别……哭。病人不让人吵呢。"赵太太这才道："妈，你不知道，我们那口子，今天更不行了。那边医院里大夫说，恐怕出不了今天呢。"她说着这话，身子向下一赖，就赖着坐在地板上了。

罗太太虽然是全副神经都注射在静英身上，然而这时听到说自己的姑爷不行了，眼见得大女儿要成未亡人了，这事也不容她不着急，站将起来，拉着赵太太的手道："你怎么说，观梅的病太不好吗？"赵太太点了点头，只管哽咽着，半晌才道："恐怕是不行了，我瞧那样子……"说时，尽管哭。罗太太道："你别哭，你一哭，我心里更乱了。你倒是说，你打算怎么办呢？"赵太太道："我看人既是不行，放在医院里也是没用，我就自己拿了主意，把他搬回家了。我先是到家里，听说你在这儿，我又追到医院里来了，我先还不知道妹妹的病有这样重呢。"罗太太皱了眉道："你瞧这样子，我离得开这儿吗？病人既然是回了家，你也不能离家，你得回家去看看。好在这儿有电话，你要有什么事，可以随时给我通电话。"赵太太对于家里的病人本也是放心不下，她母亲叫她回去，她就擦擦眼泪，告别回家。

这时，赵观梅病在床上，和这边的静英小姐都是一样地人事不知。静英小姐还能睁着眼睛看人。赵观梅却是一天到晚都闭着眼睛，昏昏沉沉地睡着。赵太太回来了，走进病人的屋子，床面前坐着一个女仆和一个亲戚，就悄悄地站起来，向床上指着，一努嘴道："别惊动他了，他睡在床上，可是不住地说梦话。听他说话的声音，倒像是很有精神似的，也许是病要好些。"赵太太听了这话，也说不出什么，只是苦笑了一笑。那两个人退出去了，赵太太随手搬了一张凳子，就坐在床面前，那床头边的一张茶几正堆满了药瓶茶碗，以及纸包的白糖药面之属。赵太太看了这些东西，更闻到一种药味，就不由得好好地烦厌起来，一坐下去，先叹了一口气。

还不到十分钟，便听到赵观梅哼了一声，接上他就叽咕着道："若是大帅能够那样栽培，观梅一定力疾从公……哼……咿呀……发表了，让我做道尹。我……就到任……去。"赵太太道："唉！人都这样不中用了，他还要谈做官。"只说了一个官字，赵观梅突然身子一翻，大叫起来道："做官并不是坏事，那也是替国家服务，我为什么不干？"他说着话，也不知道他久病之躯骨瘦如柴，哪有那大的力量，两手向后撑着，就挺起身子来。赵太太连忙向前扶着道："你这是怎么了？好好地睡着吧。"赵观梅身子突然向后一倒，两只眼睛变成了白色，黑眼珠子一齐向上眼皮底下翻了过去。脸上的颜色也就变成白纸一般。赵太太看他成了这种现象，知道是不好，马上哇的一声，哭了起来。赵观梅躺了下去，身脚便渐渐地僵直。赵太太顾不得他是不行的了，执着他的手，极力地摇撼着道："你要明白呀，你去不得呀！"只在她这样一片惊号声中，把一家人又惊动了。大家跑进来看时，赵太太两腿跪在地下，两手伏在床沿上，哭得已不成声音。大家知道赵观梅是一切都放下了，也随着号啕大哭。

赵家在这地方住有多年，所有的街坊也都混得像家人亲戚一样，大家一听到赵家哭声大作，都有人来安慰与帮忙，立刻赵家也就热闹起来。赵家是纯粹的北方人，当然是用北方的丧仪，照着旧规矩报丧接三，赵观梅在日，讲的是应酬，所认得的朋友很多，到了他自己身上，赵家不能不在最后收一笔总账。因此印了一千份讣文，普遍地对远近亲友一散。讣文的文字，是请赵观梅一个老朋友白有文作的。他为了作得详细起见，请赵太太把赵观梅所有的委任状聘书一齐拿了出来，作为参考。因为赵观梅在宦海沉浮二三十年，事情实在太多，虽不能一件一件都记上去，可是有两层当注意：其一，是当时很有荣耀的事。其二，是和他一生升迁地位有关联的。所以作起全文来，倒不甚紧要。唯有这赵观梅的官衔，编纂考订，实在费事，足足延误了白有文两天的工夫，才订定了。而且据他对人说，挂一漏万之处，还是在所不免。那官衔由起至末，有如下方所写的是：

　　清邑庠生，候补县正堂，直隶咨议局议员。自治第九分局委员，商务会会员。民国京都商会会员，京兆尹署咨议，内务部参议上行走，水灾急赈会出力人员，特别五等奖章。中华民国前大总统袁，给予七等嘉禾章，改任内务部科员。大总统冯，给予六等嘉禾章。农商部科员，陆军部咨议，海军部咨议，交通部顾问，财政部经济调查委员会委员，教育部秘书上办事，新疆督军驻京办公处特务员，川边办事处驻京通讯员，海外华侨联合会干事，易州镇守使高等顾问，特保简任职存记以道尹叙用，公文已上，尚未发表。

　　以上所说的官职，较之草稿，少去了三分之二，如差遣办事员的名目，以及小机关的服务，白有文认为就是写出来，也没有多大的体面，况且已经有了比较体面一些的事情了。这不大的事情，载上讣文，也只觉得累赘，不如不写为妙。只是有一层，赵观梅干了一辈子，正式的官职不过到科员为止，就是在其他机关当过主任干事之流，可又不算是官，写上讣文，也不见得有什么风光。他奔波了一生，好容易弄到一个简任职，偏是未曾发表，人就是死了。讣文要是抹去这一笔不写吧，未免大大地减色，若是写上吧，恰又不曾有这个实官。几经考量之下，觉得讣文这样东西，也就是一个人的历史。史是纪实的，只要说不错，发表不发表，似乎没有关系，这样一来，于是就把那最后一句写上。
　　这个讣文发了出去，也有人觉着不妥，说是既未发表，就不能算是官职。如今糊里糊涂载上，官厅若是认为冒充或者招摇起来，怎么办？白有文听了，他也有解释，他说："保上去了，那实在是事实，就算不发表，这不过死人讣文上要说得体面一点儿，无论如何，不能拿国法加到死人身上去，这正是乐得做的一件事。况且讣文上说，从前已经保过，也就不必替赵家的古人担忧了。"

227

过了几天，正是赵家开吊的日子，家里搭着棚，扎着白雪也似的孝堂。孝堂正中，挂着赵观梅的遗像，左右两边，紧紧地靠着一副大字挽联，乃孙督军由任上寄来的。孙督军所以寄来一副挽联，就因为赵观梅在日，曾和他帮过忙。这一副挽联隔壁，就是他的连襟镇守使王指挥的了。此外也还有些司长、局长、会长等的挽联，已是分作两边。再官职位分小些的，送来的对联或花圈都只好挤到孝棚下面去的了。这日赵家来的吊客倒也不少，由简任职以至委任职都有。

　　赵观梅有个远房的兄弟，名叫赵观枢，他比哥哥的官职还要小好几倍，不过是干些书记录事之流。因为料到今天赵家办丧事，必定有大批的阔人前来，于是要了一个总招待的职务，以便和所有的人接近认识。所有来的客人，不能在灵前行完了礼就走，也都到客厅坐着谈谈。所谈的问题，也都不外乎时局怎样，政治怎样，大家正谈得热闹之际，忽然有一样东西送了进来，这不由得引起了大家注意。原来赵观梅在日，对于大小报纸看不看倒没有什么关系，唯有一份政府公报，却是经年的订着，无论如何，每天总得看上一遍。后来搬到医院里去了，每天送到家里来的政府公报，还是要转送到医院里来看一看的。后来他病得十分沉重，才不看公报了，这公报既是论年定的，当然他虽死了，还是继续地送着。

　　这时来宾正谈到政治问题，这份公报不先不后送了来，恰是合了口味，早有人伸着手，在桌上拿了过去看。那人看了两页，忽然用手一拍，站将起来道："啊哟，大家看看，观梅的命令发表了，观梅的命令发表了。"大家听了这话，就一窝蜂子似的围了上来，看看公报上一条大总统令，正是讣文上记的那最末一句，赵观梅授为简任职，以道尹职存记。这一下子，把赵观枢乐得直蹦起来，拍着两手，连道："观梅大哥，恭喜呀，由这样爬上去，不难把小弟也携带一把的了。"在场的客人看了，倒莫名其妙，便有人问道："观枢兄，你这是怎么一回事，你嫂子在里面听见，不要疑心你是故意开玩笑吗？"赵观枢被人这样一提，才醒过来。赵观梅的官虽发表了，人是早已死去的了。当时便叹了一口气道："可惜可惜，我观梅大哥，若是能够迟死一年，将道尹干上一任，身份就大了。他本是北京一个名绅士，再要有几个实力派一帮忙，我敢断定，要干一任京兆尹，那是不成问题的了。只要京兆尹干得好，那就

228

是个小省长。往后也找着个机会，闹个总长，那岂不是一件好事？不料事情这样不凑巧，这事情要发表，偏是他就去世了。"

在座的客人，真有干了一生，没有干着实缺实授官职的。而今见观梅开吊的日子，恰是他的实职发表，未免感到人生名利，竟有不能强求的地方，也就点头叹息不止。有两个人干了二十年办事与录事，竟会看了这讣文，挣下几点泪来。那个撰讣文的白有文，这时也在这里照应一切，便道："慢来慢来，这件事虽然可伤心，要细说起来，却也是不幸中之大幸。现在观梅翁的灵位，上面还不曾怎样铺张，不过是荐任官显考赵公观梅之灵位。如今有了这新官衔，这灵牌上的字样就该改一改，改成道尹职存记显考赵公观梅之灵位。"他说了这话，有些人就想着，丧仪里面的物事，向来不办双份儿的，于今把灵牌的官衔重写两道，似乎不妥，因此有些人却不敢作声。可是赵家家族都以为这办法对，大家喊着，照改照改。于是将一张红纸条更写了新官衔在灵牌上贴住。赵观枢站在孝堂里，对灵位拱拱手道："大哥，你这一生，总算不曾白来，末了，你还把道尹干上了灵位。"

他只这样说着，灵位前的白幡恰被一阵风吹着，就飘荡起来。那白纸幡的尾子在灵位连拂两拂。赵观枢哎呀一声，向后倒退了几步，直跌出孝堂来。大家见了他这样，便问为什么。赵观枢掏出手绢，揩着头上的汗道："我观梅大哥，真是官星不错，只说了一声恭喜，他的白幡都会动起来，当是他说着话，我很欢喜呢。"大家也都说道："名利关头，本来不容易看得破。论到人过去了，阴阳无二理，在阴曹里谁又不愿意做官呢。只可惜观梅他有那样好的亲戚，不曾等着人家携带一把就过去了。要不然，既然保上了道尹存记，就不难做到道尹。"

大家这样说着，也是无心之言，不料这一句话，却说动了赵观枢的心事，这赵观枢贪官做和赵观梅是一样，论到手段，可有些不同。赵观梅是向上走的，只要有接近上层的机会，就牺牲一切，拼命一钻。赵观枢不然，能接近上层之时，固然是拼命去接近。但是不能接近上层之时，只要能和下层携手，他也很愿和下层混合一处，他永远干不了大官在此，可是小事不脱也在此。这时，他一想到赵观梅虽死，赵观梅和王镇守使的亲戚关系还依然存在，只要罗家不见外，在镇守使那里多说几句话，我想镇守使随便提拔我一点儿，我就高升了。

229

他转了这个念头之后，立刻就到医院里来看静英的病。罗太太自从那天进了医院之后，不过偶然出医院一二小时，料理家务之外，其余便是困守静英床前。静英的病原不是陡然而来的，乃是积忧致疾。若要治她病，根本上要从治她的积忧入手。这种积忧，绝不是药石所能解除。现在静英睡在医院里，每日所见的不过是医生和女看护。所饮食的，只是药水牛乳和些汁水，这种生活，哪里引得起她的兴趣起来，因是一天一天地睡着，还是一天一天地沉重。后来又听到罗太太说："赵观梅已经死了。"心想他的病原不大重，只因为忙着和自己做媒，不顾性命。于是把他的病逐渐加重，到底送了他的命。他虽是孽由自作，然而当初一提亲的时候，自己母女要不贪人家百十万家产，根本就不答应，赵观梅这媒人也就无从做起，他不做媒，身上有病，自然会好好地休养。这样说起来，他这一条命丢了，自己总也得负相当的责任。这样想着，未免又加了一重心事，病也重了许多。

这日赵观枢到医院来探病之时，静英是昏迷了一阵，刚刚醒过来，罗太太陪着他说话，就问观梅家的情形。赵观枢道："今天虽然是开吊的日子，却有一件喜事。"罗太太道："家里开吊，这是惨极了的事情啦，怎么你倒说有一桩喜事呢？"赵观枢于是把政府公报公布着命令的话，说了一遍。罗太太道："你还说这个呢，就是这官字害了他了。"

静英躺在床上，是一天也不轻易说两句话的，这时看到赵观枢来了，说着赵观梅的事，想起他是为贪慕虚荣伤了性命，自己又何尝不是贪慕虚荣落到这种地步。凭了自己这种才貌，找一个资格相当的青年有什么为难。一个女子，得着一个如意的郎君，这一生的岁月也就不会愁没有幸福。而今一念之差，一无听得，就是死了，也不免在灵位上写下一行不堪入耳的字，乃是故姜某某之灵位。好高的结果，是给人做小，于是一阵心酸，就涌出几点眼泪。罗太太抢上前一步，坐在床沿上，用手执着静英的手，掏了手绢，慢慢给她在脸上拂拭着。因安慰她道："你的心事，我都知道了。你只把病养好了，我们慢慢地来想法子吧。俗言道得好，拼了一身剐，皇帝拉下马。你真觉得受了委屈，将来再说吧。"

她母亲这样说着，她倒不由得听了气中带笑，像这位王指挥使，哪里还有拉下马的机会？剐也只算让人白剐了。事到如今，多延一刻生命，是多受一刻罪。还想养好了病，再想法子吗？然而母亲说着这话，也是出于万不得已，一个女儿已经是守了寡，这一个女儿又是命在旦夕，老人的命也就太苦了。想到这里，就是不酸心，也忍不住那眼泪如由头的瀑布一般，分作几股，由那瘦削的脸上分头奔放。罗太太先是将手绢捏成一个布团儿，在静英脸上按摩着，及静英哭得厉害了，罗太太也愣住了，两手撑在床上，只呆呆地望着她的脸，同时自己脸上的眼泪，也滴到静英的脸上去，和静英的泪痕，混成一片，向四周分流下去。

赵观枢今天来本想三言两语说得罗太太欢喜了。然后好借一点儿机会，请她提拔提拔。如今只说了一个帽子，就把她母女哭成了一对泪人儿，自己惹的祸，就够自己塌台，还在这里站着做什么？可是特意老远地来了，也不闹点儿结果，无声无息地又溜了回去，也很是无味。况且她母女两人只管流泪，也就哭糊涂了，这个时候，想和她们说什么，也就觉得无言可入。于是呆呆地站在这病室里。半晌，望后退一步，慢慢地退着，退得靠住了门，然后望着她母女，还是彼此流泪，并不注意到别的事情，这时就是要向人家告辞走，也觉这话说不出去，只得凭空咳嗽了两声，咳嗽着还不行，又故意装着把嗓子呛了，弯了腰一阵狂咳。

罗太太到底让他的咳声惊醒了，便回转头问道："赵二哥怎么样了？这屋子里可是药味熏人得很，您要是有事，您就请便吧，可别在这里受了传染。"赵观枢本想和罗太太敷衍两句，然后就告辞着走的。而今她倒说不让自己在这里站着，免得受了传染。若是果然走开的话，倒显得真是怕了传染。便笑道："没事，我多待一会儿，等大夫来了，我要问一问王太太的病怎么样。"他自己以为这话总是在恭维一边，可不料这王太太三个字，罗静英一听，比钢刀扎了五脏还要难受，立刻眼睛向上一翻，哼了一声，晕了过去。罗太太脸色一变道："你这人不会说话就别说话，你不知道她忌讳姓王吗？"说时，也来不及和赵观枢仔细辩论，连忙按铃，让听差找大夫。赵观枢一看这情形不好，就溜走了。

大夫来了，知道刚才的事，不免埋怨了罗太太两句。后来他就将罗太太叫到一边，对她道："这人本来就不行了，现在一受刺激，把她生命的时间越发缩短，你就是在医院里住着，也无非多花掉一些钱，你还是早点儿把病人搬出院吧。"罗太太天天在医院里守着，以为还有一线

231

的希望。不料候到最后，还是要早早搬出院去。一听这话，禁不住双泪交流，拉着医生的手道："大夫，您修好，给我救救吧。"那眼泪也就要像哀求医生一样，洒了医生一手。医生道："凡是到我们这里来治病的，我们没有不想把他治好的。真是治不好，那也没有法子。"他说着话，摇着头，径自走开了。罗太太空哀恳了一阵子，一点儿希望没有。自己一狠心，马上打着电话，叫了一辆汽车来，算好账目，就叫院役将人来搬上汽车。静英本来是人事不知，糊里糊涂地睡着，现在搬上了汽车，她却醒了过来，睁了眼睛，轻轻地问道："妈……你带我到哪里去？我要……回家。"罗太太原想着把静英搬回王家去的，经静英这样一说，就吩咐汽车开回自己家里。

这天，罗士杰穿了一套新制的军服，左襟上还悬着景泰蓝的金质字徽章，上面大书特书着"四省剿匪总指挥部"。原来王总指挥升了这兼职以后，也就给这个小舅子发表了一个副官。罗士杰一朝得了官做，连吃饭都没有工夫，每日只穿了这一套军服满街满巷溜达。所有的朋友家里都去拜会一趟。偶然高兴，还带着朋友到戏园去听蹭戏。这时，他正想到外面去找两个朋友，要去同寻点儿乐趣，忽然见母亲带着姐姐回来，也就中止出门。家里忙乱一阵，将静英搬进罗太太卧室，罗士杰才知道病人形势严重，便将母亲拉到一边，轻轻地问道："妈，你怎么这样的糊涂，眼瞧着要死的人，你望自己家里拉。"罗太太使劲啐了他一口，骂道："混账东西，你难道一点儿手足之情都没有吗？"罗士杰道："并不是我没有手足之情，她现在是王家的人了。有个三长两短，应该在王家，你以为王家没有人在这里，不忍把她送了去。你不想想，他若反咬咱们一口，说咱们把人谋害了，咱们还吃不了兜着走呢。他是个总指挥，你惹得起他吗？"

罗太太一听这话，却也很是有理，可是人已搬回来，后悔也来不及，就踌躇着道："依你说，要怎么样办呢？"罗士杰道："从前呢，你是怕姐姐在他家里受委屈。你还说呢，要离婚，可是与面子有碍呢。现在反正是人不行了，咱们不能让人白死，衣衾棺椁，都得出在他们家里。以后咱们索性认成一门好亲戚，吃他一点儿，喝他一点儿，还得叫他永久给我一份事。"罗太太听了他这话，又看儿子穿了一身军服，便转了一个念头，女儿反正是救不了的了，我就算出了一口恶气，和王家

232

断绝来往，试问能损一根毫毛吗？而今只好索性依赖着他提拔儿子的了。同时，家里许多人都说，女儿是人家的，何必弄回来办丧事。罗太太又一想，果然是不对，一场丧事办下来，知道要多少款子。女儿虽然不愿意王家，但是她若是死过去了，就是要恨王家，也不过在棺材里去恨，那有什么关系？这样想着，把她的根本计划就变更了，马上派人又雇了一辆汽车，将静英搬回王家去。

这时的病人虽是只剩一悠悠气，然而心里还很明白。她见搬回家了，死也落个干净，而今见这些家里人又把自己搬上汽车，绝不会再送到医院去，那么，一定是送到王家去了。这样一来，分明是死也难消此恨，心里十分焦急，可是精神失主，要说又说不出话来，只把两只手不住地抓着胸脯，两只眼睛只管向上翻了去。罗太太虽也知道她是不愿回去的表示，然而这是一劳永逸之计，也顾不得许多了，带了罗士杰在一处，就把静英送到王家来。只是这汽车奔驰一二十分钟的工夫，静英已经断了气了。到了王家门首，罗太太不敢说是静英死过去，说是刚由医院里赶快把她搬了回家，好找中医来救哩。王家的仆役们见是外老太太送太太来了，还有什么疑问，七手八脚，就将静英抬进屋去，罗太太和罗士杰自然也是紧紧地跟着，走进静英的房，陈设着那样华丽，铜床上垂了碧罗帐子，叠着紫色的绫被，摆列着白绫绣着鸳鸯的双枕，然而其间可是睡着一个身如冰冷、色如死灰的女子。突然看来，未免引人无限伤心。可是话说回来，正也是这些东西作祟，将静英置之死地了。

罗太太知道是将关节打过去了，这才放声大哭起来。仆役门拥了进来，只见床上碧罗帐外，伸出静英一只手，又白又瘦，动也不能动，就如蜡制的东西一般。罗太太赖着坐在地毯上，人却伏在床面前一张短凳上痛哭。大家知道太太过去了，都拿不出主意，只好打电话通知王家的亲戚朋友，大家来办理丧事。

这个时候，斜对门除了那易州太太，带了十几个男女仆人，排闼而入，直抢进居丧的屋子里来，一进门便嚷道："这些箱子柜子的钥匙，是谁收了？快给我拿出来。"说毕，向正面椅子上一坐，向大家睁着眼睛。这里的钥匙原都是静英管着，病入医院以后，就叫了亲信女仆交给罗太太收着。这时易州太太要钥匙，谁人能答应。易州太太见没人答应，将桌子一拍，就嚷起来了。她道："老实说，我们都是人家的姨太

233

太。可是戏园子里占座，也有个先来后到。我在王家，比她先来许久，我的地位应该比她高，她的大事，我就能够管。她死了，这没有什么为难的，归我来收殓。可是她留下的这些东西，我得当着她娘家人在这里点上一点。她手下的用人全是新到的，我一个也摸不着脾气，若是大人回来了问起这东西，谁来负这个责任？"她说着话，眼光可就闪电一般，向满屋子里视察了一周。

罗太太虽然正哭，进来一个人，啰里啰唆，说上这样一大篇话，岂有不知道之理？先前因为她不曾过来招呼，就也只管哭，不去理会她。现在她谈到了死人和死人遗物的两个问题，罗太太不能默尔了，便插嘴道："我们姑娘是明媒正娶来的，可不能认为是小，别人自己愿意做小，我们不知道。死鬼的东西，我们娘家人决不要一根毫毛，可以请几位公证人来点查点查，把封条封起来。这是王家的东西，咱们还是退回姓王的，谁也别想捡这个便宜。"易州太太一听，气向上冲，咚的一声，将桌子拍了一下。因问道："你是什么东西，这里哪有你说话的位分？"罗太太不哭了，也将方凳子一拍道："你又是什么东西。死人是我的闺女，我在这里不配说话，谁配在这里说话？"易州太太又哪里肯让，索性咚的咚的拍将起来。两个人，你将桌子拍过来，我将桌子拍过去，两张嘴同时也像倒了蛤蟆笼一般，听不出是谁胜谁负。还是女仆们看不过，分头打电话，找了几位亲戚朋友来，将易州太太劝了回去，一面给静英办丧事，一面打电报给王指挥报告这事。

真是事不凑巧，王总指挥回了电报来，还是让易州太太主持丧事。罗太太哪肯低头去看别人的颜色，她就不再到王家，只是派了罗士杰去应卯。罗士杰有一班街头巷尾的朋友就告诉他主意，说你现在只有一条路，刚刚走上，干吗给他塞死，于是如此如此，劝了他一套主意。罗士杰领会，这天不穿军衣了，换了一套长衫马褂，到了易州太太家，就着听差上去通告，说是要见一见太太，听差去报告了，易州太太鼻子里哼了一声，红了脸道："见就见，看他还能把我怎样？"于是气鼓鼓地到内客厅里坐着等候。不料罗士杰走了进来，一言不发先伏在地下，给易州太太磕了三个头，站将起来，又作了三个揖。

大凡妇人们，无论怎样的凶狠，只要你在她面前献些殷勤，给她一点儿虚面子，她没有不为之软化的。易州太太先是很生气，见人家行了这样的大礼，就不由得将身向下一落，正待要开口说什么，罗士杰便先赔笑道："前天家母言语冒犯，乃是人哭糊涂了，回家想起来，越想越不应该，所以今天特意让我来赔个不是，还望太太恕罪。"说着话，罗士杰又是一个揖。易州太太一见，这就什么话也无可说的了。因微笑道："本来你母亲因闺女死了，心里自然是十分难过，说话也不会想着说，我也不来怪她。"

罗士杰见易州太太欢喜了，索性从中一顿恭维，把她引得很高兴了，便道："我也是一个人在这里，不是自端着身份的话，我也把小兄弟一样看待你，哪里会见怪。"罗士杰听说，先不答话，又趴到地下，磕了三个头，起来便道："姐姐，小兄弟就高攀了。"易州太太是一句譬如的话，不料他信以为真，就行起礼来，人家这样客气，这倒不好推辞，只得笑着说，我反正多长两岁，就认了吧。从此罗士杰和王指挥的关系乃是双料舅爷，当然亲密。

过了一个月，静英丧事完毕，也埋葬了。恰好王总指挥打电报来接易州太太，她就带了他一路到郑州去。这个时候，王总指挥又由游动的剿匪总指挥，升了洛阳护军使，就是快嘴刘也由旅长升了师长了。他的驻防地就在豫西一带，那地方乃是个土匪出产之地。上峰初命他到这里来剿匪，他很显着困难。后来他想了一个寓抚于剿的办法，就通知当地的土匪，带枪一百支来降的，给他营长，带枪二百支以上来降的给他团长，带枪五百支以上来降的，给他旅长。定了这个办法，真是灵效，哪里有土匪，不必派军队去打，他只派一个代表带一张委任状去，哪里就可以太平无事。不到两三个月的工夫，他就招到了七个补充旅的军队，由潼关豫陕交界的地点，都是他的防地。由陕西出来的烟土，打算向东南两条路运的，都得经过他的防地。他就仿照其他地方的办法，一两烟土收一块钱寓征于戒的禁烟捐。这些驻地的禁烟税局，何止四五十所，每日每所，哪里不经过几千斤烟土，这一笔收入，就着实可观了。他有了军队，就可以占据地盘，有了地盘，就有税收来养活军队，这叫军地税三有主义的连环性。刘师长的上峰，虽然知道他势不可侮，然而可利用他布置防地、安顿土匪，并且他在抽税作饷之外，也有一小部分送给上峰，就是他没有势力，碍着面子，也不便怎么难为他。因此大家图着无事，就相安下来。

约莫有半年的工夫，快嘴刘除了养活那些军队之外，自己腰包里也剩下七八十万。一个人想着，自己是个单身汉，攒下这些钱，怎样用得了？因为一个人，就联想到了吴月卿，若是把她娶回来，有这些钱，再添上汽车和洋房子，在北京住下来，也是个小阔人了，又还想什么呢？如此想着，便打算请一两个礼拜的假，先到北京去玩玩。好在自己剩下的钱，已经托了心腹人物存在北京银行里，到北京去用钱，也极是便利。至于这里的防务，太平已久，大概也没有什么问题，交给参谋长代拆代行就是了。

想定了便要实行，不料正在这样盘算时间，陕西忽然发生了军事。刘师长从来不曾预备这一着棋，得了消息，大吃一惊，一面传令各处军队加意防备，一面打电报到上峰去告急。但是陕西军队如潮水一般涌了来，自己编的新军七旅，除了有两旅不知音讯而外，其余五旅，都升了那边的师长，署名在人家通电的后面，说刘某人纵匪殃民、贩卖烟土。刘师长本人带着本部军队七千人，虽然不曾备战，料着还可抵挡一阵，就和参谋长陈禹浪密议办法。陈禹浪却私下告诉他说，所部士卒，都无战心，两个旅长得了那边的委任状已经升了师长，迟则明天早上，早则今天晚上，恐怕就有变动了。刘师长道："不能吧？我们都是好朋友呀！那就请他们来会议吧！"于是派了传令兵，去请两位旅长。

这个时候，天色刚晚，这里传令兵去不到半个钟头，外面早已噼噼啪啪有枪声响起。回头看陈禹浪时，只说一声快走，人已逃出了大门。刘师长知道事情不妙，所幸身上穿的是便衣，打开箱子，抓了一把零碎钞票，扯腿便走。走着离师本部半里之遥，已经看到有好几处火起，自己暗道一声惭愧，只好出城向野外走去，遥遥听见枪声如爆竹一般，这分明是不可收拾。走了有十里，便找了一个破庙躲住，庙里只有一个老和尚，却也相安无事。心想暂躲一夜，明日再做道理。不料只有半夜，又有两人闯进庙来，由暗中听那声音，却是自己亲信的卫兵，便大了胆子，出来问他们的情形。卫兵说："回去不得了，两个旅长已经出了告示，反到那边去了。我们是师长的人，他不肯用，所以逃走了。"刘师长见他们一个人背一个包袱，心里了然，也不去问他。便问告示出得这样快，是哪个做的呢。卫兵说："陈参谋长还是原职，依旧在师部里办事，大概是他做的。"刘师长叹了一口气，也不说什么，就连夜再走，打算到郑州去。不料赶上火车站，火车又不通了。一路听到的消息都是不好，只好绕道到了新乡，才搭车回北京来。在火车上捡到客人扔下的一张报纸看看，原来薛巡阅使下了野，王护军使已经逃往上海，自己这条升官的大路，算是完全铲除。这倒一忧一喜，忧是从此又成平民，喜是弃职逃走之罪，没有人来管了。所幸银行存款折子揣在身上，官虽丢了，还不失为一个大富翁，这一阵子，总算没有白干。

到了北京，自己先在旅馆里住下，拿出钱来，置了一些衣物。到了第二日，就坐了汽车到吴月卿家来。吴家的包车夫认得这是刘师长，掉转身向里便跑，口里嚷着："坐汽车的，坐汽车的，他，他，刘师长来了。"车夫只顾报信，一个不留神，忘了下台阶，摔了个四脚朝天，滚了一身的泥。吴氏母女在里面听了，也不知道发生了什么重大事件，一齐抢了出来，这才看见刘师长笑嘻嘻地慢慢走进来。吴氏母女一齐叫了声师长，吴刘氏去打帘子，吴月卿就向前搀着他的手，引了进屋去。他笑着道："你们很不错，到如今还认得我。可是我现在不做官了，我改名叫刘自安，就叫我这个吧。"吴氏母女一面客气，一面听他说话。说完了，才知道刘自安果然只剩了自己安心，心里想着，恐怕他就不能像以前那样挥霍了。他这样想着，心里头一番热烈的欢迎，好比火势正旺，遇了一盆凉水兜头一泼，不由得热情向下一挫。

还是刘自安不曾容下这些心，因笑对吴月卿道："我干是不干了。你是个好人，我可以告诉你实话，我虽然拼着丢了性命，干过几次，总算没有白干，我已经搂下七八十万了。有这些个钱，还不够过下半辈子的吗？你若是还照着前次的话办，不反悔，这几十万款子，我愿和你合伙儿花。"吴月卿还不曾答话，她母亲吴刘氏便笑着迎上前道："刘师长，您这是什么话呢？月卿说跟您，那就等一辈子也是跟您。您为国家办事，尽心报国，原先我可不敢说，现在您是告老还乡，我这可就敢说了。打仗那个事情，究竟是险。现在您有了几十万家产，正好休手，就是我也跟着您，好吃一碗太平饭。"说着，连打了几个哈哈。

刘自安就向吴月卿笑道："你妈说的话，你都听见了吗？"吴月卿道："怎么没听见呢，我又不是聋子。"刘自安笑道："我现在像一个孤鬼一样住在旅馆里，是一天不得一天过，咱们的日子，要提早一点儿才好呢。"吴月卿向他瞟了一眼，将嘴一撇，下唇一伸，笑道："什么事那样急呢？"刘自安道："不是别的，实在是一个人过着闷得慌，要是马上成起家来，我就什么也不想了。"吴月卿笑道："你若说是一个人闷得慌，那也不要紧，这一阵子，我就不唱戏，陪着你解闷儿得了。"刘自安笑道："你有那么好的心眼儿吗？"吴月卿道："你怎么说这话，我没有给你解过闷吗？"刘自安听了，只管哈哈大笑，吴刘氏在一旁听了，处之泰然，却不说什么。

刘自安在身上摸索了一会儿，掏出一个手巾包放在桌上，打将开来，将手向吴月卿一招，点着头笑道："来！你看这是什么？"吴月卿走上前看时，却是大大小小的纸壳和封套，笑道："谁给你这些信，你还保存着，带在身上？"刘自安随手拿起一个金字的黑纸壳，递给她看，笑道："你仔细瞧瞧，这是什么？"吴月卿原也认得几个字，拿起看时，乃是一家银行的活期存款折。将纸壳一掀，前面是章程，后面许多格子，格子里填了年月和数目字。吴月卿看了一会子，却看不懂，因笑问道："我可看不懂，这是多少钱？"刘自安一手拿存折，一手用指头指着，先指着一个印成的万字给她看，然后再指着那蓝墨水填的捌字给她看，笑道："这应该知道了吧？"吴月卿笑道："这是八万呀。嘿！一个折子就是八万。这些个折子，值多少呢？"刘自安道："所以我说，咱们过一辈子都够了。我把这些折子都放在身边，有些不放心，都存在你这里吧。"

吴刘氏不听这话犹可，听了这话，立刻迎上前去。她坐着的时候，两只脚插在方凳横踏棍里，只因为起身来得匆忙，脚不曾提起，猛然向前一栽，正对了刘自安磕了一个俯伏在地的头。刘自安倒吓了一跳，待要上前搀，吴刘氏已是一拍腿站了起来，什么话也不说，直奔桌边将那些折子拿在手里，看了一看，笑问道："全在这儿吗？七八十万，我们家哪进过这些个钱啦。大姑娘，我们今天得扫扫屋子，人家家里，上了十万银子的家产，财神爷就得常来看看的。再说进宝童子都是跟着钱向人家里走的，今天咱们家进了这些个钱，说不定进宝童子这时候也跟了进来，可别乱说话，把财神爷得罪了。"吴月卿笑道："你真说得那样邪门，财神爷这就来得那样快？"吴刘氏道："你知道什么？神就像电光一样，说来就来的。你不瞧见电灯着火，满城的电灯都是一眨眼的工夫一齐同来吗？电因有闪电娘娘管着，所以那样灵，神都是一个理。刘师长，你瞧我这话，说得对不对？"刘自安也解不透这理，倒只好点头说是。

吴刘氏道："师长大人，您放心吧。这些票子，我给你放在小箱子里，小箱子放在大箱子里，大箱子上，再给您用三口箱子压住。"刘自安笑道："这倒不必，天下没有那样的傻贼傻强盗，会偷人家银行里的折子。这折子偷去了，没有我的图章，银行里是不给钱的，就是把图章也偷去了，那大的胆子敢到银行里去兑款。咱们有一个电话就能把他逮着了。"吴刘氏道："哦！是这样，您的图章呢？"刘自安道："这也是人家有钱的告诉我的一个诀窍，说是银行的折子，和取款图章总别放在一处。要是那样，无论如何，钱总丢不了的。"吴月卿道："这样说，你自己把图章或者折子丢了，怎么办呢？"刘自安道："那可以到银行里去挂失票的，找个保人登一登报就行了。"吴月卿笑道："这样说，我们要把你的折子拿起跑了，也是没有用呀。"刘自安笑道："那我可费事了。反正把我折子丢了，总是个麻烦，不然，干吗我存在你这里呢？"

吴刘氏先以为有了折子就有了钱，而今听说，有了折子，还不算钱，心里未免冷了大半截，脸上那一般乐不可支的样子就不觉得慢慢收敛起来。好在他还说了一句话，没有这个折子，他就是个麻烦。那么有了折子在手，至少是个把柄，就有了挟制刘自安的东西了。便道："刘师长，这东西我们给你看守着，可担着血海的干系，你用什么来酬谢我们呢？"刘自安笑道："这还谈什么报酬呢？我是一个大光棍，要这些钱也没用处，将来咱们还不是大家和在一处儿用吗？你给我看守着，也就是给你闺女看守着。要怎样的酬谢，你和你的姑娘商量，她要怎样报答你都成，我可不问。"吴刘氏听了这话，心里非常地痛快，吴月卿也觉他这话说得过分的亲热，抿了嘴微笑。刘自安道："我这话似乎说得过分一点儿，可是实心眼儿的话。吴老板，你瞧怎么样？"吴月卿瞅了刘自安，微笑道："干吗呀？"她也只能说这三个字，其余的话，便无可说了。

当天刘自安谈得高兴，就在吴家吃饭，少不得慢慢地谈到婚姻问题上去。吴刘氏对于这事是一口答应，她说："上次就要给你把喜事办了的，只因为你赶着要走，所以把事情耽误了。您回来了，就是不提起，我也得和你提。"刘自安道："你还有什么不知道，我就是自己一个人，预备了这样，就会忘了那样，干脆，我到银行里取出一万块钱来，交给您和我代办。凑合着面子上过得去就行了，钱，咱们还留着过日子呢。"吴刘氏一听，心下就是一喜，心想也真是有钱了，把整万的洋钱交给我替他办事，我只要手上紧一点儿，哪儿就不挣他三千二千的。便掐着手指头，昂着头想了一想道："照说，一万块钱，也就够了。可是您是个师长，也不知道有多少阔朋友，办得不像个样子，可让朋友们见笑。"刘自安道："我现在还算什么师长，再说我那些阔朋友，十之八九是丢了事的，还阔什么？"吴刘氏道："别那样说呀。雨伞破了架子在呢。这年头儿，只要有钱就得做官，不做官，都不要紧。您信不信，只要一说是刘师长办喜事，也不问是现任的是前任的，包管送份子的人会挤破门。不谈别的，光师长两个字就值钱。"

刘自安听她如此说，也乐了。他一想，多少加点儿钱，也无关系，就答应增加五千块钱用费。到了次日，就拿折子到银行里去提了一万五千块钱，交给吴刘氏。这款子全是十元一张的钞票，用细索捆扎了，再用手绢包好。刘自安在大皮包里取出来，就和了手绢包，一齐送到吴刘氏手上。吴刘氏接过去，打开手绢包一看，半晌作声不得，手里捧着那一大捆钞票，晕过去了。所幸人离房门不远，就退一步，靠住了门，定了一定神，这才笑道："别是财神爷就跟来了吧？我怎么看有一个金光烁烁的人影子一晃呢。"刘自安道："没有的话，哪有那么爱管闲事的财神爷呢？你看到的，大概是我刚从太阳地里带来的影子，很平常的事，给你一说，我倒迷糊了。"吴刘氏笑道："也许是您的影子，不过我捧着这钞票，觉得脑袋晕了一阵子，我向来没有这样一个毛病，怎么今天突然会这么一愣呢，也许是冲犯了佛爷吧。"她一定要说财神爷进了门，刘自安也就没法子说不是，只得笑了。吴刘氏说了几句话，神气已换过来了，将钞票拿进房去，就放在桌子上面，正正当当地放着，然后恭恭敬敬和钞票拜了四拜，口里念念有词道："财神爷，您反正在这屋子里，我这儿谢谢您了，今天您送了这些钱来，我就该请请您的，可是来不及了。反正银行里的那些钱折子都指望着您兑了现钱来。您再送钱来，我一定得买三牲来供您的，也不忙在今日一天啦。"吴刘氏祷告已毕，这才将钞票锁到箱子里去。

从这日起，吴刘氏知道银行里的折子，也像钞票一样是能兑大钞票的，若是把这些折子都兑现钱出来，那还了得，在这一点上，总也觉得刘师长实在是一个大恩人了。背地里也就和吴月卿商量着："我们箱子里虽然锁上这多钱，说起来可是浮财，我们一个也捞不着。再进一步说，这钱究竟是不是姓刘，真也难说定。几十万现洋钱，放在人家腰里，自己只换几个折子回来，那多么傻。我想这么些个钱，拿来置产业，干什么不能挣钱，搁在银行里，光想他那几个利钱，这事有多么险呢。这话我不好和他说，你总是他的人了，也用不着见外，你可以对他说，让他在北京买几所房，再添两处买卖。那样办钱是扔不了，再就挣的钱，也绝不能比那利钱少。"

　　吴月卿笑道："你的话虽然是对，可是他就不爱听这些话。他说这年头儿今天坐汽车，也许明天拉车给人坐，乐一天是一天，别那样大干。"吴刘氏道："孩子，你怎么那样傻，他那样说，你就照着他那样办吗？你可以把话冤他呀。你就说办喜事，住人家的屋子，那是不大方便，自己买一所房，爱怎么布置就怎么布置。办喜事的日子，总要百事顺心，不然，大喜事的日子，心里存着一件不如意的事情，多么可惜。我猜他别的不怕，就怕你说这个，你一说，管保他就要答应的。不信，你就试试看。"吴月卿听了这话，觉得也有理。这房子买下来了，怕不就是我的吗？母女商量了一阵，越想越合算。

　　等到刘自安来了，吴月卿先皱了眉道："这回喜事，什么事我都合意，就是赁房子老赁不妥，我非常着急。"刘自安笑道："你太爱着急了，北京这样大的地方，难道还找不着一所合意的屋子？这没有什么难处，不过多花几个钱就是了。"吴月卿道："能花钱自然可以赁到合意的屋子，可是咱们何苦那样干呢？依我说不如就是一笔拿出来，咱们看好了，一下子就买下它一所来。照月月付房钱算起来，不会少似银行里的利息。再说，以后也省得月月拿钱的那一道麻烦。"刘自安笑道："要说利钱，我真不在乎那个。不过你说到干脆一把拿钱，省得以后月月拿出来，这倒说的是。可是看房买房，以后还得找瓦木匠修理，真够麻烦。"吴月卿笑道："吓！真是阔人，有钱买房，还要怕买房麻烦，也好，这样吧，只要你相信我，这事全交给我办，到了那个日子，你光拿出钱来就行了。"刘自安笑道："我现在除了相信你，还相信谁？你乐意，你就办吧。"吴月卿听他说可以给钱，心想只要如此，事就好办。

于是到了次日，就放出风去，说是要买房。但是果然这事不像买散件东西，钱到就拿，一连数日，还不曾看好房子。刘自安又急于要办喜事，事成了好有一个家室。吴月卿好容易熬得他松了口，可以买房，哪里能放过，却非要买好了房，不办喜事。双方磋议了一个礼拜，后来还是折中办法，刘自安又提出一万五千块钱来，存在吴刘氏手上，以为什么时候买好了房，什么时候搬进去，免得有一点儿不合意。至于喜事，还是先办。吴月卿本无什么成见，既是他先拿出钱来了，就先办喜事，也无不可。就由双方决定了，临时先赁了一所小洋楼做新房，新房中一切粗细家具也都由吴刘氏代办。几日之间，钱就像水一般地由刘自安手上流到吴刘氏手上去。

这几日刘自安在各处走走，慢慢地又遇到了许多旧朋友，也就忙了。这日下午，由旅馆里刚出门，只见一个人从对面当铺里出来。身上穿着灰布短衣，胁下夹了一个蓝布包袱，低了头只管走了来。刘自安上得汽车，正待要拐弯，见他只管迎上前来，就也不敢开着去碰他，汽车夫只管呜啦呜啦地按着喇叭。那人抬起头将眼睛一瞪道："你干吗？狗仗人势，这一条马路，只许坐汽车的走吗？这算什么，这样的威风，当年咱们也有过。"刘自安一看，不免吃了一惊，那不是别人，就是当年的顶头上司包大放旅长。几个月不见，为何就流落到这步田地？只见他脸色又黄又瘦，一下巴的络腮胡子都有半寸来长，加上脸上左一块右一块，沾染了好几块脏土，眼睛眶子陷下去了许多，越发显得脸上是惨厉怕人。上身罩住短衣的那件灰布褂子，已经一半变了黑色，胸面前那一路纽扣，一个也不见，他只是虚掩着，用一根朽烂的绳子来拴上了。下面灰布裤子，也是一样的脏，却拿了一根布条儿和一根稻草茎，分左右两腿扎住，不看别的，就是这一点上，可以看到他狼狈不堪的了。

刘自安在车座里先招了招手，然后开了车门，跳将出来，和他点了一点头道："你不是包大放包旅长吗？多久不见，你怎么变成这个样子了？"包大放将手背揉了一揉眼睛，对着他仔细看了一看道："咦！你不是刘得胜刘大哥吗？我听说，您升师长当司令了，现在……"说着，又偏了头向他浑身上下看了一看。刘自安道："我现在和你一样，不干那个了，而且我连名字都改了，叫着刘自安了。你是怎么落到这步田地，到我旅馆里去，慢慢告诉我。"于是携着包大放的手，将他引到旅馆来。包大放说："自从分手之后，原也有高升的希望，只因为犯了一件不大光明的案子，就坐了陆军监狱。我一被逮着的时候，亲戚朋友都躲到一边去，谁也不来看我，真憋得够受的。一放了出来，这才打听着，他们怕我要枪毙，全跑了。从小在一块堆儿长大的媳妇儿，手上大概攒下了七八千块钱，趁早儿远走高飞，就带了钱跟着小白脸儿跑了。我就因为没落到钱，才想法子弄钱，落得坐了监狱，我出了监狱，你想哪里还有钱，我正要去找几个朋友吧，我那些朋友，也都是在倒霉的时候居多。再说有几个好些的，我穿了这一身，我哪里好意思去见人家呢？我现在住在会馆里，正在四处想法子，不料今日遇到了你老哥，坐着汽车还认得我，这总算难得。"

刘自安道："想起从前的事，如今真觉得做了一场梦一般，我们多少朋友，连骨头都找不着，我们还能留着一条狗命啃窝窝头，也就该知足了。"包大放道："刘大哥，你不应该说这话呀。你现在住大旅馆，坐大汽车，还会啃窝头吗？"刘自安道："这年头儿事情哪有准呀？我能说坐一辈子大汽车吗？早半年你说这话，我不大相信，可是现在栽了这个大跟头，我相信了。"刘自安和他谈了一会儿，就在箱子里拿出一百元钞票交给包大放，笑道："这不算帮忙，你先拿去买点儿衣服，过两天我们再想法子吧。"包大放见他一伸手就是一百，还没有改掉他做官时候的脾气。接着钱道谢一番，不觉落下两点泪，然后手上捏了钞票，摇了几摇，又向着钞票叹了一口长气，点头而去。

刘自安心想包大放当年也是势不可挡的人物，到如今见着一百块洋钱会掉下泪来，这可见得人生是说不定的了。这一下子，倒受了很大的感触。在家闷坐了一会儿，就将早上买了的一大堆日报随手翻了一翻。这一翻，不料有六个大字的题目射入眼帘，乃是"碎割一个督军"。碎割一个人，事已觉得很凄惨，而今这碎割的却是一个督军，凄惨之外，还觉得可怕。连忙将那段新闻一看，原来就是和自己同一个巡阅使指挥下的孙督军。新闻上大概说，孙某因战争失利，围困被俘以后，其家愿出军饷五十万，请求释放。前途于协饷到手后，将孙某送往海口释放。不料行至中途，遇有大批乡团。乡团中人恨其当日在职苛捐重征，残害闾里，乃将孙某劫去，在大众之前，用利刀碎割而死云。刘自安将这段新闻看完了，不由自己出了一身汗。心想一个叫花子，要死也落个全尸，做到了督军，什么荣华富贵没有受过，倒落个碎切。他若是早回头半年，真要享一辈子福，就为了勉强地干，送了一条命。这样一想，不觉心灰意懒，本来要出去的，也懒得出去了，就躺在床上，吩咐茶房，叫汽车去把吴月卿接了来。

汽车去了，过了一会儿，汽车夫来回信，说是吴老板出门了，今天有点儿事不能来。刘自安原不过是要她来解解闷，她既有事不在家，也就算了。到了晚上，吴月卿跑了来，见他躺在床上，一歪身也就向床上一倒，笑道："今天真把我忙一个够。"刘自安道："什么事，你这样的忙法？"吴月卿道："快乐舞台，现在维持不了，打算全盘出倒。那屋子盖起来，恐就要十七八万，现在股东都不干了，有一半的价钱就卖了，听说很有些人想买，我怕别人抢去了，很是可惜，所以找了好几条路子，把这事弄妥了。他们股东说了，可以尽着咱们先说价钱。"刘自安笑着坐起来，握着吴月卿的手，拍了几下笑道："据你这样说，咱们是捡了一个难得的便宜呀。"吴月卿道："可不是？"刘自安摇了一摇头道："不见得吧。"

吴月卿见他这样子，显着又是不愿办，于是就放出她的水磨功夫来，只管和刘自安纠缠。刘自安笑道："我倒不是舍不得钱，实在是我觉得有一碗饭吃就行了，多干一件事，就多操一份心。再说你看见那事很好，你就抢着干，也许到了后来，也就是那件事害了你。既是你很高兴，你就去办吧。到底要多少钱，你去说好了，让你妈写张字据给我，我就照账给钱，算一个光股东吧。以后戏园子开张，只要不再添本钱，给我留个座儿就得。"吴月卿笑道："你可别说笑话，这不是小事，大概要八万呢。"刘自安将手一拍道："大事又怎样，无非是花钱，八万就八万吧。我存在银行里的那么些个钱，反正也不能带到棺材里去。有钱呢，我就住洋房子坐大汽车，将来钱花光了，我还上丰台挑花担子卖花去，未必就饿死啦。"吴月卿笑道："知道你是穷汉出身啦，干吗又提到你以前的事？只要你答应了这件事，我心里就安顿了，咱们大家安分一点儿过日子，随便怎么样也吃不了呢。"她说这话时，已是站在床沿上，也不知道怎样疏了神，人向旁边一倒，上半截身子，完全倒在刘自安怀里，刘自安哈哈大笑。

二人又说笑了一会儿，刘自安笑道："你的事，我都答应了。现在我应该和你提一提我的事了，不知道你能不能够答应？"吴月卿笑道："不用提你的事，我先就明白，不是让我把喜期提早几天吗？其实我天天和你在一堆，迟早有什么关系？"刘自安听了这话，她依然是不肯定日期，心里很有些不以为然，同时脸上，也就现出红黄不定的颜色，看去似乎生气，而又极力地掀着嘴角，要表示一点儿笑容出来。吴月卿怕他真会生气，便笑道："我和你闹着玩哩。我都跟着你这久了，我还有个不愿把这事早早办妥的吗？你说哪一天吧？明天都成。"刘自安道："头回我给你母亲，一共说妥三个日期，第一个日期已经耽误着过去好几天了。第二个日期还有三天，准办得及。"吴月卿笑道："你怎么的？亏你还当了一辈子大官呢，说出这样容易的话？不说别的，就是下的请帖，恐怕三天还下不完。"刘自安摇着头道："不，我不那样大干了。今天有两件事提醒了我，一个是我的同事包旅长，弄得几乎要了饭。一个是我们的上司孙督军，让老百姓们剐了。我们这退下来的军官招摇不得，弄得不好，真许脑袋和脖子分家。依我说，拣个好日子，就是在这旅馆里，多开几间房间，找几个亲戚朋友，一吃一散，就算了事，又省钱，又太平。"

吴月卿坐到椅子上，将身子一转，噘了嘴道："那不行，我成了送买卖上门的了。再说，你给我妈办事的钱，大概也用了不少。"刘自安道："我并不是舍不得钱。据包旅长说，外面对我们这一派军官很是注意，我们装穷，还好一点儿。若是摆起阔来，就是不说咱们造反，也要说咱们刮了地皮，要把咱们的钱抄了去。你想，那是玩的吗？至于办喜事的钱，那是小事，管你妈花了没花，她老人家也不用报账了，就算办了喜事吧。若是你真不愿意，我也没法。这喜事只好不办。"吴月卿听了这话，半晌不言语，突然问道："你这是真话吗？"看时，只见刘自安脸上板得一点儿笑容也没有。靠了壁子坐住，高高地架着两只腿，只管摇曳。吴月卿低头一想，抬头嫣然一笑，因道："好吧，我总算蛮不过你，依你就是了。"说着，一伸手掏了他的脸一把，笑道："得，三天后，你打扮打扮做新郎吧，我要回去告诉我妈了。"于是装出很高兴的样子，微微蹦了两蹦，然后走了。

到了家里，吴刘氏首先就问今天讹着了没有。吴月卿道："钱是讹了。可是咱们要松手了，不然，这事就许炸了。"因把刚才的事说了一遍。吴刘氏笑道："他不愿大干，咱们才不愿大干呢，闹得人人皆知，将来咱们真是个麻烦，他说他有点儿危险，这倒和老陈说的话相符，可见老陈并不是把话骇唬咱们。这话又说回来了，你从今天起，也别再在外头胡跑。让老刘知道了，也许出乱子。"吴月卿道："我的事你别管，反正你捞钱，碍不着你的事就结了。"娘儿俩商量一阵，自这天起，就办起喜事来。一来是大家手上有钱，办事非常容易。二来刘自安要的是不惊动人，范围很小。到了第二日，吴月卿没有出面，吴刘氏却到旅馆里来收拾新房。刘自安一问起，吴刘氏笑道："她明天就要做娘子了。今天要到旅馆，让人家看见，指着开玩笑，多么难为情。再说明天两边总也有几桌客，她也要张罗张罗，今天让她在家里休息也好。"刘自安一听她这话，也很有理，自己坐在屋子里也是无聊，便揣了一些零碎钞票，一个人步行上街去。

不觉走到一家大相馆门口，那玻璃窗子里，新添了几张伟人的相片，窗子外围上一群人在那里看。刘自安上前看时，原来从前放着孙督军薛巡阅使相片的地方，现在都换了别人的相片了。刘自安心想，人情是怎么样，只瞧这照相馆门口的幌子就可以知道。谁做了官，谁的像就有做幌子的资格。正在这里出神，却听见吴月卿说话的声音，在人背后偷看时，只见她和一个西装少年一路走了出来，于是连忙一伸手，将帽子向一边歪着一扯，将头伸到人缝里去。只听见吴月卿问照相馆送客的店伙道："今天照的，我们明天来看样子，行不行？"店伙答应可以，于是二人走了。

刘自安低了头看时，却见他二人同上了路边停的一辆马车，向东而去。他这时愤火中烧，恨不能走上前，抓住马车，将那人拖了出来，痛打一顿。忽然有人叫了一声道："你在这儿做什么呢？"回头看时，乃是包大放。刘自安道："老哥，你来得正好，我要托你一件事。"因低声道："刚才有一男一女坐着一辆绿色马车由这儿往东去，劳你的驾，你盯住他们，看他们闹些什么，那个女的，就是我要讨的人，你多多注意，我在旅馆里等你的回信，快去快去。"包大放情不可却，也来不及问详细，就跟下去了。

刘自安回到旅馆，静等他的回信，一直等到电灯上火，他才来了。

他一进门，就把房门掩上了，脸上先就带着一种愤恨不平的神气。刘自安微笑道："大概你看了很不服气，那倒不必，我是看得破的，你慢慢说吧。"于是让他坐下，亲自倒一杯热茶递给他，笑道："天气很凉，你先喝一杯吧。"包大放接着茶喝了，放下茶杯，看见桌上烟筒子里有烟卷火柴，索性燃了一根烟卷吸着，斜靠在椅上，两腿一伸，喷了一口烟出来，问道："刘大哥，你是以前就知道这事呢，还是今天才碰到的呢？"刘自安一看他的情形，很坦然地道："我早知道了，我就没有拿着凭据，没法子翻脸。"包大放点点头道："你这人还不错，差一点儿上了人家的当。你不是让我追那绿马车吗？那车子正走得慢，出街口就追上了。他们先上绸缎庄，买了许多绸缎料，后来就到双福居吃晚饭。我不肯放过，摸摸身上，还有几块钱，就跟进去了。他们坐在一间小雅座里，放下了门帘子，我也就挑了他们紧隔壁的一间屋子坐着。他们唧唧哝哝地说着话。我吃了一餐饭，话就没有间断过。我用了全副精神去听，只听了几句话。女的说，过一个月，我准有法子。男的说，我除了你，是不讨人的。女的说，明天我乐什么，不过是看那几个钱罢了。唉！老刘，别的话我也不要说了，你自己去想想看吧。钱是买不到人心的啊！"刘自安低着头想了一会儿，点点头道："世上事强求不得的，我明白了。再说我们那样赚来的钱，也没费多大力量，花几个算了，这喜事我不办了。咱们哥儿俩都是从死尸堆里爬了过来的，还有什么看不破。"

　　包大放见他并不生气，把所听的话索性全说出来，原来吴月卿早和那西装少年有了白头之约，现在却是假和刘自安结亲，要大大地骗了一笔钱去。刘自安听着，哈哈大笑道："那个小白脸儿也不合算，媳妇还没过门，先就打算骗人去。"包大放见他一点儿也不挂在心上，这也就算了。刘自安等包大放去了，一人躺在床上慢慢地想，主意有了，一个翻身就跳了起来。这时吴刘氏又来收拾喜房了，刘自安就将她引到屋子里来坐。吴刘氏先笑道："到了明日我可就要叫您作姑爷了，自己一家人可别这样客气呀。"刘自安笑了笑。吴刘氏道："我们姑娘花轿也不坐，客也不大请，就是这样清清淡淡过来，真受着委屈，以后您得好好看待她，把这一份儿委屈填补起来才好呢。"刘自安笑道："那是自然，要不她说什么我就给什么吗？"吴刘氏道："您还答应着给我们八万块钱接办戏院子呢。三天期限，可就过了。"刘自安道："你提起这个，我倒想起了一件事，我今天听到一个消息，说是我存款的那家银行有些靠不住了。我想我一生的指望都是那个，这可不是闹着玩的。依我说，明天全提了现款到家里来，请你给我挖一个地窖……"吴刘氏眉毛眼睛都笑将起来，连忙将房门掩上，轻轻地道："我的祖宗你嚷什么。可是几十万现洋，怎样搬法呢？"刘自安笑道："这个我都想了法子了。咱们先把银行里拿了钞票出来，然后上银楼里收买金条金叶子回来，不就又省事又稳当吗？"吴刘氏道："那敢情好，那些银行折子，什么时候要，今天晚上就拿来吗？"刘自安道："别，你明天自家带来吧，我还要和你一块儿上银行兑款子呢。"吴刘氏乐得心花怒放，高高兴兴地回家了。

　　到了次日便是喜期，旅馆里也设了一个礼堂，刘自安几个极熟的朋友，送了些喜联喜幛，挂在四壁，正中设了喜案，系了桌围，案上摆着五供，蜡台上，红艳艳地插着大红蜡烛，这礼堂上，便觉有一种挑拨情感的空气。刘自安一早起来，就出门了。忙了三四个钟头回来，见礼堂倒也有几分热闹，不觉微笑。吴刘氏早在这里等着了，苍蝇见血一般，一把将他拉住，同到屋子里去，低声道："姑爷，我把折儿全拿来了。"说时，两手抄到衣襟下，在裤带上解下一个手绢包来，笑着递给他道："都在这里了。那八万块钱，您不是叫我写一张字给你吗？我真不敢含糊，早预备下了。"说着，又在衣袋里掏出一张稿子，双手捧给他道："你先收着吧。"刘自安道："钱都让你给我保存了，还要这东西做什么。"吴刘氏道："我的姑爷，不是那样说，你借给我们的，是借给我们的，存着是存着的，哪能不分别呢？"刘自安道："那也好，我现在剃个头，回头咱们一块儿上银行去。"吴刘氏笑着，他怎样说，她怎样答应好。

　　刘自安又出门去了一个钟头，头剃得光秃秃的，手上提了一个大包袱，直进屋子，放进箱子了。吴刘氏以为是大礼服，也就不去问他。他们的行礼时间，定的下午三时，到了十二点钟，忽有大批的贵客来拜访刘自安，刘自安就带着吴刘氏一同到喜堂上来会见。那些人见着刘自安都是极力一阵恭维。吴刘氏看那些人有西装的，有长袍马褂的，料着是刘自安的旧属，也以为恭维是当然。

那刘自安忽然站了起来，将一对红烛点上，然后与吴刘氏作了一个揖道："吴大奶奶，我现在请了几位慈善机关的先生来，和你有几句话说。"于是介绍着，一个是红十字会的干事，一个是红十字会的会长，一个是育婴堂的堂长，一个是济施医院的院长，其余便是警察厅科员和本区巡官。介绍完了，又道："我刘自安，从前是个卖花的快嘴刘，后来打了几回恶仗，没有死过去，就升到了师长。而今呢，又成了光杆，回头想想，真是像做梦一般。我手上本来还剩几十万块钱，打算娶了吴老板，乐一个下半辈子。可是比我阔的人，到后来，活的活不了，死的落不着全尸，谁又保得了后半辈子？吴老板是一朵鲜花，我是一个黑煤球，要说和她成亲，哪儿配？我一个穷光蛋，在富贵场中爬过来了，而今还有什么看不破？看得破就别再害人。趁着吴老板还没过来，我们这亲事算吹了。至于用了我的几万块钱，那只算送点儿小礼也不谈了。我也并不是有什么不满意，就是我看空了，什么也不要了。我算一算，还有六十二万款子，我现在分作四股，捐给四个慈善机关，我落一个光身，无挂无累，哪儿也能去，多么好。省得动了凡心，将来落不到好结果。"

说着，他就在身上掏出银行折子和图章，一齐请警官过目。吴刘氏听他说话，已是目瞪口呆，他说完后便道："那不行，那不行，我还有一张借字在你那儿哩。喜事办到这样子，你不要我姑娘了，姑娘的脸往哪儿搁？她又不是一棵葱，你要就要，不要就扔。"刘自安哈哈大笑道："大奶奶，你还要我说出来吗？我不要你姑娘，你姑娘是喜之不尽啦。"说着，将铺在桌上的婚书三把两把扯碎，在蜡上点着，扔在地下。又把那张八万元的借字交给吴刘氏看道："钱也不要，人也不要，我要这个干什么。"说毕，又在蜡上烧了。

吴刘氏急得乱跳，直嚷不行。要捐款，也得分一股。不然，就找定了姓刘的了。刘自安道："你别忙，我自然有个交代。我到屋子里去拿一样东西来给你瞧。"说毕，他闪开了。一会儿他重出来，大家吓了一跳，原来他换了僧衣僧鞋，手上拿了一串佛珠，笑道："大家瞧，这就是今天喜事办的大礼服了。谁要找和尚，谁就找和尚吧。吴大奶奶，我送你一张相片做纪念吧。"说着，在大袖子里掏出一张相片，塞在吴刘氏手上。吴刘氏看了，不由脸上一红。刘自安昂头哈哈大笑道："店账昨日就算清了，完了完了，我也走了。"说毕，拂着大袖，出门而去。旅店里茶房因为他大大地给了一笔赏钱，要赶出门来谢他。但是追出来看时，已不见人影了。

图书在版编目(CIP)数据

春明新史／张恨水著. — 北京：中国文史出版社，
2018.6

（民国通俗小说典藏文库·张恨水卷）

ISBN 978 - 7 - 5205 - 0026 - 5

Ⅰ. ①春… Ⅱ. ①张… Ⅲ. ①长篇小说 - 中国 - 现代
Ⅳ. ①I246.5

中国版本图书馆 CIP 数据核字（2018）第 010543 号

整　　理：萧　霖
责任编辑：卢祥秋

出版发行：**中国文史出版社**

社　　址：北京市西城区太平桥大街 23 号　邮编：100811
电　　话：010 - 66173572　66168268　66192736（发行部）
传　　真：010 - 66192703
印　　装：廊坊市海涛印刷有限公司
经　　销：全国新华书店
开　　本：720×1020　1/16
印　　张：16.75　　字数：266 千字
版　　次：2018 年 6 月第 1 版
印　　次：2018 年 6 月第 1 次印刷
定　　价：48.00 元